TÖDLICHES ULTIMATUM

Dieses Buch ist ein Roman. Handlungen und Personen sind frei erfunden. Ähnlichkeiten mit lebenden oder toten Personen sind nicht gewollt und rein zufällig.

MARC VOLTENAUER / NICOLAS FEUZ

TÖDLICHES ULTIMATUM

Kriminalroman

Aus dem Französischen übersetzt
von Franziska Weyer

emons:

Bibliografische Information der Deutschen Nationalbibliothek
Die Deutsche Nationalbibliothek verzeichnet diese Publikation
in der Deutschen Nationalbibliografie; detaillierte bibliografische
Daten sind im Internet über http://dnb.d-nb.de abrufbar.

Die Originalausgabe erschien 2025 unter dem Titel »Ultimatum«
bei Istya/Slatkine & Cie.

© Marc Voltenauer / Nicolas Feuz
© 2025 Istya/Slatkine & Cie
© der deutschsprachigen Ausgabe: Emons Verlag GmbH
Cäcilienstraße 48, 50667 Köln
info@emons-verlag.de
Alle Rechte vorbehalten
Umschlagmotiv: picture alliance/KEYSTONE|MARCEL BIERI,
Lichtspektakel Rendez-vous Bundesplatz, Bern (2020),
von Starlight Events GmbH
Umschlaggestaltung: Nina Schäfer, nach einem Konzept
von Leonardo Magrelli und Nina Schäfer
Umsetzung: Tobias Doetsch
Gestaltung Innenteil: DÜDE Satz und Grafik, Odenthal
Druck und Bindung: GGP Media GmbH, Pößneck
Printed in Germany 2025
ISBN 978-3-7408-2433-4

Unser Newsletter informiert Sie
regelmäßig über Neues von emons:
Kostenlos bestellen unter
www.emons-verlag.de

Die automatisierte Analyse des Werkes, um daraus Informationen
insbesondere über Muster, Trends und Korrelationen gemäß
§ 44b UrhG (»Text und Data Mining«) zu gewinnen, ist untersagt.

Prolog

»Jeder Mensch, möge er noch so gut sein, kann zum Mörder werden; denn dafür braucht es nur einen guten Grund und einen schlechten Tag.« Nadine hatte diesen Satz in einer Fernsehserie gehört, konnte sich aber an deren Titel nicht mehr erinnern. Ob das auch für den Weihnachtsmann galt? Sie verließ das Parkhaus in Richtung des Marktplatzes. Dicke Flocken fielen vom Himmel und bedeckten Montreux mit einem weißen Mantel. Trotz des Schnees wurde die Stadt an der Riviera des Genfersees dank des Spielcasinos, der Hotelpaläste, der Luxusboutiquen und einiger Palmen ihrem Ruf als das Schweizer Monte Carlo gerecht. Eine Art Monaco ohne Fürstentum, deren Regenten eher Miles Davis, Duke Ellington, Dexter Gordon, Ella Fitzgerald oder sogar Pink Floyd, The Doors oder Led Zeppelin hießen, denn die besten Rockmusiker der Welt waren hier bereits beim Jazzfestival aufgetreten. Montreux war zudem bekannt für den majestätischsten Weihnachtsmarkt der ganzen französischen Schweiz, auf dem man seine Geschenke kaufen konnte. Doch Nadine war aus einem anderen Grund hier.

Zahlreiche Männer drehten sich mehr oder weniger diskret nach der hübschen Dreißigjährigen mit der weißen Daunenjacke und den Pumps um, was sie wie immer ignorierte. Ohne sie überhaupt wahrzunehmen, lief Nadine auf der Suche nach Robi an den Marktständen auf dem Quai entlang und versuchte dabei, die Menschenmenge zu umgehen, die sich um die sorgsam dekorierten und beleuchteten Holzhütten drängte, aus denen es nach Glühwein und Lebkuchen duftete. Nadine stellte sich unter das Vordach einer Hütte, an der Holzschnitzereien angeboten wurden, weil sie dort einen Spiegel bemerkt hatte. Im Schutz vor dem unaufhaltsam fallenden Schnee strich sie den weißen Flaum von ihrem kastanienbraunen Haar und fischte einen roten Lippenstift aus ihrer Handtasche, um die Konturen ihres Mundes nachzuziehen, bis sie im Spiegel einen Weihnachtsmann mit weißem Bart und roter Mütze bemerkte, der sie durch seine unechte Nickelbrille musterte. Beunruhigt durch den kalten Blick der blauen Augen drehte sich Nadine abrupt um, doch der Weihnachtsmann hatte sich bereits in Luft aufgelöst.

Nadine warf einen Blick auf ihre Uhr, eine Cartier Panthère, deren goldenes Armband mehr ins Auge fiel als das diskrete Zifferblatt. Die Zeiger standen auf neunzehn Uhr, Robi sollte also eingetroffen sein.

Vor einem pechschwarzen Himmel schwebte über ihr ein Weihnachtsmann in einem von Rentieren gezogenen Schlitten ein Stahlseil entlang, das vom Schiffsanleger der Ausflugsdampfer bis zum Marktplatz gespannt war. Zur Freude der Kinder stieß der Schlitten dabei große Funkenregenwolken aus. Nadine schenkte dem kaum Beachtung. Aufgrund der Entfernung, der Dunkelheit und des Schneetreibens hätte sie unmöglich sagen können, ob es sich um denselben Mann handelte, der sie vorhin angestarrt hatte. Neben einer in den See hineinragenden Plattform reckte die Statue von Freddie Mercury eine Faust in die Luft und hielt in der anderen Hand einen Mikrofonständer, um mit dieser Pose an das legendäre Wembley-Konzert von 1986 zu erinnern. Direkt daneben glitzerte ein überdimensionaler goldener Hirsch. Weiter oben auf dem Marktplatz lud ein Riesenrad die Besucher dazu ein, das bunte Treiben von oben zu betrachten.

Nadine ging über das rutschige Pflaster an einem Informationsstand vorbei, an dem sie jemand ansprach und ihr einen Prospekt reichte. Die Touristeninformation pries darin eine Fahrt mit der Zahnradbahn auf den Gipfel des Rochers de Naye oberhalb von Montreux an, wo angeblich der echte Weihnachtsmann auf über zweitausend Metern Höhe sein Quartier aufgeschlagen hatte.

Sie verschwand im Treiben unter dem Dach der Markthalle, die »Rouvenaz« genannt wurde und unter Denkmalschutz stand. Ihre prächtige, den berühmten Markthallen von Paris nachempfundene Metallkonstruktion war 1892 in derselben

Pariser Schmiede zusammengeschweißt worden, in der auch der Eiffelturm gebaut worden war. Nadine musste bei ihrem Anblick unwillkürlich an einen Kostümball zurückdenken, der die rauschende Stimmung der Belle Époque mit eleganten, langen, fließenden und spitzenbesetzten Kleidern, sorgfältig arrangierten Frisuren und graziösen Hüten heraufbeschworen hatte. Gepuderte Gesichter mit roten Lippen hatten eine Art zeitlosen Glanz ausgestrahlt, und die hochhackigen Schuhe waren das i-Tüpfelchen der Kostüme gewesen, die an eine Epoche erinnerten, die Eleganz zum Ideal erhoben hatte, auch wenn sich die anwesenden Herren an jenem Abend alles andere als kultiviert benommen hatten.

Inmitten der Buden erblickte Nadine den Stand von Robi Caruso, dem Inhaber eines edlen Catering-Services in Brent. Bekannt für seine raffinierten Buffets auf der Basis lokaler Produkte organisierte er regelmäßig Gourmetevents für die Reichen und Schönen.

Sie drängte sich durch das fröhliche Getümmel und machte sich mit erhobener Stimme bei dem jungen Mitarbeiter bemerkbar. »Ist Robi nicht hier?«

»Nein, ich habe ihn heute noch nicht gesehen.«

»Weißt du, wann er kommt?«

»Keine Ahnung. Er hat mir nichts gesagt.« Mit entsprechender Mimik, hochgezogenen Schultern und einer schnellen Handbewegung entschuldigte sich der Verkäufer flüchtig und eilte zum nächsten Kunden.

Nadine sah ein, dass sie hier nicht weiterkam. Am Ausgang der Markthalle fand sie neben einem Parkscheinautomaten, vor dem die Menschen Schlange standen, ein ruhiges Eckchen. Sie holte ihr Handy aus der Handtasche und versuchte, Robi anzurufen. Ohne Erfolg.

Während sie ihr Telefon wieder verstaute, bemerkte sie jemanden in ihrer Nähe und schaute auf. Er stand nur wenige Meter von ihr entfernt und starrte sie an. Man hätte ihn für eine rot-weiße Statue halten können. Sie erkannte den Weihnachtsmann von eben wieder. Oder zumindest meinte sie, ihn wiederzuerkennen, auch wenn sein Blick oder seine Augenfarbe ein wenig anders waren. Nadine schauderte.

Die Warteschlange vor dem Riesenrad reichte fast bis zu ihr hin. Instinktiv bewegte sich Nadine durch den kontinuierlich fallenden Schnee auf die Schaulustigen zu und mischte sich unter die dort anstehenden Menschen. Von Zeit zu Zeit drehte sie sich zu dem seltsamen Weihnachtsmann um. Einmal, zweimal. Regungslos starrte er sie an. Beim dritten Mal war er verschwunden, als hätte er sich durch einen Zaubertrick in Luft aufgelöst.

Unbewusst hatte sie sich mit der Warteschlange weiterbewegt und stand nun plötzlich vor der Kasse des Riesenrads. Eine junge Frau hielt ihr ein Ticket hin, Nadine zahlte und nahm in einer frei werdenden Gondel Platz, die sie über die Dächer der Stadt schweben ließ, weit weg vom Lärm der Menge. Von oben beobachtete Nadine, wie sich unter ihr im warmen Licht und im Getümmel des Marktes eine menschliche Ameisenstraße den Quai entlangschob. Dahinter nichts als Dunkelheit. Die Lichter der französischen Städte auf der gegenüberliegenden Seite des Sees waren nur verschwommen zu sehen.

Als die Gondel schaukelnd am höchsten Punkt stehen blieb, merkte Nadine, dass ihr Handy vibrierte. »Robi, wo steckst du, verdammt noch mal?«

»Ich möchte heute Abend nicht runter in die Stadt fahren. Komm du zu mir.«

Nadine nahm eine gewisse Furcht in seiner Stimme wahr. »Das war so nicht vereinbart«, antwortete sie. »Ausgeschlossen, ich kreuze ganz sicher nicht bei dir auf.«

»Warum nicht?«

Sie zögerte. »Ich ... ich glaube, dass mich jemand verfolgt.«

»Wer?«

»Keine Ahnung. Bitte komm du her. Jetzt!«

»Okay. Wo sollen wir uns treffen?«, fragte Robi nach kurzem Schweigen.

»Ich warte in der Nähe der Freddie-Mercury-Statue.«

Als sie das Gespräch beendete, hatte sich das Riesenrad weitergedreht, und die Gondel war wieder unten angekommen. Sie ließ sich von der Menschenmenge in Richtung des Seeufers treiben. Sie hielt abrupt inne. Der Weihnachtsmann war da und stand still nur ein paar Meter von ihr entfernt. Es schien, als wolle er ihr den Weg versperren.

Instinktiv drehte sie sich um und hastete zurück zum Eingang der Markthalle. Ihr Puls raste, und ihr Atem ging stoßweise. Ab und zu drehte sie sich nach dem verkleideten Mann um, konnte ihn aber in der wogenden Menge nicht mehr entdecken.

Als sie die Markthalle betreten wollte, stand er wieder vor ihr. Panisch änderte sie die Richtung. Vor lauter Stress konnte sie keinen klaren Gedanken mehr fassen. Sie wollte nur noch weg, in ihr Auto springen und Montreux so schnell wie möglich verlassen.

Hektisch durchwühlte sie ihre Tasche, fand ihr Parkticket und holte das Portemonnaie raus. Ihre Hände zitterten vor Angst und vor Kälte. Die Kreditkarte fiel ihr hinunter, und eine gute Seele hob sie auf und gab sie ihr lächelnd zurück. Fast ohne sich zu entschuldigen, schob sie eine Frau zur Seite, die gerade bezahlen wollte, und drängte sich vor an den Parkautomaten. Danach hastete sie zum Eingang des Parkhauses und eilte die Treppe hinunter. Eine Etage, noch eine. Eine orangefarbene Metalltür.

Das zweite Untergeschoss wurde von weißlichem Neonlicht erhellt. Eine Neonröhre flackerte nur noch schwach und beschien die verlassene Ebene wie eine Stroboskoplampe mit kurzen Blitzen. Keine Menschenseele weit und breit. Nadine bemerkte ihren Fehler. Sie wäre besser in der Menschenmenge geblieben. Nun war es zu spät, um umzukehren. Sie spürte, wie sie Panik übermannte.

Ihr Auto stand nur wenige Meter entfernt. Die Schlüssel fielen ihr aus der Hand. Sie zitterte wie Espenlaub. Sie bückte sich und schrak zusammen. Vor ihr beziehungsweise zwischen ihr und ihrem Auto stand der Weihnachtsmann. Sie stieß einen Angstschrei aus, fuhr herum und stand vor einem zweiten Weihnachtsmann. Ungläubig schaute sie ihm in die Augen, drehte sich wieder zum ersten um und dann wieder zum zweiten. Jetzt verstand sie, warum sie vorhin gezögert hatte. Beider Blicke waren eiskalt, unterschieden sich aber dennoch. Ihr Verfolger war nicht allein, vielmehr waren sie zu zweit. Zwei Weihnachtsmänner! Ihrer Haltung nach zu urteilen, würden sie ihr keine Geschenke bringen.

Nadine wich ein paar Schritte zurück, sodass sie beide im Blick hatte.

Merkwürdigerweise verharrten sie reglos und gaben keinen Ton von sich. Die Angst hinderte Nadine daran zu schreien. Sie hatte die Kontrolle über sich verloren.

Sie wich einen weiteren Schritt zurück, stieß gegen etwas Weiches, drehte sich um und erstarrte. Vor ihr stand ein dritter Weihnachtsmann. Die Gesichtszüge zwischen Mütze und Bart wirkten feiner, doch die grünen Augen erschienen durch die falsche Brille einschüchternd und bohrend.

Nadine zitterte so heftig, dass sie kaum sprechen konnte.

»Aber ... was wollen Sie –?«

Weder konnte sie ihren Satz beenden, noch sah sie die Klinge des großen Messers im flackernden Neonlicht aufleuchten. Der dritte Weihnachtsmann schnappte sich Nadine, drehte sie brutal um und schnitt ihr mit einer präzise geführten Handbewegung die Kehle durch.

1

Als die beiden Kommissarinnen Karine Joubert und Kinga Nowak der Lausanner Mordkommission in Montreux eintrafen, war die Einfahrt zum Parkhaus bereits abgesperrt. Das Blaulicht zuckte über der weißen Umgebung. Karine parkte auf Höhe der Markthalle. Die Polizei hatte eine Sicherheitszone um den Tatort abgeriegelt, hinter der sich die Schaulustigen als kompakte Menschenmenge zusammengedrängt hatten. Karine und Kinga bahnten sich einen Weg bis zu dem rot-weißen Plastikband mit der Aufschrift »Polizeiabsperrung«, duckten sich darunter durch und gingen auf den von zwei Polizisten des Waadtländer Korps bewachten Eingang zu. Die Menschen, die zu ihren Autos wollten, murrten ungeduldig.

Eine Frau weckte Karines Aufmerksamkeit. »Ich war es, die die 117 angerufen hat. Ich habe drei Weihnachtsmänner im Parkhaus verschwinden sehen. Es schien, als würden sie diese arme Frau verfolgen.«

Karine näherte sich der Zeugin, zog sie von der Menschentraube weg und hielt das Absperrband hoch, um sie durchzulassen. »Weihnachtsmänner, sagen Sie? Und eine Frau?«

»Ja, ich stand am Automaten, um zu bezahlen, und neben mir, vor dem anderen Automaten, war da diese sichtbar gestresste Frau. Sie hat ihre Kreditkarte fallen lassen. Ich habe sie aufgehoben und sie ihr gegeben. Sie hat sich nicht einmal bedankt. Sie hat bezahlt und eine andere Person zur Seite gedrängt, bevor sie eilig über die Treppe ins Parkhaus verschwunden ist.«

»Und weiter?«, unterbrach sie Kinga, die sich zu ihrer Kollegin gesellt hatte.

»Ich wollte auch ins Treppenhaus. Zwei Weihnachtsmänner haben mich im Laufschritt überholt und sind die Treppe runtergehastet. Ein dritter Weihnachtsmann mit grünen Augen hat mich zur Seite geschubst. Ich werde seinen Blick nie vergessen, auch wenn ich ihn nur eine Sekunde gesehen habe. Kalt und hart. Das waren die Augen einer Frau.«

»Und was haben Sie dann getan?«

»Ich bin ins zweite Untergeschoss gegangen, um mein Auto zu holen. Und da habe ich die Leiche der jungen Frau in einer riesigen Blutlache entdeckt. Es war entsetzlich! So etwas habe ich noch nie gesehen ... Ich konnte gerade noch sehen, wie einer der Weihnachtsmänner davonlief.«

Karine bedankte sich bei der Zeugin, nahm ihre Daten auf und informierte sie darüber, dass sie noch zu einer schriftlichen Zeugenaussage einbestellt werden würde. Kinga schlug vor, sie von einem Polizisten nach Hause fahren zu lassen, doch sie lehnte das Angebot ab. Ihr Ehemann sei inzwischen eingetroffen und werde sie mitnehmen. Sobald das Parkhaus freigegeben werden würde, kämen sie zurück, um ihr Auto abzuholen.

Karine und Kinga wandten sich zu den beiden Polizisten um und begrüßten sie. Einer von ihnen bewachte das Treppenhaus, der andere den Fahrstuhl.

»Sie können da nicht runtergehen«, sagte der erste. »Die Spurensicherung hat die Treppen noch nicht freigegeben. Aber Sie können mit dem Aufzug fahren.«

Im zweiten Untergeschoss angekommen, betraten Karine und Kinga das Parkhaus, in dem alle Plätze belegt waren. Die Spurensicherung hatte den Tatort abgeriegelt. An der Decke flackerte eine altersschwache Neonröhre. Polizisten in weißen Overalls sicherten die Spuren an der Leiche und entlang des vermeintlichen Fluchtwegs der Mörder.

»Hallo, Christophe«, rief Karine.

Der Kriminaltechniker war dabei, in gebückter Haltung das Opfer zu fotografieren. Er drehte sich um und richtete sich auf. »Hallo, meine Damen.« Er duckte sich unter dem Absperrband durch, gesellte sich zu ihnen und nahm seine Maske ab.

»Habt ihr sie schon identifizieren können?«, fragte Kinga.

»Noch nicht. Wir haben gerade erst den Tatort abgesperrt

und fangen nun an, die Spuren in der Umgebung aufzunehmen.«

Karine trat an das Absperrband heran und betrachtete die sterblichen Überreste der Frau, die bäuchlings in einer riesigen Blutlache lag. Das kalte Neonlicht verstärkte die bedrückende Atmosphäre. Ihre langen, in Unordnung geratenen Haare verdeckten das Gesicht, jedoch war die klaffende Wunde an der Kehle gut zu erkennen. Die unregelmäßig aufgerissenen Wundränder zeugten von einer brutalen Vorgehensweise. Ihre weiße Daunenjacke mit der pelzbesetzten Kapuze war von Blut getränkt. Ihre Handtasche, deren Gurt immer noch über ihrer Schulter hing, lag neben ihr.

»Hast du in ihrer Tasche nachgeschaut?«, fragte Karine. »Einer Zeugin zufolge muss ihr Portemonnaie darin sein.«

»Ich möchte zunächst mit den Fotos durch sein, bevor ich etwas berühre«, antwortete der Kriminaltechniker.

»Okay, ich warte, bis du fertig bist, und mache mich in der Zwischenzeit bereit.«

Nachdem Karine einen weißen Overall mit Schutzhaube, Schuhüberzieher und Latexhandschuhe angezogen hatte, duckte sie sich unter dem Absperrband durch und gesellte sich zu Christophe Joly. Sie bemerkte einen Fußabdruck in der Blutlache. Dann öffnete sie vorsichtig die Handtasche, durchsuchte sie und zog ein Portemonnaie heraus. Als sie den Personalausweis des Opfers betrachtete, bekam sie große Augen. Die junge Frau war ihr keineswegs unbekannt, denn sie hatte zu Jahresbeginn die Titelseiten gefüllt.

»Julie Bossart, dreißig Jahre.« Behutsam wischte Karine die Haare des Opfers zur Seite. Ihr Gesichtsausdruck war erstarrt in einer Mischung aus Entsetzen und Überraschung. »Kein Zweifel, das ist sie.«

In ihrer Hand hielt die Unglückliche einen Autoschlüssel. Karine nahm ihn und drückte auf den Knopf. In ein paar Metern Entfernung blinkten die Scheinwerfer eines weißen Golfs auf. Karine durchsuchte die Jackentaschen des Opfers, an die sie herankam, und fand darin eine blaue Packung Dunhill-

Zigaretten. Sie durfte die Leiche nicht bewegen, bevor sich der Rechtsmediziner einen ersten Eindruck vor Ort verschafft hatte.

Als könne er ihre Gedanken lesen, hörte Karine die dröhnende Stimme Alain Gyons alias Doc, der seinen erst kürzlich angetretenen Ruhestand abgebrochen hatte, um für eine junge Rechtsmedizinerin einzuspringen, die auf tragische Weise ihrem Leben ein Ende gesetzt hatte, indem sie vom Glockenturm der Lausanner Kathedrale in die Tiefe gestürzt war. Karine richtete sich auf und verließ die Tatortabsperrung, um den Doc zu begrüßen.

»Ich hatte nicht damit gerechnet, dass wir uns so schnell wiedersehen«, sagte er lächelnd.

Doc war seinem eigenartigen Image treu geblieben. Mit seinem struppigen Haar, seinen dicken Brillengläsern und seiner einzigartigen Erscheinung wirkte er wie ein komischer Kauz, obwohl er als Koryphäe seines Fachs weit über die Grenzen des Landes bekannt war.

»Dem Opfer wurde ganz offensichtlich die Kehle durchgeschnitten«, informierte ihn Karine.

»Ich werde mir das anschauen«, erwiderte er und stellte seinen Koffer ab.

Während Doc sich bereit machte, entfernten sich Karine und Kinga ein paar Meter vom Tatort. Karine zeigte ihrer Kollegin den gefundenen Personalausweis.

»Ach, verdammt!«, rief Kinga. »Wir müssen umgehend Viviane und den Staatsanwalt informieren.«

Viviane Bourgeaux, die Leiterin der Waadtländer Kriminalpolizei, hatte ihr gerade eine Nachricht geschickt. Sie sei auf dem Weg. Unnötig, sie anzurufen.

»Ich werde zuerst Andreas Bescheid sagen«, erklärte Karine.

Hauptkommissar Andreas Auer befand sich auf der onkologischen Station des Universitätskrankenhauses in Lausanne, dem CHUV. Nach ein paar Klingeltönen nahm Andreas das Gespräch an. Statt der üblichen Begrüßungsfloskeln fasste Karine die Situation zusammen und klärte ihn über die Identität des Opfers auf.

Erstaunt schwieg er eine ganze Weile, bevor er antwortete: »Diese Information darf auf keinen Fall durchsickern. Hörst du?«

»Okay. Was gedenkst du zu tun?«

»Ich werde Staatsanwalt Jemsen kontaktieren.«

2

Norbert Jemsen fuhr in Zeitlupe vom Lausanner Justizpalast zum CHUV. Es schneite heftig in der Kantonshauptstadt. Die Straßen waren verstopft, der Winterdienst kam nur langsam voran. An vielen Stellen konnte man die orangefarbenen Warnleuchten der Schneepflüge und Streufahrzeuge in der Dunkelheit aufblinken sehen.

Wie jeder Staatsanwalt musste sich auch Jemsen gleichzeitig mit Hunderten von Akten befassen, manche davon reine Routinearbeit, andere aber sehr komplexe Angelegenheiten. Gerade war ihm einer der momentan heikelsten Fälle zugetragen worden, der seit Jahresbeginn die öffentliche Meinung und alle politischen Kreise der Schweiz erschütterte. Mit Zustimmung des Neuenburger Generalstaatsanwalts hatte er die Ernennung zum außerordentlichen Staatsanwalt im Kanton Waadt akzeptiert, was bedeutete, dass er diesen Fall sehr kurzfristig hatte übernehmen müssen. Der Beginn der Hauptverhandlung war für übermorgen, Montag, angesetzt.

Seit zwei Tagen verbrachte Jemsen seine Zeit zwischen dem Lausanner Domizil seiner neuen Lebensgefährtin Selina Argento, die als Rechtsmedizinerin arbeitete, und dem Gericht in Montbenon, wo er sich intensiv mit der Akte des Falls beschäftigen musste. Er hatte dafür das ganze Wochenende vorgesehen, doch heute Abend hatte ein unvorhergesehenes Ereignis seinen minutiös durchgetakteten Zeitplan durcheinandergebracht: Ein Anruf, auf den er gern verzichtet hätte.

Während sich Jemsen im Stau in Geduld übte, lauschte er den Radionachrichten. Ein Journalist des Senders RTS La Première kommentierte gerade die Affäre, die ihm angetragen worden war:

Im Zuge der Ermittlungen gegen den Korpskommandanten Aloïs Lanteret, der als Chef der Schweizer Armee von seinem Amt suspendiert worden war, nachdem ihn eine Frau zu Jahresbeginn der Vergewaltigung bezichtigt hatte, herrscht große Bestürzung. Vor einigen Tagen hat die Verteidigung die Ablehnung des Generalstaatsanwalts Christian Clerc erreicht und rückwirkend auch jene der Waadtländer Anklagebehörde. In der Angelegenheit war es um einen Verstoß gegen das Berufsgeheimnis des Anwalts gegangen, den die Staatsanwaltschaft hätte verhindern müssen, indem sie die Abschrift der illegalen Telefonüberwachung von Gesprächen zwischen dem Beschuldigten und seinem Verteidiger vor der Erstellung der Anklageschrift aus der Akte hätte entfernen lassen müssen. Das Bezirksgericht Lausanne hatte jedoch die von der Verteidigung beantragte Vertagung der Verhandlung auf das kommende Jahr abgelehnt. Und wie es das Gesetz in einer solchen – zum Glück sehr seltenen – Situation vorschreibt, hatten die Richter von Montbenon vom Büro des Großen Rats die dringende Ernennung eines außerordentlichen Staatsanwalts in der Person des Neuenburgers Norbert Jemsen zugesprochen bekommen. Dieser lehnt zur Stunde jeden Kommentar ab und erklärt lediglich, dass er bereit sei, die Anklage von Montagvormittag an zu unterstützen.

Am Ende der Sendung hatte der Journalist das Mikrofon an den Starmoderator Jean-Marc Richard übergeben, um die Aktion »Herz für Herz« zu präsentieren, die von mehreren Radio- und Fernsehsendern ausgestrahlt wurde. RTS und Chaîne de Bonheur machten sich dafür stark, so viele Spendengelder wie möglich für die Unterstützung von Kindern zu sammeln, die Opfer von Misshandlung und Missbrauch geworden waren. Der Moderator wies darauf hin, dass dies eine Realität sei, die in der Schweiz immer noch viel zu häufig verschleiert oder verkannt werde.

Jemsen stellte seinen Wagen im Parkhaus des CHUV ab und meldete an der Rezeption seinen Besuch bei einem Patienten auf der Onkologie an. Als man ihn darauf hinwies, dass die Besuchszeit vorbei sei, zeigte er seinen Dienstausweis vor. »Es handelt sich um einen Mitarbeiter der Waadtländer Kriminalpolizei. Er hat mich vorhin angerufen, weil er mich dringend sprechen möchte.«

»Ich verstehe«, erwiderte die Frau am Empfang. »Ich lasse jemanden kommen, der Sie zu ihm bringt. Gedulden Sie sich bitte einen Moment.«

Wenig später ging Jemsen in Begleitung einer Pflegekraft über die Krankenhausflure.

Mit Einbruch der Nacht war der hektische Rhythmus der Aktivitäten nach und nach einer Art lethargischer Ruhe gewichen. Die Schritte des medizinischen Fachpersonals klangen gedämpfter, und nur ein gelegentliches Murmeln hallte durch den Korridor.

Auf einem Plakat wurde der für die krebskranken Kinder organisierte bevorstehende Besuch des Weihnachtsmanns angekündigt. Jemsen dachte an die kleinen kahlköpfigen Kinder, denen der Heiligabend versagt blieb. Auch er feierte Weihnachten nicht, genauso wenig wie seine Verfahrensassistentin Flavie Keller und die Ex-Kommissarin Tanja Stojkaj. Für sie, die unter tragischen Umständen ein Kind verloren hatten, existierte Gott nicht. Bei ihm war es ambivalenter, doch Weihnachten wirkte auf ihn lediglich wie eine kommerzielle Maschinerie. Die jungen Patienten auf der Onkologiestation erwarteten keine Geschenke. Das Einzige, was man ihnen schenken konnte, war die Aussicht auf das Leben oder die Hoffnung, wenigstens noch eine Weile am Leben zu bleiben.

Die Krankenschwester blieb vor einer Zimmertür stehen und verabschiedete sich vom Staatsanwalt. Norbert Jemsen hielt einen Moment inne, die Hand bereits auf der Klinke. Er hatte Andreas Auer bislang noch nicht persönlich kennengelernt, doch sein Ruf eilte ihm voraus. Auer war der Leiter der Mordkommission der Waadtländer Kriminalpolizei. Er hatte in mehreren aufsehenerregenden Fällen ermittelt und sie jeweils mit Bravour gelöst. Erst letzte Woche hatten zwei Ermittlerinnen seines Teams, Karine Joubert und Kinga Nowak, Jemsen in seinem Büro der Neuenburger Staatsanwaltschaft wegen eines ungelösten Tötungsdelikts in La Chaux-de-Fonds aufgesucht.

Jemsen klopfte leise an die Tür und trat ein.

In der Mitte des Zimmers lag ein gut vierzigjähriger Mann mit grauem Haar und Dreitagebart auf seinem Krankenhausbett und schaute Fernsehen, während er auf ihn wartete. Auf einem Tisch neben seinem Bett standen zahlreiche Blumensträuße und eine Schachtel mit Geleefrüchten. Durch das Fenster konnte man den unaufhörlich fallenden Schnee sehen.

Jemsen ging auf Auer zu, schüttelte ihm die Hand und sagte: »Ich bin so schnell gekommen, wie ich konnte.«

»Erfreut, Sie endlich kennenzulernen, Monsieur le Procureur.«

»Ganz meinerseits«, antwortete Jemsen und nickte.

In Anbetracht der kurzen Zeitspanne, die ihm zur Vorbereitung der Anhörung am Montag blieb, entschied sich Staatsanwalt Jemsen, ohne Umschweife zum Kern der Sache zu kommen. »Also, was gibt es denn so Dringendes?«

»Wir werden kollaborieren müssen«, antwortete Auer ernst und unmissverständlich.

Jemsen runzelte die Stirn. »Ich bin nicht sicher, ob ich Sie richtig verstehe.«

»Der Name Julie Bossart sagt Ihnen doch sicherlich etwas.«

»Selbstverständlich. Sie ist die Klägerin im Lanteret-Prozess.«

»Sie wurde heute ermordet.«

Es wurde so still, dass nur noch der Fernseher gedämpft zu hören war. Jemsen sah aus, als habe man ihm eine Ohrfeige verpasst. Er wollte sich gerade nach Details erkundigen, als die Sendung unterbrochen wurde. Unwillkürlich starrten beide Männer auf den Bildschirm, auf dem jetzt der Berner Bundesplatz zu sehen war, auf dem dicht gedrängt eine Menschenmasse stand.

Alljährlich wurde dort um diese Zeit ein gigantisches Lichtspektakel auf die Fassade des Parlamentsgebäudes projiziert. Auf der Kuppel erschien das Gesicht des »Kleinen Prinzen« von

Saint-Exupéry, der die Menschenmenge anzustarren schien. Auf dem Gebäude wurde eine endlose Wüste sichtbar, die wiederum nach und nach von der Großaufnahme eines Propellerflugzeugs überdeckt wurde.

Plötzlich wurde alles dunkel. Auf der Kuppel erschien eine weiße 5, gefolgt von den Zahlen 4, 3, 2, 1 ... Dann tauchte in roten Großbuchstaben das Wort »ULTIMATUM« auf und nahm die gesamte Fläche der Fassade ein. Erneut wurde das Bild unscharf, und ein paar Sekunden lang flimmerte nur grauer Schnee über den Bildschirm. Kurz darauf erschien, zunächst unscharf, dann immer klarer, ein von einer Sturmhaube verdecktes Gesicht, dessen Augen direkt in die Kamera starrten. Hinter ihm flatterte die schwarze Flagge des Islamischen Staates auf der Wand.

Der Mann sprach Französisch mit einem leichten Akzent. »Im Namen Allahs, des Allmächtigen, des Allweisen. Allah, der Allhöchste, hat gesagt: ›Und sie meinten, dass ihre Festungen sie vor Allah schützten.‹ (Sure 59, Vers 2) Doch Allah kam über sie und hat Schrecken in ihre Herzen gejagt.

Zu unserer großen Verwunderung hat die Schweiz ihre so verdammt heilige Neutralität gebrochen und sich der Perversion ihrer französischen Nachbarn angeschlossen, die das Banner des Kreuzes in Europa tragen.

Die helvetischen Kreuzritter haben unseren Bruder Moussa Jassem al-Maliki, einen heiligen Mann, festgenommen. Sie haben ihn ins Gefängnis geworfen, weil er die Worte Allahs predigt, und sie drohen, ihn an das schändlichste aller Länder auszuweisen: die Vereinigten Staaten! Nach dem Vorbild der amerikanischen Ungläubigen scheint die Schweiz heute der ganzen Welt Lektionen erteilen zu wollen. Dafür wird sie die Konsequenzen tragen müssen.

Dies ist unsere einzige Warnung. Es wird weder Verhandlungen noch eine andere Form der Kommunikation geben. Sollte unser Bruder nicht bis nächsten Freitag, den 21. Dezember, mittags, aus der Haft entlassen worden sein, werden die schwarzen Blitze Allahs auf die Schweiz niederprasseln.

Gläubige Soldaten des Kalifats – denen Allah Macht und Ehre verleiht – stehen bereit, um an verschiedenen, minutiös ausgewählten strategischen Orten im Herzen eurer Institutionen, eurer Gewohnheiten und eurer kleinen friedlichen Existenzen zuzuschlagen. Unsere Waffenbrüder fürchten sich nicht davor, das irdische Leben zu verlassen. Ihr Tod führt sie auf den Weg zu Allah. Sie werden seiner Religion, seinem Propheten und seinen Verbündeten beistehen und seine ungläubigen Feinde demütigen. Unterstützt von Allah, der ihnen ihre Aufgabe erleichtern und ihnen den Märtyrertod gewähren wird, werden sie Furcht in die Herzen der Kreuzfahrer in ihrem eigenen Land säen. Die Zahl der Toten und der Verletzten wird in die Tausende gehen.

Die Feinde Allahs müssen wissen, dass sie weiterhin die wichtigsten Ziele des Islamischen Staates sind. Sie werden auch künftig den Geruch des Todes riechen, weil sie den Kreuzzug angeführt haben, weil sie es gewagt haben, den Propheten zu beleidigen, weil sie sich damit gebrüstet haben, den Islam in Europa zu bekämpfen und die Muslime im Land des Kalifats angegriffen haben.

Es ist an euch, dafür zu sorgen, dass dieser Sturm euer Land nicht verwüstet.

Allah ist der Allhöchste. Die Macht liegt bei Allah und bei seinem Gesandten und den Gläubigen. Doch die Heuchler wissen es nicht.«

3

Die drei Weihnachtsmänner hatten ihren Schlitten – einen schwarzen Ford Explorer – ein wenig abseits der versteckten Felsöffnung zurückgelassen. Als sie durch die schwere, knarzende Tür eintraten, ließen sie die pechschwarze, in Schneeflocken gehüllte Nacht hinter sich, um in einen Stollen einzutauchen, der geradewegs in die Eingeweide der Erde zu führen schien.

Schweigend folgten sie dem mannshohen, komplett mit Beton ausgekleideten Tunnel, an dessen Decke die Rohre für die Kanalisation verliefen und daneben dünne Stahlrohre für Stromkabel und Telefonleitungen. In regelmäßigen Abständen verbreitete eine Wandleuchte ein wenig Licht in der Dunkelheit.

Wegen der Kampfstiefel hallten die Schritte der drei Weihnachtsmänner wider und setzten sich als Echo von Wand zu Wand fort, sodass es den Anschein hatte, ein ganzes Bataillon marschiere diese Gänge entlang.

Die drei Weihnachtsmänner schritten an einer Abzweigung vorbei, dann an einer zweiten und dritten. In diesem unterirdischen Labyrinth kamen sie links und rechts an gepanzerten Türen vorbei, setzten aber ihren Weg unbeirrt fort. Sie kannten diesen Ort in- und auswendig und wussten genau, wohin sie gehen mussten: dorthin, wo sie Schneewittchen und die anderen vier Zwerge erwarteten.

Vor ihnen endete der Gang vor einer weiteren Panzertür. Der erste Weihnachtsmann öffnete sie, ließ die anderen beiden eintreten und schloss sie danach hinter sich.

Sie befanden sich in einem lang gezogenen großen Saal. In der Mitte stand ein Fließband auf einem metallenen Gestell, das ein wenig an eine Fertigungsstraße in einer Fabrik erinnerte. Der Betonboden war mit Epoxidharz beschichtet, der im weißlichen Neonlicht glänzte. Man hätte meinen können, sich in einer Vintage-Fertigungshalle zu befinden. Das Fließband transportierte siebzig Zentimeter lange kupferfarbene Patronenhülsen, die einen Durchmesser von fünfzehn Zentimetern hatten. Weiter vorne waren auf einem Laufwagen knallgelbe Granaten vom gleichen Kaliber gestapelt, die man für mit Orangensaft gefüllte Flaschen hätte halten können. Das Fließband endete an einem Paternoster, der als Munitionsaufzug diente.

Die Weihnachtsmänner blieben vor einem an die Wand geschraubten Kleiderständer stehen, zogen ihre roten Mäntel aus, hängten sie auf und brachten ihre Kampfanzüge in Ordnung.

Zwei Männer und eine Frau. Der breitschultrige Mann trug einen echten schwarzen Bart, der ihm bis auf die Brust reichte, und ein aufgenähtes Namensschild, das ihn als Hatschi auswies. Der zweite war schmaler gebaut, deutlich unauffälliger und trug das Pseudonym Pimpel. Die taillierter geschnittene Schweizer Militärkleidung der dritten Person ließ einen athletischen Körper erahnen. Ihr kantiges Kinn und ihr kurz rasiertes Haar, das ihre abstehenden Ohren entblößte, verliehen ihr ein markantes Aussehen. Die Frau wirkte wie eine moderne Version gewisser ikonografischer Darstellungen der Jeanne d'Arc in Rüstung, die in der einen Hand ein Schwert trug und mit der anderen eine Fahne schwenkte. Ihr Gesichtsausdruck war so hart, dass man ihr nicht in einer dunklen, verlassenen Gasse hätte begegnen mögen. Sie nannte sich Schlafmütz.

»Dein Kragen«, bemerkte Hatschi. »Reinige ihn und dann komm. Schneewittchen erwartet uns.«

Schlafmütz senkte ihren Blick, konnte aber die Stelle nicht sehen, auf die Hatschi gezeigt hatte. Schweigend ging sie zu einem emaillierten Waschbecken mit Spiegel. Im Spiegelbild bemerkte sie die dunkelroten Flecken. Ihr falscher Bart und ihr Mantel hatten sie nicht ausreichend vor dem umherspritzenden Blut Nadines geschützt. Sogar auf ihrer Haut und ihrer Camouflagejacke fand sich getrocknetes Blut.

Schlafmütz befeuchtete die Ecke eines Schwammes mit kaltem Wasser, wischte ihren Hals ab und rieb so lange auf dem Stoff herum, bis auf den hellsten Flecken ihrer Jacke nur noch vage Ränder zu sehen waren. Sie nutzte die Gelegenheit, auch ihr Messer mit der achtzehn Zentimeter langen Karbonstahlklinge zu reinigen. Das Wasser im Waschbecken färbte sich rot. Mit dem Ergebnis zufrieden, wischte Schlafmütz die Waffe trocken, schob sie in die Messerscheide an ihrem Gürtel zurück und trat zu ihren beiden Komplizen.

Zu ihrer Rechten befand sich eine Art verglaste Kommandozentrale. Inmitten des veralteten Materials aus dem Kalten Krieg hatten Schneewittchens »Männer« – die alle einen Namen der sieben Zwerge trugen – das allerneueste Hightech-IT-Equipment installiert. Computer, Festplatten, zahlreiche Bildschirme und Tastaturen nahmen den ganzen verbliebenen Platz ein. Wie ein DJ hinter seinem Mischpult bediente Seppl als Informatiker die Technik, ohne die in dieser ultravernetzten Welt nichts mehr lief. Hinter ihm standen kerzengerade und mit verschränkten Armen drei weitere Soldaten: eine Frau, die sich Chef nannte, und zwei Männer mit Namen Happy und Brummbär sowie der achtunggebietende Dirigent der Truppe, dem die Zwerge aufs Wort gehorchten: Schneewittchen.

Schneewittchen und die Zwerge starrten auf einen der Bildschirme, auf dem das Ende des Ultimatums der islamistischen Terroristen zu sehen und zu hören war: »Die Macht liegt bei Allah und bei seinem Gesandten und den Gläubigen. Doch die Heuchler wissen es nicht.« Das Bild verschwamm, und der Mann mit der Sturmhaube verschwand. Einen Moment lang sah man nichts als grauen Schnee, dann kehrte das Bild zurück und zeigte den Moderator Jean-Marc Richard. Er schien wie auch die vielen tausend Zuschauer aus der Westschweiz, die die Sendung »Herz für Herz« live verfolgt hatten, nicht zu verstehen, was gerade passiert war. Mit einem Finger das Headset ans Ohr drückend und in der anderen Hand ein Mikrofon schaute er nicht mehr in die Kamera, sondern schien sich mit der Regie in Genf auszutauschen.

Als Schneewittchen die Rückkehr der drei Soldaten bemerkte, wandte es sich ihnen zu und fragte lediglich: »Und?«

»Auftrag erledigt«, erwiderte Hatschi.

Noch 5 Tage bis zum Ablauf des Ultimatums

Terroristische Bedrohung in der Schweiz
Der Islamische Staat fordert die Freilassung des Terroristen Moussa Jassem al-Maliki

Eine nie da gewesene Krise erschüttert derzeit die Schweiz. Terroristen, die behaupten, dem Islamischen Staat anzugehören, haben der Schweizer Regierung ein Ultimatum gestellt. Sie fordern die Freilassung einer Galionsfigur des internationalen Terrorismus.

Infolge eines doppelten Hackerangriffs wurde eine alarmierende Botschaft auf die Fassade des Berner Bundeshauses projiziert und live von den drei nationalen Fernsehsendern übertragen. Die Terroristen fordern die Freilassung von Moussa Jassem al-Maliki, der aktuell in der Justizvollzugsanstalt Thorberg einsitzt.

Der Islamische Staat droht damit, die »schwarzen Blitze Allahs« über der Schweiz zu entfesseln, und sprach von Tausenden Todesopfern, sollte seiner Forderung nicht nachgekommen werden. Eine derartige, noch nie zuvor erlebte Bedrohung hat die Schweizer Regierung völlig unvorbereitet getroffen.

»Während die Bevölkerung auf schnelle und wirksame Maßnahmen hofft, lassen konkrete Entscheidungen auf sich warten«, kritisierte die Schweizerische Volkspartei, SVP, in einer Pressemitteilung. Die Partei beklagte eine »generelle Unsicherheit, die Angst und Unruhe schürt«, und forderte eine Mobilisierung der Armee.

Einige Kantone haben bereits reagiert und ihre Polizeikräfte mobilisiert, um die Sicherheit ihrer Bürger zu gewährleisten.

Nachrichtenagentur Keystone-SDA

4

Das schwere metallene Garagentor der Zentrale der Kantonalen Polizei Blécherette öffnete sich lautlos. In ihrem Zivilfahrzeug fuhr Karine Joubert langsam bis zu dem für sie reservierten Parkplatz, stieg aus und ließ die Fahrertür zuschlagen. Sie hatte das Gefühl, die Szene von vor zwei Wochen erneut zu durchleben. Ein Verbrechen am Samstagabend. Eine schlaflose Nacht. Und am Sonntagmorgen bei Tagesanbruch die Einrichtung einer Sonderkommission, die weitere schlaflose Nächte versprach.

Als sie am Vortag Andreas im Krankenhaus besucht hatte, hatte sie ihm angekündigt, dass sie ein paar Tage Urlaub einreichen werde. Das letzte Ermittlungsverfahren war abgeschlossen, der Abschlussbericht geschrieben. Und dann hatte ihr Telefon geklingelt, und sie hatte einen neuen Fall am Hals, der es in sich hatte. Sobald die Identität des Opfers bekannt wäre, würden sich die Medien darauf stürzen, und man würde von nichts anderem mehr sprechen als von Julie Bossart. Mit etwas Glück würde das gestern Abend von den Terroristen gestellte Ultimatum die Aufmerksamkeit der Presse ablenken, sagte sich Karine.

Andreas' Krankenhausaufenthalt näherte sich dem Ende. Er würde nach Hause zurückkehren dürfen, allerdings hatten ihn die Ärzte noch für mindestens zwei Monate krankgeschrieben. Karine würde also erneut mit Kinga zusammenarbeiten. Sie wusste, dass ihr Chef und Freund immer in ihrer Nähe sein würde. Sie konnte stets auf ihn zählen, auch wenn die Chirurgin ausdrücklich erklärt hatte, dass Andreas sich ausruhen müsse. Seine Gesundheit hänge davon ab.

Als Karine die Räumlichkeiten der Mordkommission der Waadtländer Kantonspolizei betrat, diskutierten Kinga Nowak und Bakary Zuma in der Nähe des Kaffeeautomaten über das Ultimatum.

Für Bakary war eine terroristische Bedrohung der Schweiz außerhalb seines Vorstellungsvermögens. »Wir haben uns immer in Sicherheit gewiegt. Und jetzt trifft es uns mit voller Wucht.«

»Die Verhaftung des Islamisten hat unser Image in den Augen der Amerikaner aufgewertet«, mischte sich Karine in das Gespräch ein. »Vor allem nach den ganzen Bankenskandalen, die dem guten Ruf unseres Landes geschadet haben. Und plötzlich verwandelt sich das in ein vergiftetes Geschenk.«

»Und wir stehen auf derselben Liste wie die Vereinigten Staaten als Feinde Allahs …«, erwiderte Bakary.

»Unsere schöne Neutralität«, sagte Karine ironisch. »Wir strengen ein Auslieferungsverfahren an, um diesen Extremisten in die USA zu schicken, und schon setzen uns diese Fanatiker mit den Amerikanern gleich.«

»Die Bundespolizei Fedpol muss Gewehr bei Fuß stehen«, sagte Kinga.

»Ich möchte mir das gar nicht bildlich vorstellen«, erwiderte Karine. »Aber schließlich können wir uns mit unserem gewöhnlichen Mord, wenn man das so sagen darf, auch nicht beschweren –«

Viviane Bourgeaux war zu ihnen getreten und unterbrach sie. »Und wir werden unsere Arbeit machen«, erklärte sie, um zu zeigen, dass sie das Ende ihrer Diskussion mitbekommen hatte. »Also, ans Werk! Wir haben einen Fall zu lösen …«

Sie folgten der Leiterin der Kriminalpolizei in den Besprechungsraum, wo sie Christophe von der Spurensicherung bereits erwartete.

Viviane legte ohne Umschweife los. »Letzte Nacht hat der diensthabende Staatsanwalt Jean-Luc Nicod die Wohnungsdurchsuchung des Opfers angeordnet, aber letztlich ist Norbert Jemsen seit heute Morgen mit dem Mordfall in Montreux betraut.«

»Ein Neuenburger wird unsere Ermittlungen leiten?«, fragte Bakary erstaunt mit einem Schmollmund.

»Ganz genau. Da das Opfer Julie Bossart als Klägerin im

Lanteret-Prozess auftreten sollte, hielt es das Büro des Großen Rats, das zuvor bereits Jemsen zum außerordentlichen Staatsanwalt im Prozess gegen den Armeechef ernannt hat, angesichts der Ablehnung in corpore durch die Anklagebehörde für unpassend, einen Waadtländer Staatsanwalt mit der Untersuchung ihres gewaltsamen Todes zu betrauen.«

»Wir hatten schon mit Jemsen zu tun«, bemerkte Kinga.

»Ja, ich weiß. Ich habe heute Morgen mit ihm gesprochen, und er hat mir erzählt, dass er gestern Abend Andreas im Krankenhaus aufgesucht hat«, antwortete Viviane und starrte dabei Karine vorwurfsvoll an.

»Ich gebe zu, dass ich Andreas über den Mord informiert habe«, sagte Karine. »Und er hat daraufhin Jemsen kontaktiert.«

»Muss ich dich wirklich daran erinnern, dass Andreas krankgeschrieben ist?«, fragte Viviane streng.

Karine verneinte, ohne mit der Wimper zu zucken.

»Gut!«, erklärte Viviane. »Ich möchte nichts mehr von ihm hören, solange er nicht wieder genesen und zurück im Dienst ist. Ist das klar?«

»Ist notiert«, sagte Karine, neigte den Kopf und schielte ironisch lächelnd zu Viviane.

Viviane schüttelte nur den Kopf und seufzte. Sie wusste wohl, dass es sinnlos wäre, weitere Worte darüber zu verlieren, wenn diese kein Gehör fanden, daher fuhr sie fort. »Staatsanwalt Jemsen, der derzeit wegen des morgigen Prozessauftaktes sehr beschäftigt ist, hat mich wissen lassen, dass er uns mit den Ermittlungen betraut. Allerdings muss ich ihn regelmäßig über den aktuellen Stand und sämtliche neuen Entwicklungen informieren.«

»Wie werden wir uns gegenüber den Medien verhalten?«, fragte Bakary.

»Keine Pressekonferenz zum jetzigen Zeitpunkt. Das Thema muss mit Jemsen im Laufe des Tages erörtert werden. Bis dahin erwarte ich absolute Diskretion. Ich habe mit unserem Pressesprecher geredet. Er wird heute Vormittag ein kurzes

Kommuniqué zum Mordfall verschicken, ohne die Identität des Opfers zu nennen. Karine, du wirst die Ermittlung leiten, und Kinga wird dir dabei zur Seite stehen. Bakary, du bist für die Koordination verantwortlich.«

Nachdem alle genickt hatten, begann Karine mit den Ausführungen. »Die Identität des Opfers ist bestätigt. Es handelt sich um die dreißigjährige Julie Bossart. Eine High-Class-Escort-Lady, die sich Nadine nannte. Offiziell hat sie auf eigene Rechnung gearbeitet und besaß eine eigene Website. Gewohnt hat sie in einem Appartement mitten in Lausanne am Place de la Palud in der Cité. Julie Bossart war Klägerin im Prozess gegen den Armeechef Aloïs Lanteret. Sie beschuldigte ihn, sie im Januar, am Abend des Neujahrsempfangs der Polizeiakademie in Savatan, vergewaltigt zu haben.«

»Da war ich auch«, sagte Viviane. »Wie jedes Jahr.«

»Hast du Julie Bossart gesehen?«, fragte Karine.

»Ich kann mich nicht an sie erinnern. Es waren unendlich viele Leute da, Polizisten und Staatsanwälte aus allen Kantonen und auch jede Menge Militärs.«

»Ich glaube, dass wir uns noch einmal mit der Vergewaltigungsaffäre beschäftigen müssen«, erklärte Bakary. »Ich denke, wir alle haben diesen Fall nur von Weitem verfolgt, denn der wurde ja damals von den Kollegen von der Sitte behandelt.«

»In der Tat müssen wir diese Angelegenheit nochmals genau unter die Lupe nehmen«, sagte Viviane. »Ihre Ermordung könnte damit in Zusammenhang stehen. Lanteret wäre der perfekte Verdächtige. Und hat sicher ein Interesse daran, dass Bossart nicht aussagt, auch wenn diese Hypothese nach meinem Geschmack etwas zu naheliegend erscheint. Auf jeden Fall werde ich die Sitte um Akteneinsicht ersuchen.«

»Einverstanden«, erklärte Karine. »Es ist wichtig, diesen Fall ohne Vorurteile anzugehen und ihn von hinten aufzurollen. Wir müssen Bossarts Leben durchleuchten. Vielleicht passte ihr Tod ja auch anderen Leuten in den Kram.«

»Ich konnte bereits die Videoaufzeichnungen aus dem Parkhaus organisieren«, gab Bakary bekannt.

Er spielte die Aufnahmen des Mordes auf einem LED-Bildschirm an der Wand ab. Sie konnten zwei Weihnachtsmänner erkennen, die Nadine verfolgten, und dann einen dritten, der sie von hinten überraschte, sie packte und ihr die Kehle durchschnitt.

Die Bilder machten sie sprachlos.

»Der Weihnachtsmann, der Bossart die Kehle durchgeschnitten hat, wirkte femininer beziehungsweise zierlicher als die beiden anderen«, sagte Kinga. »Was sich mit der Aussage der Zeugin aus Montreux deckt, die uns alarmiert hat. Er ist kleiner als die beiden anderen, die eine beeindruckende Statur haben.«

»In der Blutlache des Opfers haben wir einen Schuhabdruck Größe 38 sichern können«, mischte sich Christophe ein. »Dieser passt zu einem ehemaligen Kampfstiefel der Schweizer Armee – dem Modell KS 90.«

»Diese Stiefel sind auf den Aufnahmen gut zu erkennen«, bestätigte Bakary. »Aber davon gibt es in der Schweiz Tausende.«

»Als wir in der Nacht im Appartement von Julie Bossart Spuren gesichert haben«, fuhr Christophe fort, »haben wir dort ebenfalls Abdrücke dieser Kampfstiefel gefunden. Einen davon in Größe 38 und zwei in Größe 46.«

»Unsere drei Weihnachtsmänner haben offensichtlich auch die Wohnung des Opfers aufgesucht«, sagte Kinga. »Bei der Wohnungsdurchsuchung haben wir festgestellt, dass dort alles auf den Kopf gestellt war.«

»Was haben sie dort gesucht?«, murmelte Bakary, als spräche er zu sich selbst.

»Kannst du das Bild von einem der Weihnachtsmänner vergrößern?«, fragte Karine.

Bakary kam ihrer Bitte nach.

»Unmöglich, bei dieser Verkleidung ihre Gesichter zu erkennen«, sagte Karine. »Man sieht nur die Augen hinter den Brillen. Und die Tarnkleidung, die unter den roten Mänteln hervorschaut.«

»Vom Chef der Armee angeheuerte Soldaten, um die Klägerin auszuschalten? Ein von Lanteret persönlich befohlener Auftragsmord?«, schlug Kinga vor.

»Wenn es sich wirklich um Angehörige der Armee handeln würde, warum tragen sie dann Militärkleidung?«, fragte Bakary. »Das würde sie doch verraten. Es sei denn, sie wollten Aufmerksamkeit erregen und eine Botschaft übermitteln. Oder Spuren verwischen.«

»Glaubst du, dass sie absichtlich versucht haben, den Eindruck einer militärischen Beteiligung zu erwecken?«, fragte Viviane.

»Vor dem Hintergrund des aktuellen Prozesses würde ich, wenn ich diese junge Frau töten wollte, auf jeden Fall dafür sorgen, dass es so aussieht, als hätte dieser Armeechef etwas damit zu tun«, sagte Bakary. »Alle Schweizer, die im Militär waren oder sind, haben dieses Kampfstiefelmodell und diese Feldjacke bei sich zu Hause. Aber jeder kann die Sachen auch in Armeeshops und im Internet kaufen. Nichts leichter als das.«

»Allerdings«, bemerkte Kinga, »wirkt die Vorgehensweise der drei Weihnachtsmänner sehr professionell.«

»Ein Auftragsmord ist absolut plausibel«, gab Karine zu. »Bis wir weitere Spuren gefunden haben, sollten wir schleunigst Lanteret vorladen. Wir müssen sein Alibi überprüfen und sein Smartphone und seinen Computer auswerten.«

Viviane hüstelte diskret. »Ich habe diese Möglichkeit bereits mit Staatsanwalt Jemsen besprochen«, sagte sie. »Er hat keine Einwände, verlangt aber, dass Lanteret vor einer Einvernahme zunächst morgen früh vor Gericht erscheint. Er ist sicher, dass der Prozess aufgrund des Todes der Klägerin vertagt wird. Von diesem Zeitpunkt an gehört Lanteret uns.«

Alle nickten.

Nach einer kurzen Pause ergriff Kinga wieder das Wort. »Wer, glaubt ihr, könnte noch Interesse an Julie Bossarts Tod haben?«

»Es könnte eine andere Spur geben, die zur Armee führt«,

sagte Bakary. »Die Debatten über das Budget der Armee haben markante Kontroversen offenbart. Vorstellbar wäre also auch ein Gegner des Militärs, der die Armee diskreditieren will, indem er Lanteret den Mord anhängt. Oder ein leidenschaftlicher Anhänger des Militärs, der dem obersten Befehlshaber der Armee eine strafrechtliche Verurteilung ersparen will. Sämtliche Hypothesen sind möglich.«

5

In einem zu engen Dreiteiler und mit einer schief sitzenden Krawatte stand Serge Hamon leicht gebeugt und mit den Händen auf dem Rücken verschränkt an einem Fenster im ersten Stock des Westflügels des Bundeshauses. Mit ernster Miene und mit den Gedanken woanders blickte er hinab auf die mäandernde Aare, ohne sie wirklich zu sehen. Sie umschloss die Berner Altstadt und floss friedlich unter den Brücken hindurch. In der Morgensonne glitzerte ein zarter Schneefilm auf den Dächern und in den Gärten. Die Schornsteine rauchten, und die Temperatur war eisig. Ganz Bern blieb geschlossen. Die Straßen waren menschenleer.

Auch Serge Hamon, der auf die sechzig zuging, hätte gerne von einem Sonntag zusammen mit seiner Familie, im Warmen, in seiner Villa in Grandvaux, an der Seite seiner zehn Jahre jüngeren Frau Caroline und der beiden spät geborenen Kinder geträumt: der achtjährigen Cindy und des sechsjährigen Arthur. Doch die Verantwortung, die auf seinen Schultern lastete, verlangte große Opfer. Er war einer der sieben Bundesräte, Chef des Eidgenössischen Departements für Verteidigung, Bevölkerungsschutz und Sport, VBS, und zudem Mitglied der nationalkonservativen SVP, eine der größten Parteien der Schweiz. Die Sicherheit des Landes war sein Steckenpferd. Die terroristische Bedrohung der Schweiz bot eine außergewöhnliche politische Gelegenheit, ein günstiges Zeitfenster.

Zu allem Überfluss hatte Hamon für ein Jahr das rotierende Amt des Bundespräsidenten inne. Er war zwar nicht das Staatsoberhaupt, wie sein Titel hätte vermuten lassen können, sondern lediglich Primus inter Pares, also der Erste unter Gleichgestellten im Bundesrat.

Hamon nahm seine Brille ab, wischte die Gläser mit der Rückseite seiner Krawatte ab und setzte sie wieder auf. Die dicken und nicht getrimmten dunklen Augenbrauen über dem dünnen Titangestell verliehen ihm das Antlitz einer Eule. Er liebte das Sitzungszimmer, in dem der Bundesrat allwöchentlich zusammenkam und das den Beinamen »Chalet fédéral« trug: die Wandtäfelung aus dem 19. Jahrhundert, die hohe Stuckdecke, den riesigen Leuchter als Relikt aus den Anfängen der Gasbeleuchtung ...

Hamon klopfte auf die Armlehne seines Sessels und schaute auf die Uhr. Sein Gesprächspartner würde in einer Minute eintreffen, präzise wie ein Schweizer Uhrwerk. Im Land der Uhrenindustrie galt militärische Genauigkeit als Dogma. Hamon erhob sich und ging langsamen Schrittes ins Vorzimmer hinüber.

In der Mitte stand ein moderner, von zehn Stühlen mit geschwungenen Lehnen umrahmter Tisch, an dem die Bundesräte üblicherweise ihre Pausen verbrachten und gelegentlich gemeinsam den Lunch einnahmen. In der Tischmitte stand ein Blumenstrauß. Der Kamin auf der rechten Seite war das einzige Überbleibsel der ursprünglichen Ausstattung des Raumes. Aufrecht wie ein Stock stand Korpskommandant Martin Humel mit kurz geschnittenem grauem Haar, einer taillierten grünen und mit Streifen und Abzeichen bedeckten Uniform in der Tür des Vorzimmers und begrüßte Hamon mit einem militärischen Salut.

»Unter uns doch nicht, Martin«, murrte Hamon und reichte ihm die Hand.

»Ganz wie du willst, Monsieur le Président«, antwortete Humel lächelnd.

Das Protokoll sah vor, dass man sich aus Respekt vor Dienstgraden und Funktionen siezte, doch Humel hatte sich nie viel aus Formalitäten gemacht oder vor Politikern gekatzbuckelt.

»Ist Reinmann schon da?«, fragte Humel.

»Er erwartet uns im Bureau de la présidence. Widmer sollte ebenfalls eingetroffen sein.«

Nachdem Aloïs Lanteret aufgrund des laufenden Strafverfahrens von seiner Verantwortung als Armeechef entbunden worden war, hatte Serge Hamon dessen Stellvertreter bestellt.

Korpskommandant Martin Humel hatte den Posten kommissarisch übernommen und nahm parallel weiterhin seine Aufgaben als Chef des Einsatzkommandos wahr.

Auf dem Korridor, der zum Bureau de la présidence führte, flüsterte Hamon: »Dass das zwischen uns klar ist, Martin, vor Reinmann und Widmer bist du lediglich als Berater zugegen.«

»Das ist mir absolut bewusst.«

»Gut. Ich möchte so weit wie möglich verhindern, dass das Gerücht über einen möglichen Einsatz der Armee in der Bundeskriminalpolizei oder in anderen Institutionen die Runde macht. Oder, was noch schlimmer wäre, in den Medien oder in der Bevölkerung.«

»Ich habe es klar und deutlich verstanden.«

Das Bureau de la présidence im ersten Stock des Westflügels wurde häufig als Sitzungszimmer genutzt. Nach den üblichen Begrüßungs- und Vorstellungsfloskeln setzten sich Serge Hamon, Martin Humel, Beat Reinmann als Direktor des Bundesamts für Polizei Fedpol und Bundesanwalt Gabriel Widmer um den großen ovalen Tisch. An den Wänden hingen Tapisserien, Bilder von Le Corbusier und ein Fernsehbildschirm.

»Zu Beginn möchte ich die Abwesenheit meines Amtskollegen vom Justiz- und Polizeidepartement entschuldigen, der aufgrund anderer Verpflichtungen verhindert ist«, verkündete Hamon. »Per Videokonferenz ist uns der Direktor des Nachrichtendienstes des Bundes zugeschaltet. Er konnte nicht in persona erscheinen, dennoch wollte ich, dass er uns einen Überblick über die Lage gibt. Charles, ich überlasse Ihnen das Wort.«

»Ich werde mich kurzfassen«, ließ der Direktor des Nachrichtendienstes über den Bildschirm verlauten. »Die Schweiz ist Teil der westlichen Welt, die von Dschihadisten als islamfeindlich eingestuft wird. Dennoch sind andere Länder wie beispielsweise Frankreich aufgrund ihrer militärischen Beteiligung an internationalen Allianzen gegen den Islamischen Staat, was uns aufgrund unserer Neutralität natürlich verwehrt ist, deutlich exponierter. Bisher war das plausibelste Terrorszenario für die

Schweiz die Tat eines vom Dschihad inspirierten, psychisch gestörten Einzeltäters, der es auf Ansammlungen unschuldiger Menschen, zum Beispiel auf Weihnachtsmärkten, abgesehen hat. Doch dieses Ultimatum verändert die Lage. Wir haben derzeit keine Hinweise auf eine konkrete Planung eines großen Anschlags auf unserem Staatsgebiet, dennoch nehmen wir dieses Risiko sehr ernst.«

Hamon bedankte sich und beendete die Videokonferenz. Er warf Martin Humel einen kurzen Blick zu und fuhr fort: »Wenn wir hier heute mit dem Armeechef ad interim zusammengekommen sind, dann, weil wir von Ihnen, Herr Reinmann, erwarten, dass Sie uns über den aktuellen Stand der Ermittlungen informieren. Das Ultimatum läuft in fünf Tagen ab, und wir müssen in Echtzeit über alle Parameter verfügen, um zu entscheiden, ob eine militärische Intervention wünschenswert wäre.«

»Sie erwägen die Verhängung des Kriegsrechts?«, fragte der Fedpol-Direktor lächelnd.

»So weit sind wir noch nicht«, antwortete Hamon ernst. »Sollte sich das jedoch als erforderlich erweisen, würde ich nicht zögern, meine Kollegen von der Notwendigkeit einer solchen Maßnahme zu überzeugen, um die Bevölkerung zu schützen.«

»Wenn es dazu kommen sollte, wären einige Vorbereitungen zu treffen«, erklärte Humel.

»Die Idee wäre«, fügte Hamon hinzu, »wie Frankreich und Belgien das Militär nach dem Vigipirate-Sicherheitsplan einzusetzen, um die Orte mit dem größten Publikumsverkehr zu sichern.«

»Die Armee für ein Problem hinzuzuziehen, das die innere Sicherheit betrifft, ist eine Schwelle, die ich lieber nicht überschreiten möchte«, mischte sich Bundesanwalt Widmer ein.

Der Fedpol-Direktor stimmte ihm schweigend zu.

»Sie wissen, was Sie tun müssen, um dies zu verhindern, Reinmann. Identifizieren Sie diese Terroristen so rasch wie möglich, um deren Pläne zu durchkreuzen«, sagte Hamon.

Der Fedpol-Direktor nickte und wandte sich an Widmer. »Was sagt das Gesetz zu einer Mobilisierung der Armee?«

»Die Verfassung überträgt dem Bundesrat die Befugnis, außerordentliche Anordnungen zu treffen, die im Bundesgesetz im Maßnahmenkatalog für den Fall einer außergewöhnlichen Gefahr geregelt sind. Diese umfassen insbesondere die Mobilisierung der Armee, was wiederum die Verlegung von Truppen, den Schutz der Grenzen und andere Vorkehrungen zur Gewährleistung der nationalen Sicherheit beinhalten kann.«

Hamon unterbrach ihn. »Herr Bundesanwalt, Korpskommandant Humel wird Ihnen bei Bedarf den Mobilisierungsplan zukommen lassen, den er vorbereitet hat.«

»Der logistische Aspekt fällt nicht in meinen Zuständigkeitsbereich«, erwiderte Widmer. »Ich werde mich darauf beschränken, die Rechtmäßigkeit der vorgeschlagenen Maßnahmen und die Einhaltung des Individualrechts zu überprüfen.«

»Selbstverständlich. Dieses Ultimatum kommt zu einem denkbar ungünstigen Zeitpunkt. Die Sitzungsperiode der Kammern ist in vollem Gange, und wie Sie wissen, haben die Parlamentarier die Abstimmung über den Bundeshaushalt auf Freitag verschoben. Respektive vertagt, weil große Uneinigkeit über den für die Armee vorgesehenen Etat herrscht.«

»Welche Haltung vertritt denn der Bundesrat bezüglich einer eventuellen Freilassung des inhaftierten Moussa Jassem al-Maliki?«, fragte Widmer.

»Es steht außer Frage, den Forderungen der Terroristen nachzugeben«, erwiderte Hamon.

»Wir prüfen gerade die Möglichkeit, Zeit zu gewinnen«, warf der Fedpol-Direktor ein. »Zunächst einmal könnten wir dem Antrag stattgeben, den die Terroristen gestern Abend nach dem Ultimatum schriftlich bei der Bundeskanzlei eingereicht haben, nämlich den Gefangenen von der Justizvollzugsanstalt Thorberg nach Bochuz zu verlegen. Das erfordert allerdings gewisse Vorkehrungen.«

»Haben die nicht auch anschließend einen Transport des Häftlings zum Militärflugplatz Payerne gefordert und eine Bereitstellung eines Flugzeuges?«, fragte Widmer.

»Exakt«, erwiderte Hamon.

»Und das ist auch der Grund, warum ich heute hier bin«, fügte Humel hinzu. »Diese zweite Forderung könnte jedoch eine Falle sein. Wir befürchten, dass die Terroristen vielmehr während der Verlegung des Häftlings von Thorberg nach Bochuz einen Anschlag planen, um ihn zu befreien.«

»Ziehen Sie in Erwägung, dass die Armee den Gefangenentransport eskortiert?«, fragte der Fedpol-Direktor.

»Das ist richtig. Nun wissen Sie also, was wir vorhaben«, erklärte Hamon. »Wir haben von unserer Seite beschlossen, die Alarmstufe für Terroranschläge zu erhöhen. Und wie steht es auf Ihrer Seite?«, fügte er hinzu und wandte sich zurück an den Fedpol-Direktor.

Reinmann blickte auf seine Notizen. »Leider kann ich Ihnen in diesem Stadium nicht viel Neues berichten. Unsere IT-Spezialisten bemühen sich, die Spur des Hackerangriffs auf die Lichtschau und die drei nationalen Fernsehsender zurückzuverfolgen, und wir versuchen, die Herkunft der E-Mail zu identifizieren. Einige technische Details deuten darauf hin, dass sich die Quelle in Tschetschenien befindet, aber das könnte ebenfalls eine Falle sein. Wir arbeiten daran.« Der Fedpol-Direktor nahm ein anderes Blatt zur Hand und fuhr fort. »Moussa Jassem al-Maliki stammt ursprünglich aus Syrien. Einer unserer Informanten hat angedeutet, dass er Verbindungen zu einem irakischen Imam in der Schweiz haben könnte, aber zur Stunde kennen wir weder dessen Namen noch die Moschee, in der er predigt. Wie Sie wissen, operieren die terroristischen Netzwerke des Islamischen Staates als voneinander unabhängige Zellen und scheren sich nicht um Nationalitäten. Momentan ist es unmöglich, dieses Ultimatum mit einem bestimmten Land in Verbindung zu bringen. Genauso wie es theoretisch unmöglich ist, dass Moussa Jassem al-Maliki in Kontakt mit diesem Imam steht. Der Häftling befindet sich derzeit in Isolationshaft. Er darf niemandem schreiben, außer seinem Anwalt. Und selbst diese Korrespondenz kontrollieren wir.«

»Was nicht so ganz legal ist…«, murmelte Hamon.

»Sagen wir, die Anweisung kommt nicht von der Bundesanwaltschaft«, antwortete Widmer. »Und sie wird auch nicht in der Akte erwähnt.«

Humel lächelte unauffällig, und Reinmann fuhr fort: »Moussa Jassem al-Malikis Zelle wird regelmäßig durchsucht. Und wir haben dort nie auch nur die geringste Spur eines Handys gefunden.«

»Und was das Ziel der Terroristen betrifft?«, fragte Humel.

»Zum jetzigen Zeitpunkt haben wir diesbezüglich keinerlei Informationen. Aber wir setzen alle Hebel in Bewegung, um die Täterschaft zu identifizieren und ihre Pläne zu vereiteln. Die Taskforce TETRA steht in den Startlöchern. Wir arbeiten Hand in Hand mit dem Nachrichtendienst des Bundes, der Staatsanwaltschaft, der Politischen Direktion und der Direktion für Völkerrecht, dem Bundesamt für Zoll und Grenzsicherheit, dem Bundesamt für Justiz, der Flughafenpolizei, den nationalen Sicherheitsbehörden und natürlich mit allen Kantonen. All unsere Informanten wurden mobilisiert. Die verschiedenen arabisch-muslimischen Gemeinschaften unterstützen uns aktiv, da sie vor allem befürchten, dass dieser Fall neue rassistische Spannungen aufflammen lässt. Und wir durchforsten die Akten des SEM, des Staatssekretariats für Migration, um sämtliche Personen zu identifizieren, die verdächtige Profile aufweisen und seit der Verhaftung von Moussa Jassem al-Maliki in unser Land eingereist sind.«

6

Sie kamen mit Andreas' grauem BMW 635 CSi in Gryon an. Mikaël hatte seinen Ehepartner aus dem CHUV abgeholt. Andreas stieg aus und ließ die Fahrzeugtür zuschlagen. Er sog die frische Bergluft ein und nahm sich Zeit, die Landschaft zu bewundern. Das Chalet L'Étoile d'argent lag in einer zauberhaften Umgebung, etwas abseits des Dorfes mitten auf einer Lichtung. Vor dem strahlend blauen Himmel hob sich der Gipfel des Grand Muveran ab, als sei er in einen makellosen Umhang gehüllt.

»Kommst du?«, fragte Mikaël, der Andreas' Sachen aus dem Kofferraum genommen hatte.

»Ja. Ich war jetzt zwei Wochen weg, und es kommt mir vor, als seien es Jahrhunderte gewesen ...«

Mikaël ließ Andreas die Tür öffnen und ihn als Erster eintreten. Ihr Bernhardiner Minus, der Andreas, seit er in die Klinik gemusst hatte, nicht mehr gesehen hatte, kam auf seine tollpatschige Art angelaufen und rieb liebevoll seinen Kopf an ihm. Lillan, die kleine schwarze Katze mit den weißen Pfötchen, schmiegte sich an seine Beine. Andreas bückte sich, um seinen Hund zu umarmen und anschließend Lillan auf den Arm zu nehmen.

Als er das Wohnzimmer betrat, fielen ihm seine Nichte Mélissa und sein Neffe Adam stürmisch um den Hals.

Andreas' Schwester Jessica schälte ein paar Knoblauchzehen in der offenen Küche. »Willkommen zu Hause!«, begrüßte sie ihn.

Andreas trat zu ihr, erblickte das Caquelon und das Rechaud auf dem Tisch und rief: »Ein Käsefondue! Davon habe ich geträumt.«

Jessica umarmte ihren Bruder zärtlich. »Du hast uns letzte Woche einen solchen Schrecken eingejagt.«

»Mach dir keine Sorgen«, sagte Mikaël lachend. »Du weißt doch, dass dein Bruder eine Kämpfernatur ist.«

Während Andreas darauf wartete, dass Jessica das Fondue fertig vorbereitete, trat er mit Minus hinaus in den verschneiten Garten. Zuvor hatte er eine Vitola aus dem Humidor ausgewählt. Er konnte dem Vergnügen, eine gute Zigarre zu rauchen, nicht widerstehen. Seine Chirurgin hätte sicherlich Einwände, aber das war ihm egal. Diese Zigarre würde für ihn einen besonderen Geschmack haben, denn sie symbolisierte, dass er nach der Operation wieder mit beiden Beinen im Leben stand. Er hatte sich für eine Meerapfel Meir Pyramid entschieden, die ihm Yann, der Besitzer des »Tabashop« in Montreux, empfohlen hatte. Nachdem er den Zigarrenkopf vorsichtig mit seiner Guillotine abgeschnitten hatte, zündete er sie an, nahm einen ersten Zug und gab sich dem Genuss hin. Die Zigarre enthüllte ein dezent würziges Aroma, in dem nach und nach köstliche Noten von Kakao, Holz und exotischen Gewürzen, vor allem Ingwer und Piment, durchschienen. Jeder Zug bedeutete für ihn eine Mischung aus dem komplexen Geschmackserlebnis und dem Genuss des Rauchens.

Er dachte an seinen Krebs und an seine Operation, bei der eine Resektion eines Teils der Leber vorgenommen worden war, um einen bösartigen Tumor zu entfernen. Der Eingriff war wie vorgesehen vonstattengegangen, allerdings hatte er ein paar Tage später eine akute Leberinsuffizienz erlitten und war notfallmäßig ein weiteres Mal operiert worden. Er fühlte sich müde, aber insgesamt ging es ihm besser. Die Aussicht, wieder normal essen zu können, erfreute ihn.

Jemsen hatte ihn im Krankenhaus besucht. Es war das erste Mal gewesen, dass sie sich begegnet waren, doch der Ruf des Neuenburger Staatsanwalts, der bereits denkwürdige Fälle gelöst hatte, war ihm vorausgeeilt. Jemsen distanzierte sich vehement von dem Stereotyp des Staatsanwalts, der in seinem stillen Kämmerlein hinter Aktenbergen saß, sondern zog es vor, Ermittlungen vor Ort statt von seinem Schreibtisch aus zu leiten. Soweit Andreas wusste, beschäftigte sich Jemsen weniger mit juristischen Haarspaltereien, sondern vielmehr mit echten menschlichen Belangen und bevorzugte genau wie er stets die

Atmosphäre am Tatort. Andreas hegte ebenso viel Respekt wie Sympathie für Jemsen.

Mikaël war zu ihm nach draußen getreten. »Alles gut, mein Schatz?«

»Alles bestens, danke«, antwortete Andreas lächelnd.

»Morgen werde ich den ganzen Tag den Prozess gegen den Armeechef verfolgen.«

»Das habe ich mir schon gedacht. Mach dir keine Sorgen um mich.«

»Hast du Neuigkeiten von Karine bezüglich des Mordes in Montreux?«

Andreas zögerte, bevor er sagte: »Stellst du mir diese Frage als Journalist?«

»Du kennst mich doch ... Ich finde es sehr erstaunlich, dass bis jetzt noch nichts durchgesickert ist. Fabien Berset hat mich heute Morgen sogar kontaktiert, um mich auszuquetschen.«

»Dieser Aasgeier von einem Journalisten hat mich ebenfalls versucht anzurufen.«

»Und? Warum schweigt sich die Polizei aus?«

Andreas musterte Mikaël. »Das Opfer ist Julie Bossart.«

»Die Frau, die von Lanteret angeblich vergewaltigt wurde?«

Andreas nickte.

Adam erschien in der Terrassentür und rief: »Das Fondue ist fertig, und ein Fondue darf man nicht warten lassen.«

Sie waren gerade fertig mit dem köstlichen Fondue, als es klingelte und Karine vor der Tür stand.

»Hallo, meine Liebe«, begrüßte Andreas sie lächelnd.

Sie trat zu ihm hin und flüsterte ihm ins Ohr: »Kann ich dich sprechen?«

»Sicher, komm rein. Darf ich dir etwas anbieten?«

»Das ist nett, aber ich habe nicht viel Zeit.«

»Wo ist Kinga?«

»In Montreux. Sie musste noch mal an den Tatort zurück, um ein paar Details zu überprüfen.«

Andreas nickte. »Ich werde noch einen Kaffee trinken. Möchtest du auch einen?«

»Sehr gerne.«

»Ich mache euch einen«, sagte Mikaël.

»Komm mit. Im Wintergarten können wir in Ruhe reden«, sagte Andreas und schritt voran.

Sie nahmen in den Sesseln Platz, die in dem gläsernen Pavillon am Ende des Gartens standen.

»Wie weit seid ihr mit der Pressemitteilung?«, fragte Andreas ohne Umschweife.

»Genau darüber wollte ich mit dir reden. Viviane muss das heute Nachmittag mit Jemsen besprechen. Die Untersuchung des Mordfalls Julie Bossart ist ihm übertragen worden.«

»Logisch. Und?«

»Wir haben das mit Kinga diskutiert und uns gefragt, ob wir wohl den Namen des Opfers bis Dienstag geheim halten können. Also bis zu dem Tag, den das Gericht für ihre Vernehmung angesetzt hat.«

Andreas starrte seine Kollegin mit großen Augen an. »Und welche Idee steckt dahinter?«

»Falls Lanteret in ihre Ermordung verwickelt ist, wäre es interessant, seine Reaktion zu beobachten.«

»Du glaubst, wenn Lanteret etwas mit dem Tod von Julie Bossart zu tun haben sollte, würde er erwarten, dass der Prozess ab morgen vertagt wird, richtig?«

»Und sein Anwalt ebenfalls. Wir können nicht ausschließen, dass er auf dem Laufenden ist.«

Mikaël stellte zwei Kaffeetassen auf dem niedrigen Beistelltisch ab. Er wollte gleich wieder gehen, als ihn Andreas bat zu bleiben und ihm den Plan darlegte, den Karine im Kopf hatte.

»Gute Idee«, stimmte Mikaël zu. »Und ich hätte sogar einen Vorschlag, um noch mehr Reaktionen hervorzurufen.«

»Und der wäre?«, fragte Karine.

»Wenn das Gericht morgen in aller Frühe eine E-Mail von Julie Bossart bekäme und der Richter läse diese während der Sitzung vor, könnte das eine entsprechende Wirkung zeigen.«

»Ausgezeichnete Idee!«, rief Karine. »Aber wie bekommen wir das hin?«

»Das ist keine Kunst. Ich habe einen Kumpel, der Hacker ist. Ich bin sicher, dass er seine Freude daran haben wird.«

»Ihr seid ja alle beide völlig verrückt«, erklärte Andreas. »Das ist illegal.«

»Sagst ausgerechnet du?«, wunderte sich Karine. »Meistens bist du doch derjenige, der die Grenzen der Gesetzgebung ausreizt, um an sein Ziel zu kommen.«

»Also gut«, erwiderte er kopfschüttelnd. »Und was soll in dieser Mail stehen?«

»Julie Bossart könnte ihre Anwesenheit für Dienstag bestätigen und daran erinnern, dass sie keine Gegenüberstellung mit dem Angeklagten wünscht.«

»Zumindest Cédric Verbena, der Anwalt der Klägerin, wäre vermutlich überrascht«, sagte Andreas. »Er wird danach auf jeden Fall versuchen, sie zu kontaktieren … und wäre beunruhigt, wenn ihm das nicht gelingt.«

»Daran habe ich nicht gedacht«, gab Karine zu. »Aber das ist doch deine berühmte Theorie vom Stock im Ameisenhaufen. Wenn man einen Stock in ihre Behausung hineinwirft, werden die Ameisen unruhig. Und bevor wieder Ruhe einkehrt, wird Lanteret, falls er schuldig ist, denken, dass seine Leute die falsche Zielperson erwischt haben, und mit Sicherheit einen Fehler begehen.«

»Falls es gelingt, die Information bis Dienstagmorgen geheim zu halten, könnte das vor Gericht ein ganz schönes Chaos verursachen«, sagte Andreas.

»Zweifelsohne. Doch vielleicht sehen wir dadurch klarer. Lanteret muss natürlich parallel abgehört werden.«

»Dann bleibt nur noch, Viviane zu überreden, die Identität des Opfers nicht öffentlich zu machen. Viel Glück!«, folgerte Andreas.

»Darauf lässt sie sich niemals ein. Aber vielleicht Jemsen?«

»Ich habe ihn gestern zum ersten Mal getroffen. Du kannst also sicher sein, dass ich ihn nicht anrufen werde, um ihm mitzuteilen, dass wir einen Hacker mit dem Versenden einer E-Mail betraut haben, um vorzutäuschen, dass Julie Bossart noch am Leben ist.«

»Nach dem, was man über ihn weiß, ist er ein äußerst pragmatischer Staatsanwalt, der wie du die Grenzen der Legalität austestet.«

»Hmm ...«

»Was, hmm?«

»Und Flavie Keller, seine Verfahrensassistentin?«

»Offensichtlich sind die beiden ja unzertrennlich. Sie ist ein bisschen so etwas wie sein Schutzengel, aber sie wird seiner Entscheidung folgen. Da bin ich mir sicher.«

»Okay, dann gehen wir mal davon aus. Und Kinga und du? Ihr geht dann morgen zur Verhandlung, um die Reaktionen von Lanteret und seinem Anwalt zu beobachten?«

»Nein, ich werde bei der Autopsie dabei sein. Ich hatte an Mikaël gedacht, weil er doch sowieso die Verhandlung verfolgen wird.«

»Das passt mir gut«, sagte Mikaël.

»Ich habe also gar keine andere Wahl«, schloss Andreas das Gespräch und rief Jemsen an.

7

Seit sich Jemsen vor drei Tagen in Selinas Wohnung niedergelassen hatte, durchforstete er die Lanteret-Akte. Der große rechteckige Esszimmertisch, die Stühle um ihn herum, die Sofas im Wohnzimmer – alles war mit Dutzenden an Schnellheftern und Blättern bedeckt. Es sah aus wie Kraut und Rüben.

Mit dem Telefon am Ohr stand er am Fenster und lauschte aufmerksam seinem Gesprächspartner. Unten fuhr ein Bus vorbei und bespritzte die Trottoirs mit bräunlichem, halb geschmolzenem Schnee. Etwas weiter weg konnte man im Wintergrau zwischen den Bäumen die Uferpromenade von Ouchy erahnen, das ruhige Wasser des Genfersees und dahinter einen Ausschnitt der Savoyer Alpen.

»Ich muss gestehen, dass es mir schwerfällt, Ihnen in dieser Sache zu folgen, Monsieur le Commissaire«, beendete Jemsen Andreas Auers langen Monolog. »Ist das wirklich Ihr Ernst?«

Mit gerunzelter Stirn hörte er sich die Argumente an, bis es an der Tür klingelte. Selina kam aus der Küche, um die Wohnungstür zu öffnen.

»Also gut«, sagte der Staatsanwalt, während ein köstlicher Plätzchenduft durch das Appartement wehte. »Ich werde darüber nachdenken. Meine Verfahrensassistentin ist jeden Moment hier. Ich werde mit ihr darüber sprechen und Sie auf dem Laufenden halten.«

Flavie zog ihren Mantel und ihre Stiefeletten aus und betrat zusammen mit Selina das Wohnzimmer.

»Ich würde Ihnen ja gerne einen Platz anbieten«, erklärte Selina der Verfahrensassistentin und zeigte dabei auf die besetzten Stühle und das Sofa. »Aber der Tornado Norbert ist hier durchgefegt.«

»Ich hab verstanden«, murrte Jemsen.

Bemüht, nichts durcheinanderzubringen, schob er die Seiten

einer Akte zusammen. Er war der Einzige, der eine scheinbare Ordnung in diese Unordnung bringen konnte.

»Selbst Skalpell hat sich unters Schlafzimmerbett geflüchtet«, erklärte Selina auf dem Weg zurück in die Küche. »Seit drei Tagen verlässt er sein Versteck praktisch gar nicht mehr.«

»Skalpell?«, fragte Flavie erstaunt.

»So heißt meine Katze.«

Flavie stellte sich die Rechtsmedizinerin im Obduktionssaal vor und hätte beinah lauthals gelacht.

»Und Sie?«, fragte Selina, als sie mit einem Teller noch lauwarmer Cookies in der Hand zurückkam. »Haben Sie auch eine Katze?«

»Ja. Beziehungsweise ... eigentlich gehört sie mir gar nicht. Sie lebt seit fast einem Jahr in Pension bei mir.«

»Und wie heißt sie?«

»Luzifer.«

»In Pension?«, hakte Selina nach.

»Die Katze gehört meiner Lebensgefährtin Tanja. Besser gesagt, ihrer Ex Ana. Erstere ist aktuell im Kosovo, wo sie nach einem Familiendrama wieder zu sich finden muss. Letztere ist nach einem Infarkt in Kur. Kurz gesagt, es ist also etwas kompliziert.«

Selina merkte, dass es sinnlos war, weiter nachzufragen. »Tee oder Kaffee?«

»Gerne Tee«, antwortete Flavie lächelnd.

Die beiden Frauen kannten sich kaum. Sie hatten sich vor vier Monaten nur ein einziges Mal an einem Tatort beziehungsweise nach einem Selbstmord im Val-de-Ruz getroffen.

Jemsen hatte seine Aufräumarbeit beendet, und sie setzten sich zu dritt um den niedrigen Couchtisch.

Flavie holte ein Dokument aus ihrer Tasche und reichte es Jemsen. »Ich habe es heute Morgen per E-Mail erhalten. Man könnte meinen, die Waadtländer Staatsanwaltschaft habe es eilig, diesen Prozess abzugeben. Auf jeden Fall wollte Generalstaatsanwalt Christian Clerc nicht das Risiko eines erneuten Befangenheitsantrags von Lanterets Anwalt oder dem Anwalt der Klägerin oder ihrer eventuellen Erben eingehen, da es ja keine Klägerin mehr gibt.«

Jemsen las rasch das vom Büro des Großen Rats des Kantons Waadt unterzeichnete Dekret, das ihn zum außerordentlichen Staatsanwalt für die Untersuchung des Mordes an Julie Bossart ernannte. Er war bereits mündlich über diese Entscheidung informiert worden und hatte sich früher am Tag mit Viviane Bourgeaux, der Leiterin der Waadtländer Kriminalpolizei, darüber unterhalten.

»Ich kann die Logik dieser Vorgehensweise nachvollziehen«, sagte er. »Vor allem gegenüber der Familie des Opfers. Allerdings verstehe ich nicht recht, wie Lanteret in diesem Mordfall ein Ablehnungsgesuch meiner Waadtländer Kollegen hätte erwirken können. Er ist ja gar nicht in den Fall involviert.«

»Aber das könnte sich ändern«, antwortete Flavie. »Auf jeden Fall steht er auf der Liste der Tatverdächtigen, und zwar ganz oben, denn schließlich profitiert er vom Verschwinden Julie Bossarts. Das ist ein Fakt. Er muss von den Ermittlern vernommen werden, wenn nicht als Verdächtiger, dann zumindest als Auskunftsperson. Ich denke, dass sein Anwalt diese Frage morgen früh bei der Eröffnung der Hauptverhandlung sofort ansprechen wird.«

»Wenn er darüber überhaupt auf dem Laufenden ist …«, murmelte Jemsen.

»Was wollen Sie damit sagen?«, fragte Flavie.

»Wir erwägen, dem Gericht davon nichts zu enthüllen. Zumindest nicht sofort.«

»Das verstehe ich nicht.«

»Als Sie kamen, habe ich gerade mit Hauptkommissar Andreas Auer telefoniert. Er hat mir einen Vorschlag unterbreitet, allerdings weiß ich noch nicht, was ich davon halten soll. Er schlägt vor, die Ermordung Julie Bossarts weder den Medien noch dem Gericht mitzuteilen.«

»Aber das ist doch total verrückt. Das wird zwangsläufig bekannt werden. Aus welchem Grund?«

»Um eine Vertagung des Prozesses zu verhindern. Oder, besser gesagt, eine Verschiebung des Prozessbeginns.«

»Warum?«

»Die Idee, die dahintersteckt, ist, Lanteret und seinen Anwalt im Glauben zu lassen, dass Nadines Anhörung Dienstagvormittag stattfindet. Und dann ihre Reaktionen zu beobachten.«

Flavie runzelte die Stirn. »Sie verdächtigen sogar den Anwalt?«

»Das ist eine Hypothese, die Karine Joubert und Kinga Nowak aufgestellt haben, die als Ermittlerinnen mit dem Fall betraut sind. Erinnern Sie sich an sie? Sie haben mich letzte Woche in La Chaux-de-Fonds wegen einer anderen Ermittlung aufgesucht. Sie wollen zum jetzigen Zeitpunkt keine Spur außer Acht lassen.«

»Aber warum sollten der Angeklagte und sein Anwalt auch nur die geringste Reaktion zeigen? Das Opfer ist doch seit Langem für Dienstagvormittag einbestellt. Alle wissen das. Entweder wissen sie nichts von Nadines Tod und zeigen keine Reaktion, oder sie hören den Vorsitzenden Richter diese Anhörung bestätigen und zucken ebenfalls nicht mit der Wimper, denn das ist ja die logische Abfolge des Verfahrens.«

»Es sei denn, wir kriegen es hin, dass der Richter morgen bei der Anhörung eine von Julie Bossart ganz früh am selben Morgen verfasste E-Mail laut vorliest.«

Flavie traute ihren Ohren nicht. »Sie haben vor, dem Gericht eine gefälschte E-Mail zu schicken?«

»Das ist der Plan. Eine Mail, in der Nadine ihre Anwesenheit bei der Anhörung bestätigt und an ihr Recht erinnert, eine Gegenüberstellung mit dem Angeklagten zu verweigern.«

»Aber das ist doch kompletter Irrsinn!«, rief Flavie. »Am Ende wird das Gericht erkennen, dass es getäuscht wurde. Und das wird alles auf Sie zurückfallen. Und nicht auf diesen Kommissar Bauer.«

»Auer«, korrigierte Jemsen sie.

»Vertrauen Sie ihm?«

»Er ist ein exzellenter Polizist, auch wenn er in gewissen Situationen bereit ist, die juristischen Grenzen auszutesten.«

Flavie seufzte. »Alles klar ... Ich verstehe, warum Sie sich auf Anhieb so gut verstehen. Sie spielen ein gefährliches Spiel, und ich kenne Sie gut genug, um zu wissen, dass Sie Ihre Entscheidung längst getroffen haben. Ich werde Sie nicht umstimmen können. Auch das wissen Sie. Falls Sie mich hierhergebeten haben, um sich meine Unterstützung zu sichern – diese werden Sie nicht bekommen.«

»Da irren Sie sich gewaltig, Flavie. Von diesem Plan habe ich erst fünf Minuten bevor Sie eingetroffen sind erfahren. Heute Morgen habe ich Sie lediglich hierhergebeten, um die kommenden Wochen zu planen. Zwischen der Urteilsverkündung im Fall Lanteret und den Ermittlungen im Mordfall Julie Bossart möchte ich, dass Sie sich beim Neuenburger Generalstaatsanwalt für mich einsetzen, dass er mich von den anderen laufenden Verfahren befreit und sie einem Kollegen anvertraut.«

Im Flavies Kopf schwirrten die Informationen so wild durcheinander, dass sie nur mit Mühe einen klaren Gedanken fassen konnte. Sie nahm einen Cookie, biss hinein, kaute ihn langsam und trank dazu einen Schluck Tee. Dann sagte sie: »Ist Ihnen bewusst, dass er Ihre Fälle möglicherweise vorübergehend Sylvain Kornisch überträgt?«

»Damit dieser ein totales Chaos anrichtet?«, protestierte Jemsen lautstark. »Das kommt nicht in Frage! Da ertrinke ich lieber in Arbeit. Sorgen Sie dafür, dass man einen anderen Staatsanwalt nimmt. Jeden außer Kornisch.«

»Okay, ich werde sehen, was ich tun kann.« Sie aß ihren Keks auf und fuhr fort: »Und morgen Vormittag? Wer kümmert sich darum, die Reaktionen von Lanteret und seinem Anwalt zu beobachten? Sie? Andreas Auer? Die Kommissarinnen Joubert und Nowak?«

»Andreas ist krankgeschrieben. Und Karine und Kinga wollen bei der Obduktion Julie Bossarts dabei sein.«

»Die ich übrigens mit meinem Kollegen Alain Guyon durchführen werde«, mischte sich Selina ein.

»Das wusste ich nicht«, sagte Jemsen.

»Ich habe es gerade erst erfahren. Ich werde bei der Obduktion lediglich als zweite Gutachterin assistieren. Es gibt da einige kleine Probleme, seit eine unserer Kolleginnen kürzlich verstorben ist.«

»Also werden Sie selbst«, hakte Flavie nach und schaute dabei Jemsen an, »die Reaktionen Lanterets und seines Anwalts analysieren?«

»Eigentlich ja. Aber das wäre nicht ideal, weil ich eventuell durch das, was sich alles im Sitzungssaal abspielt, abgelenkt sein werde. Besser wäre es, wenn es auch Beobachter im Zuschauerraum gäbe. Auer hat da an seinen Lebensgefährten Mikaël gedacht, der als Gerichtsberichterstatter mit dem Fall Lanteret von Anfang an vertraut ist. – Und ich habe an Sie gedacht.«

8

Ramzan Zakayev traf einige Minuten zu früh vor der Al-Majid-Moschee in Pully ein, einer der größten und eindrucksvollsten Moscheen der Schweiz. Ihr Name Al-Majid bedeutete »der Ruhmvolle« und beschrieb als einer der Namen Allahs dessen Allherrlichkeit und Erhabenheit.

Die Moschee war weithin sichtbar und zog mit ihrer Schönheit alle Blicke auf sich. Die beiden Minarette ragten wie Wächter des Glaubens stolz in den Himmel. Ursprünglich sollten sie beide etwas über vierzig Meter hoch sein, doch nach Kontroversen und Protesten hatte die Glaubensgemeinschaft zugestimmt, die Höhe um ein gutes Drittel zu reduzieren. Sie ganz abzuschaffen kam nicht in Frage. Eine Moschee ohne Minarett wäre wie ein Himmel ohne Sterne oder ein Garten ohne Blumen, auch wenn selbst in muslimischen Ländern nicht mehr von einem Muezzin vom Minarett zum Gebet gerufen wurde. Ihre symbolische Präsenz war jedoch ein architektonisches Wahrzeichen, das dazu einlud, den Blick in die Höhe zu richten.

Ramzan fand sich vor dem Haupteingang der Moschee ein, rezitierte das Bittgebet, zog seine Schuhe aus, vollführte die rituelle Waschung und betrat den fast leeren Gebetsraum, der eine ruhige und friedliche Atmosphäre ausstrahlte. Das Licht, das durch die Fenster fiel, warf ein hübsches Muster aus Licht und Schatten auf den Teppich, die Wände waren mit Versen aus dem Koran geschmückt, und ein zarter Weihrauchduft unterstrich die sakrale Atmosphäre.

Ramzan kniete nieder und berührte mit den Handflächen den Boden. Er murmelte einige Verse aus dem Koran, verbeugte sich anschließend ehrfürchtig vor Gott und ließ dabei seine Hände auf den Knien ruhen. Dann erhob er sich und warf sich sogleich wieder nieder, um mit Stirn, Nase, Handflächen, Knien und Zehen als Zeichen der Demut und Anbetung den Boden zu berühren. Am Ende wandte er den Kopf nach rechts und nach links, um die mitbetenden Engel auf seinen Schultern zu grüßen.

Er verließ den Gebetssaal und suchte das Büro des Imams auf. Er verharrte dabei kurz im Türrahmen, um Mustafa Harimi zu beobachten. Dieser saß auf dem Sofa und schaute die Nachrichten. Der Sprecher erwähnte gerade Moussa Jassem al-Maliki.

Der 51-jährige Moussa Jassem al-Maliki wurde in Zürich von der Bundeskriminalpolizei festgenommen. Bis Freitag, den 21. Dezember, fordert der Islamische Staat seine Freilassung und droht bei Nichteinhaltung des Ultimatums mit einem flächendeckenden Terroranschlag. Moussa Jassem al-Maliki schloss sich Anfang der 2000er Jahre an der Seite Abu Musab al-Zarqawis, eines der Anführer des Terrornetzwerks Al-Qaida, der radikal-islamischen Bewegung an. Heute verwaltet er die Finanzen des Islamischen Staates. Einige IS-Spezialisten bezeichnen ihn als den »Finanzminister« der Dschihadistengruppe. Die USA fordern seine Auslieferung, und das Bundesamt für Justiz hat vor Kurzem grünes Licht gegeben. Washington hatte eine Belohnung von sechs Millionen US-Dollar für Informationen zu seiner Person ausgesetzt ...

»Der Friede sei mit dir und Allahs Barmherzigkeit und Seine Gnade, O Imam!«, sagte Ramzan zur Begrüßung von Mustafa Harimi.

»Und der Friede sei mit dir und Allahs Barmherzigkeit und Seine Gnade«, antwortete der Imam.

Harimi stammte ursprünglich aus dem Irak. Sein stechender Blick und sein sorgfältig getrimmter Bart verstärkten die geheimnisvolle Aura, die ihm sein dunkles, traditionelles Gewand verlieh. Sein Charisma reichte weit über das eines einfachen Imams hinaus. Mit Hilfe seines hohen Ansehens spielte

Harimi seine höflichen Beziehungen zu den Waadtländer Behörden so geschickt aus, dass die dunkle Seite seiner Persönlichkeit dabei verborgen blieb. Hinter seinen beschwichtigenden Reden und inbrünstigen Gebeten verbarg sich eine finstere Entschlossenheit: Er war der Anführer einer schlafenden Terrorzelle.

Ramzan nahm ihm gegenüber Platz. »Sind deine Männer bereit für die Operation ›Schwarze Blitze‹?«

»Sie sind bereit«, erwiderte Harimi. »Sie glauben an die Sache, geleitet von dem Willen Allahs, der ihren Weg erleuchtet und ihre Entschlossenheit stärkt. Moussas Befreiung ist für uns entscheidend.«

»Perfekt.«

»Allerdings würden wir gerne das Ziel kennen. Wir müssen uns darauf vorbereiten.«

»Ich lasse euch Instruktionen zukommen, sobald ich mehr weiß. Mach dir keine Sorgen. Alles ist unter Kontrolle.«

»Mir kannst du es doch sagen, oder? Ich werde meinen Männern gegenüber schweigen.«

Ramzan trat zu dem Imam und flüsterte ihm etwas ins Ohr.

»Ist das dein Ernst? Aber das ist doch ein Selbstmordkommando!«

»So ist es«, antwortete Ramzan. »Du darfst auf keinen Fall etwas darüber verlauten lassen, hast du das verstanden?«

»Selbstverständlich. Meinen Brüdern wird es eine Ehre sein, für die Sache zu sterben.«

»Es gibt keine größere Ehre, als mit dem Segen Allahs für den Dschihad zu sterben. Die Herausforderungen, die auf uns zukommen, verlangen unerschütterlichen Mut«, erklärte Ramzan. »Wir werden Al-Jabbar anrufen, um diese Prüfungen zu meistern.«

»Auf dass uns die Kraft des Gewaltigen auf unserem Weg bei dieser Aufgabe führe. Wir legen unser Vertrauen in seine unendliche Stärke.« Harimi zögerte und sprach dann weiter. »Glaubst du, dass sie unseren Bruder Moussa freilassen?«

»Sollte die Schweiz nicht einlenken, werden wir unsere Entschlossenheit demonstrieren. Sie müssen verstehen, dass man unsere Forderungen nicht auf die leichte Schulter nehmen darf. Möge Allah Zeuge unserer gerechten Sache sein.« Ramzan hielt kurz inne, schaute dem Imam in die Augen und schloss mit den Worten: »Auf dass die Blitze Allahs sie treffen mögen!«

Noch 4 Tage bis zum Ablauf des Ultimatums

Terroristische Bedrohung in der Schweiz
Die Schweizer Regierung lässt sich nicht erpressen

Als Antwort auf das Ultimatum des Islamischen Staates lehnt es der Bundesrat »kategorisch ab, sich irgendeiner Form von Erpressung zu beugen«. Gleichzeitig ist die Schweizer Regierung bemüht, die Bevölkerung zu beruhigen, indem sie »ihr unerschütterliches Engagement, ihre Bürger und Bürgerinnen mit allen ihr zur Verfügung stehenden Mitteln zu schützen«, bekräftigt.

»Die Schweizer Regierung hat beschlossen, den Grenzschutz zu verstärken und die Sicherheitsmaßnahmen an strategischen Orten und um lebenswichtige Infrastrukturen herum zu intensivieren. Sie wird im gesamten Land Ordnungskräfte einsetzen und hat die Kantone angewiesen, auf ihren Gebieten Gleiches zu tun«, kündigte Bundespräsident Serge Hamon auf einer eilig einberufenen Pressekonferenz an.

Die Bevölkerung wurde aufgerufen, wachsam zu sein und verdächtiges Verhalten umgehend den entsprechenden Dienststellen zu melden. Hamon, zugleich Chef des Eidgenössischen Departements für Verteidigung, Bevölkerungsschutz und Sport, VBS, versicherte, dass der Bundesrat »aus Achtung vor der Demokratie und zugunsten der Sicherheit der Institutionen und der Souveränität des Staates« handeln werde.

»Vereint im Angesicht der Prüfung bleibt die Schweiz aufrecht und bereit, ihre Werte und ihre Lebensweise gegen jeden Versuch terroristischer Bedrohung zu verteidigen. In solch kritischen Momenten offenbart sich die Widerstandskraft des Schweizer Volkes und die Entschlossenheit des Landes, ihr Territorium und ihre Bürger zu schützen«, erklärte der Bundespräsident.

Nachrichtenagentur Keystone-SDA

9

Der Himmel war verhangen und die Zahl der Demonstranten deutlich gestiegen, als Mikaël Achard vor dem Palais de Justice de Montbenon eintraf. Auf dem Vorplatz wurde für die Abschaffung der Armee demonstriert. Zahlreiche Sicherheitskräfte waren vor Ort, darunter auch eine Sondereinheit der Kantonspolizei. Die Demonstranten schwenkten Transparente und skandierten Parolen. Die aufgeheizte Stimmung wurde durch den Einsatz von Lautsprechern verstärkt, aus denen flammende Reden, eindringliche Botschaften und Aufrufe zum Handeln dröhnten: Streichung des Armeebudgets, Weltfrieden und Abrüstung.

Sie hatten sich symbolisch den Prozessauftakt gegen den Armeechef ausgesucht, um sich Gehör zu verschaffen.

Die Demonstranten gehörten überwiegend linken und linksextremen Gruppierungen an, die die Förderung diplomatischer Lösungen für internationale Konflikte und einige der mit dem Militär verknüpften Regierungspolitiken mit dem Argument forderten, dass die für die Verteidigung bereitgestellten finanziellen Ressourcen in Bereichen wie Bildung, Gesundheit und Sozialhilfe besser eingesetzt werden könnten.

Mikaël erkannte zahlreiche Pressekollegen, darunter Fabien Berset, dessen kahl rasierter Schädel wie eine Billardkugel glänzte. Sein großer silberner, mit archaischen Ornamenten verzierter Ohrring im rechten Ohr verlieh ihm das Aussehen eines Ganoven, was er in der Tat auch war. Er verfolgte sämtliche kriminellen Straftaten und schreckte vor nichts zurück, um an Informationen zu kommen. Mikaël kannte Berset schon, bevor dieser zum »Le Matin« gegangen war. Obwohl ihre Herangehensweisen diametral verschieden waren, freuten sie sich, wenn sie sich trafen, und respektierten einander ohne große Worte.

Auch Berset hatte Mikaël erblickt, kam auf ihn zu und

murrte: »Diese Gauchos hätten sich ruhig einen anderen Zeitpunkt aussuchen können. An ihrer Stelle würde ich nach dem Ultimatum der Terroristen lieber die Füße stillhalten. Die Armee ist unabdingbar, um die Sicherheit unseres Landes zu garantieren. Siehst du das nicht auch so?«

Mikaël rang sich ein Lächeln ab. »Auch wenn wir nicht dieselbe politische Überzeugung hegen, bin ich nicht gegen die Armee, auch wenn du das glaubst.«

»Auf jeden Fall können die uns egal sein. Wir sind ja schließlich nicht ihretwegen da. Hältst du diesen Lanteret für schuldig?«

»Seit wann interessiert dich meine Meinung?«

»Nur um ein bisschen Small Talk zu machen.«

»Natürlich ohne jeden Hintergedanken«, sagte Mikaël ironisch.

Berset lächelte ihn an und wechselte das Thema. »Weißt du immer noch nichts über das Mordopfer in Montreux?«

»Nein, das habe ich dir doch schon gesagt.«

»Das kannst du anderen weismachen, mein Lieber. Es ist allgemein bekannt, dass du dank deines Mannes immer auf dem neuesten Stand der Dinge bist. Was allerdings nicht besonders fair gegenüber deinen Kollegen ist …«

Mikaël seufzte und überging Bersets Vorwurf. »Gut, dann lasse ich dich mal.«

»Ja, genau!«, rief Berset und wurde lauter, als Mikaël davonging. »Ich komm schon noch an die Info ran, auf die eine oder andere Art.«

Mikaël ignorierte ihn und bahnte sich einen Weg durch die Menschenmenge bis zu der von der Sondereinheit bewachten Eingangstreppe des Gerichtsgebäudes. Er zeigte dem Sicherheitspersonal seine Akkreditierung und reihte sich in die Schlange vor der Sicherheitsschleuse ein.

In einer Nische auf dem Flur vor der Tür zum Gerichtssaal entdeckte Mikaël Norbert Jemsen im Gespräch mit Flavie Keller. Er kannte sie noch nicht persönlich, erkannte sie aber aufgrund von Pressefotos in den französischsprachigen Zeitungen. Als er sich ihnen näherte, entfernte sich der Staatsanwalt ein paar Schritte, um einen Anruf entgegenzunehmen.

Mikaël begrüßte die Verfahrensassistentin mit einem Handschlag und stellte sich vor.

»Erfreut, Sie kennenzulernen«, erwiderte sie, bevor sie grinsend hinzufügte: »Norbert unterhält sich gerade mit Ihrem Lebensgefährten.«

Mikaël lauschte aufmerksam, was Jemsen seinem Mann zu den jüngsten Entwicklungen im Mordfall sagte, und hörte mit einem Ohr, dass Andreas auf dem Weg zur Rechtsmedizin war, um der Obduktion von Julie Bossart beizuwohnen.

Er seufzte genervt. Nicht nur, dass Andreas immer noch krankgeschrieben war, er musste sich auch um jeden Preis weiter ausruhen. Andreas' sture Entschlossenheit ärgerte ihn, dennoch musste er innerlich schmunzeln. Andreas würde sich nie ändern.

Jemsen beendete das Gespräch, begrüßte Mikaël und fragte ihn: »Sind Sie bereit?«

»Auf jeden Fall.«

»Ihr seid wirklich sicher, Stillschweigen über den Tod der Klägerin wahren zu wollen?«, flüsterte Flavie.

»Ja«, antwortete Jemsen. »Wir halten uns an das, was wir besprochen haben.«

Flavie gab den beiden Männern ein Zeichen, sich umzudrehen.

Aloïs Lanteret und sein Verteidiger Gauthier de Chambrier waren soeben durch die Sicherheitsschleuse eingetreten, was nicht unbemerkt blieb. Alle, die vor dem Gerichtssaal warteten, beobachteten die beiden Männer.

Entgegen allen Erwartungen war der Armeechef nicht in Zivil, sondern in seiner Militäruniform gekommen. Allerdings trug er nicht den Ausgangsanzug, sondern den olivgrünen Arbeitsanzug, um von seinem Werdegang als Mann vom Feld und seinem Engagement zu berichten. Das Ganze verlieh Lanteret Stärke und Entschlossenheit, als habe er eine strategische Zusammenkunft verlassen, um nun in den Krieg zu ziehen.

Mikaël konnte sich gut vorstellen, dass dieser Auftritt vor dem Gericht von den Armeegegnern als Provokation wahrgenommen wurde. Vor allem aber fragte er sich, welchen Effekt diese Uniform auf die Richter haben würde.

10

Nachdem Andreas das Telefonat mit Jemsen beendet hatte, betrat er unter den erstaunten Blicken aller Anwesenden den Obduktionssaal des Instituts für Rechtsmedizin Centre universitaire romand de médecine légale in Chalet-à-Gobet.

»Was machst du denn hier?«, fragte Karine.

»Alles ist gut«, antwortete er. »Mach dir keine Sorgen um mich.«

»Klar mache ich mir Sorgen. Weiß Viviane Bescheid?«

»Natürlich …«, sagte er grinsend.

»… nicht«, beendete Karine den Satz.

Sofort kam der Doc Andreas zu Hilfe. »Sei gegrüßt, mein Freund!«

»Für nichts auf der Welt hätte ich mir das entgehen lassen«, erwiderte Andreas lachend.

»Trinken wir nach der Autopsie noch ein Bier zusammen? Um auf andere Gedanken zu kommen und Hypothesen zu entwickeln? Wie immer?«

»Leider nicht wie immer, Doc«, sagte Andreas. »Ich nehme noch Medikamente und darf keinen Alkohol trinken. Aber dich wieder zurück im weißen Kittel zu sehen freut mich.«

Im Laufe der Jahre hatte sich eine echte Freundschaft zwischen den beiden entwickelt, doch der Beginn des Ruhestands von Alain Guyon, der daraufhin wieder in seine Heimat im französischen Jura zurückgekehrt war, hatte ihren Kontakt rar gemacht.

»Und ich freue mich, dich nicht mehr im Krankenhausbett liegen zu sehen«, erwiderte Doc.

Andreas wandte sich zu Christophe Joly, einem ehemaligen Kommissar seines Teams, der zur Spurensicherung gewechselt war, und schüttelte ihm die Hand.

»Ich freue mich, dass du wieder unter uns weilst«, sagte Christophe.

»Okay, das reicht, Jungs«, unterbrach sie Karine. »Können wir uns jetzt endlich den ernsten Dingen zuwenden?«

Doc nickte und stellte Andreas kurz die einzige Person im Obduktionssaal vor, die er noch nicht kannte. Frau Dr. Selina Argento würde ihm assistieren.

Die Leiche lag auf dem mitten im Raum stehenden Obduktionstisch aus Edelstahl. Sie war von der Brust bis zu den Füßen mit einem weißen Leichentuch abgedeckt, was die tiefe und breite Wunde an der Kehle noch sichtbarer werden ließ. Andreas' Blick blieb auf dem Gesicht der Verstorbenen hängen. Er hatte Fotos von Julie Bossart gesehen, die zu Lebzeiten aufgenommen worden waren. Eine umwerfend schöne Frau. Doch die Brutalität ihres Todes ließ sie ausgemergelt aussehen, da die gespannte, wächserne Haut auf den eingefallenen, verschwommenen Gesichtszügen eng anlag.

Als könne sie seine Gedanken lesen, äußerte sich Selina Argento. »Ihrer Krankenakte zufolge«, begann sie, »hatte das Opfer keine gesundheitlichen Probleme und hatte zum Todeszeitpunkt keine Medikamente eingenommen.«

Christophe erfasste mit der Kamera akribisch jedes Detail am Hals der Toten. Sobald er genügend Fotos aus verschiedenen Positionen gemacht hatte, um die Wunde zu dokumentieren, trat Doc in den grellen Lichtkegel am Tisch. Er untersuchte eingehend die Wunde, maß Länge und Tiefe und diktierte: »Ein breiter, quer verlaufender Schnitt erstreckt sich von einem Ohr zum anderen und ist aufgrund des hohen Blutverlusts von blasser Färbung. Die Wunde weist auf ihrer gesamten Länge scharfkantige Läsionen auf. Bei der Tatwaffe könnte es sich daher um eine ungezahnte, glatte oder scharfe Klinge handeln, die das Hautgewebe sauber durchtrennt hat. Durch den Schnitt wurden sowohl die beiden Jugularvenen als auch die Luftröhre durchtrennt. Durch das seitliche Weiterführen des tiefen Einschnitts wurde eine der beiden Hauptschlagadern ebenfalls durchtrennt.«

»Der Schnitt wurde extrem brutal ausgeführt«, unterbrach ihn Andreas, überrascht über die Tiefe der Wunde.

»Um die Kehle und die Halsschlagader und vor allem die Luftröhre zu durchtrennen, bedarf es einer sehr kräftigen Handbewegung«, räumte Doc ein. »Der Tod tritt umso schneller ein, wenn der Blutverlust massiv ist und die Luftröhre in Mitleidenschaft gezogen wird. Unter diesen Umständen dauert es bis zum Eintritt des Todes drei bis fünf Minuten. All dies lässt sich bei der inneren Leichenschau bestätigen.«

»Exakt drei Minuten und achtundvierzig Sekunden«, erklärte Kinga.

Doc drehte sich erstaunt zu Kinga um, die hinzufügte: »Wir haben Videoaufnahmen von ihrem Tod.«

»Dann habt ihr auch das Mordwerkzeug bestimmen können?«, fragte Andreas.

»Ja«, antwortete Christophe. »Es handelt sich um ein symbolträchtiges Messer, das wir auf den Aufnahmen identifizieren konnten: Ein Ka-Bar USMC Utility Knife, welches seit dem Zweiten Weltkrieg vor allem von US-Marines benutzt wird. USMC steht für ›United States Marine Corps‹. Es handelt sich um ein robustes, vielseitig verwendbares, dreißig Zentimeter langes Nahkampfmesser mit einer achtzehn Zentimeter langen Klinge aus Karbonstahl mit schwarzer Klingenbeschichtung, einem Griff aus gestapelten dunkelbraunen Lederringen und einer braunen Lederscheide.«

»Genau die Art von Messer, die solche Wunden verursachen kann«, bestätigte Doc.

»Was war die genaue Todesursache?«, fragte Karine.

»Wie gesagt«, antwortete Doc, »das Opfer verstarb vermutlich aufgrund des massiven Blutverlusts, wodurch das Gehirn eine Sauerstoffunterversorgung erlitt, was zur Hirnanoxie, Bewusstlosigkeit und schließlich zum Tod führte. Zweifellos kam es parallel zu einer Lungenaspiration, und zwar durch das Eindringen von Blut in die Atemwege und die Lunge, was potenziell tödlich ist. All das werde ich euch nach der inneren Leichenschau bestätigen können.« Doc schwieg einen Moment, schaute reihum in die Gesichter der Anwesenden, lächelte geheimnisvoll und fuhr dann fort: »Also gut, können wir weitermachen?« Mit der Geste eines Zauberers, der sein Publikum beeindrucken möchte, zog er das Leichentuch weg, das die Verstorbene bedeckte.

    Andreas war sprachlos.

    Julie Bossart hatte einen Penis.

11

Mit seinen Rundbögen im Stil der französischen Neorenaissance, seiner hohen Decke, dem imposanten Lüster, den roten Faltenwürfen an der Wand und dem rötlichen Mobiliar mit den karminroten Samtbezügen gehörte der große Saal des Justizpalastes Montbenon zu den letzten Räumlichkeiten im Kanton Waadt, die der Feierlichkeit und der Würde des Gerichts Ehre erwiesen. Könnten die Wände des majestätischen Raums sprechen, würden sie von der Wut, der Rachsucht und dem Drang nach Vergeltung erzählen, die sich hier Tag für Tag mit den unterschiedlichsten Herausforderungen in den verschiedensten Straf- und Zivilverfahren entluden.

Die Lausanner Richter hatten lange überlegt, den Prozess an das Kantonsgericht nach Renens zu verlegen und damit in eine moderne, kalte und unpersönliche Umgebung, wie man es in der jüngeren Vergangenheit bei dem Prozess um Ségalat, Claude D. und anderen Fällen gehandhabt hatte. Letztlich hatten sie jedoch darauf verzichtet.

Jemsen hatte links von der Richterbank auf der Fensterseite Platz genommen und den dicken Aktenordner vor sich hingelegt. Er hatte seine Neuenburger Robe gegen eine Staatsanwaltsrobe eingetauscht, die ihm sein Waadtländer Kollege Jean-Luc Nicod geliehen hatte. Die Kleidungsstücke der verschiedenen Kantone waren sich zwar ähnlich und in der Farbe der Autoritäten aus schwarzem Tuch gefertigt, lang und weit geschnitten und mit weiten Ärmeln, doch sie unterschieden sich durch das Revers, das bei der einen Robe aus schwarzer Seide, bei der anderen aus grauem Satin war. Und anstelle des mit weißem Fell gesäumten Umlegekragens der Neuenburger trugen die Waadtländer eine rote Epitoge über der linken Schulter.

Die zwei anderen Anwälte saßen gegenüber der leeren Richterbank und bereiteten ihre Akten vor. Jemsen kannte sie nicht persönlich. Maître Cédric Verbena, der Anwalt des Opfers Julie Bossart, die zu Prozessbeginn nicht anwesend sein würde, wirkte mit seinen halblangen Haaren etwas schmierig. Seine Gesichtszüge waren markant, und man munkelte auf den Fluren des Gerichtsgebäudes, dass sein müdes Gesicht auf eine Kokainsucht hindeute.

Maître Gauthier de Chambrier, der Verteidiger des Angeklagten, schien das genaue Gegenteil seines Kollegen zu sein. Akkurat gekleidet, mit silbergrauem, geglättetem Haar, einer Brille mit großem Gestell, vom Alter her über den Renteneintritt hinaus und mit perfekten Manieren verkörperte er den altfranzösischen Anwaltstypus mit makelloser Rhetorik. Eine Spezies, die vom Aussterben bedroht war.

Vor ihm auf der Anklagebank machte Aloïs Lanteret trotz der militärischen Auszeichnungen auf seiner Uniform und seinem forschen Betreten des Gerichts einen eher farblosen Eindruck. Der ehemalige Chef der Schweizer Armee war nur noch ein Schatten seiner selbst. Ohne seinen Schnurrbart und seine dunkelgrauen, perfekt geschnittenen Haare wäre er nicht mehr zu erkennen gewesen. Sein verquollenes und pockennarbiges Gesicht zeugte davon, dass er ein schwieriges Jahr hinter sich hatte.

Ein Gerichtsdiener betrat im dunklen Anzug den dank der vielen Journalisten, Referendare und Jurastudenten völlig überfüllten Saal, die als einzige der Verhandlung beiwohnen durften, weil das Gericht einen teilweisen Ausschluss der Öffentlichkeit verhängt hatte. Flavie Keller und Mikaël Achard hatten im Publikum in der zweiten Reihe, jeweils am Ende der Reihe, Platz genommen, um den bestmöglichen Blick auf den Angeklagten und seinen Verteidiger zu haben.

Der Gerichtsdiener kündigte die Richter an, worauf sich alle erhoben. Das Getuschel verstummte, und eine erwartungsvolle Stille breitete sich aus, als die drei Richter und der Gerichtsschreiber das Podium betraten. Nachdem sie ihre Plätze eingenommen hatten, forderte der Vorsitzende Richter die Anwesenden auf, es ihnen gleichzutun.

»Ich erkläre die Hauptverhandlung des Strafgerichtshofs für eröffnet«, verkündete er. »Ich stelle fest, dass Staatsanwalt Norbert Jemsen, der Angeklagte und sein Strafverteidiger sowie der Anwalt der Privatklägerseite anwesend sind. Sollten sich in diesem Saal Personen befinden, die als Zeugen vernommen werden könnten, was aufgrund der Sicherheitsvorkehrungen nicht der Fall sein dürfte, möchte ich Sie bitten, sich zu melden und anschließend unverzüglich den Saal zu verlassen.«

Im Publikum rührte sich niemand.

»Gut«, fuhr der Vorsitzende Richter fort, »dann eröffne ich hiermit das Verfahren und erteile der Staatsanwaltschaft das Wort für eventuelle Vorfragen zum Prozess.«

»Ich habe keine Fragen«, erwiderte Jemsen.

»Wunderbar. Maître Verbena?«

Julie Bossarts Anwalt erhob sich, zupfte sein weißes Jabot zurecht, als sei es eine Krawatte, lächelte gezwungen und sagte näselnd: »Formal hat meine Mandantin keine Vorfragen zum Prozess. Insgeheim hoffte sie jedoch, dass der Wechsel des Staatsanwalts zu einem Umdenken der Staatsanwaltschaft führen würde.«

»Was wollen Sie damit sagen?«, fragte der Vorsitzende Richter ein wenig irritiert.

»Meine Mandantin und ich sind immer noch erstaunt über die Überweisung des Falles an das Strafgericht, das für die Verhängung von Strafen über zwölf Monate, jedoch höchstens bis zu sechs Jahren, zuständig ist. Wir sind der Meinung, dass die Taten so schwerwiegend sind und vor das Kriminalgericht gehören, damit eine Strafe von mehr als sechs Jahren in Betracht gezogen werden kann.«

Der Richter wandte sich an Jemsen. »Monsieur le Procureur, möchten Sie etwas dazu sagen?«

»Die Position der Staatsanwaltschaft ist eindeutig«, erklärte Jemsen, ohne sich zu erheben. »Die Klägerseite ist nicht dazu berufen, in Bezug auf die Höhe des geforderten oder ausgesprochenen Strafmaßes Stellung zu beziehen.«

»Ich ziehe meine Bemerkung zurück«, unterbrach ihn Verbena, ohne eine Reaktion der Richter abzuwarten. »Meine Absicht war es lediglich, den Anwesenden die Verwunderung meiner Mandantin in dieser Sache kundzutun.«

»Gut«, erwiderte der Vorsitzende Richter. »Dann erteile ich nun Maître de Chambrier das Wort.«

Der Strafverteidiger erhob sich, rückte seine Brille zurecht und sagte: »Mein Mandant möchte mehrere Anträge vorab stellen, allerdings hängt alles von Ihrer Antwort auf den ersten Antrag ab. Bei allem Respekt, den Korpskommandant Lanteret Ihrem Gericht entgegenbringt, ist er der Ansicht, dass dieses für die ihm vorgeworfenen Taten nicht zuständig ist, und fordert, dass diese Angelegenheit vor der Militärjustiz verhandelt wird.«

Erneut wirkte der Richter gereizt. »Maître«, sagte er so ruhig wie möglich. »Diese Frage wurde bereits im Verlauf der Vorverhandlung erörtert und vom Bundesgericht entschieden. Artikel 3 des Militärstrafgesetzes ist im Übrigen völlig klar: Angehörige des Militärs sind der Militärjustiz nur unterworfen, sofern die ihnen vorgeworfenen Straftaten die Landesverteidigung betreffen oder im Rahmen ihrer militärischen Funktion begangen wurden. Die Tatsache, dass Ihr Mandant beim Neujahrsempfang in Savatan im Januar seine Uniform getragen hat, wie er es im Übrigen auch heute tut, reicht nicht aus, um ihn der Militärjustiz zu unterwerfen. Dieser Verfahrensantrag wird daher zurückgewiesen. Zudem erübrigt es sich, subsidiär auf die Frage der Zuständigkeit der Gerichte des Bundes zurückzukommen. Das Bundesgericht hat diese Möglichkeit ausgeschlossen, da sie offensichtlich nicht in den Anwendungsbereich der Artikel 23 und 24 der Strafprozessordnung fällt.«

»In diesem Fall beantrage ich die Vertagung der Verhandlung.«

»Aus welchem Grund?«

»Es erscheint mir schwer vorstellbar, dass ein neuer Staatsanwalt sich in so kurzer Zeit mit der Aktenlage vertraut machen konnte. Schließlich besteht die Rolle der Staatsanwaltschaft, wenn sie das Verfahren nicht einfach einstellt, was in diesem Fall längst hätte geschehen müssen, darin, selbst im Rahmen ihrer Anklageschrift sowohl belastende als auch entlastende Gesichtspunkte zu ermitteln. In diesem Fall würde ein gut vorbereiteter Staatsanwalt jedoch einzig zu dem Schluss kommen können, dass mein Mandant freizusprechen ist.«

»Sie plädieren vor der gegebenen Zeit, Maître«, merkte der Vorsitzende Richter an. »Monsieur le Procureur?«

»Ich kann der Verteidigung nur bescheinigen, dass ich gut vorbereitet bin«, erklärte Jemsen.

»Gut. Maître Verbena, möchten Sie sich ebenfalls dazu äußern?«

»Meine Mandantin hat lange genug gewartet«, antwortete der Rechtsbeistand Julie Bossarts. »Sie bittet darum, dass in dieser Affäre vor Weihnachten ein Urteil gesprochen wird, damit sie einen Schlussstrich ziehen und mit diesem Kapitel abschließen kann. Dass sie heute nicht vor Ihnen erschienen ist, liegt nur daran, dass ihr die Vorstellung unerträglich ist, hier ihrem Vergewaltiger zu begegnen. Noch unerträglicher wäre jedoch eine erneute Vertagung der Verhandlung.«

»In diesem Fall«, fuhr der Vorsitzende Richter fort, »wird der Antrag auf Vertagung der Verhandlung zurückgewiesen. Weitere Anträge zur Verfahrensleitung, Maître de Chambrier?«

»Noch zwei«, antwortete der Anwalt des Angeklagten. »Der erste bezieht sich auf die Öffentlichkeit der Verhandlung. Mein Mandant beantragt, dass die Öffentlichkeit vollständig ausgeschlossen wird und dass Journalisten und andere Personen, die sich hier im Gerichtssaal befinden, aufgefordert werden, den Saal zu verlassen.«

Der Vorsitzende Richter seufzte. »Maître, das Gericht hat bereits vor einigen Wochen schriftlich über Ihren Antrag entschieden. Der Ausschluss der Öffentlichkeit ist in der Regel zum Schutz der Person des Opfers vorgesehen, nicht der des Angeklagten. Die Pressefreiheit und das öffentliche Interesse stehen über den privaten Interessen Ihres Mandanten, somit besteht ein allgemeiner Anspruch auf die Berichterstattung der

Medien über den Verlauf der Gerichtsverhandlung. Antrag abgelehnt.«

Jemsen warf Flavie und Mikaël unauffällig einen erleichterten Blick zu.

»Und der letzte Antrag?«, fragte der Vorsitzende Richter.

»Mein Mandant verlangt, dass alle Aussagen, die das Opfer im Laufe der Ermittlungen vor der Polizei und dem Waadtländer Staatsanwalt gemacht hat, aus der Akte entfernt werden.«

»Mit welcher Begründung?«

»Dass die Protokolle dieser Vernehmungen für Ihr Gericht rechtlich nicht verwertbar sind. Der Waadtländer Staatsanwalt wurde für diesen Fall wegen unerlaubter Telefonüberwachung als befangen abgelehnt. Die Ermittler waren also zum Zeitpunkt der Vernehmungen nicht neutral. Hier lässt sich die Theorie der Früchte des vergifteten Baumes heranziehen. Von dem Zeitpunkt an, da die Polizei und der ermittelnde Staatsanwalt in diesem Fall bösgläubig und unter Missachtung rechtsstaatlicher Kriterien gehandelt haben, ist die Beweisquelle dank der schweren Verfahrensfehler quasi vergiftet. Wenn sich Ihr Gericht also eine neutrale Meinung über die Aussagen des Opfers bilden will, darf es sich ausschließlich auf die Aussagen stützen, die Madame Bossart morgen früh vor Gericht machen wird.«

Erneut wechselten Jemsen, Flavie und Mikaël beunruhigte Blicke.

Der Vorsitzende Richter beugte sich nacheinander zu seinen beiden Kollegen, um für alle anderen unhörbar etwas mit ihnen zu besprechen. Anschließend wandte er sich an den Strafverteidiger. »Auch dieser Verfahrensantrag wird zurückgewiesen. Die fragliche Telefonüberwachung wurde erst nach den Vernehmungen des Opfers durch Polizei und Staatsanwaltschaft angeordnet. Daher sind die Vernehmungen nicht rechtswidrig und verbleiben in der Akte. Trotz allem wird das Gericht Madame Bossart morgen Vormittag anhören, um sich nach dem Grundsatz der Unmittelbarkeit der Beweisaufnahme ein Urteil über sie bilden zu können. Das Opfer hat übrigens heute früh eine E-Mail an die Gerichtsschreiberei geschickt, die ich Ihnen später vorlesen werde.«

Von der zweiten Reihe der Zuschauerränge beobachteten Flavie und Mikaël gebannt Lanteret und seinen Anwalt, die jedoch beide keinerlei verdächtige Reaktionen zeigten.

»Gut«, fuhr der Vorsitzende Richter fort. »Falls beide Parteien keine weiteren Vorfragen zum Verfahren mehr haben, gehen wir nun zur Befragung des Angeklagten über.«

12

Die Justizvollzugsanstalt Thorberg wurde auch das »Schweizer Alcatraz« genannt. Das riesige Gefängnis für Insassen in Sicherheitsverwahrung, mit lebenslangen Haftstrafen und für besonders gefährliche Straftäter lag komplett isoliert inmitten eines Waldes auf einem Felsen in der Berner Gemeinde Krauchthal. Der Zugang erfolgte durch ein imposantes, mit dem Siegel der Anstalt versehenes Stahltor, das sich mit einem leisen Zischen zum Vorzimmer der Gefängniswelt hin öffnete.

Wie jeden Morgen betrat die Gefängniswärterin Cornelia Schmid die erste Schleuse. Die Metalltür schloss sich hinter ihr mit einem dumpfen Knall. Allerdings war an diesem Tag ganz und gar nichts wie gewöhnlich. Cornelia fühlte sich unwohl, durfte sich vor ihren Kollegen nichts davon anmerken lassen.

Nach der Schleuse durchlief sie die erste Kontrollstelle, wo ihre Identität von einem Sicherheitsmitarbeiter überprüft wurde. Sie musste sich konzentrieren, um nicht zu zittern. Danach musste sie den Metalldurchgangsdetektor passieren. Die Kontrollleuchten blinkten kurz auf. Nachdem sie schnell abgetastet worden war, durfte sie ihren Weg zu den Umkleideräumen fortsetzen. Als sie allein war, atmete sie erleichtert auf, doch dann gewann die Angst wieder Oberhand. Sie zog sich um, legte ihre persönlichen Sachen in ihren Spind und ging mit der kleinen Plastiktüte zu den Toiletten.

Anschließend machte sie sich auf den Weg zur Küche, wo ein Servierwagen bereitstand. Sie schob ihn über einen Flur mit Betonwänden und Überwachungskameras, die jede ihrer Bewegungen aufzeichneten. Mit jeder Metalltür, die sie zwischendurch aufstoßen musste, drang Cornelia tiefer in den Gefängniskomplex ein, bis sie in den Hochsicherheitstrakt gelangte, in dem Moussa Jassem al-Maliki einsaß. In diesem Bereich gab es zwei unterschiedliche Haftabteilungen. In den Haftträumen der Sicherheitsabteilung II waren sowohl besonders ausbruchsgefährdete Straftäter untergebracht als auch jene, die eine erhöhte Gefahr darstellten, oder die, die die Ruhe und die Ordnung des Normalbetriebs gefährdeten.

Al-Maliki befand sich in der Sicherheitsabteilung I, die für Straftäter bestimmt war, die ein zusätzliches Sicherheitsrisiko für die Allgemeinheit und für das Personal darstellten. Er war dort in einer Einzelzelle untergebracht.

Seit dem Ultimatum der Terroristen waren die Überwachungsmaßnahmen verstärkt worden. Sämtliche Insassen der Sicherheitsabteilung I waren vorübergehend in der Abteilung II untergebracht worden, sodass sich al-Maliki nun alleine dort befand. Cornelia und ein Kollege waren die einzig autorisierten Personen, die seinen Haftraum betreten durften, in erster Linie, um ihm die Mahlzeiten zu bringen. Der Straftäter durfte seine Zelle lediglich einmal pro Tag zum Duschen verlassen.

Im Eingangsbereich der Sicherheitsabteilung I musste Cornelia erneut an einer Kontrollstelle vorbei. Ihr Kollege lächelte ihr zu.

»Guten Morgen, du kennst das Prozedere.«

Cornelia breitete ihre Arme aus und ließ sich von ihrem Kollegen von oben bis unten abtasten. Dann hob er die Abdeckhaube des Serviertabletts an und stieß mit vorgetäuschter Bewunderung einen Pfiff aus.

»Zürcher Geschnetzeltes mit Rösti. Dieser Abschaum ist nicht zu bemitleiden!«

»Allen Insassen stehen die gleichen Mahlzeiten zu.«

»Ich weiß. Soll ich dich begleiten?«

»Das ist nicht nötig. Moussa benimmt sich mir gegenüber bestens.«

Cornelia betrat den Hochsicherheitsbereich und schob den Speisewagen weiter. Vor al-Malikis Zelle holte sie ihre Schlüssel hervor und atmete tief ein, um sich Mut zu machen. Heute war kein Tag wie jeder andere: Zwei maskierte und schwarz gekleidete Typen hatten ihren Mann und ihre Tochter in ihrer Wohnung als Geiseln genommen.

Sie hatte den Auftrag bekommen, ein Mobiltelefon ins Gefängnis zu schmuggeln. Das sei unmöglich, hatte sie ihnen gesagt. Die Anstalt sei mit einem Überwachungssystem ausgestattet, das Mobiltelefone, egal in welchem Haftraum, rund um die Uhr mit Hilfe der Funkwellen orten könne. Die Daten wurden von Antennen, die außen um den Gebäudekomplex angebracht waren, erfasst und kontinuierlich ausgewertet. Die beiden Typen hatten ihr erklärt, dass sie Bescheid wüssten und dass das kein Problem sei. Cornelia schloss die Zellentür auf und trat ein. Sie stellte den Teller auf den Tisch und wünschte Moussa einen guten Appetit.

»Danke«, antwortete er höflich. »Allahs Segen sei über dir.« Er nahm die Abdeckhaube ab und sog den Duft ein, der vom Teller aufstieg. »Das ist aber kein Schweinefleisch, oder?«

»Nein, Kalbfleisch.«

»*Alhamdulillah!*«

»Was bedeutet das?«

»Das Lob gebührt Allah.«

Einen Moment lang schaute Cornelia in die dunklen Augen Moussa Jassem al-Malikis. Er war Anfang fünfzig, trug einen sauber gestutzten Bart, war charmant und attraktiv und damit das genaue Gegenteil von dem, was sie sich unter einem Terroristen vorstellte. Seine Rolle bestand eher in der Finanzierung als in der Organisation von Anschlägen. Dadurch vermied er es, sich selbst die Hände schmutzig zu machen. Doch es lief auf dasselbe hinaus: Er war ein Terrorist.

Unter seinem erstaunten Blick knöpfte sie ihre Hose auf und zog einen kleinen Plastikbeutel aus ihrer Scheide. Sie entnahm das Mobiltelefon und reichte es ihm. »Ich gebe dir zwei Minuten.«

Al-Maliki schaltete das Telefon ein.

»Deine Männer haben mir gesagt, dass du die einzige eingespeicherte Nummer anrufen sollst.«

Er erhob sich, trat ans Fenster und schaute durch die Gitterstäbe. Er drückte die Ruftaste und hörte einen Klingelton.

Sein Gesprächspartner meldete sich, und er sprach: »Mustafa, mein Bruder! *Allahu Akbar.*«

Al-Maliki schwieg, lauschte und antwortete schließlich: »Einverstanden ... Wann?«

Erneutes Schweigen und dann abschließend: »*Inschallah*, mein Bruder! Der Segen Allahs möge mit dir sein.«

Al-Maliki beendete das Gespräch, schaltete das Telefon aus und gab es Cornelia zurück. Sie steckte es in die Plastiktüte und drückte es mit verzerrter Miene wieder in ihren Intimbereich hinein.

»Vielen Dank für deine Hilfe.«

Sie schaute ihn mit einer Mischung aus Wut und Furcht an. »Ich hatte keine Wahl ...«

»Entschuldige die Unannehmlichkeiten. Aber glaube mir, deiner Familie wird nichts geschehen, solange du den Anweisungen meiner Männer Folge leistest.«

Cornelia warf ihm einen finsteren Blick zu, verließ die Zelle und verriegelte die Tür hinter sich. Gequält von einer wachsenden Unsicherheit ging sie mit ausdruckslosem Gesicht den endlosen Flur entlang.

Als sie ihre Wohnung verlassen hatte, waren ihr Mann und ihre Tochter an zwei Küchenstühle gefesselt gewesen. Die Terroristen hatten ihr versprochen, die beiden am Leben zu lassen und zu verschwinden, sobald sie ihre Mission erfüllt habe. Dieser Tag würde der längste und schwerste ihres Lebens sein.

Als sie den Hochsicherheitsbereich verließ, wurde sie vom Gefängnisdirektor und zwei Mitarbeitern des Sicherheitsdienstes gestoppt.

»Cornelia, folge uns!«

13

Zwischen dem Ende der Anträge und dem Beginn der Befragung des Angeklagten war im Zuschauerraum des Gerichtssaals ein leises Gemurmel zu hören. Der Gerichtsdiener flüsterte dem Vorsitzenden Richter etwas ins Ohr, während dieser beobachtete, wie zwei Sicherheitsmitarbeiter den Journalisten Fabien Berset abführten. Sie hatten sein Telefon beschlagnahmt. Berset protestierte ohne große Hoffnung, denn er wusste, dass er eine Zuwiderhandlung begangen hatte.

»Bitte entschuldigen Sie diese kurze Unterbrechung«, erklärte der Vorsitzende Richter. »Sie bietet mir jedoch Gelegenheit, daran zu erinnern, dass Ton- und Bildaufnahmen während des gesamten Prozesses strikt untersagt sind.« Er lächelte und fügte hinzu: »Des Weiteren ist es nicht erlaubt, live in den sozialen Netzwerken zu posten, auch wenn die Erfahrung aus früheren Verfahren lehrt, dass diese Ermahnung vergeblich ist.«

»Das wäre nicht passiert, wenn Sie den vollständigen Ausschluss der Öffentlichkeit angeordnet hätten«, mischte sich der Strafverteidiger ein.

»Ich kann mich nicht erinnern, Ihnen das Wort erteilt zu haben, Maître de Chambrier«, schnitt ihm der Vorsitzende Richter das Wort ab. »Das heißt …« Er blickte zu den im Publikum sitzenden Journalisten hinüber. »Sollten ähnliche Vorkommnisse zu einer erneuten Unterbrechung führen, könnte ich meine Entscheidung überdenken. Mir ist bewusst, dass dies bedeuten würde, Sie alle für den Fehler eines Einzelnen zu bestrafen. Doch ich habe Sie gewarnt, dass ich diese Art von Umgang gegenüber dem Gericht nicht dulden werde.«

Unter den Pressevertretern entstand ein vages Gemurre, dann kehrte wieder Ruhe ein.

Der Vorsitzende wandte sich dem Angeklagten zu. »Sie heißen Aloïs Lanteret, sind einundsechzig Jahre alt und wohnen in Oron-la-Ville.«

»In Vevey«, korrigierte der Angeklagte.

Der Richter las schnell noch einmal die Einträge auf seinem Bildschirm durch und sagte erstaunt: »Das entspricht nicht den mir von den Einwohnerdiensten übermittelten Daten.«

»Weil ich sie nicht über meinen Umzug informiert habe.«

»Dazu sind Sie aber gesetzlich verpflichtet. Aus welchem Grund ist das nicht geschehen?«

»Meine Frau hat mich nach dieser Geschichte vor die Tür gesetzt, meine Töchter sprechen nicht mehr mit mir und verweigern mir den Kontakt zu meinen Enkelkindern. Doch da die Wahrheit eines Tages ans Licht kommen wird, habe ich die Hoffnung nicht aufgegeben, sie mir zurückzuerobern.«

»Ein Begriff aus dem Militärjargon!«, unterbrach ihn der Anwalt Julie Bossarts. »Man könnte meinen, ein Soldat plane hier die Rückeroberung eines Gebietes, das er als das seine erachtet.«

Der Vorsitzende Richter warf Maître Verbena einen finsteren Blick zu, worauf dieser sich mit einer schlichten Handbewegung schweigend entschuldigte.

»Wenn ich Sie also recht verstehe«, fuhr der Vorsitzende Richter fort, »sind Sie immer noch in Oron gemeldet, wohnen aber tatsächlich in Vevey.«

»Genau so ist es.«

»Und Sie sind Berufssoldat vom Rang eines Korpskommandanten und ehemaliger Chef der Schweizer Armee.«

»Formell bin ich immer noch Chef der Armee«, korrigierte Lanteret ihn. »Man hat mich für die Dauer des Prozesses vom Dienst suspendiert, jedoch nicht aus dem Dienst entlassen. Mein Stellvertreter, Korpskommandant Martin Humel, vertritt mich während meiner Abwesenheit.«

»Gut«, erklärte der Vorsitzende Richter und überprüfte den Inhalt des vom Gerichtsschreiber verfassten Protokolls auf dem Bildschirm. »Lassen Sie uns jetzt zur Anklageschrift übergehen. Sie wurden in den Anklagezustand versetzt, weil Sie – ich zitiere – ›am Dienstag, dem 9. Januar, in Lavey-les-Bains, Grand Hôtel des Bains, Zimmer 47, nach dem Neujahrsempfang der

Polizeiakademie von Savatan, zu dem Sie eingeladen worden waren, Julie Bossart gezwungen haben, Sie bis zur Ejakulation oral zu befriedigen, nachdem Sie ihr zuvor mit einem Faustschlag die Nase gebrochen hatten, als sie sich weigerte, sich Ihren sexuellen Neigungen zu unterwerfen‹. Der Staatsanwalt sieht hierin die Straftatbestände der sexuellen Nötigung und der einfachen Körperverletzung gemäß Artikel 189 und 123 des Strafgesetzbuches geboten. Wie stehen Sie heute zu dem Sachverhalt, der Ihnen vorgeworfen wird?«

»Ich bestreite das ganz entschieden, Monsieur le Juge. Ich habe Nadine – beziehungsweise Julie oder Julien, wie auch immer der richtige Name lautet – an dem fraglichen Abend kennengelernt. Sie war es oder, besser gesagt, er – man weiß ja gar nicht, welches Vokabular dieser Tage das richtige ist, um Menschen, die an Identitätsstörungen leiden, zu bezeichnen –, die mich ganz offen angebaggert hat. Oder richtiger, mich heißgemacht hat. Sie hatte Klasse und gute Manieren. Ich bin ihr erlegen, was nicht hätte passieren dürfen. In den Augen meiner Frau und meiner Töchter mag das vielleicht ein Verbrechen darstellen, aber mitnichten vor den Augen des Gesetzes. Und ich füge hinzu, dass ich niemals meinen Trieben nachgegeben hätte, wenn ich gewusst hätte, dass sie eine Nutte ist. Oder eine Transe.«

»Das ist unerträglich!«, rief Maître Verbena dazwischen und sprang mit übertriebener Effekthascherei auf. »Monsieur le Juge, ich bitte Sie, hier zu intervenieren! Der Angeklagte beleidigt meine Mandantin, und sie ist nicht hier, um sich verteidigen zu können. Madame Bossart übt ein genehmigungspflichtiges Gewerbe aus und hat Anspruch auf ein Mindestmaß an Respekt, vor allem für das weibliche Geschlecht, zu dem sie sich heute offen bekennt.«

Der Vorsitzende Richter bedeutete ihm, sich wieder hinzusetzen, und wandte sich an den Angeklagten. »Ich schließe mich hier dem Anwalt der Klägerin an. Sie gehen hier zu weit, Monsieur Lanteret, und ich möchte Sie um mehr Zurückhaltung bezüglich Ihrer Äußerungen zu Madame Bossart bitten.«

Maître de Chambrier legte beruhigend eine Hand auf die Schulter seines Mandanten, der nickte und fortfuhr: »Ich bitte um Verzeihung, Monsieur le Juge. Ich entschuldige mich bei Ihnen, nicht aber bei Nadine, denn ich behaupte weiterhin, dass sie mich reingelegt hat.«

»Dem Gericht ist Ihre Haltung diesbezüglich bekannt. Aber vielleicht könnten Sie uns erneut erläutern, welches Interesse Julie Bossart gehabt haben könnte, Sie ›reinzulegen‹, wie Sie es formulieren.«

»Ich weiß es nicht. Seit fast einem Jahr schwirrt mir diese Frage unablässig im Kopf herum. Mit dieser #MeToo-Debatte und dieser ganzen Hexenjagd ist es ja ein Volkssport geworden, bekannte Persönlichkeiten zu Fall zu bringen. Man flirtet, man hat Sex mit ihnen, und dann klagt man sie an, und schon ist man auf der Titelseite der Medien. Eine hübsche Gratiswerbung. Heutzutage wissen Männer gar nicht mehr, woran sie bei den Frauen sind. Ich habe das leider zu spät begriffen. Eine gute Lektion fürs Leben.«

»Weil Sie sich als bekannte Persönlichkeit sehen?«

»Sagen wir, ich bin eine Person, die in der Öffentlichkeit steht und exponiert ist. Die Armee hat in diesem Land sehr viele Feinde. Man muss sich ja nur all die Clowns anschauen, die seit dem Morgengrauen mit Transparenten vor Ihrem Gericht demonstrieren.«

»Und Madame Bossart? Sie ist weder eine Sängerin noch eine Schauspielerin, die Werbung nötig hätte.«

»Ich kann nicht an ihrer Stelle antworten. Das müssen Sie sie morgen früh fragen. Ich weiß nur, dass sie mich in dieses Zimmer gelockt hat und ich zu blöd war, ihren Avancen zu widerstehen. Ich weiß, dass sie die Initiative ergriffen hat, meine Hose aufzuknöpfen, und sich nicht bitten lassen musste, den Mund zu öffnen. Und ich schwöre, ich schwöre beim Leben meiner Kinder, dass ich sie nie geschlagen habe. Ich weiß, dass es in der Akte ein medizinisches Gutachten gibt, das ihre gebrochene Nase attestiert. Aber ich habe ihr das nicht angetan.«

»Wer sonst?«

»Ich habe nicht die leiseste Ahnung.«

»In der Akte gibt es Videoaufnahmen, die zeigen, wie Madame Bossart das Zimmer 47 verlässt und Hals über Kopf den Gang entlangrennt. Wie erklären Sie sich das?«

»Ich kenne dieses Video in- und auswendig, Monsieur le Juge. Ich habe es mir mit meinem Anwalt mindestens ein Dutzend Mal angeschaut. Leider sind die Aufnahmen verwackelt, und man kann zu keinem Moment Nadines Gesicht erkennen. Was bedauerlich ist, da Sie sich ansonsten davon überzeugen könnten, dass sie nicht verletzt war.«

Auch Jemsen hatte sich die Aufnahmen mehrfach in Selinas Wohnung angeschaut und dabei ein seltsames Gefühl der Frustration verspürt. Er wusste nicht, ob die IT-Fachleute der Waadtländer Kantonspolizei versucht hatten, die Qualität der Bilder der Überwachungskamera des Grand Hôtel des Bains zu verbessern. In der Akte war dazu nichts vermerkt.

»Zugegeben«, fuhr der Vorsitzende Richter fort, »aber es ist belegt, dass sich das Opfer unmittelbar danach ins Krankenhaus Riviera-Chablais begeben hat, wo ihre Verletzungen festgestellt wurden. Die Ärzte alarmierten die Polizei, die ihre Anzeige aufnahm und sofort den diensthabenden Staatsanwalt informierte. Am nächsten Morgen befasste sich der Generalstaatsanwalt mit dem Fall und beauftragte die Ermittler mit Ihrer Festnahme und der Durchsuchung Ihres Hauses in Oron. Ein Datenspeicher-Spürhund der Polizei fand bei Ihnen zu Hause, versteckt im doppelten Boden einer Schreibtischschublade, einen USB-Stick mit Snuff-Movies und Hardcorepornos, die Gewalt- und Folterhandlungen beinhalten. Wie erklären Sie sich das?«

»Ich habe es schon den beiden Sittenpolizisten gesagt. Ich habe keine Ahnung, wie dieses Material in meine Wohnung gekommen ist. Ich kann mit solchen Sachen nichts anfangen. Übrigens, soweit ich weiß, sind meine Fingerabdrücke nicht darauf.«

»Schon wieder Ihre Verschwörungstheorie?«

»Nennen Sie es, wie Sie wollen.«

Der Richter seufzte, blätterte eine Seite der Akte um und

wechselte das Thema. »Noch am selben Tag haben Sie vor der Polizei und vor dem Staatsanwalt sexuelle Handlungen mit Madame Bossart geleugnet. Sie haben Ihre Aussagen erst widerrufen, als der Generalstaatsanwalt das Zwangsmaßnahmengericht angerufen hat, Ihre Untersuchungshaft anzuordnen. Wie erklären Sie sich Ihre Lügen zu Beginn?«

»Man muss sich in den Kontext zurückversetzen. Ich stand nach der Verhaftung unter Schock. Ich hatte eine große Dummheit begangen und konnte sie meiner Frau gegenüber nicht gestehen. Als mir aber klar wurde, dass ich keine andere Wahl hatte, beschloss ich, die Wahrheit zu sagen.«

»Ihnen ist bewusst, dass diese Lügen nicht zu Ihrem Vorteil gereichen?«

»Das ist mir bewusst. Aber ich bin unschuldig.«

»Eine Woche nachdem Madame Bossart Sie angezeigt hatte, hat sie Ihnen vorgeworfen, Sie hätten sie bedroht, damit sie ihre Anzeige zurückzieht.«

»Das ist komplett falsch.«

»Und doch hat diese Drohung den Staatsanwalt dazu veranlasst, Sie abhören zu lassen.«

»Diese Abhörmaßnahmen haben jedoch nichts ergeben.«

»Außer der Ablehnung der gesamten Waadtländer Staatsanwaltschaft am 6. Dezember dieses Jahres.«

»Das ist aber nicht mein Fehler, wenn die Polizei und der Staatsanwalt die Gespräche, die ich mit meinem Anwalt geführt habe, abgehört und der Akte beigefügt haben.«

Der Vorsitzende Richter nahm die Befragung zu den Fakten wieder auf und ging sie Punkt für Punkt durch. Er ließ kein Detail aus und übergab dann das Wort für eventuelle zusätzliche Fragen an die beiden beisitzenden Richter. Es folgten die Fragen des Staatsanwalts, des Anwalts der Klägerseite und des Verteidigers des Angeklagten. Sämtliche Antworten des Armeechefs wurden vom Gerichtsschreiber protokolliert.

Nach der Befragung verkündete der Vorsitzende Richter, dass die Verhandlung für heute beendet sei. »Sie wird morgen früh um acht Uhr dreißig mit der Anhörung des Opfers fortgesetzt. Wie ich zu Beginn der Verhandlung erwähnt habe, hat Madame Bossart heute früh dem Gericht eine E-Mail geschickt, in der sie ihr Kommen bestätigt und an ihr Recht erinnert, dem Angeklagten nicht begegnen zu müssen. Monsieur Lanteret wird daher morgen aufgefordert, den Saal während der Vernehmung des Opfers zu verlassen.«

Von der zweiten Reihe des Zuschauerraums beobachteten Flavie und Mikaël aufmerksam jede kleinste Regung des Angeklagten und seines Anwalts. Jemsen tat das Gleiche.

14

Als Jemsen, Flavie und Mikaël das Gericht verließen, war die Demonstration der Armeegegner in vollem Gange. Die drei gesellten sich zu Karine, Kinga und Andreas, die etwas abseits auf der Esplanade auf sie warteten. Der Himmel war grau und beinah bedrohlich wolkenverhangen. Sie beobachten, wie Aloïs Lanteret und sein Anwalt unter den Buhrufen der Menge in ein Taxi stiegen.

Andreas schlug vor, in der Brasserie de Montbenon neben dem Gericht etwas trinken zu gehen. Sie setzten sich an einen Tisch in der Rotunde des Casinos. Andreas bestellte ein Mineralwasser, Jemsen ein Bier und die anderen ein Glas Rotwein.

Als sie anstießen, betrachtete Andreas die Narben in Jemsens Gesicht, die von einem Bombenanschlag stammten, dem er vor ein paar Jahren zum Opfer gefallen war.

»Sollen wir uns nicht duzen?«, fragte Jemsen Andreas.

»Sehr gerne, Norbert.«

»Also, wie ist es gelaufen?«, fragte Karine.

»Momentan«, antwortete Flavie, »ist der Mord an Julie Bossart –«

Jemsen gab seiner Verfahrensassistentin ein Zeichen, zu schweigen, da der Kellner gerade zwei Schalen mit Erdnüssen und gesalzenen Mandeln vor ihnen abstellte.

Flavie wartete, bis er weg war. »Ich wollte sagen, dass der Mord an Bossart noch nicht bis auf die Gerichtsflure durchgedrungen ist.«

»Wie haben sie auf die Ankündigung der E-Mail der Klägerin reagiert?«, fragte Andreas.

»Lanteret und sein Anwalt haben sich angeschaut und waren zweifellos ein wenig überrascht, aber ich habe bei beiden keine auffällige Reaktion oder Verwunderung feststellen können«, sagte Mikaël.

»Ich konnte ihre Gesichter nicht gut sehen«, ergänzte Flavie.

»Jemand hat mir die Sicht versperrt. Als sie sich erhoben, konnte ich jedoch erkennen, dass ihre Mienen verschlossen, aber weder unnormal noch irgendwie verdächtig aussahen.«

»Wer jedoch am meisten reagiert hat«, unterbrach sie Jemsen, »und fast überrascht wirkte, war Maître Verbena, der Anwalt der Klägerin.«

»Ich persönlich wäre an seiner Stelle auch überrascht, wenn ich hören würde, dass meine Mandantin dem Gericht eine E-Mail geschickt hat, ohne mich zuvor zu konsultieren«, bemerkte Kinga.

»Alles in allem«, sagte Jemsen seufzend, »ist diese Idee mit der gefälschten E-Mail ein Schlag ins Wasser gewesen.«

»Bleibt nur zu hoffen, dass Lanteret, sollte er in den Mord an Bossart verwickelt sein, am Telefon gegenüber einer Drittperson einen Fehltritt macht«, sagte Andreas.

»Wie ist denn die Anhörung von Lanteret gelaufen?«, fragte Karine.

»Er beteuert immer noch seine Unschuld«, antwortete Flavie. »Er behauptet weiterhin, dass er reingelegt wurde und dass das Ganze ein abgekartetes Spiel gewesen sei.«

»Er leugnet die sexuelle Beziehung?«, fragte Kinga erstaunt.

»Nicht den Akt an sich«, erklärte Jemsen, »aber er bestreitet jede Form von Zwang. Er gibt zu, dass er sich mit Julie Bossart in seinem Hotelzimmer getroffen hat und von ihr oral befriedigt wurde, aber er schwört, dass er sie weder dazu gezwungen noch geschlagen hat.«

»Glaubst du, dass er die Wahrheit sagt?«, fragte Andreas. »Er wäre nicht die erste öffentliche Person, die von der #MeToo-Flut mitgerissen wurde.«

Jemsen zögerte kurz mit der Antwort. »Das Video, auf dem Nadine Lanterets Zimmer verlässt, irritiert mich irgendwie.«

»Warum?«

»Zum einen, weil die Aufnahmen etwas unscharf sind und ruckeln, als habe man einen Teil des Films herausgeschnitten. Zum anderen, weil es wirkt, als wisse Nadine um die Existenz der Kameras und vermeide es daher, in die Linse zu schauen. Wir müssen die IT-Spezialisten der Polizei bitten, die Aufnahmen zu analysieren und zu versuchen, die Qualität der Bilder zu verbessern. Es sei denn, dieser Versuch wurde im Rahmen der Ermittlungen zu der sexuellen Nötigung bereits unternommen. Doch in der Lanteret-Akte ist dazu nichts vermerkt.«

»Du glaubst, Nadine könnte Lanterets Zimmer ohne gebrochene Nase verlassen haben?«

Jemsen nickte.

»Was die von Lanteret und seinem Verteidiger geäußerte These eines Komplotts glaubwürdig erscheinen lassen würde«, sagte Andreas.

»In diesem Fall«, sagte Kinga, »hätte ihr jemand anders nach dem Verlassen des Zimmers die Nase gebrochen, und sie wäre dann ins Krankenhaus gefahren, um ein medizinisches Gutachten zu bekommen, mit dem sie ihre Anzeige untermauern konnte.«

»In der Tat ein denkbares Szenario«, bestätigte Jemsen.

»Wenn das der Fall ist«, unterbrach ihn Karine, »wer könnte ein Interesse daran haben, den Chef der Armee in eine Falle zu locken?«

»Genau das müssen wir herausfinden«, antwortete Jemsen. »Und ich schlage vor, uns mit dieser Frage direkt an die Hauptperson zu wenden.«

»Wie gehen wir vor?«

»Die Nachricht von Bossarts Tod wird früher oder später durchsickern, aber idealerweise nicht vor der Wiederaufnahme der Gerichtsverhandlung morgen früh. Auf diese Weise können wir während der akademischen Viertelstunde, in der das Gericht auf das Opfer wartet, wieder Lanteret und seinen Anwalt auf mögliche Reaktionen hin beobachten. Dann wird der Prozess erneut unterbrochen, und Sie beide werden Lanteret beim Verlassen des Gerichts abfangen und ihn zu einer Befragung mitnehmen.«

»Als Tatverdächtigen?«, fragte Kinga.

»Nein, wir haben nichts Konkretes gegen ihn in der Hand, und das wird uns sein Anwalt sofort wissen lassen. Ich schlage vor, eine Vorladung als Auskunftsperson durch die Staatsanwaltschaft auszustellen, denn ohne offizielle Vorladung könnte sein Anwalt euch ebenfalls Steine in den Weg legen«, sagte Jemsen.

»Einverstanden«, stimmte Karine zu.

»Flavie, bitte bereiten Sie die Vorladung bis morgen früh vor.«

Die Verfahrensassistentin nickte.

»Ich schlage vor, dass Karine die Befragung leitet«, fügte Jemsen hinzu.

»Wir werden das zusammen machen«, unterbrach ihn Andreas.

Karine drehte sich zu ihrem Chef um. »Du weißt, dass ich es prinzipiell vorziehe, wenn wir dabei zusammenarbeiten. Aber Viviane wird das niemals akzeptieren.«

»Wir sagen es ihr nicht. Sie wird vor vollendete Tatsachen gestellt.«

Karine schüttelte missmutig den Kopf und schaute Jemsen hilfesuchend an. Schnell musste sie diese Illusion jedoch aufgeben.

»Da mische ich mich nicht ein«, erklärte Jemsen. »Wie ihr vorgeht, ist eure Sache. Seht zu, dass ihr euch einig seid.«

Eine bedrückende Stille senkte sich über den Tisch, bis Kinga das Schweigen brach, indem sie das Thema wechselte. »Wenn es nicht Lanteret war, der Bossart beseitigt hat, wer dann?«

»Die Tatsache, dass er eventuell das Ziel eines Komplotts war, entlastet ihn nur bedingt«, sagte Jemsen.

»Nadine könnte Lanteret durchaus erpresst haben«, überlegte Andreas laut. »Sie könnte gedroht haben, seiner Frau zu enthüllen, dass er sie mit einer Prostituierten betrogen hat, und sogar damit, Anzeige gegen ihn zu erstatten, was sie ja letztlich auch getan hat.«

»Lanteret hätte sich geweigert zu zahlen«, ergänzte Karine, »und Nadine hätte ihre Drohung in die Tat umgesetzt.«

»Das wäre eine Möglichkeit«, gab Jemsen zu. »Auf jeden Fall müssen Nadines Geschäftspraktiken durchforstet und möglichst auch ihre Kunden identifiziert werden.«

Karine nickte, und Jemsen fuhr fort: »Was hat die Obduktion ergeben?«

»Nicht viel Neues«, meinte Andreas. »Nur, dass diese charmante Frau einen Penis besaß.«

»Das wusstest du nicht?«, fragte Jemsen erstaunt.

»Nicht, bis ich es gesehen habe«, erwiderte Andreas. »Im Gegensatz zu dir hatte ich noch nicht das Vergnügen, die Lanteret-Akte zu lesen. Apropos, ist eigentlich bekannt, ob Lanteret auf Transvestiten stand?«

»So abfällig, wie er sich eben bei der Verhandlung darüber geäußert hat, bezweifele ich das sehr …«

»Aber es gibt Homophobe, die mit Männern schlafen«, unterbrach Mikaël sie.

»Das ist richtig«, räumte Jemsen ein.

»Und was ist mit den Snuff-Movies, die man bei ihm gefunden hat?«, fragte Flavie. »Könnten die Teil der Falle sein?«

»Alles ist möglich«, gab Jemsen zu.

»Wenn das alles nur ein abgekartetes Spiel ist«, sagte Andreas, »dann geht das meiner Meinung nach weit über einen Erpressungsversuch durch eine Prostituierte hinaus.«

»Gut«, schloss Jemsen, »ich schlage vor, dass wir das Ganze morgen früh nach der erneuten Unterbrechung der Verhandlung weitererörtern.«

Während die anderen das Restaurant bereits verließen, stand Mikaël auf, um am Tresen zu bezahlen. Ein paar Meter von ihm entfernt sah er, wie Fabien Berset gerade einem Kellner unauffällig etwas zusteckte …

Noch 3 Tage bis zum Ablauf des Ultimatums

Terroristische Bedrohung in der Schweiz
Eine Demonstration gegen die Armee vor dem Hintergrund des Lanteret-Prozesses

Beim Prozessauftakt gegen den Armeechef Aloïs Lanteret vor dem Gericht in Lausanne fand eine große Demonstration auf der Esplanade de Montbenon statt, an der gut tausend Menschen teilnahmen. Dabei wurden viele Stimmen gegen die Finanzierung der Armee laut.

Die Demonstranten, die vor allem aus dem radikal linken Flügel und der Gruppe für eine Schweiz ohne Armee, GSoA, stammten, wählten einen entscheidenden Moment im Strafverfahren gegen den Korpskommandanten, um »eine massive Kürzung des Armeebudgets« zu fordern. Zudem setzen sie sich aktiv für eine Entmilitarisierung des Landes ein. Ihre Forderungen, die sich auf Frieden, Menschenrechte und eine sozialere Verwendung von Steuergeldern konzentrieren, stellen den Nutzen der Armee »sogar vor dem Hintergrund einer terroristischen Bedrohung« in Frage, heißt es in ihrem Kommuniqué.

Ein gespaltenes Land

In diesem Zusammenhang kam es im ganzen Land zu weiteren Demonstrationen, an denen sich vor allem besorgte Bürger und Bürgerinnen beteiligten, die dringend einen Ausbau der Armee forderten.

Das von den Terroristen am vergangenen Samstag gestellte Ultimatum verstärkt das Gefühl der Unsicherheit in der Bevölkerung weiter. Für die Armeebefürworter belegt es die Notwendigkeit, »über eine solide Streitmacht zu verfügen, die bereit ist, auf den geringsten Angriff von außen reagieren zu können«.

Zur Erinnerung: Die Kluft zwischen Befürwortern und Gegnern der Armee wird bei Abstimmungen über die Landesverteidigung immer größer. Neben der Haushaltsfrage, die kommenden Freitag in den eidgenössischen Räten diskutiert wird, verschärfen heute ein in den Medien viel beachteter Prozess und die Bedrohung durch den Islamischen Staat die Spannungen zwischen beiden Lagern.

Nachrichtenagentur Keystone-SDA

15

Staatsanwalt Jemsen hatte die Lanteret-Akte gar nicht erst mitgenommen. Er wusste, dass die Verhandlung vertagt werden musste. Am Vorabend hatte Selina ihm die Ergebnisse der Obduktion von Julie Bossart mitgeteilt, die nichts Überraschendes zutage gebracht hatten.

Als er mit seiner Verfahrensassistentin das Parkhaus Montbenon verließ, hatte ein leichter Regen, der sich zunehmend mit Schnee vermischte, den Park, der sich im Süden zum Genfersee und zu den Alpen hin öffnete, mit einem dünnen weißen Flaum bedeckt. Dick eingemummelt gingen Flavie und Jemsen auf das Gerichtsgebäude zu. Mit seinem zentralen Baukörper, den beiden in Pavillons endenden Flügeln und den allegorischen Statuen hatte der imposante, im 19. Jahrhundert erbaute Palais de Justice de Montbenon zunächst das Schweizer Bundesgericht beherbergt, bevor dieses 1920 in den Park Mon-Repos umgezogen war.

Wie vereinbart erwartete Mikaël sie am Fuße der Wilhelm-Tell-Statue. Dem Gerichtsberichterstatter schien nicht ganz wohl in seiner Haut zu sein. Er grüßte sie kurz und hielt ihnen sofort den »Le Matin« mit dem markanten orange-weißen Logo hin.

»Wollen Sie Werbung für die Konkurrenz machen?«, fragte Jemsen lächelnd.

Mikaël war nicht zum Scherzen zumute. »Sie schauen sich besser mal die Titelseite an.«

Jemsen las das Erscheinungsdatum – Dienstag, 18. Dezember – und die Schlagzeilen zum Stand des Ultimatums der Terroristen, aber vor allem auch die Enthüllung der Identität des Mordopfers von Montreux, verknüpft mit der Meldung:

AFFÄRE LANTERET: Das Urteil scheint gefährdet

»Um Himmels willen!«, rief Jemsen entsetzt. »Wie konnte das durchsickern?«

»Der Artikel stammt aus der Feder von Fabien Berset. Als ich gestern nach unserem Gespräch im Restaurant die Getränke bezahlen wollte, habe ich gesehen, wie er einem der Kellner etwas zugesteckt hat. Ich habe gedacht, dass er seine Rechnung begleichen würde, aber jetzt bin ich mir da nicht mehr so sicher. Entweder hat der Kellner gehört, was wir besprochen haben, und es ihm weitererzählt, oder Berset hat eine andere Quelle gefunden.«

»Das spielt jetzt auch keine Rolle mehr«, seufzte Flavie niedergeschlagen. »Die Würfel sind gefallen. Das musste ja so kommen.«

»Mir wäre es lieber gewesen, wenn diese Info erst nach der Verhandlung heute Morgen an die Öffentlichkeit gekommen wäre«, erwiderte Jemsen.

Zu dritt gingen sie auf das Gerichtsgebäude zu. Heute war die Esplanade leer, und kein Demonstrant war zu sehen. Allerdings hatte man die Sockel der Löwenstatuen auf beiden Seiten der Stufen mit dem Schriftzug »Stop Army« in roter Farbe besprüht. Diese Form der Sachbeschädigung würde einmal mehr eine Strafanzeige der Waadtländer Justizbehörde zur Folge haben.

Im Gerichtssaal herrschte eine elektrisierende Spannung. Beim Eintreten nahm Jemsen nicht nur das leise Gemurmel des Publikums wahr, sondern spürte vorwurfsvolle Blicke, die stummen Fragen der Journalisten und vor allem die strenge Miene von Rechtsanwalt de Chambrier und das Entsetzen von Rechtsanwalt Verbena auf sich lasten. Heute würde man den Staatsanwalt verurteilen und nicht den Angeklagten. Lanteret hielt sich in seiner Uniform kerzengerade und starrte auf das leere Podium. Er wusste, dass die Bank der Schmach jetzt auf der anderen Seite stand.

Der Gerichtsdiener kündigte den Beginn der Sitzung an. Als die Richter den Saal betraten, erhoben sich die Anwesenden und nahmen auf Aufforderung des Vorsitzenden Richters wieder Platz.

Dieser verkündete die Wiederaufnahme der Verhandlung und wandte sich an den Vertreter der Staatsanwaltschaft. »Sie wussten davon?«

»Selbstverständlich«, antwortete Jemsen und schaute dem Richter direkt ins Gesicht. Warum sollte er lügen? Wenn es nicht eh schon der Fall war, würde das Gericht sowieso früher oder später erfahren, dass er vom Büro des Großen Rats bestimmt worden war, den Mordfall in Montreux zu untersuchen.

»Und warum haben Sie während der gesamten gestrigen Anhörung geschwiegen?«

»Ich hatte meine Gründe.«

»Dürften wir diese erfahren?«

Jemsen schaute kurz zu Flavie und Mikaël. Aufgrund ihrer mitfühlenden Blicke antwortete er, ohne zu zögern: »Monsieur le Juge, bei allem Respekt, den ich diesem Gericht schulde, sehe ich mich gezwungen, Ihnen das Untersuchungsgeheimnis entgegenzuhalten.«

Es war mucksmäuschenstill im Saal, bis der Verteidiger des Angeklagten das Schweigen brach. »Das ist dennoch unglaublich!«, polterte Maître de Chambrier los. »Wir konnten ja schon dem Waadtländer Staatsanwalt nicht vertrauen, und nun gilt das Gleiche für die Neuenburger Staatsanwaltschaft! Ich frage mich ernsthaft, was aus der Würde des Richterstands geworden ist. Mein Mandant ersucht das Gericht, den Fall unverzüglich zu den Akten zu legen.«

Der Vorsitzende Richter wandte sich an Jemsen. »Monsieur le Procureur, so hätten wir uns die gestrige Anhörung sparen können und unsere kostbare Zeit nicht verschwendet.«

Jemsen ließ sich nicht aus der Ruhe bringen. »Absolut nicht. Zwar führt der Tod eines Angeklagten zum Erlöschen einer Strafverfolgung, nicht aber der Tod eines Opfers. Der Strafbestand der sexuellen Nötigung wiegt schwer und wird von Amts wegen verfolgt. Nach Ansicht der Staatsanwaltschaft muss sich Monsieur Lanteret unabhängig vom Tod von Madame Bossart wegen der in der Anklageschrift aufgeführten Taten vor Gericht verantworten.«

»Ohne dass dem Gericht die Möglichkeit gegeben wird, das Opfer anzuhören?«, fragte der Vorsitzende Richter.

»Die Vernehmungen durch die Polizei und Staatsanwaltschaft sind für das Gericht vollständig verwertbar.«

»Dagegen verwahren wir uns entschieden!«, schrie Maître de Chambrier.

»Das Gericht hat Ihr Vorabentscheidungsersuch abgelehnt«, erinnerte ihn Jemsen.

»Dennoch gilt weiterhin«, gab der Vorsitzende zurück, »die freie Beweisführung der Richter ... Gleichwohl hat der Staatsanwalt recht. Der Prozess muss zu Ende geführt werden, und der Fall kann nicht einfach ad acta gelegt werden, weil die Klägerin verstorben ist. Andererseits befindet sich Rechtsanwalt Verbena nun in einer besonderen Situation, denn formal ist er nicht mehr in der Lage, Anweisungen von seiner Mandantin zu erhalten.«

Der Vorsitzende wandte sich zu Maître Verbena, der verlegen wirkte.

»Ich werde mit dem Friedensrichter schauen, ob meine Mandantin Erben hat«, sagte er. »Gegebenenfalls überlegen wir gemeinsam, ob sie mein Mandat in diesem Prozess aufrechterhalten oder kündigen wollen. Doch das wird etwas dauern.«

»Gut«, schloss der sichtbar irritierte Vorsitzende Richter. »Ich sehe keine andere Möglichkeit, als die Verhandlung auf das kommende Jahr zu vertagen. Sobald Maître Verbena die Situation überblicken kann, wird er das Gericht umgehend davon in Kenntnis setzen. Die Geschäftsstelle wird anschließend wieder mit jedem von Ihnen Kontakt aufnehmen, um einen Termin für die Wiederaufnahme der Verhandlung festzusetzen. Die Verhandlung ist hiermit geschlossen.«

Während die drei Richter den Saal verließen, herrschte absolute Stille.

Vor dem Gerichtsgebäude wurde Jemsen von einem Blitzlichtgewitter empfangen. Man richtete zahllose Kameras auf ihn und streckte ihm Mikrofone in allen möglichen Farben entgegen. Höflich, aber bestimmt beantwortete er sämtliche Fragen lediglich mit: »Kein Kommentar.«

Als deutlich wurde, dass man von ihm nichts erfahren würde, wandte sich das Heer der Journalisten, unter denen sich Fabien Berset befand, den Anwälten der beiden Parteien zu.

Jemsen traf Flavie und Mikaël wieder am Fuße der Wilhelm-Tell-Statue. Andreas war inzwischen auch eingetroffen.

»Wie ist es gelaufen?«, fragte er.

»Wenig überraschend. Wie geht's jetzt weiter?«, fragte Jemsen.

»Keine Planänderung, wir machen wie vorgesehen weiter. Karine und Kinga sind bereit«, antwortete Andreas.

»Perfekt. Dann fahren wir zwei ins Präsidium«, sagte Jemsen.

»Und wir?«, fragte Mikaël.

»Nimm Flavie mit nach Gryon«, sagte Andreas. »Wir halten euch auf dem Laufenden und kommen so schnell wie möglich nach.«

Am Fuße der Stufen unterhalb des Justizpalastes beantwortete Strafverteidiger de Chambrier die letzten Fragen der Journalisten. Er hatte seine Robe ausgezogen und trug einen dunkelblauen Anzug mit einer weißen Krawatte. Die Kosten für seine Kleidung und seine Schuhe überstiegen ganz offensichtlich das Monatsgehalt eines Staatsanwalts.

Aloïs Lanteret stand schweigend und dennoch würdevoll neben ihm. Jemsen war klar, dass der Verteidiger seinen Mandanten angewiesen hatte: »Kein Wort zu den Journalisten. Ich regle das.«

Als die Fragestunde beendet schien und sich die Mikros und Kameras Rechtsanwalt Verbena zuwandten, traten zwei Frauen in Zivilkleidung an Lanteret heran. Karine und Kinga. Jemsen erahnte einen kurzen Wortwechsel und sah, wie de Chambrier das Gesicht verkniff. Die beiden Kommissarinnen präsentierten ihm ein Dokument, das er sorgfältig prüfte. Aus der Ferne erkannte Jemsen den Vorführungsbefehl, den seine Verfahrensassistentin vorbereitet hatte. Und ohne dass die Journalisten ahnten, um was es ging, folgten Aloïs Lanteret und Gauthier de Chambrier anstandslos den beiden Polizistinnen. Diskretion war in diesem Falle in jedermanns Interesse.

16

Karine und Kinga eskortierten Aloïs Lanteret und Gauthier de Chambrier zu den Verhörsälen der Waadtländer Kriminalpolizei in Lausanne-Blécherette. Ihre Schritte hallten auf dem Flur wider.

Karine öffnete die Tür eines Vernehmungszimmers und bat Lanteret und seinen Anwalt, einzutreten und Platz zu nehmen. In dem Raum befanden sich vier Stühle, die sich gegenüberstanden.

Gauthier de Chambrier erstarrte und fragte erstaunt: »Warum steht hier kein Tisch, Mesdames?«

»Damit es ein wenig gemütlicher wird«, erwiderte Karine.

Verärgert zuckte de Chambrier mit den Schultern, setzte sich auf einen Stuhl und schlug die Beine übereinander. Lanteret nahm neben seinem Verteidiger Platz, der verärgert schnaubte und auf eine in der Zimmerecke installierte Kamera wies. »Ich hoffe, dass wir nicht gefilmt werden.«

»Sie ist ausgeschaltet«, versicherte Karine.

»Ich bin misstrauisch, seit der Staatsanwalt glaubt, dass er über dem Gesetz steht und sich erlaubt –«

»Ich weiß«, unterbrach ihn Karine. »Und ich bin mir absolut bewusst, dass die Strafprozessordnung ausschließlich das Filmen der Vernehmung von Beschuldigten vorsieht.«

»Eine Bezeichnung, die auf meinen Mandanten gar nicht zutrifft!«

»Ganz genau. Ich komme gleich wieder.« Sie zeigte auf eine Wasserkaraffe auf dem Beistelltisch und fügte beim Verlassen des Raumes hinzu: »Sie können sich bedienen, falls Sie Durst haben.«

Kinga, Jemsen und Andreas hatten sich bereits in dem kleinen Raum mit den Einwegscheiben neben dem Vernehmungszimmer eingefunden. Karine trat zu ihnen.

»Man könnte meinen, dieser kleine eingebildete Kläffer habe beschlossen, den großen bösen Wolf zu mimen«, sagte Andreas.

»Ich hätte gerade große Lust, ihm rechts und links ein paar hinter die Ohren zu hauen«, erwiderte Karine.

»Ganz ruhig, meine Liebe. Es bringt nichts, sich aufzuregen. Genau das will er. Lass dich nicht auf sein Spiel ein.«

»Ich weiß.«

»Es ist das erste Mal, dass ich einen Verhörraum ohne Schreibtisch sehe«, gestand Jemsen.

»Das war Karines Idee«, erwiderte Andreas, während er den suspendierten Armeechef und dessen Anwalt beobachtete. »Und sie gefällt mir sehr gut.«

Lanteret wirkte niedergeschlagen und de Chambrier auf der Hut, als sei er ein Dobermann, der einen Eindringling anknurrt und bereit ist, ihm an die Gurgel zu springen.

»Bei einer Fortbildung in Deutschland«, erklärte Karine, »habe ich einen Kommissar kennengelernt, der diese Technik schon seit Jahren praktiziert. Ohne den Tisch gibt es kein Hindernis zwischen dem Ermittler und der befragten Person, sodass man diese ganz sehen kann, um ihre Hände zu beobachten, ihr nervöses Fingerspiel, ihre Beinbewegungen oder ihre unruhigen Füße.«

»Ich weiß nicht, ob ich so überzeugt von den ganzen Theorien über Körpersprache bin«, sagte Jemsen lächelnd. »Wenn jemand an die Decke starrt oder zwischendurch zögert, heißt das nicht immer, dass diese Person lügt ...«

»Da bin ich ganz deiner Meinung«, gab Andreas zu. »Aber ich finde Karines Idee interessant. Ich glaube, unter gewissen Umständen kann man jemanden dadurch verunsichern, der ansonsten versuchen würde, sich hinter dem Tisch zu verstecken. Und es kann eine vertrauliche Atmosphäre schaffen, wenn man möchte, dass sich ein Verdächtiger ...«

»... zu Tisch setzt«, sagte Jemsen ironisch.

»Sehr witzig«, meinte Andreas.

Der Verhörraum wurde von einem grellen künstlichen Licht erhellt. Einzig das leise Pfeifen der Lüftung unterbrach das Schweigen, in das sich die beiden wartenden Männer gehüllt hatten. Andreas stellte sich vor, schüttelte ihnen die Hand und nahm ihnen gegenüber neben Karine Platz.

Gauthier de Chambrier beugte sich vor, um einen großen Notizblock aus seinem Aktenkoffer zu holen und ihn sich auf die Knie zu legen, bevor er einen Füller aus seinem Jackett zog.

»Nicht sehr praktisch ohne Tisch«, sagte er und warf Karine einen wütenden Blick zu.

Karine ging nicht auf seine Bemerkung ein, sondern begann mit ruhiger und sicherer Stimme. »Ich möchte Ihnen danken, dass Sie ohne großen Wirbel mit uns gekommen sind. Wir ermitteln im Mordfall Julie Bossart und würden Ihnen dazu gerne einige Fragen stellen.«

»Es ist inakzeptabel, dass Sie meinen Mandanten wie einen Verbrecher vom Gericht abholen!«

»Maître«, mischte sich Andreas ein. »Es war vielleicht nicht der beste Zeitpunkt für Ihren Mandanten, aber ich nehme an, dass er die Situation genau versteht und es in seinem Interesse sein könnte, sich kooperativ zu zeigen. Nicht wahr, Monsieur Lanteret?«

Der Armeechef nickte.

»Gut«, fuhr Karine fort, »können wir nach diesem einleitenden Geplänkel nun beginnen?«

De Chambrier nickte, und die Kommissarin wandte sich an Lanteret. »Ich erinnere Sie daran, dass Sie hier als Auskunftsperson und nicht als Beschuldigter anwesend sind. Sie haben das Recht, die Beantwortung unserer Fragen zu verweigern. Falls Sie zu irgendeinem Zeitpunkt eine Frage nicht verstehen oder Klärungsbedarf haben, zögern Sie nicht, mich das wissen zu lassen.«

»Einverstanden«, sagte Lanteret.

»Falls Sie keine Einwände haben, werden wir dieses Gespräch aufzeichnen.«

De Chambrier nickte, und Karine schaltete ein Aufnahmegerät ein.

»Sind Sie bereit, oder gibt es noch etwas, das Sie zuvor klären möchten?«

»Legen Sie los. Je schneller wir hier fertig sind …«

»Gut. Heute ist Dienstag, der 18. Dezember, und wir beginnen mit der Vernehmung von Aloïs Lanteret, der als Auskunftsperson im Rahmen der Ermittlungen zum Tod von Julie Bossart erschienen ist.«

Viviane Bourgeaux, die Leiterin der Kriminalpolizei, eilte in das kleine Zimmer, das durch die Einwegscheibe vom Verhörraum getrennt war. »Entschuldigt meine Verspätung. Ich hatte eine wichtige Besprechung mit dem Kommandanten der Kantonspolizei. Hat es schon angefangen?«

»Just in diesem Moment«, antwortete Jemsen.

Zunächst hörte sie nur die vertraute Stimme, dann erblickte sie Andreas auf der anderen Seite der Scheibe und schimpfte: »Was macht der denn da?«

»Zusammen mit Karine vernimmt er Aloïs Lanteret«, antwortete Kinga ruhig.

»Ich bin nicht blöd«, sagte Viviane wütend.

»Er hat darauf bestanden –«

»Warum überrascht mich das nicht? Ich hätte damit rechnen müssen. Er kann einfach nicht anders.«

»Er ist ein hervorragender Ermittler«, mischte sich Jemsen ein.

»Darum geht es nicht.«

»Ich möchte, dass er seine Arbeit offiziell wieder aufnehmen darf.«

Viviane starrte Jemsen an, zögerte, seufzte und meinte etwas unwillig: »Einverstanden, aber Karine wird diese Ermittlung weiterhin leiten. Und Andreas tut gut daran, mir zügig ein ärztliches Attest vorzulegen, das bescheinigt, dass er wieder arbeitsfähig ist.«

Andreas stellte die erste Frage. »Monsieur Lanteret, in welcher Verbindung standen Sie zu dem Opfer Julie Bossart?«

»Das wissen Sie bereits. Ich habe sie vergangenen Januar beim Neujahrsempfang in Savatan kennengelernt.«

»Hatten Sie ihre Dienste schon früher in Anspruch genommen?«

»Nein, ich habe sie dort zum ersten Mal gesehen. Und es stand nie zur Debatte, sie zu bezahlen. Sie hat mich aus freien Stücken angemacht, und ... ich bin ihr auf den Leim gegangen.«

»Wie ist das passiert?«

»Sie hat sich zu einer kleinen Gruppe gesellt, mit der ich mich gerade unterhielt. Mir ist schnell aufgefallen, dass sie mir, wenn ich sprach, immer zulächelte. Als ich danach zur Bar ging, ist sie mir gefolgt. Wir haben uns zugeprostet, und sie hat sich mir vorgestellt. Sie sagte, sie heiße Nadine ... Was war ich nur für ein Blödmann ...«

»Und dann?«, fragte Andreas.

»Es entwickelte sich ein völlig natürliches Spiel der Verführung. Ich merkte schnell, dass sie mit mir schlafen wollte.«

»Und da haben Sie nicht lange gefackelt?«

»Sie wissen doch, wie das ist ...«

»Nein, das müssen Sie mir erklären.«

»Eine hübsche junge Frau, die mit einem Mann fortgeschrittenen Alters kokettiert, das lässt man sich nicht entgehen.« Da Andreas schwieg, fügte Lanteret hinzu: »Ich habe ihr gesagt, dass sie vor meinem Zimmer warten solle. Wir sind rein, ich habe ihr vorgeschlagen, Champagner kommen zu lassen, aber sie hat sich auf mich gestürzt und angefangen, mich zu liebkosen ...«

Lanteret legte eine Pause ein, doch Andreas forderte ihn auf, fortzufahren.

»Das ist ein wenig peinlich ...«

»Wir sind nicht hier, um Ihr Verhalten zu beurteilen, sondern um ein Tötungsdelikt aufzuklären.«

Lanteret seufzte. »Sie hat meinen Reißverschluss geöffnet und ihre Hand in meine Hose geschoben. Ich habe meinerseits meine Hand unter ihren Rock gleiten lassen ... Dann hat sie sich niedergekniet und mich oral befriedigt.«

»Wussten Sie, dass Nadine eine Transgenderperson war?«, fragte Karine.

»Nein ... das habe ich erst bemerkt, als meine Hand unter ihrem Rock war ... Transen sind nicht mein Ding.«

»Und trotzdem haben Sie sich weiter von ihr befriedigen lassen?«

Aloïs Lanteret fühlte sich offensichtlich so unwohl, dass er Andreas' Blick mied und nur unmerklich nickte.

»Ich habe Ihre Antwort nicht verstanden«, hakte Andreas nach.

»Ja ... ich gebe zu, dass ich, als ich ihren Penis ertastet habe, mit einem Bein schon zur Tür raus war. Aber sie hat nicht aufgehört, mir einen zu blasen. Ich war sehr erregt, ich hatte eine ganze Menge getrunken und ... Ich weiß auch nicht, was sich in meinem Kopf abgespielt hat ... Ich glaube, dass mein Gehirn diese Realität einfach ausgeblendet hat.«

»Und wie ging es dann weiter?«

»Ich habe in ihren Mund ejakuliert, sie wollte mich küssen, aber das wollte ich nicht. Ich habe sie gebeten, zu gehen. Zu keinem Moment habe ich sie zu irgendetwas gezwungen. Und vor allem habe ich sie niemals geschlagen.«

»Haben Sie manchmal Sex gegen Bezahlung?«

»Ich wüsste nicht, was das die Polizei angeht«, fuhr Maître de Chambrier dazwischen. »Es geht bei dieser Vernehmung ausschließlich um die Todesumstände von Madame Bossart und nicht um die Sexpraktiken meines Mandanten.«

»Wir versuchen lediglich, die Beziehung Ihres Mandanten zum Opfer – einer Sexarbeiterin – zu verstehen«, antwortete Andreas leicht gereizt.

Karine löste ihn ab und wechselte das Thema. »Monsieur Lanteret, bei Ihrer Hausdurchsuchung hat die Polizei Hardcorepornomaterial inklusive Gewaltszenen gefunden.«

»Das reicht«, sagte de Chambrier wütend. »Mein Mandant ist nicht als Beschuldigter hier.«

»Schon gut, Gauthier«, unterbrach ihn Lanteret. »Ich werde diese Frage beantworten. Es kommt vor, dass ich gelegentlich

Pornos schaue, aber nicht *diese* Schweinereien. Ich habe Ihren Kollegen von der Sitte bereits gesagt, dass mir dieser USB-Stick nicht gehört. Jemand hat ihn bei mir versteckt.« Lanteret wandte sich zu Andreas und erklärte: »Und um Ihre vorherige Frage zu beantworten, Monsieur le Commissaire, ja, genau wie viele andere habe auch ich mir schon mal eine Nutte bestellt. Aber ich kann Ihnen versichern, dass ich diese Nadine noch nie zuvor gesehen hatte. Das im Grand Hôtel des Bains de Lavey war das erste … und das letzte Mal.«

»Das letzte Mal? Dennoch hat sie Sie nach ihrer ersten Anzeige wegen sexueller Nötigung ein zweites Mal angezeigt, und zwar wegen Bedrohung und Belästigung.«

»Das ist kompletter Humbug«, protestierte Lanteret. »Ich habe sie nicht belästigt. Ich habe lediglich einmal versucht, sie telefonisch zu erreichen, und als sie nicht antwortete … bin ich zu ihr nach Hause gegangen. Ich wollte von Angesicht zu Angesicht mit ihr sprechen und verstehen, warum sie Anzeige gegen mich erstattet hat. Das war ein Fehler. Das gebe ich zu.«

»Hören Sie«, unterbrach ihn de Chambrier. »Ich bin nicht naiv. Ich verstehe sehr gut, worauf Sie hinauswollen. In Ihren Augen ist mein Mandant der perfekte Verdächtige. Dabei hat er ein hieb- und stichfestes Alibi.«

»Ich höre«, sagte Andreas.

»Wir haben zusammen den Prozess vorbereitet. Ich war den ganzen Samstagabend in seiner Wohnung in Vevey.«

»Danke, aber wir wissen bereits, dass er nicht am Tatort war.«

Lanteret und Chambrier schauten Andreas erstaunt an.

»Es gibt Videoaufzeichnungen vom Mord«, ergänzte Andreas.

»Wenn das so ist, was machen wir dann hier? Mein Mandant hat mit diesem Mord nichts zu tun.«

»Er hat ihn mit Sicherheit nicht mit eigenen Händen begangen. Aber er könnte den Mord in Auftrag gegeben haben.«

De Chambrier und Lanteret schwiegen.

»Sie hatten ein Motiv, die Möglichkeit und die Mittel, jemanden für den Mord an Julie Bossart anzuheuern«, fuhr Andreas fort und sah dabei Lanteret direkt in die Augen.

»Was für ein Motiv?«, fragte Lanteret.

»Die Person zu eliminieren, die Anklage gegen Sie erhoben hat, scheint mir ein sehr triftiges Motiv zu sein. Falls Sie wegen sexueller Nötigung verurteilt würden, könnte Sie das Kopf und Kragen kosten. Vielleicht eine Gefängnisstrafe, mit Sicherheit den Verlust Ihres Postens ...«

»Diese Klage hat bereits meinen Ruf und mein Leben zerstört. Ich bin vom Dienst suspendiert. Meine Frau hat mich verlassen. Und meine Kinder haben sich von mir abgewendet.«

»Ein Grund mehr, um Groll gegen Julie Bossart zu hegen«, erklärte Karine. Sie zückte ihr Notizheft und wandte sich an de Chambrier. »Zu Prozessbeginn versuchten Sie, alles, was sich in den Akten befand, wegen Verfahrensfehlern für ungültig erklären zu lassen, einschließlich der Aussagen von Julie Bossart gegenüber der Polizei und der Staatsanwaltschaft. Außerdem, ich zitiere: ›Wenn sich das Gericht eine neutrale Meinung in Bezug auf die Aussagen des Opfers machen möchte, muss es sich ausschließlich auf die Aussagen stützen, die Madame Bossart morgen früh vor Gericht machen wird.‹«

»Das war ein hübscher Versuch«, sagte Andreas, »jedoch hat der Vorsitzende Richter leider Ihren Antrag abgelehnt.«

»Sie glauben aber doch wohl nicht ...«, empörte sich de Chambrier, ohne seinen Satz zu beenden.

»Was?«, fragte Andreas.

»Dass Sie etwas damit zu tun haben?«, hakte Karine nach. »Ihre Taktik hätte sich durchaus als erfolgreich erweisen können, vor allem wenn das Gericht zugestimmt hätte, die Vernehmungsprotokolle des Opfers aus den Akten zu entfernen, und das Opfer dann am nächsten Tag nicht zur Verhandlung erschienen wäre ...«

»Davon abgesehen trugen Nadines Mörder ja Militärkleidung«, fügte Andreas hinzu.

Auf Gauthier de Chambriers Stirn bildeten sich Schweißtropfen.

»Ich ... ich bin unschuldig!«, schrie Lanteret. »Das ist ein Anschlag auf meine Person! Eine Verschwörung!«

Andreas wartete, bis sich Lanteret etwas beruhigt hatte, und fuhr dann ruhig fort: »Nehmen wir an, ich wäre bereit, Ihnen zu glauben ... Wer könnte eine derartige Verschwörung angezettelt haben und warum?«

»Dafür müssen Sie erst mal meinem Kollegen Maître Cédric Verbena, dem Anwalt der Klägerin, die Würmer aus der Nase ziehen«, schlug de Chambrier vor. »Er verteidigt eine ganze Menge dubioser Klienten für teures Geld ... und Julie Bossart konnte sich ihn eindeutig nicht leisten.«

»Seit einem Jahr denke ich jeden Tag an nichts anderes«, murmelte Lanteret. »Der Vorwurf der Vergewaltigung und jetzt dieser Mord. Die einzige Logik, die ich in alldem erkennen kann, ist: Jemand versucht, mich als Armeechef loszuwerden.«

»Wer sollte das sein?«, fragte Karine.

»Das muss jemand mit sehr viel Einfluss sein oder von ganz weit oben kommen ...«

»Und warum sollte man Sie loswerden wollen?«, fragte Andreas.

»Ich habe mich gefragt, ob es da eine Verbindung zum Armeebudget gibt.«

»Wie das?«

»Obwohl ich Berufssoldat bin, habe ich geäußert, dass ich eine Haushaltskürzung unterstützen würde.«

»Aus welchem Grund?«

»In den letzten Jahren hat die Armee für einen Großteil der Bevölkerung an Glaubwürdigkeit verloren. Immer mehr junge Menschen entscheiden sich für den Zivildienst. Sie legen Wert darauf, Aufgaben für die Allgemeinheit zu erfüllen, und lehnen den rein militärischen Aspekt der Feldoperation immer häufiger ab. Und das, obwohl die Armee in Katastrophenfällen regelmäßig Hilfe leistet, was gleichzeitig übrigens eine der letzten Verwendungen der Armee ist, die in den Augen der Bevölkerung noch Anklang findet. Ich möchte hinzufügen, dass sich der Krieg technisch verändert hat und die Technik den Menschen verdrängt. Die im Zweiten Weltkrieg ersonnenen Verteidigungskonzepte wie das Réduit mit seinen Alpenbunkern sind völlig veraltet und würden einem Angriff von außen nicht standhalten. Flugzeuge, Panzer und die gesamte Ausrüstung würden schon beim ersten Angriff vernichtet werden. Das Schweizer Volk tut sich immer schwerer damit, die Ausgaben für diese Ausrüstung mit dem Neutralitätsprinzip zu vereinbaren, mit dem man ihm ständig in den Ohren liegt. Wir müssen heutzutage unsere Armee überdenken, und das geht einher mit einer drastischen Reduzierung des Personalbestands und der Ausrüstung. Davon bin ich überzeugt, so wie ich auch überzeugt bin, dass diese Einsparmaßnahmen die Landesverteidigung nicht gefährden würden. Es geht um die Glaubwürdigkeit unserer Armee. Sie erfordert Opfer, die ich bereit bin zu bringen. Aber ich weiß, dass einige meiner Kollegen meine Sicht der Dinge nicht teilen.«

»Mit wem haben Sie über all das geredet?«

»Ich habe mich dazu nie öffentlich geäußert, da ich der Schweigepflicht unterliege. Aber ich habe anlässlich einer Sitzung des Eidgenössischen Departements für Verteidigung, Bevölkerungsschutz und Sport darüber gesprochen. Mehrere Personen waren anwesend, darunter Bundesrat Serge Hamon und mein Stellvertreter Martin Humel.«

»Vielleicht sollten Sie sich für Monsieur Humel interessieren«, unterbrach ihn Maître de Chambrier. »Schließlich ist er für die Führung der Armee verantwortlich, solange mein Mandant freigestellt ist.«

»Wie denken Sie darüber, Monsieur Lanteret?«, fragte Andreas.

»Nein ...«, stotterte dieser. »Das ... das ist unmöglich. Martin ist ein Freund. Er hat mich seit meiner Suspendierung persönlich unterstützt –«

»Sie wären nicht der Erste, der von einem Freund verraten wird«, bemerkte Andreas.

17

Andreas befuhr die Autobahn Lausanne-Sitten mit verminderter Geschwindigkeit in Richtung Chablais. Auf der A 9 kam es wegen Bauarbeiten und Unfällen immer wieder zu Verzögerungen. Heute war es jedoch aufgrund des Schnees und des Weihnachtsmarktes in Montreux noch schlimmer. Am Ausgang des Glion-Tunnels betätigte Andreas genervt die Lichthupe, denn ein Auto war vor ihm zum Stehen gekommen.

»Ich weiß nicht, wie du diesen Verkehr jeden Tag erträgst«, sagte Jemsen grinsend auf dem Beifahrersitz.

»Ich habe keine andere Wahl«, brummte Andreas verdrossen.

»Du solltest darüber nachdenken, in den Kanton Neuenburg umzuziehen, denn dort sind die Straßen deutlich weniger verstopft.«

»Um mir jeden Tag die Strecke Yverdon-Lausanne reinzuziehen? Das ist nicht besser. Nein danke.«

»Um ehrlich zu sein, habe ich sogar an einen Arbeitsplatzwechsel gedacht. Die Neuenburger Polizei würde dich mit Kusshand aufnehmen.«

Andreas lachte auf. »Ich kann mir nicht vorstellen, die Waadtländer Kantonspolizei zu verlassen … Ich gehöre in Blécherette schon zum Inventar. Außerdem hänge ich sehr an Gryon und bezweifle, dass Mikaël bereit wäre, umzuziehen.«

»Was genau ist eigentlich dieser ›Neujahrsempfang‹ der Polizeiakademie Savatan?«, fragte Jemsen und wechselte damit das Thema.

»Ich dachte, du hättest die Akte Lanteret studiert.«

»Ich habe sie gelesen und ihr entnommen, dass es sich um eine mondäne Abendveranstaltung handelt. Diese Information hat mir völlig gereicht, um die Sache zu vertreten.«

»Er findet jedes Jahr am zweiten Dienstag im Januar im Grand Hôtel des Bains in Lavey statt. Es ist Tradition, dass dort ranghohe Vertreter aus Politik, Justiz, Kirche und Armee, aus Wirtschaft und aus der partnerschaftlich verbundenen Kantonspolizei des Waadtlandes, des Wallis und aus Genf zusammenkommen. Der Event ist zugleich der Beginn des neuen Ausbildungsjahres der Polizeiakademie.«

»Ich verstehe. So ähnlich wie die Begrüßungszeremonie der neuen Auszubildenden im Interregionalen Polizei- und Ausbildungszentrum IPaz der drei Kantone Freiburg, Neuenburg und Jura.«

»Ja, wenn du so willst. Obwohl sich die beiden Westschweizer Polizeischulen gut verstehen, herrscht zwischen Savatan und Colombier seit Langem eine unerbittliche Rivalität.«

»Hast du schon mal an einem Neujahrsempfang teilgenommen?«

»Ich werde jedes Jahr eingeladen, weil ich dort Seminare gebe. Aber um ehrlich zu sein, langweilen mich solche Festivitäten meist. Da überlasse ich die Gänseleberpastete und den Champagner gerne den hohen Tieren der Lausanner Kantonspolizei, und es geht mir deswegen nicht schlechter.«

»Du bist genau wie ich allergisch gegen solche Anlässe.«

»Nein, so weit würde ich nicht gehen. Er ist jeweils sehr gut organisiert, und der Kommandant ist ein Freund von mir, der die Akademie mit Herzblut leitet. Er schafft es, ein relativ gutes Gleichgewicht zwischen offiziellem Empfang und geselligem Abend zu wahren. Aber die Reden, dieses ganze berufsethische Gelaber über die Polizei, die Sicherheit, die Herausforderungen für die Akademie als Fels in der Brandung wiederholen sich mehr oder weniger Jahr für Jahr.«

Andreas parkte seinen Wagen auf dem Parkplatz des Grand Hôtel des Bains, das eine privilegierte Lage am Fuße der Dents du Midi genoss. Vom Direktor wurden sie bereits erwartet. Besorgt um die Vertraulichkeit ihres Besuchs, aber auch um das Image seines Hotelbetriebs führte er sie zu einer leeren Lounge etwas abseits der Rezeption.

»Ich bin Kommissar Auer von der Waadtländer Kriminalpolizei«, sagte Andreas. »Und dies ist der für das Tötungsdelikt in Montreux zuständige Staatsanwalt Jemsen.«

»Ich habe es heute Morgen im Radio gehört«, antwortete der Direktor. »Es ist schrecklich, die arme Frau. Ich dachte, wir hätten diese Angelegenheit hinter uns.«

»Hinter uns?«, fragte Jemsen erstaunt.

»Ich meine damit das Hotel. Dieser Lanteret-Fall ist nicht gerade die beste Werbung für uns.«

Jemsen erinnerte sich vage, dass dieser Ort vor Jahren schon mal Schauplatz eines Mordes gewesen war. Eine ziemlich verworrene Geschichte, von der ihm der Neuenburger Kommissar Garcia berichtet hatte.

»Was kann ich für Sie tun?«, wiederholte der Direktor.

»Wir würden gerne den Verlauf des fraglichen Abends von Monsieur Lanteret und dem Opfer, einer Prostituierten, nachzeichnen«, antwortete Andreas.

Der Direktor machte ein entsetztes Gesicht. »Ich darf Ihnen versichern, dass es niemals diese Art von Damen in unserem Etablissement gegeben hat.«

»Von Madame Bossart«, korrigierte Jemsen. »Eine Art Rekonstruktion des Ablaufs, wenn Ihnen das lieber ist.«

Der Direktor seufzte und schien erleichtert. Er bat sie, ihm in einen herrschaftlichen Saal mit hohen Decken und einem frisch gebohnerten Parkett zu folgen. »Unser historischer Festsaal aus dem Jahr 1860«, erklärte er. »Hier findet der alljährliche Neujahrsempfang statt. Wir können bis zu hundertfünfzig Gäste empfangen. Ich lasse Sie unsere wundervollen Lüster aus Muranoglas bewundern.«

Jemsen hob den Kopf und dachte sofort an seinen ersten großen Fall, die Jagd nach einem Mörder, der von der Presse »Der Venezianer« genannt worden war, weil er seinen Opfern geschmolzenes Glas in den Hals geschüttet hatte.

»Ehrlich gesagt, interessieren wir uns mehr für die Zimmer. Und ganz besonders für das Zimmer 47«, unterbrach ihn Andreas.

»Unsere siebzig Zimmer, die sich auf drei Etagen verteilen,

wurden 2016 vollständig renoviert«, fuhr der Direktor fort und führte seine Gäste durch ein Labyrinth aus Fluren. »Sie bieten alle den notwendigen Komfort, sind modern und schlicht gehalten. Die 47 gehört zu den Superior-Doppelzimmern mit Blick auf das Thermalbad und –«

»Wer hatte das Zimmer für die Nacht vom 9. auf den 10. Januar gebucht?«, unterbrach ihn Andreas erneut.

»Aus dem Kopf weiß ich das nicht mehr, Monsieur le Commissaire. Die Information wurde jedoch bereits Anfang des Jahres an Ihre Kollegen von der Sitte weitergeleitet. Ich würde sagen, dass das Zimmer auf den Namen Monsieur Lanteret lief, aber ich erinnere mich nicht, ob er selbst oder die Akademie oder die Armee es gebucht hatte. Aber noch einmal, Sie sollten diese Details in Ihren Akten finden.«

Jemsen und Andreas tauschten Blicke aus. Sie würden das überprüfen.

»Und die Videoüberwachung?«, fragte Jemsen.

»Ich … ich bin nicht sicher, ob ich Sie richtig verstehe«, stotterte der Direktor, der sich plötzlich unwohl zu fühlen schien. »Sämtliche Aufzeichnungen haben wir ebenfalls vergangenen Januar der Polizei übergeben.«

»Ja, aber der Film in der Lanteret-Akte ist von sehr schlechter Qualität. Die Bilder sind ruckelig und –«

»Ich weiß«, unterbrach ihn der Direktor. »Ein technisches Problem, das seitdem gelöst wurde.«

»Das glaube ich Ihnen gerne. Aber das Problem ist im Grunde ein anderes.«

Alle drei waren vor der Tür des Zimmers 47 stehen geblieben.

Jemsen deutete auf eine Kamera in einer Ecke des Flurs. »Die Aufnahmen, die uns vorliegen, stammen von dieser Kamera. Allerdings blickt Madame Bossart nicht ein Mal zur Kamera hin, als ob sie genau wüsste, dass sie dort hängt, und vermeiden wollte, frontal gefilmt zu werden.«

»Ich bin nicht sicher, ob ich Ihnen folgen kann«, sagte der Direktor perplex.

»Ich werde es Ihnen erläutern. Auf den Aufnahmen sieht man Madame Bossart den Flur in entgegengesetzter Richtung entlanggehen. Nun hängt am anderen Ende des Flurs eine zweite Kamera, die sie hätte von vorne filmen können. Wir sind diesen Punkt mit unseren IT-Spezialisten in Lausanne noch einmal durchgegangen, bevor wir hierhergekommen sind. Dieser Film wurde nicht in die Akte aufgenommen beziehungsweise nicht einmal erwähnt. Und just zu der Uhrzeit, zu der Madame Bossart das Zimmer von Monsieur Lanteret verließ und zu den Aufzügen ging, gibt es bei der Aufnahme eine Unterbrechung von etwa dreißig Sekunden. Wie erklären Sie sich das?«

»Ich ... ich weiß es nicht«, sagte der Direktor leise. »Ich kann mich nicht daran erinnern. Ich kann Ihnen lediglich sagen, dass die Polizei zur Zeit der fraglichen Ereignisse in direktem Kontakt mit unseren Technikern stand. Vielleicht war diese Kamera ausgefallen, und man hat mich nicht darüber informiert.«

»Den IT-Spezialisten der Polizei zufolge, die sich diesen Film heute Morgen noch mal angeschaut haben«, unterbrach ihn Andreas, »handelt es sich hier eher um ein Löschen der Aufnahme und nicht um eine Panne im System.«

»Wissen Sie, wer die Bilder gelöscht haben könnte?«, fragte Jemsen.

»Nein ... nein ... ganz und gar nicht!«

»Haben Sie die Originalaufnahmen noch?«

»Ich fürchte, nein. Nach allem, was ich weiß, werden die Aufnahmen nicht länger als achtundvierzig Stunden aufbewahrt, bevor sie wieder gelöscht werden. Unsere Speicherkapazität ist begrenzt, das tut mir leid.«

»Dafür haben wir Verständnis«, sagte Jemsen beruhigend. »Wir möchten Ihnen auch nichts vorwerfen, sondern versuchen lediglich, das Geschehene zu verstehen. Eine letzte Frage: Besitzen Sie Fotos vom letzten Neujahrsempfang?«

»Fotos?«

»Ja, Bilder von dem Abend, den Gästen, den Reden, dem

Buffet und dem ganzen Tamtam, wie sie häufig bei derlei Veranstaltungen gemacht werden.«

»Wir, nein«, entschuldigte sich der Hoteldirektor erneut. »Doch die Akademie engagiert jedes Jahr einen offiziellen Fotografen. Sollte es Fotos geben, werden sie vermutlich in Savatan aufbewahrt.«

18

Andreas fuhr bis zum großen Vorplatz der Polizeiakademie Savatan und parkte seinen BMW in der Nähe des Café du Commissariat, eines Chalets mit rot-weißen Fensterläden. Jemsen und er stiegen aus.

Andreas sprach einen Polizeioffizier an, der gerade vorbeikam. »Hast du den Oberst gesehen?«

»Der ist in der BCV.«

Jemsen warf Andreas einen fragenden Blick zu, worauf dieser erklärte: »Das ist der Nachbau einer Filiale der Banque Cantonale Vaudoise, in dem praktische Übungen abgehalten werden.«

Andreas ging Jemsen voraus zur Rue du Bourg, wo sich nicht nur die Bank befand, sondern auch ein Schmuckgeschäft, ein Supermarkt und ein Café-Restaurant. Andreas hatte während eines Seminars, das er hier gegeben hatte, Kinga entdeckt und sie gefragt, ob sie nicht bei der Kriminalpolizei ein Praktikum machen wolle.

Sie betraten die Bank, stellten sich in eine Ecke und machten sich dem Direktor der Polizeiakademie gegenüber durch ein diskretes Handzeichen bemerkbar.

Ein vermummter Bankräuber drückte eine Angestellte an sich und hielt ihr eine Waffe an die Schläfe. Mehrere Geiseln lagen auf dem Bauch, und zwei Polizisten standen dem Verbrecher gegenüber und hatten ihre Pistolen auf ihn gerichtet.

»Keine Dummheiten! Keinen Schritt näher, oder ich erschieße die Frau!«

»Nehmen Sie die Waffe runter«, befahl einer der Polizisten. »Machen Sie die Situation nicht noch schlimmer.«

»Ich habe nichts mehr zu verlieren!«, schrie der Bankräuber.

Der Polizist flüsterte in sein Funk-Headset. »ACA 15 an ACA Station, brauchen Verstärkung ...«

»Wir wollen ein Blutbad verhindern«, sprach sein Kollege

weiter. Wenn Sie Ihre Waffe runternehmen, können wir ganz ruhig miteinander reden.«

»Haut ab, wenn nicht, erschieße ich sie, ich schwöre!«, wiederholte der Räuber.

Er entsicherte seinen Revolver und schrie: »Waffen auf den Boden und verpisst euch!«

»Ganz ruhig«, sagte der Polizist. »Wir gehen.«

Der Räuber nickte den beiden Polizisten zu, worauf diese gleichzeitig ihre Waffen herunternahmen, bemüht, jede schnelle Bewegung zu vermeiden.

»Die Waffen auf den Boden. Jetzt!«

Die Polizisten gehorchten und bewegten sich rückwärts zum Ausgang.

»Ende der Übung!«, verkündete einer der Ausbilder.

Nachdem er noch ein paar Worte mit dem Übungsleiter gewechselt hatte, gesellte sich der Direktor zu Andreas und Jemsen.

»Mein Colonel«, begrüßte ihn Andreas und lächelte ihm freundschaftlich zu.

»*Salut*, geht's dir gut?«, fragte der Oberst und begrüßte ihn seinerseits mit einem aufrichtigen Handschlag.

»Es geht, danke. Darf ich dir Staatsanwalt Jemsen vorstellen?«

Die beiden Männer schüttelten sich die Hand und blickten sich freundlich an.

»Ich hoffe, wir stören Sie nicht«, sagte Jemsen.

»Keineswegs. Die Übung ist beendet. Sie werden jetzt noch ein Debriefing machen. Lasst uns in mein Büro gehen, dort können wir in Ruhe reden.« Er lud Andreas und Jemsen ein, ihm zu folgen.

Die drei Männer verließen die Bankfiliale und gingen zum Hauptgebäude hinüber.

»Nehmen Sie doch bitte Platz, meine Herren. Kaffee?«

Sie lehnten dankend ab.

Der Oberst setzte sich an seinen Schreibtisch. »Das freut

mich wirklich, Andreas. Ich hatte nicht damit gerechnet, dich schon so bald wiederzusehen.«

»Ich habe gestern die Arbeit wieder aufgenommen.«

»Dann hoffe ich, dass es dir gut geht. Das ist das Wichtigste.«

Andreas nickte. In Wahrheit hatte er sich längst noch nicht vollständig von der Operation erholt. Ab und zu übermannte ihn große Müdigkeit, was die durch die Ermittlung verursachte Adrenalinausschüttung zum Teil kompensierte. Nach einer hitzigen Diskussion mit seiner Chefin hatte er ihr versprochen, sich von seiner Chirurgin ein Attest ausstellen zu lassen, das seine Arbeitsfähigkeit bescheinigte. Da er im Voraus wusste, dass diese Nein sagen würde, schob er den Besuch im Krankenhaus hinaus, auf die Gefahr hin, dass Viviane ebenso stur darauf beharrte. Momentan setzte er andere Prioritäten.

»Wann dürfen wir dich wieder hier bei uns erwarten?«, fragte der Oberst.

»Das weiß ich noch nicht. Momentan haben wir einen Fall zu lösen.«

»Den Mord an dieser jungen Frau, schätze ich.«

»Exakt. Kennst du Lanteret gut?«

»Aloïs ist ein Freund … Er ist da in eine schlimme Geschichte hineingeraten.« Der Oberst blickte Andreas an. »Glaubst du, dass er in den Mordfall verwickelt ist?«

»Das kann ich zum jetzigen Zeitpunkt nicht ausschließen. Aber meine Intuition sagt mir, dass er das Opfer einer Intrige geworden sein könnte.«

»Und Sie, was denken Sie, Colonel?«, fragte Jemsen.

Überrascht von dieser Frage zögerte der Oberst einen Moment. »Ich kann mir nicht vorstellen, dass er dazu fähig wäre … aber wie dem auch sei, er hat eine große Dummheit begangen.«

»Sind Sie ihm böse?«, fragte Jemsen.

»Ich war sauer, ja. Dass er mit Prostituierten verkehrt, ist seine Sache, aber dass er das auf dem Neujahrsempfang tat, war wahrhaftig nicht besonders schlau.«

»Erinnerst du dich daran, Julie Bossart an jenem Abend gesehen zu haben?«, fragte Andreas.

»Vage, aber ich habe nicht mit ihr gesprochen. Ich war sehr damit beschäftigt, mich mit den Ehrengästen zu unterhalten.«

»Aber du erinnerst dich an sie?«

»Ja, ich habe mit Aloïs und Serge während des Buffets nach dem Ende des offiziellen Teils angestoßen. Plötzlich war sie da. Ich hatte gar nicht bemerkt, dass sie sich zu uns gesellt hatte. Kurz danach bin ich dort weg, um mit der Chefin der Genfer Polizei zu reden.«

»Wenn du ›Serge‹ sagst, meinst du Hamon? Den Bundespräsidenten?«

»Ja, er war der Redner des Abends.«

»Welchen Eindruck hatten Sie von der Frau, die sich Nadine nannte?«, fragte Jemsen.

»Beinah unmöglich, sie nicht zu bemerken. Sie war sehr gut gekleidet, elegant, hübsch. Und völlig unmöglich, sich vorzustellen, dass sie eine Transvestitin war.«

»Wer hatte sie eingeladen?«, fragte Andreas.

»Ich habe nicht die geringste Ahnung. Sie stand nicht auf der Liste.«

»Könnte ich diese Gästeliste sehen?«

Der Oberst holte ein Dokument hervor und reichte es ihm. »Ich habe mir gedacht, dass du mich danach fragen würdest. Komischerweise hatten die von der Sitte die Liste damals nicht sehen wollen.«

»Weil sie nicht zur Aufklärung des Falls der sexuellen Nötigung beigetragen hätte, denke ich. Aber wie konnte sich Julie Bossart an jenem Abend hier einschleichen?«

»Das weiß ich nicht. Wir haben zwar eine Einlasskontrolle, aber es gibt immer andere Wege, sich diskret zu den Gästen zu gesellen.«

»Hast du Fotos von dem Abend?«

»Natürlich, hier sind sie. Die Sittenpolizei hat sie sich im vergangenen Januar angeschaut, es aber nicht für sinnvoll erachtet, sie in ihre Akte aufzunehmen. Den Kollegen zufolge, mit denen ich gesprochen habe, waren sie nicht beweiskräftig.« Der Oberst reichte Andreas einen dicken Umschlag, der ein ganzes Bündel von Abzügen enthielt, die der Fotograf gemacht hatte.

Jemsen beugte sich zu Andreas, der sie durchblätterte. Diese Fotos tauchten in der Tat nicht in der Gerichtsakte auf, die er ausführlich studiert hatte. Der Polizeibericht erwähnte nicht mal ihre Existenz.

»Ah, hier ist Julie Bossart«, sagte Jemsen und zeigte mit dem Finger auf ein Foto. »Man erkennt sie unter den Gästen im Großen Saal während der Rede von Hamon, aber ihr Blick ist zu Lanteret gewandt.« Er schaute die Bilder weiter durch und fand ein anderes, auf dem sie neben einem Unbekannten stand, der ihr anscheinend etwas ins Ohr flüsterte.

Andreas zeigte das Bild dem Oberst. »Wer ist dieser Mann?«
»Der Caterer Robert Caruso.«

19

Karine und Kinga erreichten das Dorf Brent am frühen Abend. Andreas hatte Karine von Savatan aus angerufen und sie gebeten, Robert Caruso über seine mutmaßliche Verbindung zu Julie Bossart zu befragen.

Der Schnee fiel inzwischen so heftig, dass sich eine dicke Schneedecke auf der Straße gebildet hatte. Karine parkte das Auto auf einem Kundenparkplatz vor einem alten Haus. An der Fassade prangte ein großes Schild mit der Aufschrift: »Les Délices de Brent – Catering Robert Caruso«. Im Schaufenster waren verschiedene Produkte aus der Region ausgestellt.

Die beiden Kommissarinnen stießen die Ladentür auf. Eine Türklingel ertönte. Sie traten an die Theke.

Karine zeigte der Verkäuferin ihren Dienstausweis und sagte: »Kommissarinnen Joubert und Nowak von der Kriminalpolizei.«

»Was kann ich für Sie tun?«, fragte die junge Frau beunruhigt.

»Wir suchen Robert Caruso.«

»Robi ist nicht hier.«

»Wissen Sie, wo er ist?«

»Keine Ahnung. Wir haben ihn seit letztem Freitag nicht mehr gesehen.«

Eine zweite Angestellte kam aus dem Hinterzimmer. »Guten Tag, ich bin hier für den Laden verantwortlich. Robi hat mir am Sonntagmorgen eine Nachricht geschickt, dass er ein paar Tage Urlaub machen werde.«

»Einfach so, ohne das vorher anzukündigen?«

»Ja, das hat uns auch sehr überrascht, gelinde gesagt verärgert ... Es ist die wichtigste Umsatzzeit des Jahres. Gerade jetzt haben wir sehr viel zu tun, mit dem Stand auf dem Weihnachtsmarkt, den Weihnachtsfeiern ...«

»Und seit Sonntagmorgen haben Sie nichts mehr von ihm gehört?«, hakte Karin nach.

»Nein. Ich habe mehrfach versucht, ihn anzurufen, denn wir

brauchen ihn hier ganz dringend. Aber er geht nicht ran«, sagte die Geschäftsführerin genervt.

»Haben Sie eine Ahnung, wo er sein könnte?«, fragte Kinga.

»Nein, er wohnt über dem Ladenlokal, aber sein Auto steht nicht da.«

»Haben Sie einen Schlüssel zu seiner Wohnung?«

»Nein, tut mir leid.«

Die Kommissarinnen bedankten sich bei den beiden Frauen und verließen das Geschäft. Sie gingen um das Gebäude herum und stiegen die Außentreppe empor. Karine klingelte einmal, dann ein zweites Mal. Vergeblich.

Kinga beugte sich vor und versuchte durch das Fenster zu spähen. »Ich kann da drinnen nichts erkennen. Ich werde versuchen, auf den Balkon zu kommen.«

»Pass auf, es ist sehr glatt.«

Kinga hangelte sich geschickt über das Treppengeländer, fand Halt an hervorstehenden Mauersteinen der Fassade und konnte dann über einen Vorsprung auf den Balkon klettern. Nachdem sie einen Blick in die Wohnung geworfen hatte, rief sie: »Ich werde mir jetzt Zugang zum Appartement verschaffen.«

»Nein, warte!«, murmelte Karine. »Wir haben keinen Durchsuchungsbefehl und –«

Es war zu spät. Karine hörte, wie Glas zerbrach.

Kurz darauf öffnete Kinga die Haustür. Sie hatte ihre Waffe gezückt, um für jede Eventualität gewappnet zu sein. Karine seufzte, tat es ihr gleich und betrat die Wohnung. Im großen Wohnzimmer stand alles auf dem Kopf. Eilig warfen sie einen Blick in die anderen Zimmer, konnten aber niemanden entdecken und steckten daraufhin ihre Waffen wieder ein.

Karine rief Christophe von der Spurensicherung an, wandte sich dann zu Kinga um und verkündete: »Sie sind in einer halben Stunde da.«

»In Ordnung«, antwortete Kinga. »In der Zwischenzeit werde ich mit den Nachbarn sprechen. Man weiß ja nie …«

»Gut. Ich bewache die Wohnung.«

Etwas weiter unten befand sich ein hübsches Haus mit Blick auf Carusos Gebäude. Kinga stieg ein paar Stufen hinauf und las auf dem Schild an der Tür: »Isabelle und Claude«. Sie klingelte.

Eine Frau öffnete ihr mit einem strahlenden Lächeln. Sie zuckte zusammen, als ihr die Kommissarin ihren Dienstausweis präsentierte.

»Darf ich reinkommen? Ich hätte da ein paar Fragen, die Ihren Nachbarn betreffen.«

»Robi?«

Kinga nickte.

»Bitte sehr«, erwiderte die Frau und machte die Tür weit auf.

Kinga folgte ihr ins Wohnzimmer.

»Mein Mann sollte jeden Moment nach Hause kommen. Setzen Sie sich. Möchten Sie einen Kaffee?«

Kinga nahm das Angebot an, setzte sich auf das Sofa und betrachtete ein vor Büchern überquellendes Regal.

»Ich arbeite als Verlagsvertreterin«, sagte Isabelle, während sie zwei Tassen Kaffee zubereitete.

Zwei Katzen rieben sich an Kingas Beinen.

»Das sind Sherlock und Pépita.«

Kinga streichelte sie.

Isabelle stellte die Kaffeetassen auf dem niedrigen Couchtisch ab. »Sie möchten mir Fragen zu Robi stellen? Ist ihm etwas zugestoßen?«

»Das wissen wir nicht, aber seine Mitarbeiterinnen haben seit Sonntagmorgen nichts mehr von ihm gehört. Und seine Wohnung ist komplett durchwühlt worden.«

»Mein Gott!«

»Wann haben Sie ihn zum letzten Mal gesehen?«

»Wir sind uns Samstagabend vor seinem Haus über den Weg gelaufen. Wir kamen vom Weihnachtsmarkt zurück.«

»Um wie viel Uhr?«

»So gegen zwanzig Uhr. Wir sind in Montreux losgefahren, als die Polizei beim Weihnachtsmarkt eintraf. Wir wussten zunächst nicht, was passiert war, aber jemand hat uns gesagt, dass eine Frau in dem Parkhaus getötet worden sei. Zum Glück hatten wir woanders geparkt, sonst hätten wir dort ganz schön lange festgesessen.«

»Haben Sie mit Caruso gesprochen?«

»Wir haben ein paar Worte gewechselt. Ich habe ihm erzählt, was auf dem Weihnachtsmarkt passiert ist, und er hat darauf übrigens sehr sonderbar reagiert.«

»Wie meinen Sie das?«

»Er wirkte plötzlich total gestresst. Er hat sich entschuldigt und ist zurück in die Wohnung. Etwas später, als wir beim Abendessen saßen, haben wir einen Radau vor dem Haus gehört. Robi hat seine Tourenskier auf dem Autodach befestigt und ist Hals über Kopf losgefahren.«

»Kennen Sie ihn gut?«

»Er ist ein Nachbar, ein Dorfbewohner. Wir kaufen in seinem Geschäft ein. Er verkauft eine Menge lokaler Produkte, vor allem von der Alpage du Col de Chaude, die seine Schwester betreibt. Im November habe ich ihm bei unserem Dorffest am Raclettestand geholfen.«

»Wie ist er so?«

»Ziemlich sympathisch, immer gut aufgelegt für einen kleinen Spaß. Aber wir kennen uns eigentlich nicht sehr gut.«

»Und Ihnen ist in der Nacht von Samstag auf Sonntag nichts Besonderes aufgefallen?«

»Mir nicht, aber mein Mann hat mir erzählt, dass er mitten in der Nacht vor dem Geschäft einen parkenden SUV gesehen habe.«

Die Tür ging auf.

»Ah, hier kommt ja Claude.«

Isabelles Mann betrat das Wohnzimmer und sah die Besucherin leicht misstrauisch an.

»Liebling, darf ich dir Kommissarin Nowak vorstellen? Sie ist gekommen, um uns Fragen zu Robi zu stellen. Er ist verschwunden. Weißt du noch, du hast mir doch von einem großen schwarzen Allradfahrzeug erzählt, das du in der Nacht von Samstag auf Sonntag gesehen hast?«

»Kurz vor Mitternacht«, bestätigte Claude, nachdem

er Kinga begrüßt hatte. »Ich wollte vor dem Schlafengehen draußen noch mal kurz Luft schnappen. Ich habe gehört, wie eine Autotür zufiel. Auf einem der Kundenparkplätze stand unter einer Straßenlampe dieser SUV.«

»Erinnern Sie sich an ein Detail? Die Automarke? Das Nummernschild?«

»Ich bin ziemlich sicher, dass es ein Ford Explorer war, aber das Kennzeichen habe ich nicht gesehen. Mir ist nur aufgefallen, dass jemand auf dem Beifahrersitz saß. Das mag Ihnen verrückt erscheinen, aber ich glaube, er trug ein Weihnachtsmannkostüm.«

Kinga ging zurück in Carusos Wohnung. Die Spurensicherung traf gerade ein.

»Schau mal, was ich gefunden habe«, verkündete Karine. »Und wo, errätst du nie.«

Kinga zuckte mit den Schultern, während ihre Kollegin mit einem Siegeslächeln fortfuhr: »Auf der Toilette, mitten in einem Zeitschriftenstapel. Der letzte Ort, an den die, die vor uns hier alles durchsucht haben, offensichtlich gedacht haben.«

Karine reichte Kinga ein vollgeschriebenes Notizheft, das eine Liste mit Codewörtern und Ziffern enthielt.

20

Völlig in Gedanken versunken streichelte Flavie Keller liebevoll Lillan, die es sich auf ihrem Schoß bequem gemacht hatte. Die Katze von Andreas und Mikaël schnurrte mit geschlossenen Augen und schien jeden Moment einzuschlafen. Im Kamin knisterte ein Feuer und strahlte eine wohlige Wärme in dem für die Festtage bereits schwedisch dekorierten Chalet aus. Die Nacht hatte sich längst über die Waadtländer Alpen gesenkt, und hinter den brennenden Kerzen auf der Fensterbank konnte man die verschneite Natur erahnen.

»Irgendwelche Neuigkeiten von Jemsen?«, fragte Mikaël, während er die Zutaten für das Abendessen aus dem Kühlschrank holte.

Flavie schaute auf das Display ihres Smartphones. »Nein«, antwortete sie. »Und bei dir?«

»Absolute Funkstille. Aber sie werden bestimmt bald zu uns stoßen. Zumindest hoffe ich das. Vielleicht hat sich die Befragung Lanterets in die Länge gezogen. Vielleicht hat er sogar ein Geständnis abgelegt, was dann den weiteren Ablauf der Ermittlungen verändert hat.«

»Das wage ich zu bezweifeln. Ich habe schnell gemerkt, dass er nicht dieser Typ Mann ist. Außerdem sind Geständnisse absolut rar geworden, seit die Anwälte bei den Vernehmungen durch die Polizei dabei sein dürfen.«

Mikaël drehte sich zu Flavie um und lächelte verschmitzt. »Ich habe den Eindruck, dass du dich nach den guten alten Zeiten sehnst, in denen die Polizei noch Geständnisse herauspressen durfte.«

»Nein, das wollte ich damit nicht sagen«, verteidigte sich Flavie und rieb vorsichtig an den Sabberflecken auf ihrer Hose, ohne dabei Lillans Ruhe zu stören.

Mikaël lachte. »Ich habe dich vorgewarnt. Minus ist sehr liebenswert, aber du hast ihn bei unserer Ankunft vorhin so freundlich liebkost, dass er dir unbedingt seine Zuneigung zeigen musste.«

Der riesige Bernhardiner döste auf einem Kuhfell neben dem Kamin.

Nachdem sie die Esplanade de Montbenon verlassen hatten, war Mikaël mit Flavie zum schwedischen Weihnachtsmarkt gefahren. Jedes Jahr im Dezember besuchte er ihn mit Andreas, nur dieses Jahr hatten sie es aufgrund von Andreas' Krankenhausaufenthalt nicht geschafft. Auf dem Heimweg hatten sie an der legendären Bäckerei Charlet gehalten und Mikaël hatte sich in den Kopf gesetzt, Flavie das Dorf Gryon zu zeigen. Angefangen hatte er mit der Kirche aus dem 13. Jahrhundert, die nach einem verheerenden Brand im 18. Jahrhundert wiederaufgebaut worden war. Zwischen den Steinmauern hatte ein paar Jahre zuvor eine der aufsehenerregendsten Ermittlungen von Andreas' Karriere begonnen. Der Fall hatte mit einer nackten männlichen Leiche auf dem Altar angefangen, der die Augäpfel entfernt worden waren und die dort mit ausgebreiteten Armen wie der gekreuzigte Jesus gelegen hatte. Im Herzen hatte ein riesiges Messer gesteckt, an dessen Griff eine biblische Botschaft befestigt gewesen war. Flavie erinnerte sich noch sehr gut an den Wortlaut: »Wenn nun das Licht, das in dir ist, Finsternis ist, wie groß ist dann die Finsternis?« Der Fall hatte die Dorfbewohner in große Aufregung versetzt.

Lillan reckte sich auf Flavies Knien, gähnte und döste wieder ein. Flavie hing erneut ihren Gedanken nach. Einerseits war sie von dem rustikalen alten Chalet ganz verzaubert, das zwar ein paar Außenarbeiten verdient hätte, aber innen mit Stein und Holz, sandgestrahlten Holzbalken und einer großen Fensterfront mit Blick in den Garten komplett renoviert worden war. Dieses kleine Liebesnest, das Mikaël und Andreas nach dem dort blühenden Edelweiß »L'Étoile d'argent« getauft hatten, lag etwas abseits vom Trubel der Skifahrer, die schon jetzt in den nahe gelegenen Wintersportort Villars-sur-Ollon einfielen.

Andererseits kam Flavie bei dem Anblick nicht umhin, eine

gewisse Welle der Nostalgie für ihr früheres Leben zu verspüren. Der hübsch mit roten Kugeln geschmückte Tannenbaum in einer Ecke des Wohnzimmers erinnerte sie dank der Strohanhänger nicht nur an den Stall, in dem Jesus geboren wurde, sondern auch an die ersten Weihnachtsfeste im Kreise der Familie in ihrer alten Wohnung in Auvernier. Eine längst vergangene Zeit.

Als habe Mikaël ihre Gedanken erraten, fragte er: »Bist du verheiratet? Hast du Kinder?«

Flavie antwortete mit leicht zittriger Stimme. »Ich war verheiratet, und wir hatten eine Tochter, doch der Tod hat sie geholt.«

Mikaël schwieg einen Moment, bevor er sagte: »Tut mir leid. Entschuldige, dass ich so ins Fettnäpfchen getreten bin.«

»Das konntest du nicht wissen. Mathilda ist auf dem Heimweg von der Schule von einem Raser getötet worden. Und Alain drei Jahre später bei einem anderen Unfall, aber ich möchte lieber nicht darüber reden. Das ist schon lange her.«

»Und der Raser?«

Flavie zögerte und antwortete kühl: »Ich habe ihm verziehen.«

Mikaël wusste nicht recht, ob er ihr das glauben sollte oder nicht. Konnte eine Mutter wirklich demjenigen verzeihen, der ihr Kind getötet hatte? Ziemlich überfordert damit, sich auf ein Terrain begeben zu haben, von dem er nicht wusste, wie er es wieder verlassen sollte, war er fast erleichtert, als er das Geräusch der sich öffnenden Haustür und die Stimme seines Mannes hörte.

»Wir sind da!«

Andreas und Jemsen zogen ihre Mäntel aus und fuhren sich durch die Haare, um die feine Schneeschicht abzuschütteln.

Andreas ging in die Küche, umarmte Mikaël und sog den Geruch ein, der dem großen, dampfenden Topf auf dem Herd entstieg. »Mmh, du hast Glögg gemacht!«, sagte er, nachdem er den Duft erkannt hatte.

Jemsen war zu Flavie getreten und hatte ihre traurige Stimmung bemerkt. »Alles gut?«

»Alles bestens«, erwiderte sie halbherzig und streichelte dabei Lillan.

Er bemerkte die Flecken auf ihrer Hose. »Ich habe noch nie eine Katze gesehen, die so viel sabbert.«

»Das war nicht Lillan«, antwortete sie und zwang sich, zu lächeln. »Das war das andere Monster dort drüben.« Sie zeigte auf Minus neben dem Kamin.

»Oha«, rief Jemsen und wandte sich zu Andreas um. »Das ist also der berühmte Drache, von dem du mir eben im Auto erzählt hast.«

Andreas lachte laut. »Nein, das ist unser Liebling, ein großer Teddybär.«

Andreas drehte sich wieder zu Mikaël um und wechselte mit ihm leise ein paar Worte. Flavie spürte, dass Mikaël Andreas zurechtwies, was dieser mit einem etwas gezwungenen Lächeln und einem Kuss erwiderte. Anschließend öffnete Andreas die Terrassentür, worauf ein eisiger Luftzug durch den Raum fuhr. Er ließ Jemsen den Vortritt und schloss die Tür hinter sich.

»Was machen sie?«, fragte Flavie.

»Andreas hat Norbert eine Zigarre angeboten«, antwortete Mikaël. »Nach der Tortur, die er gerade durchgemacht hat, und nach der Anweisung der Ärzte weiß er, was ich davon halte. Aber er hat mir versprochen, dass es für dieses Jahr die letzte sei. Wobei das Jahr in etwa zwei Wochen endet.« Er lächelte verschmitzt und fügte hinzu: »Ich werde ihnen den Glögg draußen servieren. Möchtest du auch einen?«

»Was ist das?«

»Eine Art Glühwein. Das Lieblingsgetränk der Schweden in dieser Jahreszeit. Man trinkt es, um der Kälte zu trotzen, den Körper von innen zu wärmen, aber auch, um die Zungen zu lösen. In Schweden werden davon allein im Dezember fünf Millionen Liter konsumiert. Keine Kleinigkeit, oder?«

»Den probiere ich gerne«, sagte Flavie.

»Ich hoffe, er schmeckt dir. Er ist dank Gewürznelken, Kardamom, Bitterorangen und Zimt ganz schön würzig. Und ich habe noch etwas Gin hineingegeben, um das Ganze aufzupeppen.« Mikaël reichte Flavie ein Henkelglas. In dem Getränk schwammen kleine Stückchen.

»Was ist da drin?«, fragte Flavie.

»Gestiftelte Mandeln und Rosinen.«

Flavie führte das Glas an die Lippen und trank einen Schluck. »Köstlich.«

Mikaël ging zurück in die Küche, und Flavie fragte: »Und du, wie hast du Andreas kennengelernt?«

»Das ist eine lange Geschichte, aber die Kurzfassung lautet: Wir sind uns in der Bar Le Saxo in Lausanne bei einem von einem gemeinsamen Freund veranstalteten Karaoke-Abend begegnet. Wir standen gemeinsam auf der Bühne, als Andreas ›La vie par procuration‹ von Jean-Jacques Goldman singen sollte. Die Darbietung war eine ziemliche Katastrophe, aber wir haben beschlossen, uns am nächsten Tag wiederzusehen: Das ist jetzt fünfzehn Jahre her –«

»Das ist witzig, weißt du?«, unterbrach Flavie ihn. »Ich lebe inzwischen mit einer Frau zusammen.«

»Eine späte Offenbarung?«, scherzte Mikaël.

»Nein, nicht unbedingt. Es hat sich ganz natürlich so ergeben. Ich kann gar nicht sagen, warum. Ich fühle mich gar nicht besonders zu Frauen hingezogen. Aber mit Tanja ist es anders.«

»Und Norbert?«

Flavie schaute erstaunt auf. »Du fragst mich, ob da etwas zwischen uns läuft? Ganz sicher nicht, er ist mein Chef! Na ja, in gewisser Weise, in Wirklichkeit bin ich eher sein Kindermädchen.«

»Das wollte ich gar nicht wissen«, sagte Mikaël schmunzelnd, als er das Missverständnis begriff. »Ich wollte wissen, ob es jemanden in Norberts Leben gibt.«

»Es gibt jemanden, aber das ist noch ganz frisch, und ich darf nicht darüber reden.«

»Eine Frau?«

»Ja, natürlich.«

»Natürlich?«, empörte sich Mikaël lachend. »Was soll das heißen?«

Flavie bemerkte ihren Fauxpas. »Ich ... ich wollte sagen, dass ... dass er nicht homosexuell ist.«

»Allerdings«, sagte Mikaël immer noch lachend, »sollte er sich seiner Homoattraktivität bewusst werden.«

»Ich glaube nicht, dass er sich zu Männern hingezogen fühlt.« Erneutes Gelächter.

»Das ist nicht damit gemeint, sondern nur, dass er gewissen Männern gefallen könnte.«

Dieses Mal brach Flavie in schallendes Gelächter aus. »Bist du etwa seinem Charme erlegen?«

»Natürlich nicht«, verteidigte sich Mikaël. »Ich meinte das ganz allgemein. Ich liebe Andreas, und daran gibt es nichts zu deuteln.« Er wollte gerade wieder auf sein erstes Zusammentreffen mit Andreas zurückkommen, als sein Telefon eine Nachricht ankündigte. Er ergriff sein Handy und schaute auf das Display. »Schau mal«, sagte er, »eine Nachricht von Karine.«

»Was schreibt sie?«

»Sie schickt mir Fotos, die offensichtlich aus einem Notizheft stammen, das sie und Kinga bei der Wohnungsdurchsuchung eines gewissen Robi Caruso gefunden haben. Sie schreibt, dass sie sie mir schickt, weil sie Andreas nicht erreicht. Ich schätze, er hat sein Telefon im Auto liegen lassen. Er ist manchmal etwas zerstreut, und das ist nach dem Krankenhausaufenthalt noch schlimmer geworden.«

Karines Nachricht weckte Flavies Neugier. »Was steht denn in diesem Notizbuch drin?«

21

Alles war sehr schnell gegangen. Robert Carusos Auto war von einer Polizeipatrouille auf dem Parkplatz in Hauts-de-Caux ganz in der Nähe des Restaurants Le Coucou geortet worden. Karine und Kinga hatten die Aufnahmen der Überwachungskameras des Bahnhofs bekommen und festgestellt, dass Caruso mit seinen Tourenskiern vergangenen Sonntag in den ersten Zug gestiegen war, der um neun Uhr sechs auf dem Gipfel ankam. Sein Mobiltelefon hatte sich in die Funkzelle des Rochers de Naye eingeloggt.

Nach Aussagen seiner Nachbarn hatte Caruso am Samstagabend überstürzt seine Wohnung verlassen. Vielleicht hatte er kapiert, dass Nadine in Montreux ermordet worden war, und gefürchtet, dass ihn das gleiche Schicksal ereilen würde. Danach hatte er es vorgezogen, die Nacht in seinem Auto oder wo auch immer zu verbringen, um mit der ersten Zahnradbahn zum Gipfel hinaufzufahren. Auf der Liste der Anrufe, die er Samstagabend getätigt hatte, war ein nicht mal einminütiges Gespräch mit Julie Bossart um neunzehn Uhr dreizehn verzeichnet. Kurz nach zwanzig Uhr hatte Caruso erneut mehrfach versucht, sie zu erreichen, und ihr schließlich eine Nachricht geschickt. War auch er ins Visier der Weihnachtsmänner geraten?

Karine und Kinga waren davon überzeugt. In Carusos Wohnung waren Abdrücke der gleichen Militärstiefel gefunden worden, und sein Nachbar hatte einen schwarzen Ford Explorer mit einem Mann im Weihnachtsmannkostüm erkannt. Da sie Andreas nicht erreichen konnten, hatten sie sich mit Vivianes Unterstützung, die eine telefonische Vermisstensuche angeordnet hatte, und dem Polizeikorps von Vevey, das am Bahnhof hervorragende Arbeit geleistet hatte, noch mehr ins Zeug gelegt, um Caruso zu finden. Angesichts der fortgeschrittenen Stunde und der Dringlichkeit der Situation hatten Karine und Kinga den Bahndirektor überzeugen können, nur sie beide in einem zusätzlichen Zug in Richtung Gipfel transportieren zu lassen. Aufgrund der Wetterbedingungen und der schlechten Sicht hatten sie keinen Polizeihubschrauber einsetzen können. Nun saßen sie einander gegenüber in der Zahnradbahn, die sich langsam bis zum Rochers de Naye hocharbeitete.

»Ich hoffe, wir begehen keine Dummheit«, sagte Kinga.

»Stimmt, die Bedingungen sind nicht optimal, aber wir müssen Caruso vor den Weihnachtsmännern finden, in der Hoffnung, dass es noch nicht zu spät ist. Diese Mörder schrecken vor nichts zurück. Wenn es, wie wir glauben, Profis sind, müssten sie ihn genau wie wir lokalisiert haben. Ich frage mich nur, was sie bei ihm gesucht haben.«

»Vielleicht das Notizheft, das wir gefunden haben.«

»Möglich. Allerdings müssen wir auch noch einen Weg finden, es zu entschlüsseln.«

»Den Kollegen von der Sitte zufolge unterhielt Caruso neben seinem Business als Caterer als Zuhälter ein Netzwerk von Edelnutten für betuchte Kunden, die absolute Diskretion verlangten.«

»Damit wäre die Verbindung zwischen Robert Caruso und Julie Bossart gefunden. Doch wer könnte ein Interesse daran haben, die beiden verschwinden zu lassen?«

»Keine Ahnung, aber ich bin beinah geneigt, Lanterets Version Glauben zu schenken. Auf jeden Fall muss derjenige, der die Weihnachtsmänner beauftragt hat, über gehörige Mittel verfügen.«

»Ein vermögender Kunde von Julie Bossart, der seinen bezahlten Sexkonsum geheim halten möchte?«

»Vielleicht. Das würde uns zu der Hypothese einer Erpressung zurückführen …«

»… und zu einer möglichen Zusammenarbeit von Caruso und Julie, um die Situation zu ihrem Vorteil auszunutzen und um einen ordentlichen finanziellen Profit daraus zu ziehen.«

Als sie ausstiegen, empfingen sie eine eisige Kälte und dichter Schneefall. Der Wind drang durch die kleinsten Öffnungen ihrer

Kleidung und ließ sie frösteln. Der frische Schnee knirschte unter ihren Schritten.

Ein dick eingemummelter Mann kam ihnen entgegen. Es handelte sich um den Wirt des Panoramarestaurants Plein Roc, den sie kontaktiert hatten. »Kommen Sie, folgen Sie mir«, sagte er.

Er ging ihnen in das an diesem Abend geschlossene Restaurant voran und händigte ihnen je einen einteiligen, doppelt gefütterten Skianzug, einen Integralhelm und isolierte Skihandschuhe aus, die sie in der eisigen Nacht schützen sollten.

»Sind Sie sicher, dass Sie bei diesem Wetter loswollen?«, fragte der Mann beunruhigt. »Die Sicht ist gleich null. Selbst mit Scheinwerfern werden Sie kaum etwas erkennen. Das ist sehr gefährlich, denn Sie werden den Bergkamm bis zum Alpengarten La Rambertia entlangfahren müssen.«

»Wir werden vorsichtig sein«, antwortete Karine.

»Der Wind hat aufgefrischt. Der Weg, den Tourenskifahrer wählen, ist vom Schnee verweht. Sie können sich an den Markierungsstangen orientieren. Vom Alpengarten geht es steil runter nach Plan d'Areine. Dort gibt es keine Markierungen mehr.«

»Tausend Dank für all die Informationen«, sagte Kinga.

»Da ich nicht sicher bin, ob Sie dort Netz haben, gebe ich Ihnen für den Fall der Fälle ein Walkie-Talkie mit, das auf freiem Feld eine Reichweite von drei Kilometern hat. Obwohl ich nicht glaube, dass es auf der anderen Seite des Bergkamms funktioniert.«

Karine und Kinga zogen sich die Skianzüge, Helme und Handschuhe an.

Der Wirt reichte ihnen einen Rucksack. »Hier noch etwas zur Stärkung. Man weiß ja nie. Zwei Sandwiches, ein paar Müsliriegel und Wasser. Außerdem habe ich eine Taschenlampe und zwei Rettungsdecken eingepackt.«

Karine versuchte Andreas anzurufen, doch der ging nicht dran. Sie versuchte es erneut beim Losgehen, erreichte aber direkt seine Mailbox und hinterließ eine Nachricht: Sie würden sich auf den Weg zum Chalet du Plan d'Areine machen. Caruso würde sich möglicherweise dort befinden, da das Gebäude zur Sennerei Alpage du Col de Chaude gehörte, die seine Schwester betrieb.

Karine und Kinga folgten dem Wirt nach draußen, der sie zu dem Gefährt begleitete.

»Sie haben mir gesagt, dass Sie so ein Teil schon mal gefahren sind?«

»Ja«, antwortete Karine, »machen Sie sich keine Sorgen. Wir bringen es heil zurück.«

Sie setzte sich an den Lenker des Schneemobils. Kinga schwang sich dahinter und richtete ihren Helm. Die Scheinwerfer drangen kaum durch den Nebel durch. Karine gab behutsam Gas.

Sie fuhr vorsichtig. Der Schnee flog ihnen nun waagerecht entgegen, und die Sicht war gleich null, genau wie der Wirt gesagt hatte. Karine folgte seinen Ratschlägen und wählte den Weg, der zum Alpengarten führte und der dank der Markierungsstangen einigermaßen zu erkennen war. Hinter ihr klammerte sich Kinga um ihre Taille.

Anschließend bahnte sich Karine einen Weg zwischen den Felsen hindurch, überquerte eine gut hundert Meter lange, dicke Schneedecke und stoppte auf dem Gipfel des anderen Hangs. Hier war der Nebel nicht mehr ganz so dicht, sodass unter ihnen ein zaghafter Lichtstrahl zu erkennen war. Aus dem Kamin des Chalets du Plan d'Areine stieg Rauch auf.

22

Andreas und Jemsen hatten es sich in den Sesseln im Wintergarten gemütlich gemacht. In Gryon schneite es heftig, und der Wind hatte etwas aufgefrischt.

»Offensichtlich hat sich der Wetterbericht nicht geirrt«, bemerkte Jemsen. »Ein Schneesturm zieht auf, gegen den wir nichts ausrichten können.«

»Wie gut, dass ihr unser Übernachtungsangebot angenommen habt. Es wäre nicht klug gewesen, bei diesem Wetter zurück nach Lausanne zu fahren.« Andreas schaute auf die Uhr. »Ich bin etwas überrascht, dass ich nichts mehr von Karine und Kinga gehört habe, nachdem ich sie gebeten hatte, Robert Caruso aufzusuchen.«

»Vielleicht haben sie ihn nicht angetroffen«, meinte Jemsen. »Oder sie haben ihn zur Vernehmung mit nach Lausanne genommen.«

»Gut möglich. Aber es ist nicht Karines Art, mich nicht auf dem Laufenden zu halten. Ich warte noch eine halbe Stunde, dann rufe ich sie an.« Andreas holte zwei Zigarren aus dem Humidor, trennte die Zigarrenköpfe mit der Guillotine ab und reichte Jemsen eine davon. »Du hast also noch nie eine Zigarre geraucht?«

Jemsen schüttelte den Kopf.

»Ich habe eine ausgewählt, die nicht zu komplex ist, sondern angenehm mild – eine meiner Lieblingszigarren. Es ist eine El Sueño 5.60 Grand Reserva. Der Gründer der Marke heißt Mirko Giotto und ist ein Freund von mir. Die Tabakblätter stammen von entlegenen Anbaugebieten der Dominikanischen Republik und aus Nicaragua. Ein großes Kaliber … etwas dicker als die Robusto.«

Jemsen betrachtete die Zigarre mit dem ungewöhnlich breiten Ring, die unter dem Logo und dem Namen noch ein schwarz-weißes Schachbrettmuster aufwies.

»Du wirst sehen«, fuhr Andreas fort, »das Anzünden ist problemlos, und der Rauch zieht gut durch. Nach und nach wirst du die Aromen von Trockenfrüchten mit einer feinen Zedernholznote schmecken. Ab dem zweiten Drittel wird die Aromenpalette komplexer, und es entwickeln sich erdige und pflanzliche Nuancen mit einem Hauch von Leder. Das letzte Drittel bietet dann ein vollmundiges und kräftiges Finale.«

»Ich bin nicht sicher, ob ich das alles herausschmecken kann«, sagte Jemsen lachend.

»Das Wichtigste ist der Genuss.«

»Das hoffe ich. Ich fürchte, dass ich dir als Connaisseur nicht das Wasser reichen kann.«

»Genau wie beim Rum oder Whisky lernt man das mit der Zeit.« Andreas zündete seine Zigarre an und reichte Jemsen das Sturmfeuerzeug, der die starke blaue Flamme um den Tabak züngeln ließ.

»Ein echter Flammenwerfer!«, sagte Jemsen anerkennend.

Die beiden Männer genossen schweigend die ersten Züge. Die Nacht schien mit einem Schlag hereinzubrechen. Durch den dichten Schnee konnte man kaum noch die Tannen erkennen, die um die Lichtung standen.

»Kann man von euch den Grand Muveran sehen?«, fragte Jemsen.

»Nur den Gipfel und nur bei klarer Sicht«, antwortete Andreas. »Aber morgen früh wirst du ihn sehen können, denn wenn die Wettervorhersage stimmt, wird sich der Schneesturm legen, und dann hat man von hier einen perfekten Rundblick auf die Bergwand Miroir d'Argentine und die Diablerets. Aber warum fragst du mich das?«

»Nur so eine Assoziationskette. Ich habe mal einen Mörder verfolgt, der Matthias Hodler hieß. Aber es bestand überhaupt keine Verbindung zu Ferdinand Hodler, der diese schöne Bergwelt gemalt hat. Eine Ermittlung zwischen Neuenburg und Paris.«

Andreas lächelte bei der Erwähnung des Namens des Schweizer Malers, der auch ihn an einen seiner Fälle erinnerte.

»Musstest du für deine Ermittlungen schon mal ins Ausland reisen?«, fragte Jemsen.

»Ja, nach Schweden auf die Insel Gotland, wo ich herkomme. Ich bin zur Hälfte Schwede. Mikaël und ich haben dort das Haus der Familie übernommen. Ich bin vor vier Jahren hingefahren, um mehr über meine Herkunft in Erfahrung zu bringen. Das Ganze ist überhaupt nicht so wie vorgesehen gelaufen, und am Ende habe ich zusammen mit einer schwedischen Kommissarin eine Mordserie aufgeklärt, die mich persönlich erschüttert hat. Und du? Außer Paris?«

»Ich hatte die Gelegenheit, an einem Rechtshilfeersuchen auf Korsika mitzuwirken. Und auf Dienstreisen, die mit den Konflikten Ex-Jugoslawiens zu tun hatten, bin ich ganz schön im Balkan herumgekommen, vor allem im Kosovo.«

»Wenn ich das richtig verstanden habe«, sagte Andreas und zog an der Zigarre, »hatte der Anschlag auf dich mit einer dieser Missionen zu tun.«

»Das stimmt. Und mein Bauchgefühl sagt mir, dass diese Sache noch nicht vorbei ist. Es muss immer noch einen Mordauftrag geben. In Pristina gibt es ziemlich viele Leute, die meinen Tod wollen.«

»Wirst du besonders geschützt?«

»Nein, ich habe absolut keine Lust, rund um die Uhr Bodyguards an den Fersen zu haben.«

»Und was machst du, wenn du eines Tages dem Lauf einer Knarre gegenüberstehst?«

»Ich lächle, wenn man mir dafür noch Zeit lässt.«

Jemsen zog ebenfalls an seiner Zigarre, atmete jedoch den Rauch versehentlich zu tief ein, hustete und trank das Glas Wasser in einem Zug leer.

»Zurück von den Toten?«, witzelte Andreas.

»Mmmh«, murmelte Jemsen ein wenig eingeschnappt. »Und du? Hattest du schon einmal Todesangst?«

»Schon mehrfach. Das letzte Mal, als man bei mir den Krebs diagnostiziert hat. Aber in Wirklichkeit habe ich mehr Angst davor, Mikaël zu verlieren, als vor meinem eigenen Tod.«

»Und welcher deiner Fälle hat dich am meisten geprägt?«

»Ich glaube, dass ich diese Geiselnahme in der Salzmine in Bex nie vergessen werde. Und dich?«

»Einer meiner letzten Fälle, bei dem es um eine Mutter ging, die ihre eigene Tochter entführt hat. Eine traurige Geschichte. Und dann der Fall des Philatelisten.«

»Ah, du hattest damit auch zu tun?«

»Die Genfer baten um Amtshilfe, und ich musste die gesamte Endphase der polizeilichen Operation in La Chaux-de-Fonds abwickeln. Wie warst du denn in diesen Fall hineingeschlittert?«

»Ich habe einen Genfer Kollegen aus der Untersuchungshaft befreit, der vorgab, den Mörder zu verfolgen, und sich mit seiner Dienstwaffe in Lausanne zum Affen gemacht hat.«

»Apropos Blécherette«, meinte Jemsen. »Wie fandest du die Befragung Lanterets heute Morgen?«

»Schwer zu sagen. Entweder ist der Typ abgefeimt und führt uns hinters Licht, oder er ist unschuldig und das Opfer einer Verschwörung. Was seinen Anwalt betrifft, der ist ein alter, eingebildeter Idiot.«

Jemsen grinste und sagte: »Bei ›alt‹ und ›eingebildet‹ bin ich ganz bei dir. ›Idiot‹ – so weit würde ich nicht unbedingt gehen. Er macht seinen Job nicht schlecht.«

»Wie ein Dinosaurier der Anwaltskammer. Mir persönlich gefällt die neue Generation besser.«

»Mir nicht. Glaub mir, in Neuenburg haben wir ein oder zwei junge Tiger, die die Zäsur ungeschickt mit Krallen verteidigen, aber weder die Intelligenz noch das Auftreten der alten Dinosaurier besitzen. In der Regel werden sie von den Gerichten schnell in ihre Schranken verwiesen, aber manchmal ist der Schaden schon geschehen. Und die Leidtragenden sind ihre Mandanten, die es häufig nicht mal bemerken.«

»Was hältst du von Maître de Chambriers Vorschlag, seinen Kollegen Verbena anzuhören?«

»Das ist reine Augenwischerei. In der Sache hat de Chambrier recht, aber er weiß genau, dass sich Verbena hinter dem Berufsgeheimnis verschanzen und sich weigern wird, unsere Fragen zu beantworten. Ich habe de Chambrier sogar in Verdacht, Zweifel an der Integrität Verbenas säen zu wollen: Sich der Kooperation mit der Polizei zu verweigern, macht einen natürlich suspekt, vor allem in den Augen der breiten Öffentlichkeit. Und wenn de Chambriers Wette aufgeht, ist das ein weiterer Schritt in Richtung Freispruch für seinen Mandanten. Wir werden ihm nicht die Freude bereiten und uns auf sein Spiel einlassen. Wir werden Verbena nicht einbestellen.«

»Ich stimme dir zu«, erwiderte Andreas. »Und wie denkst du über unseren kleinen Besuch in Lavey?«

»Sehr aufschlussreich. Der Hoteldirektor schien sich bei den Fragen in Bezug auf die Videoüberwachung ziemlich unwohl zu fühlen. Ich schätze, dass er sich vor allem wegen des Rufs seines Hotels in die Hosen macht. Schließlich hat vor ein paar Jahren schon mal ein Mord in einem dieser Zimmer stattgefunden.«

»Ich kann mich nur vage an den Fall erinnern. Eine vergiftete Frau, die Liebhaberin eines Neuenburger Polizisten?«

»Exakt. Er hieß Michaël Donner, ein junger Fahnder bei der Drogenpolizei.«

Andreas' Miene erhellte sich. »Genau, ein netter junger Kerl, dunkelhäutig, wenn ich mich recht entsinne. Ich habe ihn mal auf dem Parkplatz der Kantonspolizei getroffen ...«

»Auch er ist tot. Ich habe ihn gar nicht gekannt.«

»Ach, verdammt, das wusste ich nicht.« Andreas zündete seine Zigarre erneut an und fuhr dann fort: »Um auf die Videoüberwachung in Lavey zurückzukommen. Ganz klar hat da jemand das System manipuliert, um die Bilder verschwinden zu lassen. Aber wer?«

»Genau das möchte ich herausfinden. Auf jeden Fall jemand, der nicht will, dass wir Nadines Gesicht sehen.«

»Weil ihre Nase beim Verlassen von Lanterets Zimmer noch nicht gebrochen war?«

»Vielleicht.«

»Und unser Besuch in Savatan?«, fragte Andreas.

»Ebenfalls sehr aufschlussreich. Der Oberst wirkt sympathisch.«

»Das ist er auch.«

»Wie gehen wir jetzt deiner Meinung nach weiter vor?«

»Ich bin gespannt, was der Caterer Robert Caruso Karine und Kinga über Nadine erzählen wird. Vermutlich hat sie über ihn Zugang zu dem Neujahrsempfang gehabt.« Andreas schaute erneut auf die Uhr. »Ich werde sie anrufen.« Er suchte in der Hosentasche nach seinem Telefon, hatte es aber wohl im Auto liegen lassen.

23

Mit eingeschalteter Kopflampe tastete sich Pimpel vorsichtig in der dunklen Scheune vorwärts. Vor ihm standen, aufgereiht wie Wachposten, vier Plastikfässer mit dreieckigen Aufklebern. Als der Lichtstrahl seiner Lampe auf die Etiketten fiel, konnte er das großgeschriebene Wort »GEFAHR« erkennen und darunter ein Piktogramm, auf dem eine Flüssigkeit aus einem Reagenzglas auf eine verletzte Hand tropfte.

Pimpel hatte den Griff einer metallenen Getreideschaufel umklammert und begann damit, den Inhalt einer Viehtränke in eine Schubkarre umzufüllen: eine Art zähflüssige, dunkle, übel riechende Suppe, in der Knochen schwammen.

Als er fertig war, hob Pimpel die Schubkarre vorsichtig an und schob sie nach draußen. Der Schnee knirschte unter seinen Schritten, und er spürte sofort, wie ihm die Kälte unter die Haut fuhr. Während er den Inhalt der Schubkarre auf einen mit Schnee bedeckten Misthaufen kippte, musste er an einen Spruch denken, den sein Chemielehrer immer wiederholt hatte: »Säuren können nützlich sein, aber man muss sie respektieren. Sie können etwas erschaffen, aber auch etwas zerstören.« Mit diesen Worten im Kopf goss er den Inhalt einer PTFE-Flasche über die menschlichen Überreste und betrachtete die chemische Reaktion. Er rieb sich dabei die Hände, um sich zu wärmen. Während die Säure in die Knochen eindrang und ihr stilles Werk vollbrachte, dachte Pimpel über den Lebenszyklus und die beständige Umwandlung der Materie nach. Von der Geburt bis zum Zerfall, von der Schöpfung bis zur Auflösung ... Die Knochen, einst fest und Träger des Lebens, zersetzten sich langsam und kehrten zur Erde zurück, um den Boden zu nähren.

Pimpel wischte die Gedanken beiseite und ging zu Hatschi und Schlafmütz in die Küche der Alphütte. Sie hatten Feuer im Ofen gemacht und tranken einen Instantkaffee.

»Wie lange dauert das noch?«, fragte Hatschi ungeduldig. »Wir sind schon seit Stunden hier ...«

»Wir sind fast fertig. Aber ich glaube, dass wir hier über Nacht feststecken. Du willst doch wohl nicht bei diesem Sturm aufbrechen?«

Hatschi schüttelte den Kopf.

»Gab es denn keine einfachere Methode, diesen Idioten loszuwerden?«, murrte Schlafmütz.

»Wir hätten seine Leiche den Schweinen vorwerfen können. Aber du hast ja auch gesehen, dass der Stall leer ist«, sagte Pimpel grinsend.

»Was hast du genommen, um den Kerl aufzulösen?«

»Zunächst einmal einen Cocktail, der ›Piranha‹ genannt wird. Eine Mischung aus Schwefelsäure und Wasserstoffperoxid. Sehr effizient, um organisches Material verschwinden zu lassen. Aber das braucht halt seine Zeit. Danach habe ich alles, was übrig war, rausgeschafft und mit der stärksten Säure, die es gibt, übergossen, um die Knochen aufzulösen. $HSbF_6$ beziehungsweise Hexafluorantimonsäure, eine Mischung aus Antimonfluorid und Fluorwasserstoff.«

»Gut zu wissen, dann werde ich weniger dumm sterben ...«

»Diese Säure ist so stark, dass sich damit praktisch jedes organische Material zersetzen lässt, und gleichzeitig so korrosiv, dass man sie ausschließlich in einem PTFE-Behälter aufbewahren kann, weil Teflon das einzige Material ist, dem sie nichts anhaben kann.«

Schlafmütz stand auf, um ein Holzscheit nachzulegen, und wechselte das Thema. »Was wirst du machen, wenn unsere Mission beendet ist?«

»Ich möchte wieder zurück zur Armee gehen«, antwortete Pimpel.

»Du bist rausgeflogen, oder nicht?«

»Ja, wegen dieses Blödmanns Lanteret.«

»Was hast du angestellt?«

»Das ist eine lange Geschichte, aber kurz gefasst wurde ich entlassen wegen des, ich zitiere, ›Verhaltens, das gegen die Ethik und die Werte der Armee verstößt‹, und wegen ›Befehlsverweigerung‹.«

»Und was ist mit dir, Hatschi?«, fragte Schlafmütz.

»Ich glaube, ich werde wieder als Söldner kämpfen.«

»Willst du nicht von dem ganzen Geld profitieren, das du verdienen wirst?«

»Das Geld ist nichts im Vergleich zu dem Adrenalin in den Kriegsgebieten. Ich vermisse die Action. Im Nahkampf fühle ich mich am besten.«

»Hast du vor, in die Ukraine zurückzugehen?«

»Vielleicht ... oder woandershin. Es gibt ja genug Kriege. Und du?«, fragte Hatschi.

»Ich werde mir an einem paradiesischen Strand die Sonne aufs Fell brennen lassen, so weit weg wie möglich von jeglichem bewaffneten Konflikt.«

»Erinnerst du dich an diese Scheiße mitten im Herzen von Charkiw? Das war absoluter Wahnsinn.«

»Ja, dieser Hinterhalt, dem wir gerade noch entkommen konnten«, antwortete Schlafmütz grinsend.

»Die engen Gassen, die Schüsse von allen Seiten und diese verdammte Ungewissheit –«

»Ich kann nicht behaupten, dass ich das nicht vermissen werde. Wir beide haben da unten schon verrückte Zeiten durchgemacht.«

Pimpel erhob sich und verkündete: »Okay, ich überlasse euch mal euren Kriegsgeschichten ... Ich gehe ein bisschen frische Luft schnappen und schaue nach, ob von dem Fettwanst Caruso auch nichts übrig geblieben ist.«

Pimpel zog seine Jacke über und verließ das Chalet. Es schneite immer noch, und es war so dunkel, dass man praktisch nichts sehen konnte. Was auch immer Hatschi behauptete, es war auf jeden Fall viel zu riskant und gefährlich, jetzt noch hinunter in die Ebene zu wollen. Sie würden bis zum Sonnenaufgang warten.

Pimpel holte eine Zigarette hervor, hatte jedoch ziemliche

Schwierigkeiten, sie anzuzünden. Er nahm einen Zug, dann einen zweiten, bis er plötzlich einen Lichtstrahl sah, der sich durch die Nacht und das dichte Schneetreiben einen Weg bahnte. Die Scheinwerfer eines Schneemobils. Er erstarrte und hielt Ausschau. Er lauschte angestrengt und hörte schließlich ein leises Motorengeräusch. Er schmiss seine Zigarette weg und eilte nach drinnen.

»Wir müssen hier weg. Sofort!«

Eilig zogen sie ihre Schneeanzüge, Handschuhe und Helme mit den Nachtsichtgeräten an und rannten nach draußen.

Hatschi kuppelte den Anhänger des einen der beiden Schneemobile ab und übernahm das Kommando. In der eisigen Luft war sein Atem zu sehen. Pimpel setzte sich hinter ihn und umklammerte mit seinen behandschuhten Händen die Griffe auf beiden Seiten. Schlafmütz setzte sich rittlings auf das zweite Schneemobil und startete den Motor. Dann rasten die beiden Maschinen dröhnend durch die dunkle Nacht und hinterließen tiefe Furchen im Pulverschnee.

24

Während sich Mikaël in der Küche zu schaffen machte, hatte sich Flavie in das Notizheft von Caruso vertieft. Die einzeln ausgedruckten Seiten lagen auf dem Küchentisch verteilt vor ihnen. Sie hatten es nicht für nötig erachtet, Andreas und Jemsen zu stören, die im Wintergarten immer noch ihre Zigarren rauchten.

Mikaël öffnete eine Flasche Rotwein, einen Milan Noir de Bex, schenkte zwei Gläser ein und setzte sich neben Flavie. »Prost!«

»Auf dein Wohl! Ich bin überzeugt, dass es sich bei dem Heft um eine Art Kassenbuch handelt.«

»Du meinst, die Buchführung mit den Namen von Carusos Mädchen?«

»Vermutlich ja, aber es ist verschlüsselt. Auf dieser Seite hier stehen zwanzig Zeilen mit Buchstabenkombinationen.«

Mikaël las die erste Zeile auf dem Blatt: »mvddx qrtkvki«.

»Caruso hat wahrscheinlich einen Kodierungsschlüssel verwendet.«

»Du glaubst, wie die berühmte Caesar-Verschlüsselung?«

»Ja, eine Verschlüsselung durch Verschiebechiffre. Jeder Buchstabe des Textes wird durch eine andere Position im Alphabet ersetzt. Aus A wird zum Beispiel durch eine zyklische Verschiebung um drei Buchstaben ein D, aus B wird E und so weiter.«

Mikaël schnappte sich einen Block und einen Kugelschreiber. »Wenn man den ersten Code um zwei Buchstaben nach vorn schiebt, kommt ›oxffz stvmxmk‹ raus«, sagte er und schrieb das Ergebnis auf. »Bei zwei Buchstaben zurück ergibt es ›ktbbv opritig‹.«

»Hast du eine andere Idee?«

Mikaël betrachtete aufmerksam die auf dem Tisch ausgebreiteten Blätter. »Hast du das umkringelte Wort auf der ersten Seite gesehen?«

»Ja, ›caruso‹.«

Mikaël dachte nach, dann nahm er seinen Laptop und startete eine Suche. »Das ist vielleicht ein Schlüsselwort. Wir testen es mit der Vigenère-Chiffre.«

»Erklärst du mir, wie das funktioniert?«

»Das habe ich mal gelernt, als ich für einen Zeitungsartikel recherchiert habe. Bei dieser Methode verwendet man einen Schlüssel, um den Originaltext zu dechiffrieren.«

»Das verstehe ich nicht ...«

»Wenn der Schlüssel ›caruso‹ ist und die verschlüsselte Nachricht ›mvddx qrtkvki‹ lautet, muss man die Buchstaben von ›caruso‹ wiederholen, bis man die gleiche Zeichenzahl wie der zu entschlüsselnde Text hat, in unserem Fall also ›carusocaruso‹.

»Das kapiere ich immer noch nicht. Und dann?«

»Zum Dechiffrieren muss man das Vigenère-Quadrat verwenden, das auch *Tabula recta* genannt wird. Das Quadrat besteht aus den sechsundzwanzig Buchstaben des Alphabets. Oberhalb des Quadrats wird der Originaltext eingetragen und links eine Spalte mit den Schlüsselbuchstaben.«

»Das erscheint mir sehr kompliziert.«

Mikaël öffnete ein Vigenère-Quadrat auf seinem Computer. »Du nimmst den ersten Buchstaben des Schlüsselwortes, also das C, und suchst ihn in der Spalte des verschlüsselten Wortes, in unserem Fall das M. Dann suchst du den Kreuzungspunkt der beiden Buchstaben, da steht ein K.«

»Ich verstehe.«

»Ich lasse dich das machen und füttere in der Zwischenzeit die Raubtiere.«

Einen Moment später rief Flavie: »Dein Ding hier funktioniert nicht!«

Mikaël schaute auf das Heft und den entzifferten Text von Flavie: »kvmjf cpttbsu«. Er dachte nach und schlug dann vor: »Um es komplizierter zu machen, verschiebt man manchmal die Buchstaben. Versuche es mal mit einem Buchstaben zurück.«

Flavie seufzte. »Wie lange müssen wir uns wohl damit rumschlagen? Meinst du nicht, es gibt eine Seite, um das alles zu dechiffrieren?«

Mikaël lächelte Flavie an. »Natürlich gibt es die, aber ich finde es interessanter, die Verschlüsselungsmethode selbst zu knacken.«

Flavie warf Mikaël einen finsteren Blick zu, während dieser auf der Tastatur seines Computers rumtippte.

»Hier, ich habe sie gefunden. Man muss nur die chiffrierte Botschaft eingeben und kann sie sich online entschlüsseln lassen.« Er probierte ein paar Tastenkombinationen aus, bevor er ausrief: »Julie Bossart!« Mikaël zeigte Flavie den dechiffrierten Text: »kvmjf cpttbsu«. »Er ist jeweils einen Buchstaben im Alphabet zurückgegangen. K minus eins ergibt J. V minus eins U. Und so weiter. Jetzt muss nur noch der Rest des Heftes dechiffriert werden.«

»Lass es uns mit der zweiten Zeile probieren«, schlug Flavie vor. »Die ersten beiden sind unterstrichen, die anderen nicht.«

Mikaël gab den Code ›dnsiwxqf ugxgf‹ ein und wiederholte das Prozedere von vorne, Dechiffrierung über die Seite und jeweils einen Buchstaben zurückgehen. Nachdem er das Ergebnis betrachtet hatte, rief er triumphierend: »Amandine Clerc!«

»Und was machen wir mit den Ziffern neben den Namen?«

»Es sind immer zehn Ziffern.«

»Telefonnummern?«

»Das erscheint mir logisch.«

Flavies Augen leuchteten. »Schenk uns noch ein Glas ein.«

Mikaël kam ihrer Bitte nach, und sie prosteten sich lächelnd zu.

Flavie holte ihren Laptop und startete die juristische Anwendung JURIS. Sie öffnete die digitalisierte Akte zum Tötungsdelikt Julie Bossart, fand schnell die Telefonnummer des Opfers und schrieb sie mit dem Kugelschreiber in Carusos Heft unter die verschlüsselten Zahlen neben ihrem Namen.

Nach dem dritten Glas Wein hatten Flavie und Mikaël die Methode, die Caruso angewendet hatte, geknackt. Als Siegeszeichen schlugen sie ihre Hände gegeneinander.

»Es wird Zeit, die anderen hereinzurufen«, sagte Mikaël. »Ich glaube, sie sind uns zu großem Dank verpflichtet.«

25

Heftige Windböen verteilten sofort den Rauch, der aus dem Kamin des Chalet du Plan d'Areine aufstieg.

»Es sieht so aus, als ob es da brennt«, schrie Kinga unter ihrem Helm.

»Keine Ahnung«, antwortete Karine. »Halt dich fest.«

Sie gab Gas, ihre Beifahrerin krallte sich an ihrer Taille fest, und das Schneemobil schoss über den Hang. Das Brummen des Motors wetteiferte mit dem Heulen des Windes, und beides hallte in ihren Ohren. Der Lichtstrahl des Scheinwerfers verlor sich beinah im dichten Schneefall und ließ manche Unebenheiten erst in letzter Sekunde sichtbar werden. Karine musste sich doppelt anstrengen und konzentrieren, um die Spur zu halten.

»Wir haben Gesellschaft!«, schrie Kinga.

Karine hatte kein Wort verstanden, folgte aber mit dem Blick dem Zeigefinger an Kingas ausgestrecktem Arm. Drei schwarze Gestalten verließen das Chalet. Karine erkannte ein Stückchen weiter zwei dunkle Formen und vermutete, dass auch sie Schneemobile besaßen. Sie gab Vollgas.

Kinga klammerte sich noch fester mit dem linken Arm an Karine und öffnete mit der rechten Hand ihren Schneeanzug. Sofort spürte sie die eiskalte Luft am Körper. Sie quetschte ihre Finger unter den Gürtel ihrer Hose, zog ihren Handschuh aus, holte ihre Dienstwaffe raus, umklammerte den Griff und schob die rechte Hand mit der Pistole unter die Jacke, um ihre nackte Haut nicht unmittelbar der Kälte auszusetzen. Auf zweitausend Metern Höhe war die Temperatur um zehn Grad gefallen. Sie würde die Waffe erst unmittelbar vor dem Einsatz ziehen.

Vor dem Chalet waren die Scheinwerfer der Schneemobile angegangen. Auf die Entfernung und durch den Sturm waren die Motoren nicht zu hören. Karine und Kinga sahen, wie sich zwei leuchtende rote Punkte in der Dunkelheit entfernten.

Auf Höhe des Chalets drosselte Karine das Tempo.

»Was machst du?«, schrie Kinga.

»Caruso ...«, antwortete Karine und wies mit dem Kopf zum Rauch hin.

»Da schauen wir später nach. Vielleicht ist er ja auch einer von den dreien. Fahr los. Noch können wir sie einholen.«

Karine zögerte.

»Fahr los, verdammt!«

Karine nahm die Verfolgung der Schneemobile auf. Sie erinnerte sich vage an das Gelände, war aber nur im Sommer und nicht bei Schnee und Nebel hier oben gewesen. Es gab eine Straße, die über den Col de Chaude hinunter in Richtung Villeneuve führte oder weiter ins Vallée de l'Hongrin, aber der Sturm hatte die Landschaft unter einer dicken Schneedecke begraben. Die beiden roten Lichter verschwanden in Richtung des Grats Arête des Essettes und damit in ein für Schneemobile unpassierbares Gelände. Karine wusste, dass die Bergflanke dort steinig und felsig war und dass das Geröll an manchen Stellen nachgab. Bei dieser Geschwindigkeit und ohne Sicht bedeutete die Strecke den reinsten Selbstmord. Sie beschleunigte.

Ab und zu sah Karine den Rückscheinwerfer des zweiten Schneemobils, der immer größer wurde, je weiter sie aufholte. Eine volle Ladung Schnee, aufgewirbelt von der keine zehn Meter mehr von ihnen entfernten Maschine, traf ihren Helm. Ab und zu wischte sie ihr Visier mit einer schnellen Armbewegung ab und beugte sich abwechselnd nach beiden Seiten, um besser sehen zu können.

Plötzlich drehte sich der Fahrer um. Er saß alleine auf seinem Gefährt, die beiden anderen hockten auf dem vorausfahrenden Schneemobil. Er streckte einen Arm nach hinten in ihre Richtung aus. Karine kapierte zu spät und spürte die Wucht der Kugel durch die Griffe des Lenkers.

»Achtung!«, schrie sie. »Der Idiot schießt auf uns!«

Aufgrund der Geschwindigkeit und des lauten Motors verstand Kinga nicht, was Karine sagte, zog aber ihre Dienstwaffe. Der Flüchtende schoss erneut. Genau wie beim ersten Mal war kein Schuss zu hören, er musste einen Schalldämpfer benutzen.

Die zweite Kugel verlor sich in der Umgebung, doch die dritte traf. Gerade als Kinga zum zweiten Mal das Feuer eröffnen wollte, wurde sie am rechten Arm getroffen. Sie ließ ihre Pistole fallen, die durch die Luft wirbelte und im Schnee versank. Instinktiv verlangsamte Karine das Tempo.

»Was machst du?«, blaffte Kinga.

Karine drehte sich zu ihr um. »Geht's?«

»Ja.«

»Bist du sicher?«

»Wenn ich es dir sage. Fahr weiter. Diese Arschlöcher entkommen uns sonst.«

Nach und nach gewann Karine wieder an Boden und fuhr ganz dicht an das vor ihr fahrende Schneemobil heran. Als der Fahrer die Gefahr spürte, drehte er sich um und streckte den Arm aus. Karine beschleunigte abrupt und rammte ihn von hinten. Seine Maschine geriet ins Schlingern und driftete im hohen Schnee ab. Karine nutzte die Gelegenheit, um wieder auf seine Höhe zu kommen. Einen kurzen Moment trafen sich ihre Blicke. Dann sah Karine eine dunkle Masse vor sich, die immer größer wurde. Auch der andere hatte sie bemerkt. In letzter Sekunde wollte er den Lenker herumreißen, um ihr auszuweichen. Karine hinderte ihn daran, indem sie ihr Schneemobil seitlich an das seine drückte. Beide Fahrzeuge fuhren mit voller Geschwindigkeit geradeaus. Der Flüchtende konnte dem großen Felsen, der aus dem Schnee herausragte, nicht mehr ausweichen. Ein Feuerball erhellte den Berg.

Karine war dem Felsen ausgewichen, spürte jedoch, wie ihre Maschine aufgrund einer Bodenwelle abhob. Die Landung war chaotisch. Das Schneemobil versank zur Hälfte im Pulverschnee, kippte auf die Seite und rutschte ein paar Meter auf einer Kufe weiter. Karine versuchte das Gefährt aufzurichten, bevor es endgültig umkippte. Sie spürte, wie sich Kingas Griff lockerte und sich ihre beiden Körper voneinander lösten. Karine rutschte den Hang entlang. Als sie sich ein paar Sekunden später benommen und wankend aufrappelte, konnte sie gerade noch erkennen, wie der rote Rückscheinwerfer des

Schneemobils der anderen beiden Flüchtenden in der Ferne verschwand.

Karines erster Gedanke galt Kinga. Sie machte sich sofort auf die Suche nach ihr. Das Wrack ihres Schneemobils lag mit einer abgerissenen Kufe auf der Seite, und ein Stück weiter arbeitete sich langsam eine Gestalt aus dem Schnee hervor. Karine war unglaublich erleichtert, Kinga am Leben zu sehen, bemerkte allerdings, dass sie sich den rechten Arm hielt. Ihr Schneeanzug war in Höhe des Oberarms zerrissen, am Ärmel war Blut zu sehen, und sie zitterte.
»Alles halb so schlimm«, sagte Kinga. »Nur ein Streifschuss.«
Karine half Kinga beim Aufstehen, und zusammen gingen sie in Richtung des großen Felsens, der immer noch von den Flammen erhellt wurde.

Von dem Schneemobil war nur noch ein Haufen glühender Schrott übrig. Der Fahrer lag nur wenige Meter vom Aufprallort auf dem Rücken im Schnee. Sein Schneeanzug war zerrissen und verbrannt, und auf dem Helm baumelte anstelle des Visiers eine halb abgerissene Nachtsichtbrille.

Karine hatte ihre Waffe gezückt und richtete sie auf den Mann. Langsam kniete sich Kinga neben ihm hin, nahm ihm die Brille ab und entdeckte darunter weit aufgerissene Augen, die ins Nichts starrten. Sie legte zwei Finger an seinen Hals, um den Puls zu ertasten. Er war tot.

Als Kinga dem Opfer den Helm abnahm, kamen darunter kurz rasierte Haare, große abstehende Ohren, ein kantiges Kinn und harte Gesichtszüge zum Vorschein. Obwohl rußgeschwärzt und von der Explosion durch zahlreiche Schnittwunden gezeichnet, war das Gesicht erkennbar. Es war das einer Frau. Karine steckte ihre Waffe weg und kniete sich ebenfalls hin. Sie zog der Verstorbenen einen der Militärstiefel aus und überprüfte die Schuhgröße: 38. Danach machte sie mit ihrem Mobiltelefon ein paar Fotos und öffnete den Reißverschluss des Schneeanzugs der Toten. Darunter kam die Kampfbekleidung der Schweizer Armee zum Vorschein und auf der Brust ein Badge mit dem

Namen »Schlafmütz«. Darüber befand sich die Karikatur eines gähnenden Zwerges.

»Was soll das denn heißen?«, rief Kinga. »Sind wir jetzt bei Schneewittchen, oder was?«

»Ich bin nicht sicher, ob es hier um ein Märchen geht«, sagte Karine ernst. »Ich halte das eher für eine Anspielung auf Frank Herberts ›Dune Saga‹. Ich weiß aber, dass dieser Schlafmütz hier nicht mehr zum Leben erwacht. Und ich wette mit dir, dass wir hier unseren weiblichen Weihnachtsmann vor uns haben, der die Kehle von Julie Bossart durchgeschnitten hat.«

»Und seine beiden Komplizen«, ergänzte Kinga, während sie in die Richtung schaute, in die das erste Schneemobil verschwunden war.

26

Andreas holte sein Telefon aus dem Auto. Als er zurückkam, bemerkten die drei anderen sofort seine Besorgnis.

»Was ist los?«, fragte Jemsen.

»Karine hat mir eine Nachricht hinterlassen«, sagte Andreas. »Sie haben eine Spur von Caruso gefunden. Sie glauben, dass er sich im Chalet du Plan d'Areine versteckt, und sind mit der Zahnradbahn rauf.«

»So spät am Abend und bei diesen Wetterbedingungen?«, fragte Mikaël erstaunt.

»Genau deswegen bin ich so beunruhigt. In ihrer Nachricht erklärt Karine, dass ihnen der Wirt des Restaurants Plein Roc ein Schneemobil, adäquate Ausrüstung und ein Walkie-Talkie geliehen hat, damit sie ihn im Notfall kontaktieren können, denn da oben gibt es kein Netz. Ich habe vergeblich versucht, Karine anzurufen. Ich habe auch im Restaurant angerufen, aber da geht niemand dran.«

»Vielleicht haben sie Caruso gefunden und verbringen die Nacht in der Alphütte«, meinte Flavie.

»Hoffentlich«, murmelte Andreas. »Ich habe auch versucht, den Chef der Waadtländer Spezialeinheit DARD zu erreichen, und ihm eine Nachricht hinterlassen, damit er mich so schnell wie möglich zurückruft. In der Zwischenzeit können wir nur warten … Ich schlage vor, dass wir erst mal etwas essen.«

Mikaël entschuldigte sich, dass es mit dem Kochen so lange gedauert hatte. Doch er hatte eine gute Ausrede. Gemeinsam mit Flavie hatte er die Geheimnisse in Robert Carusos Heft lüften können.

»Wie seid ihr an das Heft gekommen?«, fragte Andreas überrascht.

»Karine hat es mir geschickt, weil sie dich nicht erreicht hat«, antwortete Mikaël.

»Und das sagst du mir erst jetzt?«

»Flavie und ich wollten euch bei eurer Zigarrenpause nicht stören. Wir hatten keine Ahnung, was in Plan d'Areine vor sich geht, und dachten uns, dass ja nichts anbrennt.«

Andreas musste sich eingestehen, dass sein Partner unter diesen Umständen recht hatte. Mikaël erklärte, wie sie es geschafft hatten, Carusos Kodierungssystem zu knacken. Andreas und Jemsen warteten ungeduldig darauf, mehr zu erfahren, doch Mikaël bestand darauf, dass sie sich erst mal am Buffet bedienten.

»In Schweden«, erklärte Andreas Jemsen, »isst man im Dezember traditionellerweise ein *Julbord*, was übersetzt so viel bedeutet wie ›Weihnachtstisch‹. Es besteht aus verschiedenen kalten und warmen Speisen.«

»Wir werden es niemals schaffen, das hier alles zu essen«, sagte Jemsen.

»Die Idee ist, von allem ein wenig zu kosten«, erläuterte Andreas. »Das alles ist gut haltbar und wird den ganzen Monat Dezember über gereicht. Dort an der Bar stehen die Vorspeisen. Verschiedene Sorten eingelegter Hering mit Senf, mit Zwiebeln, mit Dill und mit saurer Sahne.«

»Habt ihr auch diesen fürchterlich stinkenden Fisch?«, fragte Flavie.

»Nein, das ist kein Weihnachtsgericht«, sagte Andreas.

»Von was sprecht ihr?«, fragte Jemsen.

»Eine Spezialität aus Nordschweden, für die Hering mehrere Monate lang in einer Konservendose fermentiert wird«, erklärte Mikaël. »Ziemlich ekelig, den kriegt man auch mit einem Glas Aquavit nur schwer runter.«

»Und das«, Andreas zeigte auf einen Teller, »ist der traditionelle zarte und saftige Weihnachtsschinken in Senfkruste, der auf keinem schwedischen Tisch fehlen darf. Man belegt das knusprige Knäckebrot damit. Dann gibt es hier noch *Aladåb*, eine Art Terrine in Aspik. Die eine hier ist mit Fleisch und Gemüse gemacht, die andere mit Fisch, Leberpastete und mariniertem Lachs.«

»Danach«, fuhr Mikaël fort, gibt es als Hauptspeise *Köttbul-*

lar, diese Fleischbällchen mit Preiselbeerkonfitüre, zu denen man Kartoffeln isst. Außerdem *Janssons frestelse*, ein Kartoffelgratin mit Zwiebeln und Anchovis. Und zum Schluss ein *Dopp i grytan*, was so viel heißt wie ›Bad im Topf‹. Man taucht ein Stück Weihnachtsbrot, das nach Malz und Gewürzen wie Anis und getrockneter Orangenschale schmeckt, in die Schinkenbrühe und isst dazu den Schinken mit Senf.«

»Das klingt sehr vielversprechend«, sagte Jemsen erfreut.

»Zu dem Hering in der Sauce sollte man einen kleinen Aquavit trinken«, fügte Mikaël hinzu. »Ansonsten haben wir natürlich Rotwein und den berühmten, alkoholfreien *Julmust*.«

»Ich trinke so gut wie nie gesüßte Getränke, aber *Julmust* liebe ich«, erklärte Andreas. »Das erinnert mich an meine Kindheit. Leicht prickelnd mit einem einzigartigen, würzigen Geschmack. Es wird auf der Basis von Sprudelwasser, Malzextrakt, Hopfen und Gewürzen wie Zimt und Ingwer hergestellt.«

»In der Weihnachtszeit werden davon vier Millionen Liter konsumiert«, führte Mikaël das Thema weiter aus. »Das entspricht vier Litern pro Kopf.«

»Ganz schön verrückt, die Schweden!«, rief Jemsen lachend.

»Ich werde dieser Versuchung nicht widerstehen können«, meinte Flavie.

Als sich alle am Buffet bedient hatten und am Tisch saßen, hob Andreas sein Glas, prostete den anderen zu und fragte schließlich: »Also, was habt ihr in diesem Heft entdeckt?«

»Auf einer der Seiten stehen die Namen mehrerer Frauen und ihre Telefonnummern«, antwortete Mikaël.

»Die erste auf der Liste ist Julie Bossart, und die zweite heißt Amandine Clerc«, ergänzte Flavie.

»Das ist die Tochter des Waadtländer Staatsanwalts Christian Clerc«, fügte Mikaël hinzu. »Sie ist Studentin an der Eidgenössischen Technischen Hochschule, EPFL, in Lausanne.«

»Okay …«, meinte Andreas.

»Sie könnte sich als interessante Quelle erweisen«, sagte Flavie. »In der Liste sind zwei Namen unterstrichen – ihrer und der von Julie Bossart.«

»Es wäre in der Tat sinnvoll, sie zu treffen und ihr die Würmer aus der Nase zu ziehen«, bestätigte Jemsen. »Vielleicht kann sie uns mehr über Carusos Prostituiertennetzwerk erzählen.«

»Da bin ich dabei«, sagte Mikaël.

»In deiner Rolle als Journalist?«

»Ja, ich könnte vorgeben, für einen Artikel zu recherchieren.«

»Ich bezweifele, dass sie das Risiko eingeht, ihren Namen in der Presse zu lesen.«

»Ich könnte ihr zusichern, dass ihr Name nicht genannt wird. Meiner Meinung nach ist es wahrscheinlicher, dass sie mit einem Journalisten ein vertrauliches Gespräch führt, als dass sie mit einem Kollegen ihres Vaters oder mit einem Polizisten redet.«

Jemsen musste zugeben, dass Mikaël einmal mehr recht hatte.

»Einverstanden, aber du nimmst Flavie mit.«

»In welcher Eigenschaft?«, fragte sie.

»Natürlich nicht als Verfahrensassistentin. Vielleicht eher als Praktikantin bei ›24 Heures‹.«

»Vielen Dank für die Degradierung«, sagte Flavie lächelnd.

»Standen in dem Heft noch weitere Informationen?«, fragte Andreas.

»Offensichtlich eine Liste mit Kundennamen«, erwiderte Mikaël. »Aber wir brauchen noch etwas Zeit, sie zu dechiffrieren.«

»Und was schließt ihr daraus?«, fragte Jemsen und schaute dabei nacheinander Flavie und Mikaël an.

Flavie erklärte als Erste: »So wie die Weihnachtsmannmörder Caruso seit dem Mord an Julie Bossart im Visier haben, denke ich, dass das Motiv eher in dem zu suchen ist, was die beiden vereint, als in dem Prostituiertennetzwerk.«

»Das ist in der Tat eine interessante Spur«, bestätigte Mikaël. »Ein mögliches Motiv könnte die Beseitigung von Zeugen sein. Wussten sie zu viel? Über wen? Über was?«

»Könnten Bossart und Caruso ein kleines Erpresser-Business aufgebaut haben?«, überlegte Andreas laut.

»Sollte das der Fall sein, findet sich der Schlüssel dazu vielleicht in Carusos Heft«, meinte Jemsen.

»Wenn Karine und Kinga es geschafft haben, ihn zu erwischen, erfahren wir vielleicht morgen mehr darüber«, sagte Andreas.

Mikaël drehte sich zu Andreas um. »Alles gut?«
»Ich fühle mich ein bisschen müde …«
»Du hast dich zweifellos zu sehr angestrengt … du solltest dich ausruhen.«
»Ich glaube kaum, dass ich schlafen kann, solange ich nichts von Karine und Kinga gehört habe. Ihr Telefon ist immer noch auf die Mailbox geschaltet. Ich mache mir große Sorgen.«
»Das solltest du nicht. Flavie hat recht. Sie sind bestimmt im Chalet du Plan d'Areine und haben aufgrund des Wetters beschlossen, nicht zum Rochers de Naye zurückzukehren.«
»Das hoffe ich …«

Als sei es Gedankenübertragung, rief der Chef der Spezialeinheit Andreas zurück, und dieser entfernte sich für das Gespräch von den anderen.

Mikaël stellte das Dessert auf den Tisch und erklärte genüsslich, dass er einen *Saffranspannkaka*, eine gotländische Spezialität, zubereitet habe und zu diesem Reiskuchen mit Safran traditionell Schlagsahne mit *Salmbär*-Konfitüre gereicht werde und Letztere eine Art Brombeeren seien, die auf der Insel heimisch seien.

»Köstlich!«, rief Flavie.

Mit ernster Miene setzte sich Andreas wieder an den Tisch. »Der Chef ist unmissverständlich: Es sei unmöglich, bei diesem Schneesturm und Nebel hoch nach Plan d'Areine zu gelangen. Es sei viel zu gefährlich. Die Wetterlage werde sich in der zweiten Nachthälfte beruhigen. Morgen früh bei Sonnenaufgang chartert er einen Hubschrauber.«

27

Da ihr Schneemobil nicht mehr fahrtüchtig war, mussten Karine und Kinga den Weg zu Fuß zurückgehen. Es war unmöglich, jemanden um Hilfe zu rufen. Sie hatten kein Netz, und auch das Walkie-Talkie blieb stumm. Ohne Kommunikationsmittel waren sie in dieser feindlichen Umgebung auf sich allein gestellt. Seit über einer Stunde kämpften sie sich mühsam voran und sanken bei jedem Schritt bis zu den Knien in dem dicken Pulverschnee ein. Das wackelige Licht ihrer Taschenlampe drang kaum durch die Dunkelheit. Sie hatten das Chalet du Plan d'Areine noch nicht ausmachen können. Um sich zu orientieren, folgten sie den Spuren der Schneemobile. Der Schnee tobte um sie herum, und die unablässigen Windböen machten es besonders schwierig, voranzukommen. Jeder Schritt war eine Herausforderung, ein Kampf gegen die entfesselten Elemente. Aufgeben war jedoch keine Option. Ihre Notfalldecken brachten nichts, da sie ein Loch in den Schnee hätten graben müssen, um sich vor dem Wind zu schützen. Und dann ... Eine ganze Nacht unter diesen Bedingungen zu überleben würde an ein Wunder grenzen. Die Notwendigkeit, weiterzumachen, und die Hoffnung, ihr Ziel zu erreichen, bevor es zu spät war, trieben sie an.

Plötzlich rief Karine aus: »Schau!«

Die Umrisse der schwach beleuchteten Alphütte waren wie durch Zauberhand direkt vor ihnen aufgetaucht.

Sie gingen noch etwa zehn Minuten weiter und erreichten völlig erschöpft und durchgefroren das Chalet. In der Küche brannte eine Lampe.

Karine konzentrierte sich darauf, nicht zu sehr zu zittern, streifte die Handschuhe ab, zog ihre Waffe und trat ein. »Ist hier jemand?«

Keine Antwort.

Sie gingen durch alle Räume, fanden aber nirgends eine Spur von Robert Caruso. Anschließend betraten sie den Stall und schalteten ihre Taschenlampen ein. Ein abscheulicher Gestank empfing sie. Sie entdeckten die Säurebehälter und traten an die Viehtränke …

»Was für ein widerlicher Geruch!«, rief Kinga.

»Sag mir nicht, dass das die Überreste von Caruso sind …«, sagte Karine angeekelt. Sie hielt sich die Hand vor Mund und Nase und steckte ihre Waffe weg.

»Es ist fast nichts mehr übrig«, bemerkte Kinga.

Sie verließen den Stall, atmeten die frische Luft ein und entdeckten nicht weit entfernt eine Schubkarre, deren Metallwanne zum Teil von der Säure zerfressen war. Daneben fanden sie auf dem schneebedeckten Misthaufen Spuren der gleichen zähflüssigen, faulig stinkenden Masse, die sie auch in der Tränke gesehen hatten.

»Das könnte ein Knochen sein.« Kinga zeigte auf ein festes Stück, das in der Flüssigkeit schwamm.

»Komm!«, rief Karine, der speiübel war. »Lass uns in die Küche zurückgehen.«

Während Karine Holz im Ofen nachlegte, zog Kinga das Oberteil ihres Overalls, ihren Pullover und ihr T-Shirt aus.

»Zum Glück ist meine Verletzung nicht allzu schlimm.«

»Zeig mal her!«

Kinga gehorchte, und Karine erklärte: »Die Kugel hat deinen Oberarm aufgeschürft. Man sieht genau, wo sie ihn gestreift hat. Und um die Wunde herum sind Blutergüsse. Du hast echt Glück gehabt. Die Wunde ist oberflächlich, muss aber desinfiziert werden.«

Karine ging ins Badezimmer und kam mit Kompressen und einem Verband zurück. »Ich habe kein Desinfektionsmittel gefunden«, sagte sie.

»Es muss doch hier irgendwo Alkohol geben«, meinte Kinga. »Der tut es auch.«

Karine öffnete die Tür der alten Anrichte und holte eine

Flasche Apfelschnaps heraus. Sie tränkte eine Kompresse damit und drückte sie auf die Wunde. Kinga verzog vor Schmerzen das Gesicht. Karine säuberte vorsichtig die Wundränder und übte ein wenig Druck aus, um die Blutung zu stoppen, bevor sie den Verband anlegte.

»Danke. Dann schenk uns mal einen Schnaps ein. Den haben wir uns jetzt verdient«, sagte Kinga.

»Gute Idee!«

Kinga streifte ihr T-Shirt wieder über, doch den Pullover brauchte sie nicht, denn das Feuer wärmte mittlerweile den ganzen Raum. Karine goss zwei kleine Gläser randvoll, die sie auf ex tranken.

Karine holte ihr Telefon raus und schaute auf das Display. »Immer noch kein Netz, und meine Batterie ist so ziemlich am Ende.«

»Wir sind völlig von der Welt abgeschnitten …«

»Immerhin hocken wir im Warmen. Wir werden die Nacht hier verbringen, und morgen wird man sicher nach uns suchen.«

»Dann hoffen wir mal, dass sich das Wetter bis dahin beruhigt.«

Karine wollte den Wasserkocher füllen, aber das Wasser war abgestellt worden. Sie fand einen Wasserkanister, öffnete ihn, schnüffelte misstrauisch daran, goss dann etwas davon in den Kocher und schaltete ihn ein. Danach öffnete sie den Küchenschrank. »Caruso hatte immerhin die gute Idee, sich ein paar Vorräte anzulegen …« Sie holte ein Glas Nescafé und eine Packung Kekse raus. Im Kühlschrank fand sie Milch. »Es ist alles da, um Nudeln zu kochen. Sagt dir das zu?«

»Unbedingt. Ich sterbe vor Hunger.«

Karine setzte einen Topf mit Wasser auf, schenkte den Kaffee ein und setzte sich. Sie nahm ihr Telefon zur Hand und schaute sich aufmerksam die Bilder der Fahrerin des Schneemobils an, die harten Gesichtszüge, das markante Kinn, beinah wie aus Stein gemeißelt. Die vielen Platzwunden zeigten, dass sie bei der Wucht der Explosion keine Chance gehabt hatte.

»Ihre Schuhe haben die gleiche Größe wie die Spuren, die wir am Tatort gefunden haben«, sagte Karine.

»Wir haben zweifellos unsere Mörderin erwischt.«

»Schlafmütz ...«

»Wenn es einen Schlafmütz gibt, dann vielleicht auch sechs weitere Zwerge ... In Montreux waren sie zu dritt und hier auch. Sollte das der Fall sein, gibt es eventuell noch vier weitere.«

»Und Schneewittchen.«

»Je länger das geht, desto überraschendere Züge nimmt diese ganze Geschichte an.«

Das Wasser kochte. Karine erhob sich, um die Nudeln hineinzugeben. »Was willst du damit sagen?«

»Die Weihnachtsmänner kamen uns schon seltsam vor, nachdem wir die Aufnahmen aus den Überwachungskameras des Parkhauses gesehen haben. Diese ganze Vorgehensweise stinkt zum Himmel – da müssen doch Profis am Werk sein. Und was sich heute Abend abgespielt hat, bestätigt das Ganze. Drei bewaffnete Täter, ein Armeemesser, Militärkleidung und Kampfstiefel, Schalldämpfer, zwei skrupellose Morde, Säure und ein Name, der auf ein Team von mindestens acht Personen schließen lässt. Und sie haben nicht gezögert, das Feuer auf Polizisten zu eröffnen.«

»Sie konnten nicht wissen, dass wir von der Polizei sind. Aber was den Rest angeht, stimme ich dir zu. Eine Idee, mit wem wir es hier zu tun haben?«

»Söldner?«

»Vielleicht. Die von Lanteret oder einer anderen Person bezahlt werden. Aber wenn es sich wirklich um Soldaten oder Söldner handelt, dann geht diese Geschichte auf alle Fälle weit über die Hypothese einer Erpressung aufgrund von bezahltem Sex hinaus.«

»An was denkst du?«

»Ich habe nicht die geringste Ahnung ... Caruso und Bossart wurden aus einem ganz bestimmten Grund beseitigt. Vielleicht, weil sie im Besitz sensibler Informationen waren, die unter allen

Umständen geheim bleiben müssen? Oder waren sie Zeugen von etwas? Einer Sache bin ich mir jedoch sicher: Das hier ist nur die Spitze des Eisbergs. Hinter dieser ganzen Sache steckt etwas, das weit über die Personen Caruso und Bossart hinausgeht ...«

Noch 2 Tage bis zum Ablauf des Ultimatums

Terroristische Bedrohung in der Schweiz
Debatte über die nationale Sicherheit und der Anstieg der Gewalt im Netz (Studie)

Zwei Tage vor dem Ablauf des Ultimatums finden in der Schweiz immer noch zahlreiche Demonstrationen statt, die die Meinungen zur Rolle der Armee und der nationalen Sicherheit polarisieren. Die Bevölkerung zeigt sich zunehmend besorgt über die Unfähigkeit der Regierung, die Urheber der jüngsten terroristischen Bedrohungen zu identifizieren.

Eine von der Universität Zürich durchgeführte und jetzt veröffentlichte Umfrage ergab, dass mangels greifbarer Hinweise die Fragen hinsichtlich der Kompetenz der Behörden und der Fähigkeit des Staates, solchen Bedrohungen zu begegnen, immer lauter werden.

Ein erheblicher Teil der Befragten äußerte die Absicht, sich an dem Tag, an dem das von den Terroristen gestellte Ultimatum abläuft, zu Hause einzuschließen. Diese Entscheidung unterstreicht das »hohe Maß an Angst und Besorgnis in der Bevölkerung«, heißt es in der Studie.

Die Macher der Studie heben die »dringende Notwendigkeit für die Regierung hervor, angesichts dieser Bedrohung konkrete und beruhigende Antworten zu geben«.

Die Befragten äußerten sich auch zu der Frage, ob der Strafgefangene Moussa Jassem al-Maliki freigelassen werden sollte. Knapp 50 Prozent treten entschieden für den Grundsatz ein, sich nicht von Terroristen erpressen zu lassen, und begründen dies damit, dass jedes Zugeständnis lediglich dazu führe, in Zukunft mit weiteren dieser Taten rechnen zu müssen.

Die andere Hälfte der Befragten plädiert allerdings für einen pragmatischeren Ansatz und betont die Notwendigkeit, eine menschliche Tragödie zu verhindern, falls man die For-

derungen des Ultimatums des Islamischen Staates nicht einhalten werde.

Parallel werden die sozialen Netzwerke immer mehr zum Nährboden verbaler Gewalt und rassistischen Hasses gegen die islamische Gemeinschaft. Da Muslime häufig mit radikalen Islamisten verwechselt werden, verbreiten sich hetzerische Kommentare und Forderungen nach drastischen Maßnahmen immer schneller.

Diese Debatte wirft komplexe Fragen auf, wie man auf terroristische Bedrohungen reagieren sollte, ohne dabei die Grundwerte der Schweiz zu vernachlässigen, betont die Studie.

Die endgültige Entscheidung über das Schicksal Moussa Jassem al-Mailikis könnte in der Tat signifikante und nachhaltige Auswirkungen auf die Sicherheitspolitik des Landes und auf seine Haltung in Bezug auf die Bekämpfung des internationalen Terrorismus haben, folgern die Forscher.

Diese Atmosphäre der Angst und der Unsicherheit stärkt die Position der Befürworter eines Ausbaus der Armee, da es in diesen unruhigen Zeiten in ihren Augen zwingend notwendig ist, die Nation vor jedweder Bedrohung von außen zu schützen. Es werden immer mehr Stimmen laut, die eine nationale Aufstockung zum Schutz der Bevölkerung fordern.

Nachrichtenagentur Keystone-SDA

28

Der Direktor des Bundesamts für Polizei Beat Reinmann hatte bereits früh am Morgen den Fedpol-Standort am Guisanplatz verlassen und war über die Kornhausbrücke, die das Flusstal der Aare überspannt, in die Berner Altstadt gefahren. Der kräftige Schneefall vom Vortag hatte trotz des strahlenden Sonnenscheins, der von der weißen Schneedecke reflektiert wurde, immer noch Auswirkungen auf den Verkehr.

Reinmann stellte seinen Wagen auf dem für die Polizei reservierten Parkplatz ab und überquerte zu Fuß den menschenleeren Bundesplatz.

Aufgrund der terroristischen Bedrohung waren die Sicherheitsvorkehrungen in der gesamten Schweiz vor allen öffentlichen Gebäuden verstärkt worden, wozu auch das Bundeshaus und auf der Ostseite des Platzes die Schweizer Nationalbank gehörten. Fedpol arbeitete mit der Berner Kantonspolizei und dem Bundessicherheitsdienst zusammen, um den Schutz der neuralgischen Punkte zu gewährleisten, sowohl was Personen als auch Gebäude betraf.

Das Bundeshaus war zugleich Sitz der Regierung und des Parlaments. Das imposante Gebäude wurde von einer kupferverkleideten Kuppel, die im Laufe der Zeit eine türkisgrüne Patina angenommen hatte und deren Gewölberippen mit Blattgold überzogen waren, gekrönt. Der quadratische Tambour darunter besaß zweiundzwanzig Fenster, um die damalige Zahl der Kantone zu repräsentieren. Die einst beleuchtete und weithin sichtbare Laterne auf der Kuppel sollte wie ein Leuchtturm in der Nacht die Einheit und den Zusammenhalt der helvetischen Nation symbolisieren. Das vergoldete Schweizerkreuz auf der Laterne stand wiederum für das traditionelle Motto des Landes: *Unus pro omnibus, omnes pro uno*.

Reinmann lächelte innerlich bei dem Gedanken an Alexandre

Dumas, der in seinem Roman »Die drei Musketiere« den Spruch »Einer für alle, alle für einen« übernommen hatte. Reinmann setzte seinen Weg zum Westflügel fort.

Schon zum zweiten Mal, seit er seinen Wagen abgestellt hatte, musste sich der Fedpol-Direktor vor Sicherheitsmitarbeitern ausweisen. Er wurde auf die erste Etage bis vor die Tür des Bureau de la présidence begleitet.

Der Bundespräsident Serge Hamon und der Interim-Chef der Armee Martin Humel saßen an dem ovalen Tisch und erwarteten Reinmann bereits. Bundesanwalt Gabriel Widmer würde später am Vormittag zu ihnen stoßen.

Reinmann begrüßte sie, entschuldigte sich kurz für seine Verspätung aufgrund des Wetters, setzte sich und zog aus seiner ledernen Aktentasche eine Mappe, auf der man das Wort »ULTIMATUM« lesen konnte.

»Und?«, fragte Hamon ungeduldig.

»Was das Ziel betrifft, gibt es leider noch nichts Neues«, antwortete Reinmann.

»Es sind nur noch zwei Tage bis zu dem von den Terroristen veranschlagten Ablauf des Ultimatums.«

»Dessen bin ich mir bewusst. Unseren Informanten zufolge ist jedoch nichts über das betroffene Umfeld durchgesickert.«

»Vielleicht waren Ihre Männer nicht überzeugend genug«, vermutete Humel.

»Ich habe großes Vertrauen zu ihnen. In der Zwischenzeit haben wir den Imam identifiziert, der zu Moussa Jassem al-Maliki in Verbindung steht. Sein Name ist Mustafa Harimi, ein Iraker, der in der Moschee von Pully predigt.«

»Wie konnten sie ihn identifizieren?«, fragte Hamon.

»Eine der Gefängniswärterinnen von Thorberg hat ein Handy in seine Zelle geschmuggelt, mit dem er den Imam anrufen konnte. Dank des Funkwellen-Ortungssystems wurde das fragliche Telefon entdeckt. Die Gefängniswärterin wurde sofort entlassen, und wir konnten die Nummer, die er angerufen hat, zu Mustafa Harimi zurückverfolgen.«

»Warum hat sie das getan?«

»Die Männer haben ihre Familie als Geiseln genommen. Ihr Mann und ihre Tochter wurden gefesselt und geknebelt, aber ansonsten gesund und munter in ihrer Wohnung gefunden. Nur leider keine Spur von den Tätern.«

»Wusste die Wärterin nichts von der Existenz des Ortungssystems?«

»Doch, natürlich. Sie hat es sogar den Geiselnehmern gegenüber erwähnt, doch sie haben ihr versichert, dass es deaktiviert sei.«

»Diese Terroristen sind augenscheinlich doch nicht so professionell«, bemerkte Humel.

Reinmann zögerte. »Das erscheint mir alles sehr seltsam«, sagte er.

»Wie meinen Sie das?«

»Wenn es die Terroristen geschafft haben, die Beleuchtungssoftware des Bundeshauses sowie die nationalen Fernsehsender zu hacken, ohne Spuren zu hinterlassen, warum in aller Welt sollte es ihnen dann nicht gelungen sein, die Überwachungssoftware des Gefängnisses zu überlisten?«

»Vielleicht ist das Ortungssystem des Gefängnisses ja nicht so leicht zu hacken.«

»Das bezweifele ich, zumindest wenn es sich um Profis handelt …«

»Haben Sie Harimi verhaftet?«, fragte Hamon.

»Nein«, antwortete Reinmann. »Das wäre ein strategischer Fehler gewesen. Er ist der Einzige, der uns eventuell zu den Terroristen führen könnte. Meine Männer und ich sind zu dem Schluss gekommen, dass er im Falle einer Festnahme ziemlich sicher geschwiegen hätte. Wir überwachen den gesamten Datenverkehr und haben dafür entsprechende Trojaner auf seinem Computer und seinem Telefon installiert. Unsere Fahnder lassen ihn nicht mehr aus den Augen.«

»Haben Sie darüber nachgedacht, jemanden in die Moschee einzuschleusen?«, unterbrach ihn Humel.

»Ja, das haben wir. Aber das ist eine extrem geschlossene Gemeinschaft. Und wir haben weder die Zeit noch einen Mitarbeiter mit dem entsprechenden Profil, um Ergebnisse zu erzielen, ohne dabei unnötige Risiken einzugehen.«

»Ich verstehe«, antwortete Humel. »Haben die anderen Überwachungsmaßnahmen Resultate ergeben?«

»Zum jetzigen Stand leider nein.«

»Was ist mit dem unerlaubten Zugriff auf die nationalen Fernsehsender und mit den auf das Bundeshaus projizierten Bildern?«

»Die Spur nach Tschetschenien war eine Sackgasse.«

Hamon stand nervös auf, trat ans Fenster und sagte laut: »Das ist eine Katastrophe, Herr Direktor! Ich frage mich beinah, ob Fedpol ausreichend ausgerüstet ist, um eine solche Situation zu handeln.«

»Das sind wir, Herr Bundespräsident«, antwortete Reinmann, der weiterhin sehr gelassen blieb. »Zumindest im Rahmen der zur Verfügung stehenden Mittel und der Gesetze. Die Sicherheitsmaßnahmen wurden überall dort verstärkt, wo wir es für notwendig erachtet haben: an den Grenzen, auf den Flughäfen und Bahnhöfen und vor allen öffentlichen Gebäuden.«

»Vielleicht müsste der Bundesrat zur Verstärkung den Einsatz der Armee anordnen?«, warf Hamon ein.

Humel räusperte sich diskret und unterbrach das Gespräch. »Herr Bundespräsident, glauben Sie mir, eine Präsenz der Armee wäre in den Schweizer Städten nicht wünschenswert. Zumindest nicht in dem Sinne, wie Sie sie in Erwägung ziehen.«

»Auch nicht, wenn das Volk dies verlangt? Seit dem Ultimatum vom vergangenen Samstag hat die Bevölkerung Angst. Trotz aller Bemühungen der Kommunikationsabteilung der Bundeskanzlei gießt die Presse immer wieder Öl ins Feuer.«

»Aber das Volk ist gespalten«, erinnerte Humel. »Man muss doch nur all die Demonstrationen gegen die Armee betrachten, die dieser Tage so ziemlich überall in den Städten des Landes aufblühen.«

»Das ist kein neues Phänomen«, sagte Hamon beschwichtigend. »Diese Art von Demonstrationen hat es zu allen Zeiten gegeben. Sie kommen in regelmäßigen Abständen wieder in Mode beziehungsweise jedes Mal, wenn die Armee in die Schlagzeilen gerät. Es ist klar, dass der Prozess gegen Aloïs Lanteret und das Defizit von über einer Milliarde Franken auf den Konten der Armee den Gegnern in die Hände spielen. Die Antimilitaristen fordern zum x-ten Mal die Abschaffung der Armee. Was die Linken und die Ultralinken betrifft, die für die Verschiebung der Abstimmung über den Bundeshaushalt verantwortlich sind, so haben diese bereits angekündigt, dass sie so oder so mit ihrer Forderung nach einer drastischen Kürzung des Armeehaushalts nicht lockerlassen werden. Die Position der Rechten ist bekannt, aber bei den Parteien der Mitte haben die jüngsten Ereignisse Zweifel aufkommen lassen. Und, um Ihren Ausdruck aufzugreifen, man hat in den letzten Tagen auch zahlreiche Pro-Armee-Demonstrationen auf den Straßen ›aufblühen‹ sehen. Ich wiederhole: Das Volk hat Angst, und es ist die Pflicht des Bundesrates, es zu beruhigen.«

Reinmann seufzte. »Um ehrlich zu sein, Herr Bundespräsident, und bei allem Respekt, den ich Ihnen schulde, fürchte ich diese Art von Demonstrationen, egal ob sie pro oder kontra Armee sind, weniger als andere, hinterhältigere, rassistische und islamophobe Demonstrationen. Ich hielte es für klug, wenn die Kommunikationsabteilung der Bundeskanzlei die Bevölkerung auch daran erinnern würde, dass das Wort ›Araber‹ nicht mit ›Terrorist‹ gleichzusetzen ist. Dass der Islam eine friedliche Religion ist und dass diese Terroristen lediglich Abtrünnige sind, die die Worte des Korans verdrehen.«

»Das haben wir bereits getan«, erwiderte Hamon irritiert. »Das tun wir immer. Man kann einen Esel zum Wasser führen, aber saufen muss er selbst. Was mich vor allem beunruhigt – und das geht Ihnen sicherlich genauso, Herr Direktor Reinmann –, ist der Ablauf des Ultimatums am Freitag.«

»Das stimmt«, antwortete Reinmann wohlüberlegt. »Und glauben Sie mir, ich schlafe seit vier Tagen so gut wie nicht mehr.«

»Wie wir alle«, bemerkte Humel.

»Welche Entscheidung hat der Bundesrat hinsichtlich Moussa Jassem al-Maliki gefällt?«, fragte Reinmann.

Hamon warf Humel einen Blick zu und erwiderte: »Er wird morgen von der Justizvollzugsanstalt Thorberg nach Bochuz verlegt.«

»Und wer wird sich darum kümmern?«, fragte Reinmann.

»Korpskommandant Humel hat vorgeschlagen, diese Mission der Spezialeinheit der Schweizer Armee AAD-10 zu übertragen, und ich habe zugestimmt.«

Reinmann konnte seine Verärgerung, aus dieser Entscheidung herausgehalten worden zu sein, nur schlecht verbergen. »Warum wurde ich nicht dazu gefragt?«

»Wir haben die Informationsweitergabe vor der Verlegung so weit wie möglich heruntergefahren, um Lecks zu vermeiden.«

»Ich schlage vor, unsere Einsatzgruppe Tigris von der Bundeskriminalpolizei damit zu beauftragen. Ich habe bereits mit dem Tigris-Chef Raphaël Dubois darüber gesprochen«, sagte Reinmann.

»Wir befürchten, dass die Terroristen einen Anschlag auf den Konvoi verüben könnten«, antwortete Humel.

Reinmann ballte die Faust in der Tasche. »Meine Einsatzgruppe«, sagte er, »sowie die Spezialeinheit der Berner Polizei, Enzian, sind absolut in der Lage, diese Mission erfolgreich durchzuführen. Das ist Aufgabe der Polizei und nicht der Armee.«

Hamon und Humel tauschten erneut Blicke aus.

»Einverstanden, Herr Direktor Reinmann. Sie koordinieren die Verlegung, allerdings mit der Unterstützung der Armee und unter der Leitung von Humel vor Ort. Habe ich mich deutlich ausgedrückt?«

Die beiden anderen nickten.

»Die erste Forderung der Terroristen wird also erfüllt werden«, fuhr Hamon fort. »Aber ich sage es Ihnen noch einmal, Reinmann: Niemals werden wir auch der zweiten nachgeben.

Von der Militärbasis in Payerne wird kein Flugzeug mit dem Gefangenen an Bord abheben.«

»Wie soll ich das verstehen?«

»Dass Sie vierundzwanzig Stunden Zeit haben, um Ergebnisse zu erzielen, was die Ermittlungen, die Identität der Terroristen und das Ziel des Anschlags angeht. Nach Ablauf dieser Frist bleibt mir nur, dem Bundesrat nahezulegen, die erforderliche Entscheidung zu treffen.« Hamon wandte sich an Humel. »Martin, wie viel Zeit benötigen Sie, um die Armee zu mobilisieren und einsatzfähig zu machen?«

29

Andreas und Jemsen hatten hinter dem Einsatzleiter, der den zivilen Piloten am Steuerknüppel begleitete, im Polizeihubschrauber Platz genommen. Die Kommunikation an Bord erfolgte über Headsets, allerdings sprach niemand auch nur ein Wort. Lediglich die dumpfen Vibrationen des Rotors hallten in der Kabine wider.

Sie waren vor Sonnenaufgang aufgestanden. Flavie und Mikaël schliefen noch. Nach einem schnellen Kaffee im Stehen waren sie von Gryon nach Montreux gefahren, wo sie ein Eurocopter EC 120 Colibri aufnahm, der wenige Minuten zuvor in Lausanne-Blécherette abgehoben hatte. Mit Vivianes Einverständnis hatte der Chef der Spezialeinheit einen Hubschrauber bei der Firma Heli-Lausanne gechartert, mit der die Waadtländer Kantonspolizei eine Kooperationsvereinbarung besaß.

Die Wettervorhersage hatte recht gehabt. Der Kontrast zum gestrigen Schneesturm hätte nicht größer sein können. Während sich der Colibri in den wolkenlosen Himmel erhob, trafen die ersten Sonnenstrahlen auf den Genfersee. Der Blick auf die Berge war atemberaubend.

Andreas hing seinen Gedanken nach. Er hatte in der Nacht kaum ein Auge zugemacht und sah schrecklich aus. Immer noch keine Nachricht von Karine und Kinga. Während seines zweiwöchigen Krankenhausaufenthalts im CHUV war Karine aus Freundschaft, aber auch weil er sie bei ihrer letzten Ermittlung unterstützt hatte, eine seiner regelmäßigsten Besucherinnen gewesen. Mit jeder Minute wuchs seine Sorge und machte einem Strudel von Ängsten Platz. Er kam nicht umhin, das Schlimmste zu befürchten.

Als Jemsen aufgestanden war, hatte Andreas schon seit Stunden in der Küche gesessen und seinen x-ten Milchkaffee getrunken. Er spürte eine große Müdigkeit, als seien seine Akkus am Ende. Die Chirurgin hatte ihn darauf vorbereitet, dass die erste Zeit nach der Operation sehr anstrengend sei. Da sie beobachtet hatte, wie schwer es Andreas fiel, loszulassen, hatte sie ihm dringend davon abgeraten, nach seiner Entlassung sofort wieder zu arbeiten, auch nicht im Homeoffice. Sie hatte ihn bewusst daran erinnert, dass die Fünf-Jahres-Überlebensrate bei dieser Krebsform recht niedrig war und die mittlere Lebenszeit danach sechzehn Monate betrug. Die Statistiken waren nicht sonderlich erfreulich. Trotz des guten Heilungsverlaufs hatte sich seine Leber noch nicht vollständig erholt. Das Organ musste sich regenerieren, und falls Andreas nicht auf seine Gesundheit achtete, drohte die Gefahr eines Leberversagens. Am nächsten Tag würde er für eine Kontrolluntersuchung erneut ins Krankenhaus fahren müssen. Er war sich der Risiken durchaus bewusst, konnte aber dennoch nicht verhindern, im Zentrum des Geschehens stehen zu wollen. Es war einfach stärker als er.

In der Kabine zeichnete sich die Anspannung auf allen Gesichtern ab. Der Helikopter überflog den Gipfel des Rochers de Naye, und kurz darauf zog der Pilot eine große waagerechte Schleife über Plan d'Areine.

Plötzlich brach der Chef der Spezialeinheit das Schweigen in der Kabine. »Da unten, rechter Hand. Das könnten die Überreste von zwei Schneemobilen sein.«

Der Pilot flog eine weitere Kurve und setzte vorsichtig zum Sinkflug an. Während eines ersten Anflugs schätzte er die Schneedichte ein und suchte in dem Gelände eine Stelle, die flach genug für eine sichere Landung war. Nach dieser Erkundung aus der Luft stabilisierte er die Maschine, bevor er die letzte und gefährlichste Phase der Landung einleitete: Wenn beim Aufsetzen Schnee ins Triebwerk eindrang, konnte dies zu einem sofortigen Totalausfall führen.

Als der Hubschrauber schließlich aufsetzte, stob der Schnee in alle Himmelsrichtungen. Nachdem die Rotorblätter zum Stillstand gekommen waren, legte sich der Schnee langsam, und die Sicht kehrte zurück. Eines der Schneemobile lag in einer Senke auf der Seite. Vom zweiten, etwas weiter oben liegenden Schneemobil war aufgrund einer Explosion nur noch ein Schrotthaufen übrig.

Als Andreas aus dem Helikopter stieg, raste sein Herz. Während er sich den verkohlten Überresten näherte, pulsierte das Adrenalin in seinen Adern. Er konnte nur noch den Schaden feststellen. Als er sich das Gefährt von Nahem besah, bemerkte er einen Arm, der aus dem Schnee herausragte. In der Regel wenig geneigt zu beten, ertappte er sich nun dabei, dass er im Geiste ein Stoßgebet sprach: »Mach, dass es nicht Kinga oder meine beste Freundin Karine ist.«

Nervös begann er, den Schnee um die Leiche herum wegzuräumen und das geschwärzte und von Blutergüssen übersäte Gesicht freizulegen. Ein kantiges Kinn, harte und muskulöse Züge. Weder Kinga noch Karine.

Er spürte eine Hand auf seiner Schulter und drehte sich um.

Jemsen stand hinter ihm und hielt einen Kampfstiefel in der Hand. »Größe 38«, erklärte er.

Die gleiche Schuhgröße wie am Tatort. Die Weihnachtsmänner hatten zweifellos ebenfalls Carusos Fährte gefunden. Fragen über Fragen gingen in Andreas' Kopf herum. Was war geschehen? Wo waren Karine und Kinga? Der Chef der Spezialeinheit reichte ihnen beiden je eine Lawinensonde, um eventuelle weitere, unter den Schneemassen begrabene Opfer zu lokalisieren. Vielleicht den Fahrer des zweiten Schneemobils. Nach langen Minuten der vergeblichen Suche schlug Andreas vor, weiterzufliegen. Eventuell würden sie eine weitere Leiche unter dem Schnee finden können, aber vordringlicher war es, zum Chalet du Plan d'Areine zu gelangen, in der Hoffnung, Karine und Kinga dort anzutreffen.

Beim Abflug ergriff der Chef der Spezialeinheit die Initiative und verständigte umgehend die Zentrale. Die Situation erforderte den Einsatz der Spurensicherung und eines Rechtsmediziners.

Der Helikopter hob langsam ab. Als er eine gewisse Höhe erreicht hatte, konnte Andreas in der Ferne das Chalet sehen. Mit der eben entdeckten Leiche tauchten neue Fragen auf. Würden sie dort von weiteren Weihnachtsmännern erwartet werden? Waren diese schwer bewaffnet? Hielten sie Karine und Kinga als Geiseln? Im Hubschrauber waren sie nur zu viert, und lediglich Andreas und der Chef der Spezialeinheit waren bewaffnet. Andreas war drauf und dran, den Vorschlag zu machen, Verstärkung anzufordern, als er plötzlich zwei Gestalten aus der Alphütte kommen sah, die ihnen mit ausgestreckten Armen zuwinkten. Er erkannte Karine und Kinga.

30

Das Wetter hatte in den letzten Tagen Kapriolen geschlagen, und der starke Schneefall und der Sturm des Vortags waren einem wolkenlosen Himmel und strahlendem Sonnenschein gewichen. Allerdings war es immer noch sehr kalt.

Flavie und Mikaël erreichten das Universitätsgelände in Dorigny kurz vor Mittag und stellten ihren Wagen auf einem Parkplatz der Eidgenössischen Technischen Hochschule ab. Eingemummelt in ihre dicken Winterjacken durchquerten sie zu Fuß das Labyrinth des weitläufigen Campus, bis sie das Archizoom-Gebäude der ENAC, der Fakultät für Architektur, Bau- und Umweltingenieurwesen, erreichten. Amandine Clerc hatte sich hier für den Architekturstudiengang eingeschrieben.

Flavie und Mikaël betraten einen fast leeren Hörsaal. In der ersten Reihe des großen theaterähnlichen Saals mit Holzdekor und roten Tischen saßen noch einige Studenten und tauschten sich mit dem Dozenten aus, der offenbar eine Vorlesung gehalten hatte und nun dabei war, seine Sachen zusammenzupacken. Auf die Leinwand hinter ihm hatte der Beamer eine Folie mit dem Thema des Tages projiziert: »Der nicht-euklidische Raum im Universum des H. P. Lovecraft«.

»Guten Tag«, begrüßte ihn Mikaël. »Sind Sie Professor Stefan Bersier?«

»In der Tat. Was kann ich für Sie tun?«

Mikaël zückte seinen Presseausweis. »Meine Kollegin und ich sind als Journalisten für ›24 Heures‹ tätig und arbeiten an einer Reportage über eine Ihrer Studentinnen, Amandine Clerc.«

»Die Gerechtigkeit fürchtet keine Finsternis«, antwortete der Professor geheimnisvoll mit einem ironischen Lächeln.

»Kennen Sie sie?«, hakte Flavie nach.

»Wer kennt die Tochter unseres Generalstaatsanwalts nicht?«, fragte Bersier belustigt.

»Im Sekretariat der Fakultät hat man uns gesagt, dass wir sie hier finden würden. Wir hatten gehofft, sie nach Ihrer Vorlesung interviewen zu können.«

»Die ich leider abkürzen musste, da ich noch einen Termin habe. Aber ich kann Ihnen bestätigen, dass Amandine vor fünf Minuten noch hier war.«

»Wissen Sie, wo sie hingegangen ist?«

»Zur Metro, um nach Hause zu fahren, schätze ich. Die Studenten haben heute Nachmittag keine Seminare mehr.«

Mikaël und Flavie bedankten sich und verließen den Hörsaal. Sie spurteten zur Haltestelle der Metro M1, die den Campus durchquerte, und machten schnell die junge Frau ausfindig, die in der Menschenmenge in der vordersten Reihe auf dem Bahnsteig wartete. Sie hatten sie dank ihres Führerscheinfotos erkannt, das Andreas gestern aus der Datenbank der Polizei heruntergeladen hatte.

Eine Metro fuhr ein. Mikaël und Flavie rannten zu der Fußgängerbrücke, die die Gleise überspannte, überquerten sie und gingen am anderen Ende auf den Bahnsteig hinunter. Im letzten Moment gelang es ihnen, sich in einen der Waggons zu quetschen.

Zur Stoßzeit war der Zug völlig überfüllt. Es war nicht daran zu denken, durch die Waggons zu laufen, um Amandine zu finden. Mikaël pfiff Charlie Chaplins »Sardine Song«, und Flavie musste beinah laut lachen.

»Wir dürfen sie nicht aus den Augen verlieren, denn wir wissen nicht, wo sie wohnt.«

»Das Appartement läuft vermutlich nicht auf ihren Namen«, antwortete Mikaël. »Vielleicht eine WG. Du hast gehört, was Andreas gestern Abend gesagt hat: Laut Datenbank der Einwohnerdienste ist Amandine offiziell noch bei ihren Eltern gemeldet.«

An jeder Metrostation verließen sie den Waggon, um die Leute ein- und aussteigen zu lassen, und schauten sich dabei aufmerksam auf dem Bahnsteig um. An der Endhaltestelle Lausanne-Flon machten sie Amandine erneut in der wogenden Menschenmenge ausfindig, die sich hinüber zum Bahnsteig der

Linie M2 schob. Die junge Frau diskutierte mit anderen Studenten. Mikaël und Flavie sagten sich, dass es nicht der richtige Moment sei, sie diskret anzusprechen.

Erneut in eine übervolle U-Bahn gequetscht, folgten sie ihr mit großem Abstand und sahen, dass sie an der nächsten Haltestelle Riponne-M. Béjart ausstieg. Sie verließen ebenfalls die Metro und fuhren am Ausgang Arlaud-Museum mit der Rolltreppe zu dem großen Platz hinauf. Wie jeden Mittwoch und Samstag war der Markt noch eine Stunde geöffnet. Menschentrauben schoben sich mit einem Korb oder einem Einkaufstrolley in der Hand die Stände entlang. Mikaël und Flavie mussten sich durchboxen, um Amandine nicht aus den Augen zu verlieren.

Eine Stimme schallte durch ein Megafon über den Platz und skandierte militärische Sprüche. »Der Krieg ist noch nicht zu Ende, der Waffenstillstand ist nicht der Friede«, schrie ein Demonstrant und paraphrasierte damit die historische Rede des General Guisan vom 1. August 1940, der damals der Oberbefehlshaber der Schweizer Armee gewesen war. »Große Teile der Bevölkerung sind beunruhigt, denn es fehlt eine klare Strategie zur Wahrung unserer Unabhängigkeit, unserer Sicherheit und unserer Armee. General Guisan musste den Willen zur Verteidigung unseres Territoriums gegen jede Form von Aggression heraufbeschwören. Nun, angesichts der jüngsten Ereignisse und der terroristischen Bedrohung unseres Landes; behalten seine Rede und seine Weitsicht ihre ganze Schärfe, zumal sich in der Schweiz gewisse Minderjährige radikalisieren und ihre Unterstützung für den Islamischen Staat bekunden.« Zum Schluss wurde die Stimme noch einmal lauter: »Nein zur Schwächung der Armee! Nein zur Kürzung des Militäretats!«

»Was ist das denn für ein Quatsch?«, fragte Flavie, ohne ihre Schritte zu verlangsamen.

»Eine Gegendemonstration zu der, die wir vorgestern vor dem Justizpalast in Montbenon gesehen haben«, antwortete Mikaël. »Nach den Armeegegnern erwachen jetzt die Befürworter und wollen ein Gegengewicht setzen.«

»Wer sind die?«

»Möglicherweise Madame und Monsieur Jedermann, aber vor allem nationalistische Gruppierungen wie die ›Nationale Aktionsfront‹, ›Identité Suisse‹, ›Pro Libertate‹, ›Pro Tell‹ oder auch die ›Junge Tat‹. Ich habe vor ein paar Jahren einen Artikel zu diesem Thema geschrieben.«

Flavie und Mikaël verfolgten Amandine weiter durch die Menge, als sich ihnen plötzlich ein Demonstrant entgegenstellte und ihnen ein Flugblatt hinhielt.

»Nein danke«, sagte Mikaël höflich, aber bestimmt und versuchte ihm auszuweichen.

Der Demonstrant hielt ihn am Arm zurück. Flavie blieb stehen.

»Hey, was machen Sie da? Lassen Sie ihn los. Wir haben es eilig.«

Der Demonstrant hielt Mikaël weiter fest und fing an, ihn zu beschimpfen. »Ich erkenne dich doch! Du arbeitest als Schreiberling für dieses Schmierblatt ›24 Heures‹. Diese Bande linker Zecken. Wegen euch werden unsere Straßen von diesem Abschaum bevölkert. Und du, was machst du?« Der Mann drehte sich zu den anderen Demonstranten auf der anderen Seite der Marktstände um. »Hey, Freunde! Schaut mal, wen –«

Er konnte seinen Satz jedoch nicht beenden. Als er mit entsetztem Blick mühsam den Kopf senkte, war es zu spät. Flavies Hand hielt seine Hoden über der Hose umklammert und drückte sie mit aller Kraft zusammen. Seine Stimme hatte sich inmitten der Menge in ein kaum hörbares Stöhnen verwandelt. Als Flavie ihren Griff lockerte, fiel er zu Boden und krümmte sich mit angezogenen Beinen vor Schmerzen. Den meisten Menschen um sie herum entging diese Szene, und als sich die ersten Sorgen um den Mann am Boden machten, waren Flavie und Mikaël bereits weit weg.

Sie beeilten sich noch mehr, um den Abstand zu Amandine Clerc zu verringern, die inzwischen die Treppe an einer Ecke des Riponne-Platzes hinaufstieg. Als sie ebenfalls die Rue du Tunnel erreichten, sahen sie die junge Frau in eine kleine Sackgasse einbiegen und ein Gebäude betreten. Sie holten sie im Treppenhaus ein, als sie gerade in der dritten Etage eine Wohnungstür aufschloss.

»Amandine Clerc?«, sprach Mikaël sie an.

Die junge Frau drehte sich mit misstrauischem Blick zu ihm und Flavie um. »Wer sind Sie?«, fragte Amandine.

»Wir ermitteln die Todesumstände von Julie Bossart«, antwortete Mikaël, ohne seinen Namen preiszugeben. Falls Amandine glaubte, dass sie Polizisten seien, würde das vielleicht ihr weiteres Vorgehen erleichtern. Vielleicht auch nicht, in Anbetracht des beruflichen Status ihres Vaters. Aber sie mussten es versuchen.

»Ich kenne keine Julie Bossart«, erwiderte sie.

Die Medien hatten nie den wahren Namen des Opfers im Lanteret-Prozess enthüllt, sondern immer ihren Künstlernamen verwendet.

»In diesem Fall«, fuhr Mikaël fort, »sagt Ihnen der Spitzname Nadine vielleicht etwas? Oder Robi Caruso?«

Die Gesichtszüge der jungen Frau verzerrten sich. »Was wollen Sie von mir?«

»Dass Sie uns einige Fragen beantworten.«

»Und wenn ich mich weigere?«

»Stellen wir sie Ihrem Vater.«

Mikaëls letzter Satz zeigte Wirkung.

»Meinem Vater? Nein, ich flehe Sie an. Auch nicht meiner Mutter! Auf keinen Fall. Sie wissen nichts davon. Ich erzähle Ihnen alles, aber versprechen Sie mir, meinen Eltern nichts zu sagen.«

Flavie trat einen Schritt auf sie zu und schaute ihr in die Augen, in denen sie aufrichtige Angst und den Anflug einer Träne bemerkte. »Unser Schweigen hängt von Ihrer Kooperation ab.«

31

Der Eurocopter EC 120 Colibri setzte in Lausanne-Blécherette auf. Auf dem Rückflug hatten sie einen Armeehubschrauber gekreuzt, der Christophe und Doc zum Unfallort der Motorschlitten transportierte. Als Nächstes würden die beiden das Chalet du Plan d'Areine aufsuchen müssen, um den Tatort, der mit Robert Caruso in Verbindung stand, zu untersuchen.

Jemsen, Karine und Andreas betraten das Besprechungszimmer der Kriminalpolizei, wo Viviane Bourgeaux bereits auf sie wartete.

»Hallo, Karine«, sagte die Leiterin der Waadtländer Kriminalpolizei Viviane. »Ich freue mich, dich gesund und munter zu sehen. Wie geht es Kinga?«

»Eine Streife hat sie ins Krankenhaus gebracht, damit ihre Wunde am Arm versorgt wird. Nichts Schlimmes.«

»Das freut mich zu hören. Ich hatte gerade Christophe am Telefon. Sie haben die Leiche durchsucht und einen Pass gefunden, der sich jedoch als gefälscht herausgestellt hat. Es wurde eine DNA-Probe entnommen, aber wir müssen das Ergebnis noch abwarten, um die Identität formal zu bestätigen. Er hat uns jedoch auch einen digitalen Fingerabdruck geschickt, den wir bereits mit der Datenbank abgeglichen haben. Demnach handelt es sich bei der Leiche um Jade Morel.«

Bakary Zuma betrat hastig den Raum und setzte sich. »Entschuldigt«, sagte er. »Ich habe gerade ein Gespräch mit Beat Reinmann, dem Fedpol-Direktor, beendet. Jade Morel gehörte zu den wenigen von dem Armee-Aufklärungsdetachement AAD-10 rekrutierten Frauen, einer Spezialeinheit für geheime Auslandseinsätze. Vor drei Jahren hat sie ihren Dienst bei der Armee quittiert, um als Söldnerin in die Ukraine zu gehen, und hat sich dort einer Einheit namens Karpatenfalken angeschlossen. Aber es gibt ein Problem …«

Alle blickten zu Bakary, der in seinen Notizen blätterte.

»Sie soll, genau wie zwei weitere Schweizer aus derselben Söldnertruppe, vor ein paar Monaten bei einer Explosion ums Leben gekommen sein.«

»Wurde der digitale Fingerabdruck aus Versehen vertauscht?«, fragte Viviane.

»Das glaube ich nicht … allerdings gibt es da noch eine weitere merkwürdige Sache …«

»Spuck's schon aus!«, sagte Andreas ungeduldig.

»Die Leichen wurden nie in die Heimat überführt.«

»Wer sind die beiden anderen Söldner, die in diesem Hinterhalt getötet wurden?«, fragte Jemsen.

»Die Erste heißt Simona Suter, der einzige weibliche Brigadier der Schweizer Armee. Sie war Kommandantin der Spezialkräfte gewesen, und man hatte ihr bereits eine große Zukunft in den höchsten Rängen der Armee vorausgesagt, bis sie plötzlich ihren Dienst quittierte und sich der Einheit der Karpatenfalken anschloss. Der Zweite ist Stefan Fischer, ebenfalls Berufssoldat und Spezialist für Cyberverteidigung in der Armee. Auch er kündigte seinen Dienst, um in die Ukraine zu gehen und sich derselben Einheit anzuschließen.«

Alle schwiegen, um diese Informationen zu verdauen und um zu versuchen, deren Tragweite für die laufenden Ermittlungen zu den Morden an Julie Bossart und Robert Caruso zu verstehen.

Jemsen unterbrach die kurze Selbstfindungsphase. »Sollten diese beiden Soldaten noch am Leben sein, könnten sie Teil einer geheimen Einheit sein, die direkt in der Schweiz operiert.«

»Mit Jade Morel könnte es sich um unsere drei Weihnachtsmänner handeln«, meinte Karine.

»Auf den Videoaufzeichnungen aus dem Parkhaus sieht man zwei Männer und eine Frau«, korrigierte sie Bakary. »Hier haben wir jedoch zwei Frauen und einen Mann identifiziert.«

»Wir haben Schlafmütz in Verdacht, Julie Bossart in Montreux die Kehle durchgeschnitten zu haben«, erklärte Andreas. »Aber vielleicht waren die beiden anderen, die in Plan d'Areine dabei waren, nicht ihre Komplizen in Montreux. Wenn es wie im Märchen der Gebrüder Grimm zugeht …«

»... könnten sie zu acht sein«, beendete Jemsen den Satz.

»Nur, wer sollte diese Einheit gegründet haben? Und mit welchem Ziel?«, fragte Viviane.

»Unter den drei identifizierten Personen«, antwortete Jemsen, »befinden sich eine Brigadistin mit Führungsqualitäten, ein Computerspezialist und eine Soldatin, die zum Töten ausgebildet wurde ... Alle drei wurden offensichtlich aufgrund ihrer Fähigkeiten handverlesen ...«

»Sollte das tatsächlich der Fall sein, dann handelt es sich um einen minutiös geplanten Anschlag«, sagte Andreas. »Sie haben ihren Tod vorgetäuscht ... und sind dann mit gefälschten Papieren wiederauferstanden.«

»Dieser Fall übersteigt bei Weitem eine einfache Vergewaltigung«, bemerkte Jemsen. »Wenn sie entschieden haben, Bossart und Caruso zu eliminieren, dann, weil diese wussten, dass sie an einem abgekarteten Spiel beteiligt waren, um Lanteret eine Falle zu stellen. Vielleicht haben Bossart und Caruso sogar versucht, ihre Auftraggeber zu erpressen. Die Fragen, die wir jetzt klären müssen, lauten: Warum will man Lanteret aus dem Weg räumen? Und wer profitiert von den Verbrechen?«

»Und wer ist Schneewittchen?«, ergänzte Karine.

»Entweder die Brigadistin Simona Suter oder jemand, der in der militärischen Hierarchie noch über ihr steht«, meinte Andreas. »Natürlich vorausgesetzt, dass diese neue Spezialeinheit den Kodex der Armee respektiert. Denn schließlich könnte man sich auch eine Zelle des organisierten Verbrechens vorstellen, die mit militärischen Dienstgraden nichts am Hut hat.«

»Über dem Dienstgrad Brigadier gibt es nur noch den Divisionär oder den Korpskommandanten«, sagte Viviane.

»Und irgendwo müssen wir ja mit unseren Ermittlungen ansetzen«, antwortete Andreas. »Ich schlage vor, dass wir von der ersten Hypothese einer militärischen Verstrickung ausgehen und dass wir Martin Humel, der Lanteret als Armeechef ersetzt hat, genau unter die Lupe nehmen.«

»Ich gestehe, dass mir dieser Gedanke auch schon durch den Kopf gegangen ist«, erklärte Jemsen. »Und ich habe mich sogar gefragt, ob diese ganze Geschichte nicht mit der bevorstehenden Abstimmung über das Militärbudget zusammenhängen könnte.«

»Die übrigens an diesem Freitag, also in zwei Tagen, stattfindet«, ergänzte Karine.

»Am selben Tag, an dem das Ultimatum der Terroristen ausläuft«, fügte Andreas hinzu. »Zufall?«

»Wie dem auch sei«, sagte Jemsen, »zum jetzigen Zeitpunkt sind die Anhaltspunkte zu dünn, um Humel einzubestellen. Und er wird sich inmitten einer nationalen Krise niemals bereit erklären, zu erscheinen. Wenn wir das machen, haben wir eine ganze Armada von Anwälten sowie die gesamte Bundesverwaltung am Hals.«

Die anderen stimmten ihm zu.

»Dann müssen wir einen anderen Angriffswinkel finden«, sagte Andreas. »Nur welchen?«

»Vielleicht ist Schneewittchen keine Armeeangehörige«, versuchte es Bakary.

»Ein vermögender Mann, der die Mittel hat, sich Söldner zu leisten?«, überlegte Karine laut.

»Oder ein Bundesrat«, murmelte Jemsen, ohne selbst daran zu glauben.

»Sie denken an Serge Hamon?«, fragte Viviane erstaunt. »Das wäre Wahnsinn. So etwas hat es in unserem Land noch nie gegeben.«

»Es gibt immer ein erstes Mal«, sagte Andreas ironisch. »Aber ganz im Ernst, zu diesem Zeitpunkt sind das nichts als wilde Spekulationen. Wir müssen in der Tat die Mörder und ihren Auftraggeber identifizieren, aber uns auch mit der Frage nach einem Motiv für diese ganze Angelegenheit beschäftigen. Wenn wir davon ausgehen, dass die Morde an Bossart und Caruso lediglich Kollateralschäden sind, was ist dann die eigentliche Mission unserer sieben Zwerge? Und welches Ziel verfolgt Schneewittchen?«

»Genau da drückt der Schuh …«, antwortete Jemsen. »Wir haben nichts Konkretes in der Hand.«

»Und wie gehen wir jetzt weiter vor?«, fragte Viviane.

»Uns bleibt immer noch Carusos Heft«, sagte Karine. »Wir haben eine weitere Frau identifiziert, die offensichtlich eine Kollegin von Julie Bossart war. Amandine Clerc, die Tochter unseres Generalstaatsanwalts.«

»Wie bitte?«, rief Viviane.

»Du hast ganz richtig gehört«, erklärte Andreas.

»Wenn ihr sie vorladet, wird ihr Vater zwangsläufig davon erfahren ...«, sagte Viviane. »Vielleicht sollte man mit ihm sprechen ... bevor ...«

»Keine Sorge. Wir haben das alles einkalkuliert. Momentan kümmert sich Mikaël darum.«

»Wie das?«

»In seiner Rolle als Journalist. Je nachdem, was sie ihm erzählt, entscheiden wir anschließend, ob wir sie offiziell zu einer Vernehmung vorladen.«

»Ich glaube, ich spinne!«, sagte Viviane genervt. »Das hier ist ein Spiel mit dem Feuer ... Monsieur le Procureur, wollen Sie dazu nichts sagen?«

»Ich wüsste nicht, was ich sagen könnte«, antwortete Jemsen etwas verlegen. »Ich habe meine Verfahrensassistentin Flavie gebeten, Mikaël dabei zu begleiten ...«

32

Widerwillig bat Amandine Clerc Flavie und Mikaël in ihre kleine Zweizimmerwohnung. Offensichtlich lebte sie hier allein.

»Warum läuft das Appartement nicht auf Ihren Namen?«, fragte Flavie.

»Das ist kompliziert«, antwortete die junge Frau, die inzwischen Tränen in den Augen hatte. »Ich wollte meine Unabhängigkeit, aber meine Eltern waren dagegen. Sie haben sich geweigert, eine Bürgschaft für diese Wohnung zu übernehmen, daher läuft sie jetzt unter dem Namen einer Freundin. Meine Eltern haben mir praktisch den Geldhahn zugedreht. Sie zahlen weiterhin meine Studiengebühren und meine Krankenversicherung, aber für den Rest ...«

»... mussten Sie einen Weg finden, um über die Runden zu kommen«, bemerkte Mikaël.

»So ist es«, antwortete Amandine leise.

»Sie hätten einen Studentenjob annehmen können«, sagte Flavie.

Amandine seufzte. »Man merkt, dass Sie sich nicht mit dem Rhythmus und den Anforderungen der Uni auskennen. Die meisten meiner Kommilitonen, die selbst für ihren Unterhalt aufkommen müssen, arbeiten abends noch ein bisschen, was superschlecht bezahlt ist. Und sie sind dann total fertig.«

»Und Ihr Nebenverdienst, handelt es sich da nicht auch um einen Job am Abend?«, fragte Mikaël.

»Das ist nicht vergleichbar. Das mache ich ja nur gelegentlich, und es ist ziemlich gut bezahlt.«

»Wir wissen, dass Ihr Vater Christian Clerc im Lanteret-Fall wegen illegalem Abhören von Telefongesprächen abgelehnt wurde. Zumindest ist das die offizielle Version, die von den Richtern übernommen und von der Presse verbreitet wurde. Aber hätte es noch andere Argumente geben können, die das

Gericht der Öffentlichkeit verschweigen wollte und die seine Ablehnung gerechtfertigt hätten?«

Amandine schaute überrascht. »Ich ... ich verstehe nicht, worauf Sie hinauswollen ...«

»Könnte es sein, dass das Gericht von Ihrer Rolle an der Seite von Nadine in Carusos Netzwerk Kenntnis hatte?«, hakte Flavie nach.

»Nein, natürlich nicht!«, rief Amandine empört. »Auf jeden Fall bete ich zum Himmel, dass das nicht der Fall ist. Und noch einmal, mein Vater weiß nichts von meinem Vertrag mit Robi.«

»Sie machen aber dennoch Ihren Vater für Ihre finanzielle Situation verantwortlich.«

»Ja und nein. Meine Eltern sind sehr wohlhabend. Natürlich hätten sie mir leicht helfen können. Aber ich verstehe auch ihre Haltung, eine ›kleine Prinzessin‹, wie sie mich nennen, nicht zu unterstützen. Daher stehe ich zu meiner Entscheidung, und ich muss sagen, dass ich es vorziehe, nicht mehr von ihnen abhängig zu sein. Zumindest nicht mehr völlig ...« Sie schniefte und fuhr fort: »Auf jeden Fall ist mein Name nie in dem Lanteret-Fall aufgetaucht. Und es gab auch keinen Grund dafür, bis Nadine ermordet wurde. Ich hatte niemals Kontakt zu diesem Armeechef. Und ich verstehe im Übrigen auch nicht, wie Sie auf mich gekommen sind.«

»Das Heft«, antwortete Mikaël lakonisch.

»Welches Heft?«

»Das, in dem Caruso alles notiert hat: Die Namen der Mädchen seines Netzwerks inklusive ihrer Telefonnummern, die Namen der Kunden, die Verträge, die vereinbarten Gehälter und was weiß ich noch alles.«

Amandine begann zu weinen. »Mein Gott, wenn Robi erfährt, dass ich mit Ihnen gesprochen habe, bringt er mich um.«

»Dazu hat er keine Gelegenheit mehr«, sagte Flavie. »Er ist ebenfalls tot.«

Flavie und Mikaël hatten diese Neuigkeit morgens auf dem Weg zur Universität von Andreas und Jemsen erfahren.

»Tot?«, rief Amandine aus. »Wie das?«

»Das können wir Ihnen leider nicht sagen, weil es Teil der laufenden Ermittlungen ist«, sagte Mikaël entschuldigend.
»Standen Sie mit Nadine in Kontakt?«
»Sehr selten. Nadine war ein bisschen verrückt. Sie kannte keine Grenzen und nahm alle ›Aufträge‹ an, die Robi ihr anvertraute, solange es dafür ordentlich Geld gab. Aber einmal hat sie mir trotzdem aus einer schlimmen Lage geholfen, und dafür bin ich ihr sehr dankbar …«
»Was ist passiert?«, fragte Flavie, als sie merkte, dass Amandine stockte.
»Das war auf einer Party in einer Luxusvilla in Freiburg, bei einem ultrareichen Unternehmer. Er hatte ein paar Freunde eingeladen, die ebenfalls im Geld schwammen. Alle waren wie beim Karneval in Venedig kostümiert. Die Männer trugen Augenmasken, die Mädchen elegante Spitzenkleider, wie es sie früher gab. Robi hatte mir Pumps geliehen. Im Laufe des Abends floss der Alkohol in Strömen, und es ist aus dem Ruder gelaufen …«
»Könnten Sie etwas genauer sein?«, hakte Flavie nach.
Die junge Frau zögerte. Ihr Gesicht war gerötet. Verärgert schaute sie Flavie direkt in die Augen und stieß aus: »Hatten Sie schon mal Schwänze in allen Löchern stecken? Und Ihr Körper will sich wehren, kann aber nicht? Ich glaube, dass man mir etwas in den Drink getan hatte … Nadine hat gesehen, dass es mir nicht gut ging, hat mich von diesen dreckigen Typen befreit, ihnen gesagt, sie sollten eine andere ficken, und mir geholfen, mich wieder anzuziehen.«
»Haben Sie Anzeige erstattet?«
»Warum?« Amandine lächelte bitter. »Damit mein Vater von seinem Freiburger Kollegen erfährt, auf welche Weise ich etwas dazuverdiene, um über die Runden zu kommen?«
»Es gilt das Berufsgeheimnis.«
»Für andere, ja! Ich weiß sehr gut, wie das hinter den Kulissen der Justiz funktioniert …«
»Wie hieß dieser Unternehmer?«
»Beaumont. Victor Beaumont. Nach allem, was ich weiß, ist er im Werkzeugmaschinengeschäft tätig und verdient mit

seinem Unternehmen ein Vermögen, indem er Teile in alle Welt liefert. Aber ich bitte Sie, dieser Mann hat mir große Angst gemacht, er ist sehr einflussreich, und ich möchte nicht, dass er weiß, dass ich mit Ihnen geredet habe. Verglichen mit ihm ist Robi ein braver Chorknabe. Und Sie haben es mir versprochen, oder? Über all das kein Wort an meine Eltern.«

Flavie und Mikaël verließen Amandine Clerc mit einer Mischung aus Mitleid und Unverständnis. Sie waren noch im Treppenhaus des Gebäudes, als Mikaëls Handy vibrierte.

Er las die Nachricht. »Andreas und Jemsen wollen uns um achtzehn Uhr dreißig im Café de l'Évêché treffen.«

Flavie schaute auf die Uhr. Bis dahin waren es noch mehr als drei Stunden. »Was machen wir so lange?«, fragte sie.

»Zunächst könnten wir unser Auto auf dem Uniparkplatz abholen. Und anschließend finden wir bestimmt etwas, um die Zeit totzuschlagen. Vielleicht könnten wir einige Recherchen zu diesem Victor Beaumont anstellen.«

Sie machten sich auf den Weg zurück zum Riponne-Platz. Nach ein paar Schritten hatten beide das Gefühl, beobachtet zu werden. Instinktiv drehte sich Mikaël um und bemerkte zwanzig Meter weiter oben einen Mann, der ihnen folgte. Als sich ihre Blicke kurz trafen, tat der Mann unbeteiligt, holte ein Mobiltelefon aus der Tasche und tätigte einen Anruf, als ob nichts sei.

Flavie hatte ihn ebenfalls bemerkt. Es war nicht der Demonstrant, dem sie vorhin die Hoden gequetscht hatte. Sie nahmen die Treppe, die zu dem großen Platz hinabführte. Die Gemüsehändler packten gerade ihre Stände zusammen. Hier und da bettelten ein paar Bedürftige um unverkauftes Obst und Gemüse. Ihre eingefallenen Gesichtszüge verrieten ihre Abhängigkeit von harten Drogen. Rund um den Platz kreisten Heroin- und Crack-Dealer wie Geier, die geduldig auf den Todeskampf ihrer Beute warteten.

Flavie und Mikaël nahmen vier weitere Männer wahr, die sich verdächtig verhielten und sich so auf dem Platz verteilt hatten, als bewache jeder von ihnen einen anderen Zugang. Einer von ihnen stand neben dem Eingang zur Metro. Alle vier schienen sie stumm aus der Ferne zu beobachten.

»Bin ich jetzt paranoid?«, fragte Flavie. »Oder sind die ...?«
»Ich glaube, sie sind wegen uns hier«, bestätigte Mikaël.
»Glaubst du, das sind die Demonstranten von eben, die ihren Kumpel rächen wollen?«
»Oder die Mörder von Nadine und Caruso, wer weiß ...?«
Flavie schauderte es. »Was sollen wir tun?«
»Wir vergessen jetzt erst mal das Auto. Die Metrogänge sind eine wahre Mördergrube, wir müssen da bleiben, wo viel los ist. Komm, mir nach!«

Bevor Flavie etwas erwidern konnte, zog Mikaël sie am Arm zum Haupteingang des Palais de Rumine.

33

Der gewaltige, Ende des 19. Jahrhundert im Stil der florentinischen Renaissance erbaute Palais de Rumine dominierte mit seinem hervorstehenden Zentralbau und den zwei langen Seitenflügeln den Riponne-Platz. Er beherbergte einen Teil der Kantons- und Universitätsbibliothek sowie zwei Museen.

Flavie und Mikaël betraten das Gebäude durch den Haupteingang und hasteten die Stufen der stattlichen Treppe hinauf, die aufgrund eines Trompe-l'Œil-Effekts geradezu monumental wirkte. In der Eingangshalle befand sich ein Innenhof mit einem Wasserbecken und darüber ein Netzwerk aus übereinander angeordneten Galerien und Rampen.

Auf halber Höhe warf Mikaël einen Blick nach unten zum Eingang. Der erste Mann war, gefolgt von den drei anderen, am Fuße der Treppe angelangt. Mikaël zog Flavie zu einer kleinen Tür auf der linken Seite. Ein Schild wies auf eine temporäre Ausstellung mit dem Titel »Heiliger Mormont – Besuch bei den Kelten« hin. An der Kasse zückte Mikaël hastig sein Portemonnaie und hielt der Kassiererin einen Zwanzig-Franken-Schein hin. Er wartete weder auf die Eintrittskarten noch auf das Wechselgeld, sondern stürzte sich mit Flavie ins Gewirr der Ausstellung.

Sie liefen im Slalom um die anderen Besucher herum. In einem Zwischenraum entdeckte Mikaël eine Hintertür mit der Aufschrift »Nur für Personal«. Unauffällig ging er zu ihr hin und probierte den Türgriff. Die Tür war nicht verschlossen. In einem unbeobachteten Moment zog er Flavie hinein, um sich mit ihr im Halbdunkel eines kleinen, mit Gegenständen vollgestopften Abstellraums zu verstecken. Er ließ die Tür einen winzigen Spaltbreit offen, damit er den Raum beobachten konnte.

Sekunden zogen sich hin wie Minuten.

»Kannst du sie sehen?«, raunte Flavie schließlich.

Mikaël drehte sich um und legte einen Finger auf den Mund. Eine Besuchergruppe stand keine zwei Meter von der Tür entfernt und bewunderte eine Reihe keltischer Vasen. Der erste Mann erschien im Eingang des Raumes. Während er die Leute mit dem Blick scannte, tauchten sehr schnell die drei anderen hinter ihm auf. Sie zögerten einen Moment und gingen weiter in den nächsten Raum.

Mikaël wartete ein paar Sekunden, bevor er sich erneut zu Flavie umdrehte und ihr zuflüsterte: »Wir gehen, folg mir einfach, ohne Fragen zu stellen.«

Flavie gehorchte, und sie gingen den Weg entlang, den sie gekommen waren, und marschierten entschlossen und entgegen der Richtung der Ausstellung bis zum Eingang. Mikaël hoffte, dass es nicht mehr als fünf Verfolger waren. Als sie unter den missbilligenden Blicken der Kassiererin wieder im Treppenhaus standen, war er beruhigt. Momentan drohte offensichtlich aus keiner Richtung des Gebäudes Gefahr.

»Was machen wir jetzt?«, fragte Flavie.

»Wir gehen hinauf«, antwortete er und zeigte auf die beiden Treppen, die weiter nach oben führten.

Oben angekommen, schob Mikaël Flavie in die öffentlichen Toiletten.

»Sollen wir Andreas anrufen?«, murmelte Flavie, nachdem die Kabinentür verriegelt war.

»Wir wissen noch nicht mal, wer die Männer sind«, flüsterte Mikaël.

»Genau deshalb.«

»Und wenn es doch die Freunde von dem Typ sind, den du beinah kastriert hast?«

»Und wenn es sich um die Mörder von Nadine und Caruso handelt?«

»Warum sollten die hinter uns her sein?«

»Keine Ahnung ... vielleicht, weil wir mit Amandine geredet haben ...«

Mikaël war sich unschlüssig, ob sie die Polizei anrufen sollten. Irgendwas sagte ihm, dass Flavie recht hatte, aber vielleicht machten sie sich ja auch nur wegen einer Handvoll frustrierter Demonstranten unnötig verrückt. Nach reiflicher Überlegung entschied er sich fürs Füßestillhalten und eine gehörige Portion Geduld. Diese Männer würden irgendwann aufgeben.

Sie verbrachten beinah drei Stunden eingeschlossen in dieser stickigen Kabine mit einem einzigen unbequemen Sitz, den sich Flavie geschnappt hatte. Jedes Mal, wenn sie hörten, wie sich die Eingangstür öffnete, erstarrten sie, um ja keinen Mucks von sich zu geben, bis sie manchmal beinah vor Nervosität gelacht hätten.
Um sechs Uhr entschieden sie, aus ihrem Versteck herauszukommen. Sicherheitshalber verließen sie den Palais de Rumine durch einen Nebeneingang, der nach hinten zur Rue Pierre-Viret hinausging. Die Nacht war hereingebrochen, und die öffentliche Straßenbeleuchtung war auf ein Minimum reduziert.

Sie gingen nach rechts in Richtung der Kathedrale, umrundeten diese und marschierten bis zum Café de l'Évêché am Ende der Bessières-Brücke.
Das Restaurant war proppenvoll. In diesem Paradies für Liebhaber von Käsegerichten mit Holzdekor und Fresken an den Wänden wurde laut geredet, gelacht und miteinander angestoßen. Es herrschte eine lockere Atmosphäre, und der Käsefonduegeruch war allgegenwärtig. Auf der hinteren Seite des Nebenraums warteten Andreas und Jemsen unter einem Gemälde von Pettineroli auf sie. Sie hatten bereits eine Flasche Chasselas und vier Gläser bestellt. In der Tischmitte thronte ein Rechaud mit einem Spiritusbrenner. Es fehlte nur noch das Käsefondue.
Die Räumlichkeiten waren nicht sonderlich gut geeignet, um vertrauliche Dinge zu besprechen, deshalb hatten sich Andreas und Jemsen etwas abseits gesetzt. Sie fassten kurz ihren Hubschraubereinsatz auf Plan d'Areine und das Nachgespräch im Gebäude der Kriminalpolizei zusammen. Flavie und Mikaël erzählten von dem Treffen mit der Tochter des Staatsanwalts

und anschließend von ihrem Katz-und-Maus-Spiel mit den vier Unbekannten im Palais de Rumine.

»Unterm Strich«, sagte Mikaël, »ist die interessanteste Information, die uns Amandine Clerc geliefert hat, die des besonderen Abends in Freiburg in der Villa von Victor Beaumont. Es scheint, als sei dieser Unternehmer einer der wichtigsten Kunden von Robi Caruso gewesen.«

»Das ist merkwürdig«, sagte Andreas, »denn wir haben gerade die Ergebnisse des digitalen Zahlungsverkehrs und der Kontobewegungen von Nadine und Caruso erhalten. Kurzgefasst gibt es seit Jahresbeginn keine sichtbaren Transaktionen mehr, obwohl zuvor alle Zahlungen zwischen ihnen auf dem üblichen Weg abgewickelt wurden. Umgekehrt haben wir seit Beginn der Lanteret-Affäre neu eröffnete Wallets bei Binance ermitteln können.«

»Wallets?«, fragte Flavie erstaunt. »Warum denn das?«

»Dank dieser virtuellen Portemonnaies können Kriminelle ihre Spuren verwischen, oder zumindest glauben sie das, denn am Ende fliegen sie doch auf. Binance ist eine der bekanntesten Plattformen auf dem Markt für Kryptowährungen und arbeitet regelmäßig mit der Bundespolizei zusammen. Kurz nach Bekanntwerden der Lanteret-Affäre haben Nadine und Caruso je den Jackpot geknackt. Und zwar in Bitcoin. Und das Wallet, von dem aus die Gelder überwiesen wurden, ist auf den Namen MicroFrib AG registriert.«

»Victor Beaumonts Firma«, murmelte Mikaël.

»Genau«, bestätigte Jemsen. »In unserem Fall führen nun alle Wege zu Victor Beaumont.«

»Was habt ihr jetzt vor?«, fragte Flavie.

Andreas schaute auf die Uhr. »Vor einer Stunde hatten wir vor, ein Fondue zu essen. Inzwischen haben wir jedoch erfahren, dass MicroFrib AG einer der Hauptsponsoren des Eishockeyclubs Fribourg-Gottéron ist. Heute Abend werden die Dragons um neunzehn Uhr fünfundvierzig ihren Erzrivalen SC Bern zu einem denkwürdigen Spiel in der BCF-Arena in Freiburg empfangen. Und angeblich soll Victor Beaumont kein Heimspiel verpassen und lädt dazu jeweils seine kleinen Freunde in die VIP-Loge ein. Norbert und ich haben vor, uns zu dieser Feier hinzuzugesellen.«

»Und sie eventuell zu verderben«, sagte Jemsen lachend und schaute ebenfalls auf seine Uhr. »Aber wir sollten nicht zu spät aufbrechen, wenn wir uns Beaumont noch vor Ende des Spiels schnappen wollen.«

»Können wir euch begleiten?«, fragte Mikaël.

»Kommt nicht in Frage«, antwortete Andreas. »Wir haben noch ein bisschen Zeit und werden euch zur Universität bringen, damit ihr dort euer Auto abholen könnt. Und danach begebt ihr euch sofort nach Blécherette und folgt Karines Anweisungen. Ich werde sie kontaktieren, damit sie euch in einer Zeugenschutzwohnung in Sicherheit bringt.«

»In einer Zeugenschutzwohnung?«, fragte Mikaël mit erstickter Stimme. »In Sicherheit? Aber warum?«

»Wegen der Männer, die euch verfolgt haben. Zumindest bis wir sie identifiziert haben. Bis dahin ist es aus Sicherheitsgründen besser, euch für einige Zeit aus der Schusslinie zu nehmen. Ich werde Karine bitten, euch die Ordner mit den Fotos zu zeigen. Und falls ihr niemanden wiedererkennt, wird sie euch mit unserem Polizeizeichner zusammenbringen, um zu versuchen, Phantombilder zu erstellen.«

»Ist das alles nicht ein bisschen übertrieben?«, fragte Mikaël.

»Ich möchte nicht, dass ihr irgendwelche Risiken eingeht«, sagte Andreas.

Flavie drehte sich zu Jemsen um, in der Hoffnung, dass dieser wenigstens widersprechen würde, doch Jemsen stimmte Andreas' Entscheidung mit einem einfachen Kopfnicken zu.

34

Andreas und Jemsen kamen kurz vor Beginn des letzten Drittels des Spiels bei der BCF-Arena in Freiburg an. Im Stadion herrschte eine aufgeladene Atmosphäre. Die Polizei war mit großem Aufgebot vor Ort, Polizeitransporter und einige Spezialfahrzeuge mit Wasserwerfern standen bereit.

Die Spiele Gottéron-Bern stellten ein zeitloses Duell dar, das aus einer bis ins Mittelalter zurückreichenden Rivalität zwischen der Stadt an der Aare und der Stadt an der Saane erwachsen war. In der Schweiz gab es kein Duell, das so emotional war wie das Zähringer-Derby, nicht einmal wenn die Hauptgegner der Romandie Freiburg und Genf aufeinandertrafen. Bei der Wahl zwischen Adler und Bär war dem Freiburger Drachen der Geschmack des Letzteren noch lieber. Gottéron-Bern war auch die Geschichte von David gegen Goliath. Manchmal gewann der Kleinere, während der Größere eine Niederlage einstecken musste. Abgesehen von der biblischen Metapher waren es jedoch vor allem Steine, mit denen sich die beiden Lager bekämpften. Ähnlich einem mittelalterlichen Heer, das feindliches Gebiet erobert, bewarfen die Berner Hooligans die Polizei mit Steinen und entzündeten Rauchbomben auf dem Weg vom Bahnhof bis zur Eishalle.

Andreas und Jemsen wurden an einem Diensteingang von einem Mann in Zivil erwartet. Er trug ein Headset, um die Einsätze der verschiedenen Polizeieinheiten zu koordinieren.

»Hallo, Pascal«, sagte Andreas und gab ihm die Hand. »Darf ich dir Staatsanwalt Norbert Jemsen aus Neuenburg vorstellen?«

»Wir kennen uns bereits«, sagte Kommissar Kneuss lächelnd und begrüßte Jemsen ebenfalls.

Die beiden Männer hatten im vergangenen Sommer in einem Fall zusammengearbeitet, bei dem ein Mädchen im Broyebezirk gefangen gehalten worden war.

»Hast du uns Zugang zu den Logen verschaffen können?«, fragte Andreas.

»Ja, allerdings gab es eine kleine Komplikation in letzter Minute.«

»Was für eine?«

»Ein paar finstere Muskelprotze in Anzügen mit Krawatte à la ›Men in Black‹.«

»Wer sind die?«

»Bundessicherheitsdienst.«

»Was zum Teufel macht Fedpol hier?«

»Kommt mit, dann werdet ihr es verstehen.«

Kneuss führte Andreas und Jemsen durch die Höhle der Freiburger Drachen. Nach dem Gebrüll, das durch die Gänge hallte, hatte das Spiel gerade wieder begonnen. Sie betraten eine Galerie auf halber Höhe der Arena, die die Stehplätze unten von der Reihe der Logen direkt darüber und von den Sitzplätzen weiter oben trennte. Die Tribünen waren so steil wie in der Mailänder Scala. Die über neuntausend Plätze hatten ihre Abnehmer gefunden – das Spiel war restlos ausverkauft. Die Fans beider Mannschaften schaukelten einander hoch, schwenkten Fahnen und wechselten sich mit lautstarken Anfeuerungsgesängen ab. In den Bereichen der Ultras wurden Spruchbänder hochgehalten. Ihre Anführer heizten ihren Trupps mit Megafonen ein.

Auf dem Eis kämpften die Titanen zum Klang der Trommeln gegeneinander. Wegen der gewaltigen Geräuschkulisse konnte man oben auf der Galerie die Bodychecks und die Schläge des Pucks gegen die Bande nicht hören. Im Publikum brach ein Jubelgeschrei aus, das sich zu einer ganzen Welle der Begeisterung steigerte.

Kneuss, Andreas und Jemsen wurden von den Wogen dieses Freudentaumels mitgerissen. Andreas bekam einen halb vollen Bierbecher ab, und Jemsen zuckte zusammen, als ihn ein grünes Monster mit Drachenkopf umarmte. Der kostümierte Mann entfernte sich tanzend in Richtung einer Gruppe von Kindern. Er trug ein Trikot der Lokalmatadoren, auf dessen Rückseite der Name »Augustin« stand.

»Das Gottéron-Maskottchen«, sagte Kneuss, um den immer noch aufgewühlten Staatsanwalt zu beruhigen.

Über der Eisfläche hing die Anzeigetafel in Form eines riesigen Würfels und wies gerade den neuen Spielstand von 3:3 aus. Andreas interessierte sich jedoch mehr für die Liste der Hauptsponsoren, zu denen auch die MicroFrib AG gehörte.

»Wo ist die Loge von Victor Beaumont?«, schrie er Kneuss ins Ohr.

Kneuss drehte sich um und wies mit dem Zeigefinger auf eine Reihe verglaster Logen in einer der Kurven des Stadions. Dann reichte er Andreas ein Fernglas. Vor der Loge saßen mehrere Personen in Anzug und Krawatte mit einem Glas Champagner in der Hand auf schwarzen Ledersitzen und wirkten wesentlich entspannter als die Bodyguards, die an den vier Ecken des VIP-Bereichs postiert waren. Die Muskelprotze hielten sich kerzengerade und trugen ihre Headsets sichtbar am Ohr.

»Nun gut«, sagte Andreas, »ganz schön was los auf dem Balkon.«

Er reichte das Fernglas an Jemsen weiter, der sofort drei bekannte Gesichter identifizierte. Das erste gehörte dem Gastgeber des Abends: Victor Beaumont, der das gleiche Bild eines arroganten und selbstbewussten Unternehmers abgab wie bereits auf den Fotos des Neujahrsempfangs in Savatan. Die beiden anderen waren offensichtlich seine Gäste.

»Was machen denn ein Bundesrat und der Armeechef ad interim hier?«, fragte er.

»Vermutlich lieben sie Eishockey«, sagte Kneuss grinsend.

»Mitten in einer Staatskrise?«, fragte Andreas erstaunt.

»Sport entspannt die Gemüter, und sie brauchten sicherlich eine kleine Auszeit.«

»Oder sie versuchen, die Bevölkerung angesichts des Ultimatums der Terroristen zu beruhigen und zu zeigen, dass das Leben weitergeht ...«, schlug Jemsen vor. Er schaute immer noch durch das Fernglas auf die Tribüne und ließ den Blick von Victor Beaumont zu Martin Humel und weiter zu Serge

Hamon wandern. »Wer sind die drei Personen, die links vom Bundespräsidenten sitzen?«

»Seine Frau und seine beiden Kinder«, antwortete Kneuss. »Es feiert sich besser mit der ganzen Familie.«

»Glaubst du, dass wir uns der Loge nähern können?«, fragte Andreas.

»Nach dem Spiel. Vermutlich müssen wir warten, bis der Sicherheitsdienst Humel und Hamon weggebracht hat. Habt ihr die Freiburger Staatsanwaltschaft über euer Vorgehen informiert?«

»Wozu?«, fragte Jemsen und gab Kneuss das Fernglas verschmitzt lächelnd zurück. »Auch wir sind hier nur zum Vergnügen und nicht wegen der Arbeit.«

Sie verfolgten das Spiel bis zum Ende, ohne sich wirklich dafür zu interessieren. Als nur noch eine Minute Spielzeit übrig war, zeigte die Anzeigetafel immer noch 3:3 an.

Jemsen fragte: »Was passiert, wenn das Match unentschieden endet?«

»Dann geht es in die Verlängerung«, erwiderte Kneuss.

»Wie lange dauert die?«

»Das kommt darauf an. Wenn eine Mannschaft während der Nachspielzeit ein Tor schießt, endet das Spiel dank dieses Sudden Death sofort, aber man sollte den Tag nicht vor dem Abend –«

Kneuss konnte seinen Satz nicht beenden. Ein Jubelgeschrei erhob sich, gefolgt von einem weiteren Bierregen. Gottéron hatte wenige Sekunden vor Ende noch ein Tor erzielt.

»Unglaublich«, schrie Kneuss. »Hockey ist wirklich kein Sport wie jeder andere. Die Drachen lagen zum Ende des ersten Drittels 3:1 im Rückstand. Wie man sich täuschen kann …«

Sie warteten den Schlusspfiff des Spiels ab und verließen dann die Galerie und damit die Jubelschreie der Freiburger Fans, um durch die schallgeschützten Gänge zu den Logen zu gelangen. Zwei Mitarbeiter des Bundessicherheitsdienstes bewachten den Zugang zu Victor Beaumonts Loge. Kneuss ging mit seinem Dienstausweis auf sie zu. Andreas und Jemsen beobachteten, wie er einige Worte mit den Gorillas wechselte. Anschließend kam er zu ihnen zurück.

»Hamon und Humel werden die Loge in Kürze verlassen. Danach lassen sie uns eintreten.«

Sie warteten ein paar Minuten geduldig im Flur. Sie konnten aus dieser Entfernung erkennen, dass sich drinnen etwas tat. Weitere *Men in Black* verließen, gefolgt von dem Bundespräsidenten, seiner Frau und seinen Kindern, den VIP-Bereich. Hamon zog schnell die dicken Winterjacken seines Nachwuchses zurecht und umarmte sie zärtlich. Dahinter erschien Humel in Begleitung zweier Bodyguards. Die hohen Tiere und ihre Eskorte hielten sich nicht lange im Flur auf, sondern verschwanden zügig durch eine Hintertür.

»Die Luft ist rein«, sagte Kneuss.

Zu dritt betraten sie die Loge. Auf hohen Tischen mit Barhockern standen die Reste des Festmahls, das vor dem Spiel aufgetragen worden war, sowie viele leere und angebrochene Flaschen. Hinter den Glasscheiben ging die ausgelassene Party auf den Rängen der Eissporthalle weiter.

Beaumont diskutierte mit zwei elegant gekleideten Herren, vielleicht Führungskräfte, Lieferanten oder Kunden seines Unternehmens. Kneuss näherte sich ihm und flüsterte ihm etwas ins Ohr. Der Unternehmer verabschiedete sich höflich von seinen Gästen und trat zu Andreas und Jemsen.

»Was kann ich für Sie tun?«, fragte er leicht gereizt.

»Wir ermitteln in einem zweifachen Mordfall und würden Ihnen gerne ein paar Fragen stellen«, erwiderte Andreas und zeigte ihm seinen Dienstausweis.

»Und das konnte nicht bis morgen warten? Das hier ist weder der passende Ort noch der geeignete Zeitpunkt …«

»Es wird nicht lange dauern«, beruhigte ihn Jemsen und stellte sich vor.

Beaumont seufzte. »Ein zweifacher Mord, sagen Sie? Inwieweit sollte mich das betreffen?«

»Kennen Sie Robert Caruso und Julie Bossart?«, fuhr Andreas fort.

Beaumont schien kurz zu überlegen und antwortete dann: »Ich kenne Robi, er ist ein Freund. Von dieser Dame habe ich hingegen noch nie etwas gehört ... Wie heißt sie noch gleich?«

»Bossart. Auch bekannt unter dem Spitznamen Nadine.«

»Ich weiß nicht, wer das sein soll. Und die sind beide in diesen Doppelmord verwickelt?«

»Sie wurden ermordet.«

»Robi ist tot?«

»Und wie«, antwortete Jemsen.

»Tut mir leid, das zu hören.«

»Man könnte meinen, diese Nachricht trifft Sie nicht besonders. Obwohl Sie eben sagten, er sei ein Freund, nicht wahr?«

»Eher ein Bekannter«, korrigierte sich Beaumont. »Und ich verstehe nicht so recht, inwieweit ich Ihnen behilflich sein könnte.«

»Wir haben mehrere Hinweise auf Überweisungen Ihrer Firma an Monsieur Caruso gefunden«, mischte sich Andreas ein. »Dabei handelt es sich um ziemlich hohe Summen. Vielleicht könnten Sie uns diesbezüglich auf die Sprünge helfen.«

»Ich nehme an, dass wir Robi für seinen Catering-Service bezahlt haben.«

»In Bitcoins?«, fragte Jemsen erstaunt.

»Das weiß ich nicht. Das ist schon möglich, wir verwenden gelegentlich Kryptowährungen. Aber das müssten Sie mit meinem Finanzmanager klären. Ich selbst stecke meine Nase nie in unsere Bücher.«

»Kann es sein, dass Ihnen Caruso neben seinem Catering-Service ab und zu auch gewisse Extras organisiert hat?«, fragte Andreas.

Beaumonts Miene gefror. »Ich weiß wirklich nicht, worauf Sie hinauswollen, Monsieur le Commissaire«, sagte er plötzlich wütend. »Und ich verstehe auch nicht, warum ich weiterhin einem Waadtländer Polizisten und einem Neuenburger Staatsanwalt auf Freiburger Boden Rede und Antwort stehen sollte. Sofern Sie also keine ordnungsgemäße Vorladung vorweisen können, die mit dem Siegel der Freiburger Staatsanwaltschaft versehen ist, kann ich Ihnen nur raten, sich mit meinem Anwalt in Verbindung zu setzen, wenn Sie möchten, dass dieses Gespräch in einem formellen Rahmen fortgesetzt wird. Bitte entschuldigen Sie mich nun, meine Gäste warten auf mich.«

35

Die Stimmung des Mannes, der gerade in Anzug und Krawatte durch die unauffälige Tür im Felsen getreten war, wirkte so düster wie das Innere der Erde. Er schloss den Zugang hinter sich wieder ab und eilte durch den langen betonierten Tunnel mit den Versorgungsrohren an der Decke. Ab und zu beleuchtete eine Glühbirne an der Wand sein finsteres Gesicht.

Er machte sich nicht sofort auf den Weg zur Kommandozentrale, sondern bog an der ersten Abzweigung in eine andere Richtung ab und betrat einen Teil des Labyrinths, in dem sich ein Raum mit Toiletten und Waschbecken, eine Küche und ein Speisesaal befanden. Von dort führte eine Treppe nach oben, wo ein großer Raum mit Etagenbetten für die Truppe und drei kleinere Räume für die Offiziere eingerichtet waren.

Der Mann ging zu einem Spind, zog sich um und tauschte seinen Anzug gegen eine Militärkombi in Tarnmuster um. Er schnürte seine Marschschuhe und richtete vor einem Spiegel seinen Kragen und seine Abzeichen. Auf seiner Brusttasche war ein Aufnäher mit seinem Spitznamen »Schneewittchen« eingewebt.

Schneewittchen kehrte in das Tunnellabyrinth zurück, öffnete mehrere Panzertüren, schloss sie wieder hinter sich und betrat schließlich den großen Saal mit dem elektrischen Fließband, dem Laufwagen, den aufgereihten Patronenhülsen, den Granaten und dem Munitionsaufzug, der wie alles andere aus einer anderen Zeit zu stammen schien.

Als die Zwerge seiner gewahr wurden, stellten sie sich vor der verglasten Kommandozentrale in einer Reihe auf und standen stramm.

»Rührt euch!«, befahl er.

Er ging sie kurz durch. Es waren nur noch sechs: fünf Männer und eine Frau. Die siebte, Schlafmütz, fehlte. Schneewittchen wusste, dass sie nicht wiederkommen würde. Hatschi und

Pimpel hatten ihm von der Operation beim Chalet du Plan de l'Areine in der gestrigen Nacht Bericht erstattet.

»Soldaten«, fuhr er nach einer drückenden Stille fort, »die Situation ist kritisch. Gestern Nacht haben wir eine der Unseren verloren. Wir kennen die Risiken, und sie war sich derer auch bewusst. Unerfreulich ist jedoch, dass ihre Leiche vom Feind geborgen werden konnte. Es besteht die Möglichkeit, dass sie identifiziert wird und die Polizei beginnt, Verbindungen herzustellen. Die einzige Frage, die ich nicht beantworten kann, lautet: wie schnell das der Fall sein wird. Unsere Mission steht kurz vor dem Abschluss, doch bis dahin müssen wir auf der Hut sein. Die verbleibende Zeit kann für uns arbeiten – oder gegen uns!«

Schneewittchen stellte sich Chef gegenüber, der einzig verbliebenen Frau in der Gruppe.

»Wie erklärst du dir das Scheitern am Riponne-Platz?«

»Dafür übernehme ich die volle Verantwortung«, antwortete sie. »Hatschi, Pimpel, Happy, Brummbär und ich haben unauffällig Amandine Clercs Wohnung vor ihrer Rückkehr durchsucht, die Festplatte ihres Computers gehackt und den Inhalt an Seppl geschickt.«

Seppl trat vor und antwortete ungefragt: »Das kann ich bestätigen. Ich habe sämtliche Daten analysiert und keine kompromittierende Datei gefunden, nichts, womit sich eine Verbindung zu Nadine oder Caruso herstellen ließe.«

»Wie erklärt ihr euch dann, dass sie von zwei Personen Besuch bekam, kaum dass ihr die Wohnung verlassen habt?«, fragte Schneewittchen.

»Wir wussten nicht genau, wer sie waren, noch, was sie in Erfahrung gebracht haben könnten«, antwortete Chef. »Wir haben sie verfolgt, aber aus den Augen verloren.«

»Konntet ihr sie wenigstens identifizieren?«

»Den Mann ja. Ein Journalist der ›24 Heures‹ namens Mikaël Achard. Dagegen wissen wir nicht, wer die Frau ist, die ihn begleitet hat. Vielleicht eine Kollegin?«

»Das Wort ›vielleicht‹ ist ein Synonym für Zufall, und Zufall führt zu Versagen.«

»Dessen bin ich mir bewusst. Möchten Sie, dass wir uns um Amandine Clerc kümmern?«

»Nein«, erwiderte Schneewittchen. »Das wäre ein Fehler, und davon sind schon zu viele begangen worden. Der Tod oder das Verschwinden der Tochter des Waadtländer Generalstaatsanwalts würde die Glut weiter anfachen. Und Amandine Clerc stellt keine wirkliche Bedrohung dar.«

»Was ist mit den beiden Journalisten?«

»Versucht die Frau zu identifizieren, die Achard begleitet hat. Und hackt euch in das Computersystem von ›24 Heures‹ ein, um vorab auf deren Online-Veröffentlichungen zugreifen zu können.«

»Ich kümmere mich darum«, versprach Seppl.

»Gut«, schloss Schneewittchen. »Nun muss ich euch noch eine beunruhigendere Nachricht mitteilen. Heute Abend haben es zwei Ermittler, die die Todesumstände von Nadine und Caruso untersuchen sollen, geschafft, die Spur bis zur Micro-Frib AG zurückzuverfolgen. Staatsanwalt Norbert Jemsen und Kommissar Andreas Auer. Ich weiß nicht, wie sie das fertiggebracht haben und was sie genau wissen. Allerdings tauchten sie recht forsch in der BCF-Arena auf und stellten unangenehme Fragen.«

»Bedeutet das, dass wir unsere Pläne ändern müssen?«, fragte Chef.

»Nein, wir bleiben bei dem, was wir beschlossen haben. Aber wir müssen unsere Wachsamkeit verdoppeln. Momentan deutet alles darauf hin, dass die Ermittler die Unwahrheit predigen, um die Wahrheit zu erfahren. Sie sind dort ohne Mandat oder Verstärkung aufgetaucht, was eher darauf hinweist, dass sie nichts über unsere Mission wissen. Wir müssen den Ball flach halten und dürfen keine neuen Unruhen mehr entfachen. Bleibt hier. Ich werde tun, was ich tun muss.«

Schneewittchen wandte sich an Hatschi und fragte: »Ist von Pully aus alles bereit?«

»Ja, aber wir müssen es schlau anstellen, denn Harimi steht unter ständiger Beobachtung von Fedpol.«

»Ich zähle auf dich. Und du, Seppl? Bereit, die Bundesbehörden zu informieren?«

»Ich kümmere mich morgen zur vereinbarten Zeit darum«, antwortete Seppl, bevor er die Reihe verließ und in die verglaste Kommandozentrale ging.

»Glauben Sie, dass sich die Schweiz dafür entscheidet, Moussa Jassem al-Maliki freizulassen?«, fragte Chef.

Schneewittchen schaute sie erstaunt an. Dann zuckte er mit den Schultern und erwiderte distanziert: »Das kann uns egal sein.«

Noch 1 Tag bis zum Ablauf des Ultimatums

Terroristische Bedrohung in der Schweiz
Das Ultimatum der Terroristen und die Abstimmung zum Armeebudget

Die Wintersession wurde auch am Vortag vor dem Ablauf des vom Islamischen Staat gestellten Ultimatums und trotz der Proteste einiger Ratsmitglieder und der Spaltung in Bezug auf den Etat für die Armee fortgesetzt. Die Sicherheitsvorkehrungen in und um das Bundeshaus wurden verstärkt.

Es wurden strenge Maßnahmen ergriffen, um den Schutz aller Parlamentarier zu gewährleisten und einen reibungslosen Ablauf der Beratungen zu garantieren, versicherte der Bundespräsident bei einem Pressebriefing.

Hinter den Kulissen herrscht eine angespannte Atmosphäre, wie ein Journalist der Nachrichtenagentur vor Ort feststellte.

In der Wandelhalle diskutieren die Parlamentarier rege, wie auf die Sorgen der Bevölkerung zu reagieren sei, mit welcher Strategie man den Forderungen der Terroristen begegnen solle, und sie äußern ihre unterschiedlichen Ansichten zur Finanzierung der Armee.

Gespaltene SVP

Auf der einen Seite plädiert die SVP für eine Verschiebung der Abstimmung über den Bundeshaushalt im Allgemeinen und das Armeebudget im Besonderen und beruft sich dabei auf die festgefahrenen Verhandlungen zwischen den Parteien. Offensichtlich ist die konservative Partei jedoch mit internen Streitigkeiten konfrontiert, da einige Mitglieder weiterhin eine höhere Finanzierung der Armee fordern, während andere die Notwendigkeit zu deren Neuausrichtung als prioritär sehen.

Auf der anderen Seite des politischen Spektrums scheinen die linken Gruppierungen sich zu einer Einheit zu formieren, um ihrer entschiedenen Ablehnung einer möglichen Verschiebung der Abstimmung Nachdruck zu verleihen und um zu betonen, wie wichtig es sei, die Agenda einzuhalten. Die Sozialdemokraten stellen weiterhin die Angemessenheit der Militärausgaben in Frage und verweisen dabei trotz der terroristischen Bedrohung auf die Bedürfnisse im Sozialsektor und auf andere nationale Prioritäten.

Die Parteien der Mitte neigen eher dazu, den Vorschlag zur Kürzung des Verteidigungshaushalts zu unterstützen, während sie gleichzeitig auf Alternativen zur Stärkung der nationalen Sicherheit dringen. Dazu gehören Investitionen in Aufklärung, in die Vermeidung von Radikalisierung und in die internationale Zusammenarbeit in Sicherheitsfragen.

Alles andere als beruhigend

Laut Angaben der Parlamentsdienste sollte die Abstimmung morgen erfolgen. Sie könnte allerdings zugunsten einer drastischen Kürzung des Armeebudgets ausfallen, insbesondere wenn sich die innerparteiliche Zerrissenheit der SVP bestätigt.

In diesem Klima des Misstrauens und der Unsicherheit werden Entscheidungen, die während dieser Session getroffen werden, große Auswirkungen auf die Zukunft der Schweiz und auf ihre Fähigkeit haben, die zukünftigen sicherheitspolitischen Herausforderungen zu bewältigen.

Zur Erinnerung: Bei der letzten Pressekonferenz des Bundesrates am Mittwoch hatte der Bundespräsident Serge Hamon angekündigt, dass Fedpol ernsthaften Hinweisen nachgehe, was die Identifizierung der Verantwortlichen für das Ultimatum betreffe. Nach seinen Worten würden die Ermittlungen »große Fortschritte« machen.

Die beruhigenden Worte des Bundespräsidenten scheinen jedoch nicht die gewünschte Wirkung erzielt zu haben. Laut einer Meinungsumfrage des Scoop-Instituts ist das Vertrauen der Schweizer Bevölkerung in ihre politische Führung um weitere Punkte auf 32 Prozent gesunken. Des Weiteren glauben nur sehr wenige der befragten Bürger (18 Prozent), dass sie zum Jahresende ruhige Feiertage verbringen werden.

Nachrichtenagentur Keystone-SDA

36

Der Bundespräsident Serge Hamon betrat den Raum für das Krisenmanagement des Bundeshauses. Um den Tisch saßen bereits der Fedpol-Direktor Beat Reinmann und der Bundesanwalt Gabriel Widmer. Im Herzen des Lagezentrums würde der Leiter des Krisenstabs mit Unterstützung eines Assistenten am Computer während der gesamten Operation die Verbindung zu den Einsatzkräften vor Ort halten. Alle waren mit Headsets und einem Zwei-Kanal-Funkgerät ausgestattet, die einen Austausch in Echtzeit ermöglichten. Die hervorragende Tonqualität und die Verschlüsselungsfunktionen zum Abhörschutz des Funkverkehrs gewährleisteten eine reibungslose Kommunikation auch bei lauten Hintergrundgeräuschen. Mehrere Bildschirme an der Wand zeigten Liveaufnahmen der Kameras in den Einsatzfahrzeugen des Konvois, der den Terroristen Moussa Jassem al-Maliki von der Justizvollzugsanstalt Thorberg in das Gefängnis von Bochuz überführen sollte.

»Meine Herren«, begrüßte sie Hamon knapp und nahm am Tisch Platz.

»Es ist alles bereit«, verkündete Reinmann.

Der Schweizer Armeechef ad interim Martin Humel, der persönlich die Verantwortung für die Operation »Hüter der Dunkelheit« übernommen hatte, erschien auf dem Bildschirm.

»Delta 1 an CC«, sagte er. »Auch von meiner Seite ist alles bereit. Ich warte auf Ihre Erlaubnis, den Gefangenen aus der Strafanstalt in eines unserer Fahrzeuge überführen zu dürfen.«

»Welche Route haben Sie geplant?«, fragte Hamon und wandte sich an Reinmann.

»Mehrere Optionen waren denkbar. Mit Korpskommandant Humel und Dubois, dem Chef der Einsatzgruppe Tigris, haben wir uns für die direkteste Route entschieden. Von Thorberg aus führt unser Weg zur Autobahnauffahrt Nummer 38 in Schönbühl – eine Strecke von fünfzehn Minuten. Danach nehmen wir die A 1 und wechseln am Autobahnkreuz Essert-Pittet Nummer 23 auf die A 9. Wir überqueren das Viadukt über die Orbe-Ebene und verlassen die Autobahn an der Ausfahrt Nummer 3. Der Verkehr ist hier fließend, und die Fahrt sollte zweiundfünfzig Minuten dauern. Um von da aus zum Gefängnis zu gelangen, wählen wir die Kantonsstraße und biegen dann auf die Straße ab, die unter dem Viadukt durchführt. Diese letzte Etappe sollte nicht länger als fünf Minuten dauern. Die Gesamtstrecke ist hundertsechs Kilometer lang und wird nach unserer Planung eine Stunde und sieben Minuten dauern.«

»Delta 1 an CC«, fuhr Humel fort. »Wir haben alles gecheckt und die Risikobereiche identifiziert. Diese befinden sich vor und nach dem Autobahnabschnitt. Militärhubschrauber werden diese Zonen überfliegen und uns in Echtzeit über die Situation vor Ort informieren.«

»Sie haben keine Fahrzeuge entlang der Strecke postiert?«, fragte Hamon.

»Delta 1 an CC. Wir hielten das Postieren von Fahrzeugen entlang der Strecke für unklug, da es den Terroristen Informationen über unsere Route liefern könnte. Außerdem verfügen wir über eine kompakte Streitmacht, die mit Maschinengewehren, gepanzerten Fahrzeugen sowie mit schwer bewaffneten taktischen Fahrzeugen ausgestattet ist. Ich bin zuversichtlich, dass jeglicher Versuch, sich uns entgegenzustellen, zum Scheitern verurteilt ist.«

»Sie scheinen Ihrer Sache sehr sicher, Monsieur le Commandant«, unterbrach ihn Widmer.

»Delta 1 an CC. Ich biete jedem die Stirn, der gegen uns antritt, um diesen Terroristen zu befreien. Wir haben alle notwendigen Vorkehrungen getroffen, um die Sicherheit und den Erfolg der Operation zu gewährleisten. Darüber hinaus haben wir ein sicheres Kommunikationsnetzwerk zwischen unseren Teams vor Ort, den Fahrzeugführern und den Hubschrauberpiloten eingerichtet. Das erlaubt uns, Aktionen effizient zu koordinieren und schnell auf unvorhergesehene Ereignisse zu reagieren.«

Beat Reinmann schaute zu Hamon, der nickte und sagte: »CC an Delta 1. Grünes Licht für die Operation ›Hüter der Dunkelheit‹!«

Martin Humel stand stolz neben einem imposanten Eagle V 6x6, einem gepanzerten, für Militär und Sicherheitsaufgaben konzipierten Geländefahrzeug, in dem er gleich Platz nehmen würde. Dieser Koloss würde den Konvoi anführen, und ein weiteres Fahrzeug des gleichen Typs würde das Schlusslicht bilden. Beide waren mit einer Waffenstation ausgestattet, in der sich ein schweres 12,7-Millimeter-Maschinengewehr befand, das im Falle eines Angriffs deutliche Abschreckungswirkung haben würde. Der Rest des Konvois bestand aus zehn identischen gepanzerten GMC Yukon Denali. Der Straftäter würde in einem dieser Fahrzeuge Platz nehmen, wobei es eventuellen Angreifern unmöglich sein würde, das betreffende Fahrzeug zu lokalisieren.

Zwei Mitglieder der Tigris verließen die Gefängnismauern festen Schrittes. Der Häftling zwischen ihnen bewegte sich unnatürlich, seine Hand- und Fußgelenke waren mit Handschellen und Ketten an einen dicken Ledergürtel gefesselt. Wortlos wurde der Gefangene auf die Rückbank eines der gepanzerten Fahrzeuge gesetzt, bevor die Wagentür mit lautem Knall ins Schloss fiel.

Die zwei Mitglieder der Tigris, die insgesamt aus vierzehn Mann bestand, salutierten vor Korpskommandant Humel und erklärten gleichzeitig: »Auftrag erledigt.«

Die Mannschaft, die den Häftling begleiten sollte, setzte sich aus zwanzig Angehörigen der Spezialeinheit des Armeeaufklärungsdetachements AAD-10 zusammen. Humel erwiderte den Gruß der beiden Tigris-Bundespolizisten und gab anschließend das Signal zum Aufbruch. Der Konvoi setzte sich mit militärischer Präzision in Bewegung, wobei jedes Fahrzeug eng aufschloss.

Während sich der Konvoi auf der Autobahn fortbewegte, beobachteten der Leiter des Krisenstabs und sein Assistent auf ihrem Bildschirm sämtliche aus den GPS-Koordinaten errechneten Punkte auf der Karte, die jeweils ein Fahrzeug darstellten. Parallel dazu stand der Krisenstabsleiter in ständiger Verbindung zum Korpskommandanten Humel, während sein Assistent die Verbindung zu den beiden Hubschrauberpiloten, die das Geschehen aus der Luft überwachten, unterhielt.

Hamon, Reinmann und Widmer saßen an dem ovalen Tisch und schauten sich die Echtzeit-Aufnahmen an, die die Kamerasysteme der Fahrzeuge lieferten. Dank der Kombination aus der Boden- und Luftperspektive konnten sie die Operation effektiv verfolgen und koordinieren.

Der Konvoi hatte das Viadukt über die Orbe-Ebene erreicht und machte sich bereit, die Autobahn zu verlassen.

Der Leiter des Krisenstabs, der je nach spezifischen Bedürfnissen und unvorhergesehenen Ereignissen die Kontrolle über die Lichtsignalanlagen übernehmen konnte, meldete: »CC an Delta 1. Die Ampeln an der Ausfahrt Orbe stehen auf Grün.«

Der Konvoi verließ die Autobahn, überquerte die Kreuzung und setzte seinen Weg auf der Kantonsstraße fort. Drei Minuten später zweigte er auf einen einige hundert Meter langen, baumbestandenen Forstweg in Richtung des Gefängnisses von Bochuz ab. Die Fahrzeuge näherten sich den Brückenpfeilern des Autobahnviadukts – das Ziel war noch fünfhundert Meter entfernt.

Plötzlich tauchten unter der Brücke zwei Lieferwagen aus dem Nichts auf und verbarrikadierten den Weg. Die Wagentüren öffneten sich, und zehn schwarz gekleidete und vermummte Männer sprangen, mit Kalaschnikows bewaffnet, heraus. Zwei von ihnen schmissen sofort eine Granate unter den Eagle V 6x6, der den Konvoi anführte. Die Explosion erschütterte die Fahrzeuginsassen, darunter auch Korpskommandant Humel, doch die gepanzerte Kabine war dafür gebaut, Blast-Attacken zu widerstehen.

»Delta 1 an CC. Wir wurden attackiert!«, schrie Humel.

Zur selben Zeit waren in der Kommandozentrale des Bundeshauses alle Augen auf die Bildschirme gerichtet, um das Geschehen mitzuverfolgen. Nach einigen Sekunden bedrückender Stille riss sich der Krisenstabsleiter zusammen und befahl den Hubschrauberpiloten, den Bodentruppen zu Hilfe zu eilen.

Eine Staubwolke verdeckte die imposante Silhouette des Eagle V. In dem Lagezentrum war lediglich das Krachen von Schüssen zu vernehmen, nicht aber zu erkennen, woher sie kamen. Als die Sicht schließlich wieder besser wurde, konnte man auf den Bildschirmen sehen, dass Humels Männer ausgeschwärmt waren und versuchten, den Angriff abzuwehren. Mehrere Angreifer lagen am Boden. Ein ohrenbetäubender Lärm hallte in den Kopfhörern wider, und die ununterbrochenen Maschinengewehrsalven übertönten weitgehend die Kommunikation zwischen den Einsatzkräften. Eine weitere Granate explodierte und warf zwei Soldaten zu Boden. Schreie zerrissen die Luft.

Von der Spitze des Konvois wurden mit dem Maschinengewehr des Eagle Salven auf die beiden Lieferwagen abgefeuert. Die Einschläge trafen deren Karosserien mit voller Wucht. Funken sprühten nach allen Seiten, als die Kugeln Löcher in das Blech schlugen. Sekundenbruchteile später explodierte der erste Lieferwagen und verursachte auf den Bildschirmen einen weißen Blitz, der sich sofort wieder auflöste und einem gewaltigen Inferno Platz machte. Trümmer, die durch die Luft geschleudert wurden und als glühender Regen auf ein weites Areal hinabfielen, zeugten von der Wucht der Einschläge. Kaum war der Lärm der ersten Explosion verklungen, wurde der zweite Lieferwagen von einer Explosion in tausend Teile zerrissen.

Nach und nach legte sich der Krach der Explosionen und verstummte schließlich. Als sich der Rauch langsam lichtete, wurden auf den Bildschirmen die rauchenden Wracks sichtbar. Überall lagen Leichen. Es herrschte eine unwirkliche Stille.

Dann konnten sie Humels Stimme klar und deutlich hören. »Feuer einstellen!«

Im Lagezentrum hielt die Stille noch einige Augenblicke an, da jeder versuchte, wieder einen klaren Kopf zu bekommen. Eine Minute hatte genügt, um die Bedrohung abzuwehren und die Angreifer unschädlich zu machen.

37

Im Besprechungszimmer der Kriminalpolizei in Lausanne-Blécherette herrschte eine angespannte Atmosphäre.

Die Kommissarin Viviane Bourgeaux wandte sich an Christophe. »Etwas Neues aus der Rechtsmedizin?«

»Ja«, antwortete der Kriminaltechniker. »Ich habe versucht, Doc zu erreichen, und seine Kollegin Selina Argento hat mich vor ein paar Minuten zurückgerufen. Sie haben die DNA aus dem Knochenmark der von der Säure zerfressenen Knochenreste extrahieren können. Es handelt sich um jene von Robert Caruso.«

»Und was die Todesursache betrifft?«

Christophe grinste. »Es ist ein wenig so, als wolle man durch die Analyse eines Quittengelees herausfinden, wie die Früchte, aus denen es besteht, geschnitten wurden. *Mission impossible.*«

»Dann fasse ich also zusammen: Wir haben zwei Mordopfer, die von denselben drei Tätern getötet wurden.«

»Bis jetzt nur eine Hypothese«, antwortete Andreas. »Aber zumindest die tote Soldatin auf Plan d'Areine scheint auch an dem Mord in Montreux beteiligt gewesen zu sein. Was die beiden anderen betrifft –«

»Die DNA hat ihre Identität bestätigt«, unterbrach ihn Christophe. »Wie wir vermutet haben, handelt es sich um Jade Morel.«

»Eine angeblich vor ein paar Monaten bei einem Hinterhalt in der Ukraine verstorbene Soldatin«, erinnerte sie Bakary. »Bei den beiden anderen Tätern könnte es sich demnach um die zwei andern Mitglieder dieser verschwundenen Einheit handeln: Simona Suter und Stefan Fischer.«

»Das bezweifle ich«, sagte Jemsen. »Die in Montreux und in Plan d'Areine gefundenen Schuhgrößen passen nicht zu den Angaben in ihren Armeeakten.«

»Es wäre nicht das erste Mal, dass man uns mit solchen Angaben täuschen will«, meinte Viviane. »Man muss sich doch nur die ganzen Einbrecher anschauen, die wissen, dass man sie anhand ihrer Fußabdrücke identifizieren kann, und deswegen absichtlich zu große Schuhe tragen.«

»Eine Technik, die für einen Dieb nicht allzu nachteilig ist«, bemerkte Christophe, »für einen Soldaten in der Hitze des Gefechts aber schon. Karine und Kinga werden uns ihre Einschätzung der anderen beiden Killer geben.«

Andreas wandte sich an Viviane und erkundigte sich nach Kinga.

»Sie hat gestern Abend das Krankenhaus verlassen, aber der Arzt hat sie drei Tage krankgeschrieben. Ich habe sie angewiesen, dem ärztlichen Rat Folge zu leisten, und im Gegensatz zu dir hört sie auf mich.«

Andreas verzog das Gesicht, und Viviane fuhr fort: »Übrigens habe ich nicht so ganz verstanden, wo du Karine hingeschickt hast. Kannst du mir das erklären?«

»Ich habe sie gebeten, für Flavie, Mikaël und Amandine Clerc geschützte Wohnungen zu finden, damit sie in Sicherheit sind, bis wir herausgefunden haben, wer diese Typen sind, die ihnen gestern Nachmittag rund um den Riponne-Platz gefolgt sind.«

»Unsere Militärphantome?«

»Schon möglich. Aber es gab auch eine Pro-Armee-Demo auf dem Platz, und Mikaël ist mit einem der Aktivisten aneinandergeraten. Karine hat ihnen unsere Fotosammlung gezeigt, leider ohne Ergebnis. Sie haben Phantombilder erstellt und an alle Schweizer Polizeikorps weitergeleitet, bislang jedoch ohne Reaktion.«

Viviane seufzte und starrte Jemsen an. »Ich muss sagen, dass ich Ihre Entscheidung, Dritte in unsere Ermittlungen miteinzubeziehen, nicht nachvollziehen kann. Ich dachte, Sie hätten in Neuenburg die gleiche Strafprozessordnung wie im Kanton Waadt.«

»Seit 2011«, bestätigte Jemsen.

»Dann folgere ich daraus, dass immer noch einige lokal unterschiedliche Sitten bestehen«, bemerkte sie leicht bissig.

Sie wandte sich an Andreas. »Hat Karine beim nationalen Zeugenschutzprogramm angefragt?«

»Auf keinen Fall!«

»Warum?«

Jemsen antwortete anstelle von Andreas. »Weil wir Grund zu der Annahme haben, dass diese Affäre bis in die höchsten Kreise des Bundes hineinreicht.«

Viviane sah Jemsen mit großen Augen an. »Sie denken dabei an den Lanteret-Prozess?«

»Zum Teil, ja. Doch das Verfahren wurde ausgesetzt, und die Anwälte wurden in ihre Schranken verwiesen. Andreas und ich haben das Gefühl, dass hinter der ganzen Geschichte noch etwas anderes steckt.«

»Etwas, das Sie mir nicht zu sagen wagen, nehme ich an«, äußerte Viviane verärgert.

»Ihnen schon«, antwortete Jemsen. »Allerdings darf nichts davon nach außen dringen. Die Mörder von Nadine und Caruso sind ehemalige Soldaten, die dem Eidgenössischen Departement für Verteidigung unterstellt waren. Es sind vermutlich mehr als drei. Mindestens acht.«

»Wieder dieses Märchen …«, unterbrach ihn Viviane seufzend.

»Vergessen wir Disney«, sagte Andreas. »Wir sind uns inzwischen ziemlich sicher, dass Caruso Julie Bossart dafür bezahlt hat, Lanteret eine Falle zu stellen. Und dass er ihr nach der Tat die Nase gebrochen hat und sie dann zur Befundaufnahme ins Krankenhaus Riviera-Chablais geschickt hat. Der einzige Haken an der Sache war, dass sie dabei nicht an die Kameras auf dem Hotelflur gedacht hatten. Caruso oder seine Auftraggeber waren also gezwungen, die Aufnahmen der Videoüberwachung verschwinden zu lassen, damit man ihr unversehrtes Gesicht nicht sehen konnte.«

»Bis dahin kann ich dir folgen«, sagte Viviane. »Und wer waren Carusos Auftraggeber?«

»Das können wir noch nicht mit Sicherheit sagen, aber wir haben einen gewissen Victor Beaumont in Verdacht, einen Freiburger Unternehmer. Er steht der MicroFrib AG vor, einer Firma, die ein Vermögen mit Werkzeugmaschinen gemacht hat.«

»Das ist ja nicht illegal.«

»Nein, das ist es nicht«, erklärte Jemsen. »Wir konnten jedoch ermitteln, dass Caruso größere Geldsummen von der MicroFrib AG erhalten hat. Beaumont behauptet, dass er Caruso für seinen Catering-Service bezahlt habe.«

»Sie haben Beaumont vernommen?«, fragte Viviane erstaunt.

»Sagen wir lieber, dass wir gestern Abend nach Freiburg gefahren sind, um mit ihm seine Leidenschaft für Eishockey zu teilen«, erklärte Jemsen. »Ein reiner Höflichkeitsbesuch.«

Viviane verzog das Gesicht. »Also außerhalb jeglichen rechtlichen Rahmens. Langsam kapiere ich, warum Sie sich so gut mit Andreas verstehen –«

»Ich weiß, was ich tue«, erwiderte Jemsen trocken. »Und ich leite immer noch diese Untersuchung, es sei denn, Sie möchten das Ernennungsdekret des Büros des Waadtländer Großen Rats in Frage stellen.«

»Das ist keineswegs meine Intention«, entschuldigte sich Viviane. »Doch Sie verstehen vielleicht, dass ich mich um die Integrität meines Teams sorge.«

»Wer Ergebnisse erzielen möchte, muss gelegentlich den Mut haben, die allzu einengenden Grenzen des Gesetzes zu überschreiten. Besonders bei dieser Art von Ermittlungen.«

Viviane lächelte und entspannte sich ein wenig. »Aus dem Munde eines Gesetzeshüters klingt das ganz anders, aber nun gut. Sie leiten die Untersuchung. Und warum sollte Beaumont Caruso nicht für seinen Catering-Service bezahlt haben?«

»Das hat er getan«, antwortete Andreas. »Sogar mehrfach. Und diese Zahlungen tauchen auch in der Buchführung von Carusos Geschäft ›Les Délices de Brent‹ auf. Ganz normale und rückverfolgbare Banküberweisungen. In den anderen Fällen handelt es sich allerdings um Transaktionen in Bitcoins von einem anonymen Wallet zu einem anderen. Dies sind Summen, die den Preis für eine Dinnerparty bei Weitem übersteigen. Und wir haben herausgefunden, dass Victor Beaumont in seiner Villa gerne Sexorgien veranstaltet hat. Das hat uns übrigens Amandine Clerc bestätigt.«

Stück für Stück begann Viviane das Puzzle in ihrem Kopf zusammenzusetzen, erhielt aber bislang nur die Konturen. Es fiel ihr noch schwer, sich das ganze Bild vorzustellen. »Nehmen wir mal an«, sagte sie, »dass Beaumont aus einem uns unbekannten Grund Lanteret eine Falle stellen wollte. Warum hätte er dann Nadine und Caruso ermorden lassen sollen?«

»Vielleicht, weil die beiden zu gierig geworden waren«, schlug Jemsen vor.

»Sie meinen eine Erpressung, die schiefgelaufen ist?«

»Reine Hypothese. Oder vielleicht waren sie auch einfach nur lästige Zeugen.«

»Wenn das der Fall wäre, warum sollte man sie dann elf Monate nach dem Geschehen eliminieren?«

»Das ist eine gute Frage. Aber es gibt noch eine andere: Warum wählt man für diese Drecksarbeiten Soldaten, die angeblich bei einem Auslandseinsatz umgekommen sind?«

»Und wo ist die Verbindung zwischen diesen Soldaten und Beaumont?«, fügte Andreas hinzu. »Einen Teil der Antwort haben wir gestern Abend in der Eissporthalle in Freiburg erhalten, denn zu unserer großen Überraschung sahen wir diesen Firmenboss in seiner VIP-Loge in bester Gesellschaft. Zu seinen prominenten Gästen gehörten Bundespräsident Serge Hamon, der auch das Eidgenössische Verteidigungsdepartement leitet, und Korpskommandant Martin Humel, der derzeitige Chef der Schweizer Armee. Das wirft doch einige Fragen auf, oder nicht? Vor allem, wenn die kostbare Zeit dieser beiden Männer in diesen Tagen von nichts anderem in Anspruch genommen werden sollte als von dem Ultimatum der islamistischen Terroristen, die die Freilassung ihres Bankiers Moussa Jassem al-Maliki fordern.«

»Den man gerade gewaltsam zu befreien versucht hat!«, rief plötzlich Bakary.

Sämtliche Blicke wandten sich zu ihm, der gebannt auf sein Handydisplay starrte, auf dem diese interne Information aufgetaucht war.

»Was ist geschehen?«, fragte Jemsen.

»Offenbar ist das gerade erst passiert. Bewaffnete Männer haben während eines Gefangenentransports einen von der Regierung veranlassten Konvoi überfallen, und zwar auf unserem Kantonsgebiet, auf einem Forstweg, der zu der Strafanstalt in der Orbe-Ebene führt. Sämtliche Angreifer wurden getötet. Der Liveticker unserer Kollegen aus Yverdon, die nach dem Angriff am Tatort waren, berichtet von einer kriegsähnlichen Szene mit Maschinengewehren und Hubschraubereinsatz.«

»Und der Gefangene?«, erkundigte sich Andreas.

»Er lebt und wurde wie vorgesehen von der Bundespolizei nach Bochuz überführt.«

Im Besprechungszimmer herrschte ein kurzes Schweigen, das Viviane schließlich brach.

»Glauben Sie, dass all diese Affären – ich meine damit unseren Fall und das Ultimatum der Terroristen – miteinander zusammenhängen?«

»Um das zu sagen, ist es noch zu früh«, antwortete Jemsen. »Aber heute Morgen haben Andreas und ich uns noch mal die Fotos von dem Neujahrsempfang in Savatan angeschaut, die uns der Leiter der Polizeiakademie netterweise zur Verfügung gestellt hat. Und raten Sie, wer darauf zu sehen ist.«

Andreas reichte Viviane die Fotos und erklärte dazu: »Auf dem ersten Foto unterhalten sich gerade Hamon, Humel und Beaumont miteinander. Auf dem zweiten Foto spricht Beaumont mit Caruso.«

»Was hat ein Firmenboss auf diesem Neujahrsempfang zu suchen?«, fragte Viviane.

»Genau das ist die Frage«, antwortete Andreas. »Deshalb habe ich mir die Freiheit erlaubt, den Leiter der Polizeiakademie Savatan zu bitten, sich uns per Videokonferenz zuzuschalten.«

Er zeigte mit einer Fernbedienung auf den Bildschirm an der Wand und schaltete ihn ein. Der Oberst tauchte auf. Vor den anderen wahrte Andreas die Form und siezte ihn.

»Guten Tag, Colonel, danke, dass Sie sich uns zugeschaltet haben.«

»Ich stehe zu Ihrer Verfügung. Was kann ich für Sie tun, Monsieur le Commissaire?«

Andreas hielt das Foto vor die Kamera, auf dem der Unternehmer mit Caruso sprach. »Erkennen Sie diesen Mann, Colonel?«

»Natürlich, das ist Victor Beaumont.«

»In welcher Funktion wurde er zum letzten Neujahrsempfang eingeladen?«

»Wenn ich mich recht entsinne, erschien er mit Korpskommandant Martin Humel. Letzterer hat ihn über unsere Website angemeldet.«

»Wissen Sie, was diese Männer miteinander verbindet?«

»Ich weiß, dass Monsieur Beaumont ein enger Freund von Serge Hamon und Martin Humel ist. Ich persönlich kannte ihn nur dem Namen nach. Er ist mir im Laufe jenes Abends kurz vorgestellt worden.«

»Was verstehen Sie unter ›dem Namen nach‹?«

»Nun, um ehrlich zu sein, ist in bestimmten Kreisen jedem bekannt, dass sein Unternehmen MicroFrib AG nicht nur im privaten Werkzeugmaschinensektor tätig ist, wenn Sie wissen, was ich meine.«

»Könnten Sie das etwas präzisieren?«

»Man munkelt, dass die MicroFrib AG ein wichtiger Lieferant des Eidgenössischen Verteidigungsdepartements ist.«

»In welchem Sektor?«

»In der Produktion von Rüstungsgütern. Und ich schätze, dass die Geschäftsbeziehungen zwischen diesen drei Männern nicht erst seit gestern bestehen.«

»Wie darf ich das verstehen?«

»Nach Ihrem Anruf vorhin habe ich ein wenig in den Archiven von Savatan recherchiert, die, wie Sie wissen, sowohl die Polizei als auch die Armee betreffen. Hamon, Humel und Beaumont kennen sich seit der Rekrutenschule, die sie alle drei zusammen in Dailly absolviert haben, bevor sie dort in den militärischen Stab eingetreten sind.«

»Ich danke Ihnen sehr für diese wertvollen Informationen, Colonel«, sagte Andreas und beendete die Videokonferenz.

Im Besprechungszimmer herrschte wieder Stille, bis Viviane erneut das Wort ergriff.

»Also«, murmelte sie, »ich weiß nicht, was ich von alldem halten soll …«

»Dass Sie auf diesen beiden Fotos die Hauptdarsteller einer Verschwörung gegen den Armeechef Lanteret sehen«, antwortete Jemsen.

»Aber mit welchem Ziel?«

»Genau das wissen wir noch nicht. Doch diese drei Männer sind alle in der Lage, sich militärischer Phantome zu bedienen. Und alle drei könnten ein Interesse daran haben, Lanteret aus dem Weg zu schaffen. Hamon, weil sich Lanterets Meinung zum Militärbudget für die morgige Abstimmung als problematisch erweisen könnte. Beaumont, weil eine Kürzung des Militärbudgets die Gewinnspanne seines Unternehmens gefährden würde. Und Humel, weil man ihm dadurch einen Königsweg anbietet, um die Stelle seines Vorgesetzten zu bekommen.«

»Einverstanden«, sagte Viviane. »Aber worin besteht die Verbindung zum Ultimatum?«

»Es ist noch zu früh, um das zu sagen«, antwortete Andreas. »Aber du musst mir doch zustimmen, dass die zeitliche Koinzidenz zwischen dem Ablaufen des Ultimatums morgen Mittag und der für morgen Nachmittag angesetzten Abstimmung über den Armeehaushalt ziemlich beunruhigend ist, oder?«

Viviane dachte kurz nach. »Sollten wir nicht Fedpol über unsere Erkenntnisse informieren?«

»Das würde ich nicht tun«, erwiderte Andreas. »Zumindest nicht sofort. Zum einen haben wir noch keine stichhaltigen Beweise, aber vor allem wissen wir nicht, inwieweit nicht der ganze föderale Apparat da mit drinhängt.«

»Was schlagt ihr also vor?«

»Wir werden morgen in aller Frühe bei Victor Beaumonts Unternehmen eine Durchsuchung vornehmen«, sagte Jemsen.

»Warum nicht jetzt gleich?«

»Weil die Räumlichkeiten der MicroFrib AG weitläufig sind, die Zahl der dort arbeitenden Mitarbeiter groß ist und eine solche Operation eine sehr sorgfältige Vorbereitung erfordert, an der mehrere Ihrer Dienststellen, darunter die Steuerfahndung sowie dank des Segens meines Freiburger Amtskollegen auch die Freiburger Kantonspolizei, beteiligt sind. Wir werden heute den ganzen Nachmittag brauchen, um das alles auf die Beine zu stellen.«

»Und ich«, sagte Andreas provokativ lächelnd, »muss heute Nachmittag für einen Check-up ins Krankenhaus.«

Ohne das Lächeln zu erwidern, hakte Viviane noch einmal nach. »Das kann doch nicht euer Ernst sein. Das Ultimatum läuft morgen Mittag aus!«

»Ganz im Gegenteil«, erwiderte Jemsen, »wir nehmen das alles äußerst ernst. Wir haben das mit Andreas diskutiert und sind zu einem weiteren Schluss gekommen. Entweder hat das Ultimatum nichts mit dem Lanteret-Fall zu tun, dann betrifft es auch nicht unsere Ermittlungen, und es wäre an den Instanzen des Bundes, die Situation in den Griff zu bekommen. Oder alles hängt miteinander zusammen, dann wäre das Ultimatum nur eine Nebelwand, um die Abstimmung über das Armeebudget in eine andere Richtung zu lenken. Wenn wir erst morgen früh zuschlagen, bleibt uns genügend Zeit für eine angemessene Vorbereitung, und wir können sie überrumpeln, ohne dass ihnen genügend Zeit für eine Planänderung bleibt.«

38

Im Lagezentrum des Bundeshauses herrschte eine bleierne Atmosphäre. Die Bildschirme waren auf Stand-by geschaltet, doch in den Köpfen der Zuschauer liefen die Bilder des Angriffs auf den Konvoi noch immer in einer Endlosschleife ab. Schweigen hatte sich über den ovalen Tisch gesenkt.

Schließlich ergriff Bundespräsident Hamon das Wort. »Das ist doch Wahnsinn!«, rief er aus. »Wie kann man einen Gefangenen befreien wollen, der von einer solchen Streitmacht bewacht wird? Diese Männer müssen doch gewusst haben, dass dies ein Selbstmordkommando war. Wissen wir wenigstens, wer sie sind?«

»Noch nicht«, antwortete Fedpol-Direktor Reinmann, »doch die Identifizierung der Leichen sollte nicht lange dauern.«

»Aber warum dieser Angriff? Warum zu diesem Zeitpunkt? Das Ultimatum ist noch nicht einmal abgelaufen.«

»Es sieht so aus, als habe sich eine Terrorzelle für eine andere geopfert«, unterbrach ihn Bundesanwalt Widmer.

»Aber mit welchem Ziel?«, fragte Hamon.

»Um unsere Aufmerksamkeit von dem wahren Ziel abzulenken und vielleicht um Zeit zu gewinnen.«

»Indem sie einen Teil ihrer Männer verraten?«

»Diese Menschen verraten sich niemals gegenseitig«, antwortete Widmer. »Die Stärksten manipulieren die mental Schwächsten. Nach dem Motto: Welche größere Ehre könnte es geben, statt als Märtyrer für Allah zu sterben und im Paradies zweiundsiebzig Jungfrauen zu empfangen? Hier hat wohl eine Gehirnwäsche der kleinen Helfer stattgefunden, die gerade in Orbe umgekommen sind. Ein seit dem 11. September 2001 und den Anschlägen in Paris 2015 altbekannter Refrain.«

»Seit den Kreuzzügen ins Heilige Land«, korrigierte ihn Reinmann.

»Dabei ist es doch Ihre Aufgabe, die Drahtzieher dieses Anschlags zu identifizieren, Herr Direktor«, entgegnete Hamon vorwurfsvoll.

»Wir arbeiten daran, Monsieur le Président. Das kann ich Ihnen versichern.«

»Das wiederholen Sie seit Samstagabend immer wieder.«

»Meine Männer überwachen weiterhin den Imam Mustafa Harimi. Er ist unsere einzige ernsthafte Spur, und wir weichen ihm nicht von den Fersen. Momentan verlässt er die Moschee in Pully allerdings so gut wie nie.«

Hamon seufzte, als jemand an die Tür klopfte. Der Assistent des Krisenstabsleiters erhob sich und öffnete die Tür. Eine Frau trat ein, ging direkt auf Hamon zu und übergab ihm ein Schreiben.

Hamon las es, nahm seine Brille ab, wischte die Gläser sauber und verkündete: »Die Bundeskanzlei hat soeben eine E-Mail von den Terroristen erhalten. Über denselben verschlüsselten Kanal wie die erste, in der die Verlegung von Moussa Jassem al-Maliki aus der Justizvollzugsanstalt Thorberg in das Gefängnis Bochuz gefordert wurde. Sie bekennen sich zu dem Anschlag von heute Morgen, erinnern daran, dass das Ultimatum morgen Mittag ausläuft, und wiederholen ihre zweite Forderung: die Bereitstellung eines Flugzeugs auf dem Militärstützpunkt in Payerne …« Er seufzte.

»Sie werden dieser Forderung doch wohl nicht nachkommen?«, fragte Widmer besorgt.

»Nein«, versicherte Hamon und setzte seine Brille wieder auf. »Wir haben das heute Morgen noch mit meinen Kollegen vom Bundesrat besprochen und halten an unserer Entscheidung fest, dieser Forderung nicht nachzukommen. Auf gar keinen Fall.« Er setzte eine ernste Miene auf. »Die Terroristen erklären, dass sie, wenn wir ihnen nicht Folge leisten, das …«

Er zögerte, und Reinmann fragte ungeduldig: »Was ist das Ziel des Anschlags?«

»Das Bundeshaus.«

Die anderen erstarrten.

»Werden Details genannt?«, fragte Widmer.

»Nein«, antwortete Hamon.

»Man muss also alle möglichen Szenarien in Erwägung ziehen«, mischte sich Reinmann wieder ein. »Ein Angriff vom Boden aus oder aus der Luft, ein bewaffnetes Kommando, eine Bombe, eine Rakete ... oder was weiß ich.«

»Aber warum geben sie uns das Ziel bekannt?«, wunderte sich der Bundesanwalt. »Sie müssen doch davon ausgehen, dass wir dadurch Zeit haben, zu reagieren.«

»Vielleicht ist das auch nur ein weiteres Ablenkungsmanöver«, legte Reinmann nahe.

»Und das Bundeshaus vor einem solchen Angriff zu schützen, ist nicht einfach«, erklärte Hamon. »Es gibt natürlich von langer Hand vorbereitete Aktionspläne. All diese Szenarien sind bereits durchgespielt worden. Aber je nachdem, wie die Terroristen vorgehen wollen, reichen der Bundessicherheitsdienst von Fedpol und die Polizei nicht aus.«

»Und was ist dann Ihre Empfehlung?«, fragte Widmer. »Sollen wir evakuieren? Den letzten Tag der Wintersession verschieben?«

»Das kommt nicht in Frage«, erwiderte Hamon. »Niemals werden wir uns einer solchen Drohung beugen.« Hamon wandte sich an den Leiter des Krisenstabs. »Stellen Sie die Verbindung zu Korpskommandant Humel wieder her!«, befahl er.

Der Mann gab seinem Assistenten ein Zeichen, der daraufhin den Computer bediente und dann verkündete: »Delta 1 ist online.«

Das Gesicht des Armeechefs ad interim tauchte auf dem Bildschirm auf. Im Hintergrund konnte man das Autobahnviadukt der Orbe-Ebene erkennen und weiter hinten die verschneiten Überreste des Schlachtfelds, die Leichen, die rauchenden Wracks der beiden Lieferwagen des Terrorkommandos sowie den von den Einschlägen der Kugeln gezeichneten Eagle V. Zu den Militärfahrzeugen des angegriffenen Konvois hatten sich inzwischen auch zivile Fahrzeuge der Feuerwehr, der Ersthelfer und der Waadtländer Polizei gesellt. Am Rande des Bildschirms war ein Super Puma zu sehen, der auf einem Feld nahe dem Gefängnisgelände gelandet war.

»CC an Delta 1, wie ist der Status der Operation ›Hüter der Dunkelheit‹?«, fragte Hamon.

»Delta 1 an CC«, antwortete Humel. »Die Operation ist erfolgreich abgeschlossen. Das Paket hat seine Destination erreicht.«

»Gut. Wie sieht die Bilanz auf Ihrer Seite aus?«

»Zwei Männer durch Granatsplitter leicht verletzt. Zehn Terroristen eliminiert.«

»Umso besser«, erwiderte Hamon, »aber es ist noch nicht vorbei. Wir haben soeben erfahren, dass das Ziel für den Terroranschlag bei Nichteinhalten des Ultimatums das Bundeshaus ist. Ich verhänge ab sofort den Ausnahmezustand!«

Widmer mischte sich ein. »Monsieur le Président, ich erlaube mir, Sie darauf hinzuweisen, dass Sie diese Entscheidung nicht alleine treffen können. Und was genau verstehen Sie unter dem Begriff ›Ausnahmezustand‹? Diese Terminologie ist im Schweizer Recht nicht vorgesehen.«

»Ich verbitte mir diese Wortklaubereien, Herr Bundesanwalt«, unterbrach ihn Hamon trocken. »Es handelt sich um eine außergewöhnliche Situation, die außergewöhnliche Maßnahmen erfordert. Zögern wäre jetzt unangebracht. Ich bin befugt, vorsorgliche Maßnahmen anzuordnen. Uns bleibt nicht die Zeit, den Gesamtbundesrat einzuberufen. Ich werde die Verantwortung für diese Entscheidung übernehmen und im selben Atemzug meine sechs Kollegen davon in Kenntnis setzen. Martin, Sie übernehmen das Kommando über die Feldoperation.«

»Wie lauten Ihre Befehle?«, fragte Humel.

Hamon schaute kurz zu Widmer und Reinmann, die zuhörten, ohne recht zu wissen, wie sie reagieren sollten.

»Ich befehle die sofortige Mobilisierung der Armee«, sagte Hamon. »Sie wird alle neuralgischen Punkte des Landes schützen, wobei der Sicherheit des Bundeshauses höchste Priorität gebührt.«

»Delta 1 an CC, habe verstanden«, quittierte Humel. »Berechtigung zum Einsatz der Spezialeinheit AAD-10?«

Das Armee-Aufklärungsdetachement 10 bestand aus gut

hundert Elitesoldaten, die speziell für solche Situationen ausgebildet waren, obwohl es bislang noch nie unter diesen Umständen hatte eingreifen müssen.

»Sie haben freie Hand«, antwortete Hamon. »Es ist zwingend erforderlich, das Bundeshaus gegen jeden Versuch der Infiltration abzuschirmen. Ergreifen Sie die Maßnahmen, die Sie für notwendig erachten, aber sorgen Sie auch dafür, dass die morgige Parlamentssitzung so ruhig wie möglich ablaufen kann. Umgekehrt möchte ich weder Publikum noch Journalisten im Gebäude noch in dem gesicherten Bereich haben, dessen Festlegung ich Ihnen überlasse.«

Als die Verbindung beendet war, sahen sich Widmer und Reinmann schweigend an. Sie hatten beide begriffen, dass das Kriegsrecht – auch wenn dieser Begriff ebenfalls in der Schweizer Rechtsprechung nicht vorkam – die verfassungsmäßigen Rechte der Bürger außer Kraft setzte und dass die Demokratie in Gefahr war. Die Schweiz stand vor einer Situation, wie sie sie seit dem Zweiten Weltkrieg nicht mehr erlebt hatte. Ohne es zu merken, hatte Hamon den Terroristen einen ersten Sieg geschenkt.

39

Als Serge Hamon das Bundesratssitzungszimmer betrat, trafen ihn sofort die wütenden Blicke seiner sechs Kollegen. Kurz nach der Krisensitzung, bei der er die Mobilisierung der Armee befohlen hatte, hatten ihn die anderen Bundesräte ebenfalls zu einer Krisensitzung einberufen. Er hatte daraus geschlossen, dass der Bundesanwalt sicherlich die Vizepräsidentin des Bundesrates alarmiert hatte.

Kaum hatte er den Raum betreten, wurde er von seinen Kollegen angegriffen.

»Serge, du bist uns einige Erklärungen schuldig!«, rief die Vizepräsidentin Sandra Rochat.

»Du hast deine Befugnisse überschritten!«, ergänzte die Vorsteherin des Eidgenössischen Departements für auswärtige Angelegenheiten. »Das ist absolut untragbar.«

Hamon nahm in der Mitte hinter seinem Rednerpult auf dem für ihn vorgesehenen barocken, mit ockerfarbenem Leder überzogenen Sessel Platz. Zu seiner Rechten saßen der Bundeskanzler und der Vizekanzler, zu seiner Linken der Sprecher des Bundesrates. Ihm gegenüber saßen im Halbkreis die Vizepräsidentin und die Bundesräte.

Alle Blicke waren feindselig auf ihn gerichtet, doch davon ließ er sich nicht beeindrucken. Er nahm sich viel Zeit und betrachtete zunächst länger die Darstellung der Helvetia auf einer der Wände des Bundesratszimmers. Das Emblem verkörperte das Wesen der Schweiz, die Fähigkeit des Landes, sich der Welt zu öffnen und dabei gleichzeitig seine Identität, seine Kultur und seine Werte zu bewahren. Helvetia stand für die Stärke und den Kampfgeist und für die Widerstandskraft des Schweizer Volkes gegenüber allen Widrigkeiten. Eine Allegorie, die in diesem Kontext sehr hilfreich war.

Hamon hob beschwichtigend die Hände. »Meine Damen und Herren Bundesräte, bitte beruhigen Sie sich etwas.«

»Du hast gerade im Alleingang eine historische Entscheidung getroffen und willst, dass wir uns beruhigen?«, rief Sandra Rochat.

»Frau Vizepräsidentin, ich möchte Sie daran erinnern, dass ab der Eröffnung der Sitzung laut Protokoll das Siezen und die Verwendung von Titeln vorgeschrieben sind.«

»Das ist ja wohl der Gipfel der Heuchelei«, entgegnete sie kopfschüttelnd.

»Du hast dich wie ein Despot verhalten und willst uns vorschreiben, dass wir die Form wahren müssen?«, mischte sich einer der Bundesräte ein.

»Also gut, nachdem Sie nun Ihr Gift verspritzt haben, können wir uns vielleicht wie Erwachsene unterhalten?«

Sandra Rochat schnaubte und nickte dann.

»Wenn ich entschieden habe, so vorzugehen, dann aus zwei Gründen. Erstens, weil die Situation ein sofortiges Handeln erforderte. Eine kollegiale Entscheidung hätte Zeit gebraucht und den Terroristen einen klaren Vorteil verschafft.« Hamon blickte nacheinander jeden seiner sechs Kollegen an und fügte hinzu: »Ich habe diese Maßnahmen ergriffen, um die Sicherheit unseres Landes zu gewährleisten.«

»Und der zweite Grund?«, fragte Sandra Rochat ungeduldig.

»Weil ich überzeugt war, dass wir gemeinsam zu derselben Entscheidung kommen würden, da sie unausweichlich war.«

»Serge, auch wenn ich inhaltlich mit dir übereinstimme, kannst du so nicht handeln«, mischte sich die Bundesrätin für auswärtige Angelegenheiten ein. »Die Demokratie ist unser Grundpfeiler, unsere Stärke, und wir dürfen sie unter keinen Umständen mit Füßen treten.«

»Und ich«, sagte Sandra Rochat, Mitglied der Grünen, »bin nicht einverstanden mit einem Aufgebot von Soldaten in unseren Städten.«

»Warum nicht, Frau Vizepräsidentin?«, fragte Hamon.

»Weil ich befürchte, dass der bevorstehende Einsatz der Armee lediglich die Angst und die Ressentiments in der Bevölkerung schüren würde. Wir sollten vorsichtig und intelligent mit dieser terroristischen Bedrohung umgehen. Wir haben andere Mittel, um die Sicherheit des Landes zu gewährleisten, und müssen nicht Panzer auf den Bundesplatz schicken.«

»Dies ist jedoch das sicherste und effizienteste Mittel«, erwiderte Hamon. »Zudem könnte ausnahmsweise niemand behaupten, dass unsere Armee zu nichts nütze ist.«

»Und bei der morgigen Abstimmung kommt dir genau das sehr entgegen«, schimpfte Sandra Rochat. »Du hast diese Lage für ein niederträchtiges politisches Manöver ausgenutzt.«

Die Bundesrätin für auswärtige Angelegenheiten schlug mit der Faust auf ihr Pult, bis es still wurde.

Hamon sprach: »Das reicht. Dies ist nicht der Moment, interne Querelen vom Zaun zu brechen. Natürlich sind wir vor vollendete Tatsachen gestellt worden und müssen jetzt mit einer Situation umgehen, die wir nicht kollegial entschieden haben. Aber wir müssen dies tun, ohne dass die Meinungsverschiedenheiten zwischen uns Oberhand gewinnen. Die Umstände erfordern, dass wir geeint auftreten. Ich schlage vor, eine Pressekonferenz einzuberufen und dem Volk unsere Entscheidung darzulegen.«

Alle schwiegen.

»Gut«, sagte Sandra Rochat schließlich und blickte dabei Hamon scharf an. »Dann machen wir es so. Aber Sie sollten wissen, Herr Bundespräsident, dass Sie, wenn das alles hier vorbei ist, sich nicht so leicht aus der Affäre ziehen können.«

Hamon ließ sich nicht einmal herab, darauf zu reagieren, sondern sprach ein weiteres heißes Eisen an. »Um die Rolle von Martin Humel an der Spitze der Armee zu stärken, schlage ich vor, dass wir ihn zum General ernennen.«

»Bist du jetzt völlig irre?«, rief Sandra Rochat aus. »Das kann nur im Kriegsfall geschehen. Und das einzige Mal, dass das vorgekommen ist, war 1939 ...«

»Richtig, wir befinden uns im Krieg!«

»Im Krieg? Siehst du den Feind mit Panzern und Truppen an unseren Grenzen stehen?«

»Der Bundespräsident hat recht«, unterbrach sie einer der

Bundesräte. »Wir haben es hier nicht mit einem traditionellen Feind zu tun, sondern mit einer heimtückischen Bedrohung, die sich bereits auf unserem Territorium eingenistet hat. Die Ernennung eines Generals würde ein starkes Signal aussenden und zeigen, dass wir uns niemals einschüchtern lassen.«

Alle außer Sandra Rochat nickten.

»Ich kann nicht glauben, dass ihr alle damit einverstanden seid, was hier gerade geschieht ...«

»Du wirst dich der allgemeinen Meinung anschließen müssen«, sagte Hamon spöttisch lächelnd.

Sandra Rochat schüttelte missmutig den Kopf. »Nun, da ich in der Minderheit bin, muss ich wohl oder übel gute Miene zum bösen Spiel machen. Wir werden also gleich der Vereinigten Bundesversammlung den Vorschlag unterbreiten, Martin Humel zum General zu ernennen.«

40

Eingemummelt in eine dicke Winterjacke, eine Mütze und einen großen Schal, der die Hälfte seines Gesichts bedeckte, ging Ramzan Zakayev in Richtung der Moschee in Pully. Dicke Schneeflocken tanzten vor dem Abendhimmel. Ramzan zog den Schal noch weiter über seine Nase. Es war kalt, aber vor allem hatte er das getarnte Polizeifahrzeug wahrgenommen, das auf der anderen Straßenseite stand, und er wollte um jeden Preis verhindern, dass die Polizisten, die den Imam bewachten, ihn identifizieren konnten.

Ramzan betrat die Moschee eine halbe Stunde vor dem Gebetsruf und ging in das Büro von Mustafa Harimi. Der Imam saß gedankenversunken vor einer Tasse Tee.

Ramzan trat auf ihn zu und legte ihm eine Hand auf die Schulter als Gruß. »Mögen Allahs Gelassenheit, seine unendliche Barmherzigkeit und sein Segen deinen Weg umhüllen, oh Imam!«, sagte er ehrfürchtig.

»Und mögen der Friede, die Gnade und der Segen Allahs mit dir sein!«, antwortete Harimi mechanisch. Er drehte sich um und schaute seinen Besucher niedergeschlagen an. »Gelassenheit ... das ist leicht gesagt ...«

»Mach dir keine Sorgen. Unser Plan funktioniert wie vorgesehen.«

»Was für ein Plan?« Harimi hatte die Stimme erhoben. »Ich habe Monate gebraucht, eine Zelle aufzubauen. Und dann sind unsere Brüder alle innerhalb einer Minute gestorben. Ohne dass es auf der anderen Seite auch nur ein einziges Opfer gegeben hätte ...«

»Ihr Opfer war notwendig. In den Augen Allahs ist unsere Mission heilig. Die Märtyrer werden im Paradies belohnt werden.«

Erneut starrte der Imam Ramzan zweifelnd an. »Was ist das wahre Ziel? Und wer ist damit betraut?«

Ramzan setzte sich ihm gegenüber auf einen Stuhl und sagte ruhig: »Die Bundespolizei überwacht dich.«

»Wie bitte?«

»Dein Mobiltelefon wird sicherlich abgehört, und vor der Moschee sitzen zwei Bundespolizisten im Auto und schieben Wache.«

Harimi seufzte. »Wie haben sie meine Nummer herausbekommen?«

»Vermutlich wegen des Anrufs, den Moussa aus der Gefängniszelle in Thorberg getätigt hat.«

»Ich ... ich verstehe das nicht ...«, stotterte Harimi und suchte nach Antworten in dem Blick seines Gesprächspartners.

»Sie haben die Gefängniswärterin verhaftet, die das Handy ins Gefängnis geschmuggelt hatte.«

»Hattest du nicht gesagt, es sei dir gelungen, das Ortungssystem für Mobiltelefone auszuschalten?«, rief Harimi in einem Ton, der Frustration und Besorgnis verriet.

»Unser Informatiker hat Mist gebaut ...«

»Das darf doch nicht wahr sein! Was soll ich denn jetzt machen?«

Ramzan versuchte ihn zu beruhigen. »Wir werden dich hier rausholen und dich dann unauffällig außer Landes bringen.«

»Aber ich kann doch meine Gemeinde nicht im Stich lassen ...«

»Möchtest du lieber zu Moussa hinter Gitter wandern?«

Harimi schüttelte verärgert den Kopf. »Hast du eine Idee, wie wir jetzt vorgehen sollen?«

»Nach dem Gebet treffen wir uns hier.«

In seinem traditionellen Gewand betrat der Imam den Gebetsraum und schritt feierlich auf die Mihrab zu. In der Moschee herrschte eine friedliche Atmosphäre. Zahlreiche Gläubige hatten sich zum Abendgebet versammelt. Ramzan positionierte sich hinten und gab einem seiner mit einer Keffiyeh bekleideten Komplizen unauffällig ein Zeichen, da er einen Bundespolizisten unter den Gläubigen entdeckt hatte.

Als sich Stille über die Moschee gesenkt hatte, rief der Imam: »*Allahu Akbar*, Allah ist größer.«

Die Worte hallten im Raum wider, und jede Silbe trug das Gewicht der Verehrung. Die Gläubigen standen aufrecht, und ihre Hände mit den nach Mekka gerichteten Handinnenseiten wanderten instinktiv bis in die Höhe der Ohren, um damit Demut und Hingabe an den Schöpfer zu beschwören. Ramzan war kein Sympathisant des Islamischen Staates. Ganz im Gegenteil – er hasste ihn. Seine Abneigung gegen Fanatiker beruhte auf seiner tiefen Religiosität. Er glaubte an die authentischen Werte des Islam. In seinen Augen war die extremistische Auslegung des Korans eine Verzerrung des Glaubens, ein Privileg der Feiglinge. Auch wenn er aufgrund seiner Ausbildung und seines Berufes gelegentlich töten musste, dann jedoch niemals im Namen Allahs und seines Propheten, sondern allein aus Staatsräson oder aus niederen Motiven.

Der Imam begann, mit erhobener Stimme den Koran zu rezitieren. Die Gläubigen verbeugten sich, ließen sich dann auf die Knie nieder und beugten sich nach vorne, um mit den Zehen, den Knien, den Handflächen, der Stirn und der Nase als Demonstration ihrer Demut vor Allah den Boden zu berühren.

Ramzan beobachtete den Imam, der sich an diesem Abend nicht von der quälenden Unruhe befreien konnte, die allgegenwärtig spürbar war, und der daher die rituellen Gesten und das Deklamieren der Suren rein mechanisch vollzog.

Die Gläubigen rezitierten im Sitzen den Tashahhud als islamisches Glaubensbekenntnis und danach den Taslim als Schlussgebet. Sie wendeten ihre Köpfe nach rechts und sprachen einstimmig: »Der Friede und die Barmherzigkeit Allahs seien mit euch«, um die Andacht zu beenden.

Nach dem Gebet herrschte eine feierliche Ruhe. Einige blieben, in persönliche Bittgebete vertieft, noch eine Weile sitzen, während andere sich dem Lesen der Koranverse widmeten. Die übrigen Gläubigen erhoben sich und verließen den Raum.

Harimi ging zurück in sein Büro. Beim Eintreten erstarrte er. Im dämmrigen Licht des Raumes zeichnete sich eine Gestalt ab, die auf ihn zukam. Harimi war überrascht, Auge in Auge einer Person gegenüberzustehen, die er nicht kannte.

»Wer sind Sie?«, fragte er erstaunt.

Der Mann antwortete nicht. Als Kopfbedeckung trug er eine rot-weiße Keffiyeh, die mit einem Agal, einer braunen geflochtenen Kordel aus Ziegenhaar, zusammengehalten wurde.

Die Tür öffnete sich erneut. Ramzan trat ein und hatte einen Moscheebesucher dabei, dem er eine Waffe an die Wange drückte.

»Tauscht eure Kleidung!«, befahl er.

Die beiden Männer kapierten, dass sie keine andere Wahl hatten, und gehorchten. Die Geisel zog das lange, weite, weiße Gewand des Imams an und musste anschließend eine dicke Winterjacke mit Kapuze überziehen.

Ramzan forderte Harimi auf: »Gib mir dein Handy!«

Harimi nickte und reichte es Ramzan, der es in eine der Jackentaschen der Geisel steckte.

Ramzan sagte: »Gut so, also los, Pimpel.«

Der mit der Keffiyeh bekleidete Pimpel erinnerte die Geisel daran, dass er eine Waffe trug, und befahl ihr, ihm zu folgen. Sie ließen Ramzan und Harimi zurück, gingen in den Gebetsraum und mischten sich dort unter die Gläubigen, die sich anschickten, die Moschee zu verlassen.

Pimpel führte die Geisel nach draußen, ließ sie in ein Auto einsteigen, setzte sich zu ihr auf die Rückbank und wies den Fahrer an: »Fahr los, Brummbär!«

Die Nervosität im Wageninneren war deutlich spürbar. Die Geisel, ein Gläubiger, den sie zufällig ausgewählt hatten, zitterte. Pimpel und Brummbär wechselten keine weiteren Worte. Der Wagen raste los. Brummbär vergewisserte sich durch einen Blick in den Rückspiegel, dass die Bundespolizisten, die sich von der vertauschten Kleidung hatten täuschen lassen, ihnen folgten. Als er merkte, dass ihre List erfolgreich gewesen war, hielt er den Abstand bei, bog in eine Seitenstraße ab und stellte den Wagen quer. Pimpel schlug die Geisel mit dem Griff seiner

Waffe bewusstlos. Bevor die Polizisten die Seitenstraße erreichten, sprangen Pimpel und Brummbär aus dem Auto und rannten zum anderen Ende der Straße und bogen um die Ecke. Auf diese Weise konnten die Polizisten ihnen unmöglich folgen. Sie eilten in eine Querstraße, in der ein Lieferwagen auf sie wartete. Sie stiegen hinten ein, wo Ramzan den echten Imam mit einer Waffe in Schach hielt.

Der Lieferwagen fuhr los. Pimpel nahm seine Keffiyeh ab.

»Aber ihr seid keine Gläubigen!«, rief Harimi. »Wer seid ihr?«

Weiter kam er nicht. Brummbär drückte ihm ein mit Chloroform getränktes Tuch auf Mund und Nase. Harimi verlor das Bewusstsein. Pimpel knebelte ihn und fesselte seine Hände mit Handschellen auf dem Rücken. Ramzan steckte seine Waffe weg, holte sein Smartphone hervor und schickte seinem Kontakt eine verschlüsselte Nachricht: »Zielperson ausgeschleust und ausgeschaltet!«

Der Empfänger antwortete mit dem niedlichen Namen »Schneewittchen«. Ramzan unterschieb seine Nachricht mit »Hatschi«.

41

Die Bundesstadt war vier Tage vor Weihnachten in dunkle Nacht getaucht. Normalerweise drängelten sich um diese Jahreszeit die Menschen in den Geschäften, jetzt aber war Bern völlig verlassen. Lichtergirlanden erhellten leere Straßen. Ab und zu konnte man zwar ein paar unbeugsame Passanten bei ihrem Wettlauf um Geschenke ausmachen, aber das Herz war nicht dabei. Das Ultimatum und die Angst vor einem möglichen Terroranschlag hatten die Stadt erstarren lassen. Die Geschäftsleute hatten darauf gesetzt, dass eine solche Warnstufe die Schweiz nie wirklich erreichen würde. Sie waren davon ausgegangen, dass die Bevölkerung die Drohung gar nicht beachten würde und dass das menschliche Gehirn angesichts einer vagen und unklaren Bedrohung die sichere Routine vorziehen würde. Denn so etwas passierte normalerweise in anderen Ländern, manchmal in Nachbarländern, aber nicht hier. Ein Großteil der Bevölkerung würde sicherlich die Medien ignorieren, weil sie der Schreckensmeldungen überdrüssig waren. Die Geschäftsleute hatten sich jedoch rasch vom Gegenteil überzeugen lassen müssen, denn die sozialen Netzwerke hatten Panik wie ein Virus der schlimmsten Art verbreitet.

Die Altstadtbewohner hatten sich in ihrem Zuhause verkrochen. Hinter verschlossenen Fenstern hatten sie zugesehen, wie Kolonnen von Militärfahrzeugen durch die Gassen fuhren, und hatten den Lärm der Hubschrauber über ihnen gehört. Die Armee breitete sich in der Altstadt am Ufer der Aare aus.

Auf dem Bundesplatz stiegen etwa hundert Soldaten in Kampfanzügen und mit SIG-550-Sturmgewehren über den Schultern aus Lastwagen und nahmen den Platz in Beschlag. Sie errichteten rund um das Bundeshaus Barrikaden aus Stacheldraht und Sandsäcken und ließen nur wenige Lücken für Kontrollposten frei, an denen Soldaten den Zugang kontrollierten.

Als um achtzehn Uhr Leopard-2-Panzer am Rande des Platzes Stellung bezogen und die wenigen Schaulustigen von den Soldaten auf Abstand gehalten wurden, war der Höhepunkt erreicht.

Von ferne war das dröhnende Geräusch eines herannahenden Helikopters zu hören. Der Super Puma landete mit eingeschalteten Scheinwerfern in der Mitte des Platzes. Die Rotoren des Stahlmonsters bliesen Schneefahnen in die Luft. Als die Rotorblätter schließlich langsamer wurden, glitt die Seitentür auf, und Martin Humel stieg aus. Die Soldaten formierten sich zu zwei sich gegenüberstehenden Ehrenreihen und standen stramm. Humel schritt zwischen ihnen hindurch bis zu einem kleinen Empfangskomitee aus Offizieren, die offensichtlich auf seine Befehle warteten.

»Willkommen in der Bundesstadt, General«, sagte ein hochrangiger Offizier und salutierte.

»Danke, Herr Oberst«, erwiderte Humel und salutierte ebenfalls. »Läuft alles wie vorgesehen?«

»Ohne die geringste Störung.«

»Haben Ihre Männer das Bundeshaus durchsucht?«

»Sie sind dabei. Mit Sprengstoffsuchhunden und Geigerzählern, um mögliche Spuren von Radioaktivität aufzuspüren. Die Bundesratssitzung war bei unserem Eintreffen bereits beendet, doch wir mussten einige Nachzügler evakuieren. Alles verlief friedlich.«

»Perfekt. Jeder, der von nun an das Gebäude betreten will, muss auf der Liste der befugten Personen stehen und sich ausnahmslos von Kopf bis Fuß durchsuchen lassen.«

»Auch die Bundesräte?«

»Sogar ich«, antwortete Humel. »Und kein Fahrzeug darf sich mehr dem Bundeshaus nähern, sofern es nicht über eine militärische Bewilligung verfügt. Habe ich mich klar ausgedrückt?«

»Glasklar, Herr General.«

»Noch eine Frage, Herr Oberst: Ist die Boden-Luft-Abwehr aktiviert?«

»Ja, wie Sie es gefordert haben. Am Rande der Bundesstadt wurden mehrere Patriot-Einheiten positioniert. Sollte eine Rakete abgefeuert werden, fangen wir sie ab.«

»Gut, wo sind die Journalisten, von denen Sie gesprochen haben?«

Der Offizier zeigte auf die kleine Gruppe, die bei einem der Kontrollpunkte außerhalb der militärischen Sperrzone von Soldaten zurückgehalten wurde.

»Begleiten Sie mich zu ihnen. Ich werde ihnen ein bisschen was zu knabbern geben.«

Der Oberst wies vier Soldaten an, ihnen zu folgen, worauf sie sich als Gruppe auf die Medienvertreter zubewegten.

Humel wandte sich spontan an die Wartenden. »Meine Damen und Herren, als Chef der Armee habe ich vom Bundesrat die Vollmacht erhalten, heute Abend vor Ihnen zu sprechen. Wie Sie wissen, haben Terroristen der Schweiz am vergangenen Samstag ein Ultimatum gestellt. Sie forderten bis morgen Mittag die Freilassung eines Strafgefangenen, der an die USA ausgeliefert werden soll. Heute Morgen wurde im Kanton Waadt eine dschihadistische Zelle ausgehoben. Da jedoch noch mindestens eine weitere Zelle aktiv ist, befürchtet der Bundesrat einen Terroranschlag. Die Armee wurde mobilisiert, um die Sicherheit unseres Landes und seiner Bürgerinnen und Bürger zu garantieren.«

»Verfügen Sie über Informationen bezüglich eines Anschlags auf das Bundeshaus?«, fragte ein Journalist.

Humel wich der Frage aus. »In einer solchen Situation stellt das Bundeshaus ein klar ersichtliches Ziel dar, und es ist unsere Pflicht, die wichtigsten Institutionen unseres Landes zu schützen.«

Ein weiterer Journalist mischte sich ein. »Wenn Sie von einer Zerschlagung einer terroristischen Zelle im Waadtland sprechen, beziehen Sie sich dann auf die Ereignisse, die sich heute Morgen in der Orbe-Ebene nahe der Justizvollzugsanstalt Bochuz zugetragen haben und über deren Verlauf wir immer noch keine präzisen Informationen erhalten haben?«

»Kein Kommentar.«

Ein dritter Reporter streckte Humel ein Mikrofon entgegen. »Die Vereinigte Bundesversammlung ist soeben der Empfehlung des Bundesrates gefolgt, Sie zum General zu ernennen. Wie sehen Sie das?«

»Meine Meinung ist hier nicht gefragt. Ich kann die Entscheidung nur zur Kenntnis nehmen. Dies ist in der Tat der offizielle Dienstgrad, den ich bis zum Ende dieser Operation tragen werde.«

»Wir befinden uns also im Krieg?«

»In einem Zustand moderner Kriegsführung, denn unser Hauptfeind ist kein anderes Land, sondern der Terrorismus.«

»Fürchten Sie nicht, dass der Einsatz der Armee zu einer Eskalation der Gewalt gegen die in der Schweiz lebenden Muslime führen könnte?«

»Hier gilt es, Muslime nicht mit Islamisten zu verwechseln. Die überwältigende Mehrheit der Schweizer Muslime ist genauso friedliebend wie Sie und ich.«

»General Humel«, unterbrach ihn ein vierter Journalist, »haben Sie persönlich den Prozess gegen Korpskommandant Lanteret verfolgt?«

»Ich sehe keinerlei Zusammenhang zwischen dieser Frage und den heutigen Ereignissen.«

Der erste Reporter mischte sich wieder ein. »Werden Sie Ihre Machtbefugnisse wieder abgeben, sobald diese Krise beendet ist?«

Humel lächelte eisig. »Es handelt sich nicht um meine Machtbefugnisse. Ich führe lediglich aus, was die Bundesversammlung mir übertragen hat. Nach dem Ende dieser heiklen Situation werde ich mit meinem bisherigen Dienstgrad in meinen Rang zurückkehren. Und je eher, desto besser.«

Der letzte Journalist hakte noch einmal nach. »Heißt das, dass Sie, sollte Korpskommandant Lanteret freigesprochen werden und seinen Dienst wieder versehen, ihm auch seinen Posten zurückgeben, den Sie ad interim innehaben?«

»Diese Frage ist absolut irrelevant«, erwiderte Humel sichtlich genervt.« Eine solche Entscheidung obliegt dem Bundesrat, und ich würde Sie bitten, mir keine Befugnisse zu unterstellen, die nicht die meinen sind. Und damit muss ich Sie jetzt verlassen. Die Arbeit wartet auf mich, und ich werde sie zumindest bis morgen Mittag unermüdlich erledigen müssen. Sollte ich bis dahin neue Informationen für Sie haben, wird Ihnen dies von meinem Stab per Kommuniqué mitgeteilt.«

Humel wandte sich von ihnen ab, auch wenn ihm die Journalisten in einer kaum hörbaren Kakofonie noch weitere Fragen stellten. Und wie jeden Abend in der Vorweihnachtszeit begann plötzlich die Fassade des Bundeshauses zu erstrahlen und in einem bunten Mix aus kräftigen Farben zu leuchten, die entfernt an Gaudí erinnerten.

0 Tage bis zum Ablauf des Ultimatums

Terroristische Bedrohung in der Schweiz
Aufmarsch der Truppen – Martin Humel zum General ernannt

Ein paar Stunden vor Ablauf des von den Terroristen gestellten Ultimatums hat der Bundesrat eine historische Entscheidung getroffen. Er hat entschieden, Truppen der Schweizer Armee auf dem Bundesplatz zu stationieren. Martin Humel, der zuvor von der Bundesversammlung zum General ernannt wurde, hat das Kommando übernommen.

Während die Nation den Atem anhält, ereignete sich auf Waadtländer Boden ein erster Anschlag. Der mit dem Transport Moussa Jassem al-Malikis von der Justizvollzugsanstalt Thorberg in das Gefängnis Bochuz betraute Militärkonvoi ist zum Ziel von Terroristen geworden. Die von der Armee gefilmten Szenen wirken, als seien sie auf einem Kriegsschauplatz aufgenommen, was eine Premiere in der Schweiz bedeutet.

Die Verlegung des Gefangenen war aufgrund einer ersten Forderung der Terroristen erfolgt, was Fragen hinsichtlich einer möglichen Kapitulation der Regierung angesichts der Bedrohung aufwirft.

Die Behörden verweigern derzeit jeglichen Kommentar bezüglich der zweiten Forderung des Islamischen Staates, die die Freilassung des Gefangenen betrifft. Allerdings scheint der Bundesrat entschlossener denn je zu sein, in diesem Punkt nicht nachzugeben.

In der Geschichte

In dieser von Angst aufgeheizten Atmosphäre kam es gestern zu einer historischen Amtshandlung. Am vorletzten Tag der Wintersession, dem Zeitraum, in dem sich die beiden Kammern versammeln, stimmten die 200 Mitglieder des Nationalrats und die 46 Mitglieder des Ständerats mit einer sehr knappen Mehrheit (bei nur wenigen Enthaltungen) für die Ernennung des Korpskommandanten Martin Humel zum General. Eine Entscheidung, die es seit der Epoche des legendären Henri Guisan im Jahr 1939 nicht mehr gegeben hat.

Die Ernennung eines Generals an die Spitze der Schweizer Armee darf allein im Kriegsfall erfolgen. Sie unterstreicht daher das Ausmaß der aktuellen Krise und die Notwendigkeit, dass das Land außergewöhnliche Maßnahmen ergreift, um seine Sicherheit zu wahren und um seine Bürgerinnen und Bürger zu beschützen.

Nachrichtenagentur Keystone-SDA

42

Victor Beaumont verließ seine Luxusvilla in Marly früher als gewöhnlich. Es war noch dunkel, als er die voluminösen Ledersofas hinter sich ließ, auf denen schon so viele Orgien stattgefunden hatten, sodass die Betreiber sämtlicher Schweizer Swingerclubs vor Neid erblassen würden. Beaumont liebte den Geruch der Unzucht, der enthemmten Fleischeslust, die nicht nach dem Morgen fragte, der entblößten Körper und der Mädchen, die nur schweigen und gehorchen mussten. Geld brach alle Tabus! Er hatte an Robis Diensten nie etwas auszusetzen gehabt, außer dass er ihm diese kleine Hure Amandine geschickt hatte, die dann auf ihren Prinzipien herumgeritten war. Ein Risiko, wenn man mit Studentinnen arbeitete. Aber eine runde Summe hatte ausgereicht, um sie wie auch die anderen zum Schweigen zu bringen.

Getreu seinen Gewohnheiten mied Beaumont das Stadtzentrum Freiburgs und fuhr durch Villars-sur-Glâne, dann weiter in Richtung Givisiez und geradeaus bis Belfaux. Um fünf Uhr morgens, wenn die Straßen noch nicht mit Pendlern verstopft waren, benötigte er etwa zwanzig Minuten bis zum Standort seiner Firma MicroFrib AG in Grolley, unweit der Logistikbasis der Armee.

Beaumont drückte auf den Knopf seiner Fernbedienung, um das Haupttor zu öffnen, und fuhr mit seinem Lexus in die Tiefgarage. Vor der Laderampe stand ein weißer Lieferwagen, auf dessen Seiten mit roten Buchstaben der Schriftzug »Les Délices de Brent – Catering Robert Caruso« prangte.

Beaumont stieg über eine kleine Treppe auf die Rampe und schaute in den Kleintransporter hinein, dessen Hintertüren offen standen. Das Fahrzeug war noch nicht beladen worden, der Laderaum deshalb leer.

Beaumont hörte Stimmen hinter sich. Vier Personen kamen

durch die Tür, die zum Hauptlager führte. Drei von ihnen trugen Armeekleidung. Beaumont erkannte den Imam von Pully, den er bereits auf Fotos gesehen hatte. Mustafa Harimi hatte eine Kopfverletzung. Auf seiner Stirn und einem Teil seines Gesichts klebte getrocknetes Blut. Er war geknebelt, und seine Hände waren auf dem Rücken mit Kabelbindern gefesselt. Der Soldat mit dem langen Bart und dem auf der Brust aufgestickten Namen Hatschi hielt ihn mit einer Hand fest und hatte in der anderen Hand eine Pistole mit Schalldämpfer. Die beiden anderen Soldaten – eine Frau mit dem Decknamen Chef und ein Mann, der Pimpel genannt wurde – schoben einen Transportwagen, auf dem ein großer Kühlschrank lag. Auf der Kühlschranktür war das gleiche Logo wie auf den Seiten des Lieferwagens zu sehen.

»Alles okay?«, fragte Beaumont Hatschi.

»Wir müssen nur noch die Rakete scharf machen, dann sind wir bereit.«

»Und was ist mit dem Wallet, das meine Firma mit Robi in Verbindung bringt?«

»Unser Informatiker wird sich darum kümmern.«

»Wird es ihm gelingen, die Polizei glauben zu machen, der Imam habe die Buchhaltung der MicroFrib AG gehackt?«

»Seppl ist ein Genie, vertrauen Sie ihm. Er wird es schaffen, Ihren Fehler zu beheben. Die Polizei wird zusätzlich den Nachrichtenaustausch zwischen Harimi und Caruso entdecken. Und dann wird sich der Kreis schließen. Machen Sie sich keine Sorgen.«

Chef und Pimpel schoben den Wagen in den Laderaum des Kleintransporters. Der große liegende Kühlschrank nahm fast die gesamte Länge des Sprinters ein. Pimpel öffnete die Kühlschranktür und enthüllte damit die Sprengladungen, ein Gewirr aus bunten Drähten, Kreiselinstrumenten und eine Zeitschaltuhr. Er schaute auf seine Uhr und stellte den Zeitzünder auf 13:00:00 Uhr. Dann steckte er einen Schlüssel in ein Schloss, vollzog eine Vierteldrehung und zog ihn ab. Auf dem Display erschien der Countdown: 07:45:00 Uhr. Und die Sekunden begannen zu ticken.

»Sie ist scharf«, verkündete er.

»Könnte ein Kampfmittelbeseitiger sie entschärfen?«, fragte Beaumont.

»Unmöglich. Es gibt viel zu viele Sicherungen. Der kleinste Fehler würde die Explosion einleiten.«

»Und was ist mit ihm?«, fragte Beaumont weiter und deutete auf den Imam.

»Ich kümmere mich darum«, sagte Hatschi. »Gehen Sie jetzt zu Ihrem Finanzmanager, er erwartet Sie in seinem Büro. Danach setzen Sie sich mit Seppl in Verbindung, damit er die Remote-Administration Ihres Computersystems übernehmen kann. Das kann ein wenig dauern.«

»Und Sie drei?«

»Chef und Pimpel fahren den Transporter nach Bern. Ich kehre in die Basis zurück. Wir sehen uns heute Abend, wie abgemacht.«

Beaumont nickte und ging in Richtung seiner Firma davon. Chef und Pimpel kletterten von der Ladefläche des Sprinters herunter. Hatschi ließ dort stattdessen den Imam einsteigen und neben der Ladung auf dem Boden Platz nehmen. Er schloss die Kühlschranktür, beugte sich zu Harimi hinab und löste dessen Knebel.

Der Imam spuckte Blut und starrte Hatschi hasserfüllt und ängstlich direkt in die Augen. »Wer bist du, Ramzan?«, fragte er. »Du bist keiner von uns …«

»Ich war nie einer von euch«, erwiderte Hatschi.

»Aber du bist ein Muslim?«

»Ja, das bin ich. Gläubig und praktizierend. Aber der Unterschied zwischen dir und mir ist, dass ich nicht so ein Stück Scheiße bin wie du, der die Suren des Korans zurechtbiegt, wie es ihm gerade passt, um einer Sache zu dienen, die er frei erfunden hat. Wenn ich jemanden töten muss, dann niemals im Namen Allahs, sondern weil es mein Beruf ist. Und Allah wird mich vermutlich dafür bestrafen, genau wie dich. Weder du noch ich werden jemals das Paradies kennenlernen.«

»Das ist Gotteslästerung, Ramzan.«

»Und du bist ein falscher Imam, Mustafa. Du bist die Parodie eines Gläubigen, der den Dschihad gegen die westliche Welt predigt und der sich das Recht anmaßt, diejenigen zu bekehren, die schwach im Geiste sind.«

Harimi zog eine Grimasse. »Wenn dein Geist so stark ist, wie du vorgibst, und du kein Soldat des Kalifats bist, dann erkläre mir doch, warum ich hier bin und neben einer Bombe sitze.«

Hatschi lachte. »Diese Bombe wird explodieren und Hunderte in den Tod reißen, das kann ich dir garantieren. Du wirst dabei von der ersten Reihe aus zuschauen. Ich fürchte, du wirst sogar ein bisschen zu nah dran sein. Wenn die Bundespolizei unter den Trümmern deine Überreste findet und dich dank deiner DNA identifiziert, werden sie dir dieses Attentat zuschreiben. Dir, deinen Männern und Moussa Jassem al-Maliki. Und all die Deinen werden eure Namen und Taten verherrlichen. Du solltest dich also darüber freuen, nicht wahr? Wir verhelfen dir dazu, ein Held wider Willen zu werden.«

»Ein toter Held.«

»So tot wie all die anderen, die du gestern Morgen in Orbe ins offene Messer hast laufen lassen.«

»Das ist nicht das Gleiche. Sie sind als Märtyrer von uns gegangen, ich werde als Marionette sterben.«

»Ich bevorzuge den Begriff Sündenbock.«

»Was ist euer Ziel?«

»Das muss dich nicht interessieren.«

»Du dreckiger Köter! Ungläubiger! Kuffar! Du schuldest mir die Wahrheit!«

»Ich schulde dir gar nichts, Mustafa!«

Bevor Harimi noch etwas erwidern konnte, hob Hatschi seine Waffe und drückte ab.

Ein dumpfer Laut hallte im hinteren Teil des Kleintransporters wider. Blut, Knochensplitter und Gehirnmasse spritzten auf das Blech. Mit einem dritten Auge auf der Stirn kippte Harimi zur Seite.

Hatschi verließ ein paar Minuten vor dem Sprinter das Gelände der MicroFrib AG mit dem Auto. Als Chef und Pimpel zur Autobahn Freiburg-Bern fuhren, kam ihnen eine Kolonne von Polizeifahrzeugen entgegen, die in Richtung Grolley fuhr.

»Sollen wir Beaumont warnen?«, fragte Pimpel.

»Vergiss es«, erwiderte Chef. »Für ihn kommt es eh zu spät. Aber gib Schneewittchen Bescheid.«

43

Als guter Soldat war Aloïs Lanteret schon immer ein Frühaufsteher gewesen. Der Weckruf war fest in seinem Gehirn verankert, und selbst an freien Tagen wachte er ohne Wecker oder Fanfarengruß von alleine auf. Seitdem seine Welt seit Jahresbeginn kopfstand, hatte er immer wieder Phasen schwerer Depressionen durchlebt.

Auch an diesem Freitag war er niedergeschlagen. Im Bett zu bleiben war jedoch nie Teil seiner Erziehung gewesen. Er stand um fünf Uhr eins auf, ging ins Badezimmer, rasierte sich gründlich und stieg dann unter die Dusche. Niemals warmes Wasser. Der eiskalte Wasserstrahl auf seiner alternden Haut straffte das Gewebe und regte die Durchblutung an.

Er streifte sich eine Jeans und ein khakifarbenes T-Shirt über, machte sich einen starken Espresso und trat auf den Balkon hinaus. Trotz der nackten Füße auf dem eisigen Balkon spürte er nur ein vages Kribbeln in den Beinen, das seine Wirbelsäule hinaufwanderte. Ein unmerkliches Zittern durchlief seinen Körper.

In Gedanken versunken trank er einen Schluck heißen Kaffee und nahm die Landschaft, die sich ihm bot, nur am Rande wahr. Unter ihm lag die noch schlafende Stadt Vevey mit dem großen Marktplatz. Weiter hinten konnte er durch den Flockenvorhang einen Ausschnitt des von den schneebedeckten Gipfeln der Savoyer Alpen gesäumten schwarzen Wassers des Genfersees erblicken.

Wer träumte nicht von einer solch privilegierten Wohnlage mit atemberaubender Aussicht? Doch Lanteret konnte sie nicht genießen. Er fühlte sich hier nicht zu Hause. Sein Haus, seine Familie, sein schützender Kokon, sein ganzes Leben außerhalb seiner militärischen Pflichten befand sich in dem kleinen, gut ein Dutzend Kilometer entfernten, abgelegenen Ort Oron-la-Ville, oberhalb der Riviera.

Lanteret trank seinen Kaffee aus, kehrte in die Küche zurück und holte sich einen zweiten. Er nahm einen Apfel aus dem Obstkorb und biss hinein. Während er langsam kaute, blickte er sich in dem nüchtern und kalt eingerichteten Wohnzimmer um. Seine Frau war nicht mehr da, um seiner Behausung Gemütlichkeit einzuhauchen. Er hatte noch nicht einmal fertig ausgepackt. Überall standen Umzugskartons herum und zeugten von der Hoffnung, eines Tages die Frau zurückzubekommen, die er liebte und die er für einen One-Night-Stand namens Nadine oder, besser gesagt, Julie oder Julien verraten hatte. Eine flüchtige Schwäche, die sein Leben von einem Tag auf den anderen ruiniert hatte.

Lanteret fiel es schwer, sich aus diesen Trümmern zu erheben. Seine Wohnung wirkte so karg wie eine Kaserne. Er vermisste seine Frau schrecklich. Seine Töchter und Enkelkinder ebenfalls. Doch tief in seinem Innern wusste er, dass ihm seine Familie sein Fehlverhalten niemals verzeihen würde, selbst wenn er vor Gericht freigesprochen würde.

Wie jeden Morgen holte er ein Foto seiner Familie aus seinem Portemonnaie. Sein Lieblingsbild. Er hatte es vor dreißig Jahren am Simplonpass aufgenommen, als sie über das Centovalli in den Tessin gefahren waren, um dort Urlaub zu machen. Glückliche Zeiten.

Wie jeden Morgen spürte Lanteret, dass ihm Tränen in die Augen stiegen, die er jedoch mit dem Handrücken wegwischte. Ein Soldat weint nicht! Er steckte das Foto zurück ins Portemonnaie, aß seinen Apfel auf und trank den zweiten Kaffee. Dann überlegte er, was er mit dem Tag anfangen sollte. Seit Dienstag hatte er nichts mehr von seinem Anwalt gehört. Gauthier de Chambrier hatte ihm mitgeteilt, dass sie sich im Januar wieder treffen würden, um die Wiederaufnahme des Prozesses vorzubereiten, und hatte ihm schöne Feiertage und alles Gute fürs neue Jahr gewünscht. Was für eine Ironie! Schön würden die Feiertage nicht werden. Lanteret hatte Weihnachten nie viel Bedeutung beigemessen. Um seine Töchter lächeln zu sehen, hatte er immer so getan, als sei es ihm wichtig. Aber in diesem Jahr war nichts mehr so wie früher. Lanteret würde die Feiertage allein verbringen. denn in den Augen seiner Familie und der Schweizer Bevölkerung, der er nach bestem Wissen und Gewissen gedient hatte, war er ein Ausgestoßener. Zum ersten Mal in seinem Leben begann er beinah, Weihnachten und die Familienfeste zu vermissen.

Beinah bedauerte er auch, dass das Strafverfahren gegen ihn ausgesetzt worden war. Auch wenn es eine ständige und manchmal eine an die Grenzen des Erträglichen gehende Belastung gewesen war, hatte der Prozess doch den Vorteil gehabt, seinem Leben in den vergangenen elf Monaten eine Struktur zu geben und ihn seine Einsamkeit vergessen zu lassen.

Jetzt, da er seit drei Tagen alleine mit sich selbst war, hatte er feststellen müssen, dass seine Einsamkeit noch viel schlimmer wog als die unbegründeten Anschuldigungen, denen er ausgesetzt war und die seine Soldatenehre beschmutzt hatten. Dass er ein unwürdiger Vater, Ehemann und Großvater geworden war, erschien ihm noch schlimmer als der Verlust seiner militärischen Ehren.

Lanteret schaltete den Fernseher ein und widmete sich damit einem weiteren Ritual: sich die Wiederholung der Neunzehn-Uhr-dreißig-Nachrichten auf RTS vom Vortag anzusehen. Er verpasste zwar so gut wie nie die Direktausstrahlung, hatte sich aber angewöhnt, sie ein zweites Mal anzuschauen. Das erste Mal, um sie wie jeder durchschnittliche Zuschauer passiv zu konsumieren, und das zweite Mal, um sie mit dem Blick eines Profis zu analysieren.

Am Vorabend hatte er von der Entscheidung des Bundesrates erfahren, aufgrund der terroristischen Bedrohung die Armee zu mobilisieren. Er hatte aufmerksam den Erklärungen Martin Humels gelauscht, die ihm recht vernünftig erschienen waren. Aber in der Nacht war er mehrfach aufgewacht, ohne dass er genau hätte sagen können, warum. Es war wie ein böser Traum gewesen, der einen aus dem Schlaf reißt und einen daran hindert, wieder einzuschlafen.

Die Eilmeldung des Tages war von dem Nachrichtensprecher Philippe Revaz kommentiert worden. Lanteret schaute sich den Beitrag noch einmal in voller Länge an und zappte dann zum Beginn des Interviews mit seinem Stellvertreter zurück. Er startete die Wiederholung und drückte dabei immer wieder auf Pause.

»Heißt das«, fragte der Journalist, »dass Sie, sollte Korpskommandant Lanteret freigesprochen werden und seinen Dienst wieder versehen, Sie ihm auch seinen Posten zurückgeben, den Sie ad interim innehaben?«

»Diese Frage ist absolut irrelevant«, erwiderte Humel. »Eine solche Entscheidung obliegt dem Bundesrat, und ich würde Sie bitten, mir keine Befugnisse zu unterstellen, die nicht die meinen sind.«

Standbild von Humels Gesicht. Diese genervte Haltung während des Interviews, die Lanteret zunächst auf den Stress und die Situation zurückgeführt hatte. Nur dass Lanteret bei der dritten Wiederholung zu dem Schluss kam, dass Humel zu keinem Zeitpunkt gestresst gewirkt hatte. Im Gegenteil, er schien die Situation großartig zu meistern und sie sogar zu genießen. Vielleicht sogar ein bisschen zu sehr. Empathie gehörte sicher nicht zu den Stärken der meisten Armeeangehörigen, aber für Lanteret war Humel ein Freund gewesen, den er seit Jahren kannte. Jetzt erschien er ihm jedoch irgendwie verändert, und genau dieses Irgendwie hatte ihn nicht wieder einschlafen lassen.

Lanteret schaute sich das Interview noch zwei weitere Male an und fragte sich dabei, ob Humel die Macht nicht so sehr zu Kopf gestiegen sei, dass er sie am Ende der Krise nicht mehr zurückgeben wollte. Als wisse er bereits, dass diese Krise kein Ende nehmen würde.

Auf die letzte Frage des Journalisten hätte Humel logischerweise mit »selbstverständlich« antworten müssen. Doch das war nicht der Fall gewesen. Von diesem Moment an ließ Lanteret die letzten elf Monate seines Lebens unter dem Blickwinkel einer Verschwörung Revue passieren, die ihm viel erbärmlicher erschien als alles, was er sich bis dahin in der Stille seiner Wohnung oder in den unzähligen Gesprächen mit seinem Anwalt ausgemalt hatte.

Lanteret hatte weder Gewissheit noch den geringsten Ansatz eines Beweises für diese Hypothese. Er schaltete den Fernseher aus, dachte einen Moment lang nach, überlegte, auf welche Weise er am besten Gewissheit erlangen könnte, und traf schließlich eine Entscheidung.

Er holte seine Militärkleidung aus dem Schrank und betrachtete sich lange in seiner Uniform. Sein Spiegelbild versetzte ihn zurück in die Zeit vor zwölf Monaten, als er noch ein allseits beliebter, würdevoller und integerer Armeechef gewesen war. Er wollte dieses Bild wiederfinden. Für sich selbst, für die Seinen, für das Schweizer Volk.

Er verließ das Haus.

44

Auf der verschneiten Autobahn in Richtung Freiburg begann Andreas' alter BMW, erste Ermüdungserscheinungen zu zeigen. Trotz der Winterreifen hätte er auf der A 12 beziehungsweise auf der Steigung zwischen Vevey und Châtel-Saint-Denis, beinah Schneeketten gebraucht. Er hatte sich eine spöttische Bemerkung von Jemsen über seinen BMW anhören müssen, der nach dessen Meinung besser in einem Museum aufgehoben wäre. Er hatte daraufhin geantwortet, dass es kein modernes Auto gebe, das ihm das gleiche Fahrvergnügen bereiten würde. Andreas liebte das sanfte Schnurren des Reihensechszylindermotors, das seine Fahrten begleitete.

Sie hatten sich frühmorgens im Stockdunkeln auf einem Parkplatz in Saint-Légier-La Chiésaz getroffen. Jemsen hatte bei Selina in Lausanne übernachtet, Andreas bei sich zu Hause in Gryon. Sie hatten vereinbart, mit nur einem Auto nach Grolley zu fahren. Unterwegs hatten sie über die Kontrolluntersuchung gesprochen, die Andreas am späten Nachmittag des Vortags im CHUV hatte über sich ergehen lassen müssen – Status quo. Und natürlich hatten sie sich auch über Flavie und Mikaël unterhalten.

Karine hatte ihnen aufgrund der klar ersichtlichen Sicherheitsgründe nicht erlaubt, die beiden in der geschützten Wohnung aufzusuchen. Um zu verhindern, dass Flavies und Mikaëls Handys geortet werden konnten, waren sogar Telefonate verboten. Sämtliche Kontakte mussten über Karine abgewickelt werden. Den neuesten Nachrichten zufolge wurde Flavie und Mikaël langsam die Zeit lang. Flavie hatte wieder angefangen, Bücher zu lesen, was sie seit dem Tod ihrer Tochter vernachlässigt hatte. Mikaël bereitete eine Artikelserie über die Hintergründe des Lanteret-Falls vor.

Andreas und Jemsen trafen kurz vor sechs Uhr in Grolley ein. Zusammen mit örtlichen Polizisten, die ihnen von der Freiburger Staatsanwaltschaft zur Seite gestellt worden waren, erwartete Karine sie bereits vor dem Firmensitz der Micro-Frib AG.

»Ich sehe, dass deine Verfahrensassistentin die Info an deinen Freiburger Kollegen weitergeleitet hat«, sagte Andreas.

»Hattest du daran Zweifel?«, erwiderte Jemsen. »Flavie ist eine großartige Frau, auf die ich mich immer verlassen kann.«

Beim Aussteigen bemerkten sie, dass es leicht verbrannt roch. Andreas legte eine Hand auf die Motorhaube des BMW. Sie war wärmer als sonst.

»Wird er durchhalten?«, fragte Jemsen.

»Das hoffe ich doch. Er hat mich noch nie im Stich gelassen. Er ist sozusagen meine Verfahrensassistentin.«

Karine wurde von einem Kommissar begleitet, den Jemsen nicht kannte.

»Darf ich euch Dan Pasche vorstellen?«, sagte Karine. »Vom Dezernat für Wirtschaftsdelikte.«

Die Männer schüttelten sich kurz die Hand, dann fragte Karine: »Ist euch auf dem Weg hierher ein weißer Lieferwagen begegnet?«

»Nein«, antwortete Andreas. »Oder vielleicht haben wir nicht darauf geachtet. Warum?«

»Weil er gerade von Grolley in Richtung Belfaux fuhr, als wir hier ankamen. Und, haltet euch fest: Er war mit dem Logo von ›Les Délices de Brent‹ gebrandet.«

»Habt ihr ihn nicht angehalten?«

»Mir ist zu spät aufgefallen, dass es Carusos Lieferwagen war. Als es mir klar wurde, war er schon verschwunden.«

»Gut, da kümmern wir uns später drum«, sagte Andreas. »Jetzt lass uns erst mal hier starten.«

Es schneite weiterhin unablässig, während sie auf den Haupteingang des Unternehmens zugingen und klingelten.

»Wir haben geschlossen«, erklärte ihnen ein Sicherheitsmitarbeiter durch die doppelte Glastür. »Wir öffnen erst um acht Uhr.«

Jemsen zückte seinen Dienstausweis und drückte ihn gegen

die Glasscheibe. Dann deutete er auf die vielen Polizisten hinter ihm und sagte laut: »Öffnen Sie die Tür. Zwingen Sie uns nicht, Gewalt anzuwenden.«

Die Schiebetüren glitten zur Seite.

»Polizei«, sagte Andreas und betrat als Erster die Eingangshalle. »Wir haben einen Durchsuchungsbefehl, den der hier anwesende Staatsanwalt ausgestellt hat. Wo ist Ihr Chef?«

Der Sicherheitsmitarbeiter schaute ihn mit großen Augen an.

»Um diese Uhrzeit müsste er noch bei sich zu Hause in Marly sein. Monsieur Beaumont erscheint hier normalerweise nicht vor acht oder neun Uhr.«

»In Marly ist er nicht«, erwiderte Karine. »Die Freiburger Polizei ist gerade vor Ort und durchsucht seine Villa. Sein Wagen steht nicht in der Garage.«

Der Sicherheitsmitarbeiter war einen Moment sprachlos, bevor er sie bat, ihm hinter das Empfangsdesk zu folgen. Er tippte auf einer Computertastatur herum und loggte sich in das Videoüberwachungssystem ein. Er betrachtete die Aufnahmen im Schnelldurchlauf und hielt sie an, als er Beaumonts Lexus in der Einfahrt zur Tiefgarage entdeckte.

»Tatsächlich, Sie haben recht«, sagte er. »Beaumont ist heute Morgen schon sehr früh eingetroffen. Das entspricht nicht seinen Gewohnheiten. Vielleicht ist er bei Monsieur Aebischer.«

»Wer ist Monsieur Aebischer?«, fragte Jemsen.

»Der Finanzmanager des Unternehmens. Ich habe gesehen, wie er gegen fünf Uhr hier ankam.«

»Ist das normal für ihn?«

»Nein, genauso wenig wie für den Chef. Ich schätze, dass sie den Jahresabschluss unter Dach und Fach bringen wollen.«

»Mal sehen, ob wir die beiden nicht auch gleich unter Dach und Fach bringen«, erwiderte Andreas. »Führen Sie uns bitte zu ihnen.«

Der Sicherheitsmitarbeiter geleitete sie durch die langen, mit Teppichboden ausgelegten Flure. Hinter einer menschenleeren Open-Space-Zone erreichten sie die Türen, hinter denen sich die Büros der Direktionsmitglieder verbargen. In zweien brannte Licht. Das Büro Beaumonts war leer, doch sie fanden den Unternehmer im Büro des Finanzmanagers. Die beiden Männer saßen nebeneinander hinter einem Computer.

Als Aebischer einen der Polizisten erblickte, tippte er eilig etwas auf der Tastatur ein.

Instinktiv richtete Andreas seine Waffe auf die beiden Männer und rief: »Sofort weg vom Computer!«

Beaumont und Aebischer rollten auf ihren Bürostühlen zurück und hoben die Hände. Beaumont wollte protestieren, besann sich aber eines Besseren, nachdem er den Waadtländer Kommissar und den Neuenburger Staatsanwalt wiedererkannte, die vor zwei Tagen ziemlich rüpelhaft in seiner VIP-Loge in der BCF-Arena aufgetaucht waren.

»Legt ihnen Handschellen an«, befahl Andreas den Freiburger Polizisten.

Während die beiden Verdächtigen an den Händen gefesselt wurden, trat Andreas hinter den Schreibtisch, schaute auf den Bildschirm, hob den Kopf und wandte sich an seine Kollegen. »Kommt mal her und schaut euch das an. Diese Mistkerle!«

Karine, Jemsen und Pasche traten zu Andreas und schauten auf den Bildschirm. Ein Fenster eines Messengerdienstes war noch geöffnet. Sie lasen den Text, den Aebischer eben noch als letzte Zeile getippt hatte: »Die Polizei ist hier.«

Plötzlich wurde der Bildschirm schwarz. Dann erschien ein animierter Cartoon: ein Zwerg mit einem überlangen grünen Gewand und einer viel zu großen violetten Mütze, die von überproportional großen Ohren auf dem Kopf gehalten wurde. Die Ermittler erkannten sofort Disneys Zwerg Seppl. Er grinste über das ganze Gesicht und winkte ihnen zum Abschied zu. Bevor das Bild verschwand, zeigte er ihnen den Stinkefinger.

Reflexartig tauchte Dan Pasche unter den Schreibtisch und riss den Stecker aus der Steckdose.

»Was machst du da?«, fragte Karine.

»Ich sichere, was eventuell noch zu retten ist«, antwortete er.

Beaumont und Aebischer wurden in Freiburg in Untersuchungshaft genommen. Die Durchsuchung der MicroFrib AG dauerte fast den ganzen Vormittag, denn der Firmensitz war riesig. Die Polizisten nahmen zahlreiche Ordner aus der Buchhaltung und alle digitalen Medien mit, die sie finden konnten.

Um neun Uhr erschienen ein IT-Spezialist der Freiburger Kantonspolizei und die Hundestaffel als Verstärkung. Eine halbe Stunde später ging Dan Pasche zu Karine, Andreas und Jemsen, die gerade in den Büroschränken von Beaumont einen losen Stapel Dokumente durchforsteten.

»Haben sie etwas gesagt?«, fragte er.

»Verlorene Liebesmüh«, antwortete Jemsen. »Beaumont und Aebischer werden nicht reden. Wie sieht's bei Ihnen aus?«

»Der Informatiker hat auf der Festplatte von Beaumonts Computer eine verschlüsselte Datei gefunden. Er versucht, sie zu knacken, aber das wird meiner Meinung nach eher schwierig. Zu viele Sicherheitsvorkehrungen.«

»Wie lautet der Name der Datei?«

»Operation ›Schwarze Blitze‹. Sagt Ihnen das etwas?«

»Absolut nichts.«

Ein Freiburger Polizist stürzte in Beaumonts Büro. »Die Spürhunde haben etwas gefunden«, verkündete er.

»Drogen?«, fragte Jemsen.

»Nein, es war ein Sprengstoffsuchhund, der etwas angezeigt hat.«

»Wo?«

»Im Lager. An der Laderampe in der Tiefgarage.«

Andreas und Karine schauten sich an und dachten beide das Gleiche.

»Der Lieferwagen!«

Zu dritt kehrten sie zu dem Sicherheitsmitarbeiter zurück, der die Anweisung erhalten hatte, sich zu ihrer Verfügung zu halten. Sie gingen mit ihm zum Empfang.

»Zeigen Sie uns die Aufnahmen der Videoüberwachung aus der Tiefgarage!«, befahl Andreas.

»Von der Ankunft Monsieur Beaumonts?«, fragte dieser.

»Nein, die Aufnahmen kurz danach.«

Der Angestellte scrollte durch die Aufzeichnungen bis zur Ausfahrt des weißen Lieferwagens. Er war darauf zu drei Vierteln zu sehen. Auf den Seiten konnte man »Les Délices de Brent – Catering Robert Caruso« lesen. Hinter der Frontscheibe waren zwei Personen zu erkennen.

»Können Sie das heranzoomen?«, fragte Jemsen.

Der Angestellte gehorchte. Das Bild blieb leicht verschwommen, aber man konnte die Militäruniformen erkennen. Die Gesichter waren scharf genug.

»Simona Suter«, rief Karine.

»Ja«, bestätigte Andreas. »Eines unserer ukrainischen Phantome. Lebendiger denn je.«

»Wo ist der Lieferwagen hingefahren?«, fragte Jemsen den Sicherheitsmitarbeiter.

»Ich weiß es nicht.«

Der Ton seiner Antwort klang überzeugend.

»Vergrößern Sie das Nummernschild!«, forderte Andreas ihn auf.

Der Angestellte gehorchte, und Karine notierte sich die Nummer auf einem Zettel.

»Hast du eine Idee?«, fragte Jemsen Andreas.

»Wir werden versuchen, auf die Kennzeichen-Scanner der AFV zuzugreifen.«

Die Abkürzung bezeichnete die Automatisierte Fahrzeugfahndung und Verkehrsüberwachung, die inzwischen auf dem gesamten Autobahnnetz und auf wichtigen Nationalstraßen eingesetzt wurde. Eine halbe Stunde später bekamen sie die Daten: Der Lieferwagen war mehrfach auf der Autobahn Freiburg–Bern sowie in der Bundesstadt von Kameras erfasst worden. Sofort wurde Andreas und Jemsen die Verbindung zu den Fernsehnachrichten vom Vorabend bewusst.

»Verdammt noch mal!«, murmelte Jemsen. »Das Bundeshaus …«

45

Aloïs Lanteret erreichte Bern im morgendlichen Berufsverkehr. Aufgrund des Schnees und der Sicherheitsvorkehrungen rings um das Bundeshaus hatten sich lange Staus gebildet. Er hatte Mühe, bis ins Zentrum zu gelangen, und blieb auf der Bundesgasse stecken, die am Park der Kleinen Schanze entlangführte. Ein Stück weiter vorne war vor dem Bernerhof eine von der Armee errichtete Sperre zu erkennen. Da jedes Fahrzeug dort minutiös kontrolliert wurde, kam Lanteret hier nur im Schritttempo voran. Als er endlich an der Reihe war, ließ er das Fenster auf der Fahrerseite herunter und behielt seine Hände gut sichtbar am Steuer.

»Ihre Papiere, bitte.«

Der junge Mann, der an diesem Morgen vermutlich seine hundertste Kontrolle durchführte, hatte diesen Satz völlig automatisch heruntergespult. Als er sah, dass Lanteret nicht reagierte, betrachtete er ihn etwas genauer und wollte den Befehl gerade auf Italienisch oder Englisch wiederholen, als er die Militäruniform bemerkte und ihm bewusst wurde, mit wem er es zu tun hatte. Sofort nahm er Haltung an und salutierte.

»Verzeihen Sie, Herr Kommandant«, entschuldigte er sich mit fast zitternder Stimme. »Ich habe Sie nicht erkannt. Sie dürfen passieren.«

»Schon gut«, erwiderte Lanteret. »Sie machen hier nur Ihre Arbeit. Wissen Sie, wo ich General Humel finden kann?«

»Heute Morgen habe ich ihn nicht gesehen, aber er ist gestern Abend mit dem Hubschrauber angekommen, und ich nehme an, dass Sie ihn, wenn er noch da ist, im Bundeshaus oder in dessen unmittelbarer Umgebung finden werden.«

Lanteret bedankte sich bei dem Soldaten, schloss das Fenster und fuhr los. Gleich darauf wurde er wieder von den Autos vor ihm ausgebremst, da eine neue Straßensperre den Zugang zum Bundesplatz blockierte. Die Armee hatte eine Umleitung für den Straßenverkehr und einen Kontrollposten für Fußgänger eingerichtet, die dort allesamt durchsucht wurden. Lanteret erkannte unter ihnen einige Parlamentarier, die auf dem Weg zur letzten Sitzung des Jahres waren. Nach langen, zähen Verhandlungen und vielen Kompromissen stand für den Nachmittag die Abstimmung über den Bundeshaushalt und damit auch über das Armeebudget an.

Lanteret parkte seinen Wagen in zweiter Reihe hinter einem Militärlastwagen.

Er war kaum ausgestiegen, als ihm eine autoritäre Stimme zurief: »Sie dürfen da nicht stehen bleiben! Steigen Sie in Ihr Fahrzeug und fahren Sie hier weg!«

Lanteret stand einem Unteroffizier gegenüber, der ihn erkannte und strammstand.

»Rühren Sie sich, Korporal«, wies ihn Lanteret an. »Können Sie General Humel ausrichten, dass ich ihn gerne sprechen würde?«

»Ich weiß nicht, ob er Zeit hat, aber ich könnte versuchen, ihn –«

»Genau«, unterbrach ihn Lanteret. »Versuchen Sie es einfach. Sagen Sie ihm, dass ich ihn sprechen möchte und dass es dringend ist.«

»Jawohl, Herr Kommandant.« Der Unteroffizier salutierte, machte auf dem Absatz kehrt, schlug dabei wie ein Soldat der Roten Armee die Hacken zusammen und eilte in Richtung eines der beiden Flügel des Bundeshauses davon.

Ein paar Minuten später kehrte er in Begleitung von Humel zurück und verschwand diskret, um die beiden Männer allein zu lassen.

»Was machst du hier, Aloïs?«

»Das Gleiche könnte ich dich fragen, Martin.«

»Ich tue hier meine Pflicht. Wenn du die neuesten Nachrichten verfolgt hast, solltest du auf dem Laufenden sein. Doch du, solltest du nicht über die Feiertage bei deiner Familie sein?«

»Was für Feiertage? Meine Familie hat sich von mir abgewendet, und das weißt du.«

»Das tut mir leid für dich.«

»Bist du dir dessen sicher?«

»Was willst du damit andeuten?«, erwiderte Humel und tat dabei überrascht.

»Dass dir diese ganze Machtdemonstration durchaus gefällt«, entgegnete Lanteret und deutete dabei auf das Armeeaufgebot auf dem Platz.

»Da irrst du dich, Aloïs. Ich mache das hier nicht zum Vergnügen. Ich hätte es vorgezogen, wenn die Menschen Weihnachten unter anderen Bedingungen feiern könnten. Aber wir haben keine andere Wahl.«

»Wir? Wen meinst du mit ›wir‹?«

»Ich habe keine Wahl«, korrigierte sich Humel. »Ich habe meine Befehle erhalten.«

»Von Hamon?«

»Vom Gesamtbundesrat.«

»Verkauf mich nicht für dumm, Martin. Ich kenne Hamon und weiß, wie sich die Dinge in solchen Situationen hinter den Kulissen abspielen. Und du weißt es auch. Wer zieht hier die Fäden? Du oder er?«

Seite an Seite gingen die beiden Männer mit auf dem Rücken verschränkten Händen über den verschneiten Platz in Richtung des Westflügels des Bundeshauses.

Humel seufzte. »Ich bin mir nicht sicher, ob ich verstehe, worauf du hinauswillst, Aloïs.«

»Ich rede von Macht, von der Übernahme der Kontrolle über dieses Land, vielleicht sogar von dem Phantasiegespinst einer Militärdiktatur. Ich rede von der entscheidenden Abstimmung über den Verteidigungshaushalt, über ein opportunes Ultimatum, um dem Volk und den Bundesparlamentariern den Nutzen unserer Armee zu demonstrieren.«

»Das ist doch lächerlich«, schimpfte Humel. »Wir stehen heute lediglich hier, weil wir Moussa Jassem al-Maliki gefangen halten und seine Männer mit allen Mitteln versuchen, ihn zu befreien. Sie haben damit gedroht, das Bundeshaus direkt anzugreifen.«

»Es ist nicht das erste Mal, dass Terroristen unsere Institutionen bedrohen.«

»Es ist jedoch das erste Mal, dass sie es öffentlich ankündigen. Das Volk hat Angst, und wir müssen es beruhigen.«

Lanteret zeigte erneut auf die Szenerie um sie herum. »Glaubst du ernsthaft, dass all das hier die Leute beruhigen wird?«

»Immer noch besser, als nichts zu unternehmen und am Ende dafür die Zeche zu zahlen.«

Die beiden Männer gingen ein paar Schritte schweigend nebeneinanderher, dann ergriff Lanteret wieder das Wort. »Martin, sag mir, was sich hinter den Kulissen abspielt!«

»Wie meinst du das?«

»Was hast du mit Hamon abgemacht, um die Mobilisierung der Armee zu erreichen? Hätte es nicht ausgereicht, den Bundessicherheitsdienst und die Unterstützung der Polizeikräfte der Kantone um Hilfe zu bitten?«

»Ich bin nicht autorisiert, diese Frage zu beantworten.«

»Immerhin bin ich immer noch der Chef der Armee. Und damit auch dein Vorgesetzter.«

»Da irrst du dich gewaltig, Aloïs. Die Bundesversammlung hat mir volle Befehlsgewalt erteilt.«

»Und den Rang eines Generals in Kriegszeiten, wie ich sehe«, sagte Lanteret und deutete auf die neuen Insignien auf Humels Uniform. »Ich kann mir gut vorstellen, dass das deinem Ego schmeichelt. Mir war schon immer klar, dass du karrieregeil bist und bei Hamon hoch im Kurs stehst.«

»Ich weiß nicht, wovon du sprichst.«

»Ganz im Gegenteil, ich glaube, dass du sehr gut verstehst, worauf ich hinauswill. Seit jeher hast du danach getrachtet, meinen Platz einzunehmen. Also, sag mir eines: Hast du etwas mit den Ereignissen im vergangenen Januar zu tun?«

»Mit den Ereignissen im Januar?«

»Ich kann mich auch deutlicher ausdrücken: Hast du mir eine Falle gestellt, indem du mir eine gewisse Nadine zu diesem Empfang nach Lavey-les-Bains geschickt hast?«

»Mach dich nicht lächerlich, Aloïs.«
»Wenn du es nicht warst, dann war es vielleicht Hamon?«
»Du phantasierst. Immer noch diese Verschwörungstheorie. Dein Anwalt hat dich da ganz schön aufgehetzt. Oder hast du dir das selbst ausgedacht?«
»Man hat mich reingelegt, und du weißt es.«
»Nein, ich weiß von nichts. Ich mache meine Arbeit, und das Gericht sollte die seine machen. Bis dahin gehst du besser nach Hause. Du hast hier nichts zu suchen. Zwinge mich nicht dazu, dich von zwei Militärpolizisten aus der Sicherheitszone entfernen zu lassen.«

Lanteret überlegte, wie er am besten auf diese Drohung reagieren sollte, als seine Aufmerksamkeit auf ein ziviles Fahrzeug gelenkt wurde, dem die Soldaten gerade erlaubt hatten, den Kontrollposten zu passieren. Auf dem weißen Lieferwagen prangte in großen Lettern die Werbung eines Caterers. Lanteret kannte das Logo. Caruso war ein bekannter Caterer an der Waadtländer Riviera und sogar in weiten Teilen der Westschweiz. Das letzte Mal hatte er dieses Logo im Grand Hôtel des Bains anlässlich des Neujahrsempfangs in Savatan aus der Nähe gesehen.

Vor allem aber stach Lanteret ein anders Detail ins Auge. Die beiden Insassen trugen Militärkleidung. Er entfernte sich von Humel, ging ein paar Schritte auf die Zufahrt zum Bundeshaus zu und blieb stehen, um den vorbeifahrenden Lieferwagen zu beobachten. Auch wenn der Fahrer ihm nicht den Kopf zuwandte, erkannte Lanteret ihn: einen ehemaligen Berufssoldaten, den er vor einigen Jahren entlassen hatte. Sein Name fiel ihm wieder ein: David Favre. Ein Hitzkopf, aber vor allem einer, der sich mit rechtsextremem Gedankengut radikalisiert hatte und damit keinen Platz mehr in der Armee gehabt hatte. Gerüchten zufolge hatte er sich einem Söldnertrupp angeschlossen, der in Konflikte im Ausland verwickelt war. Rechts neben ihm saß die ehemalige Brigadierin Simona Suter auf dem Beifahrersitz, die in der Ukraine für tot erklärt worden war.

Lanteret glaubte seinen Augen nicht zu trauen. Er starrte dem Lieferwagen hinterher, der in Richtung Bundeshaus verschwand und dort in die Tiefgarage fuhr. Als das Fahrzeug aus seinem Blickfeld verschwand, wollte er seine Überraschung darüber mit Humel teilen.

Doch auch Humel war verschwunden.

46

Obwohl sich die Scheibenwischer eifrig bemühten, die Schneeflocken wegzufegen, blieb die Sicht immer noch sehr eingeschränkt. Andreas hatte den Fuß etwas vom Gas genommen. Sein Auto war nicht für diese Bedingungen gebaut, und seit einigen Kilometern leuchtete die Warnleuchte des Kühlsystems auf. Auf dem Beifahrersitz bemühte sich Jemsen vergeblich, Beat Reinmann anzurufen.

Karine saß hinter ihnen auf der schmalen Rückbank und schaute unablässig auf das Navigationsgerät, um Andreas zu leiten. »Nimm die Ausfahrt Bern-Forsthaus.«

»Wie lange dauert es noch, bis wir da sind?«, fragte Jemsen.

»Laut Navi noch sieben Minuten, aber auf unserer Strecke sind stockender Verkehr und sogar ein Stau angekündigt.«

»Hoffentlich hält der Motor durch ...«, sagte Andreas seufzend. Er fädelte sich auf die Ausfahrtsspur ein. »Da ist er ja schon, dein Stau ...«, bemerkte er und wandte sich an Jemsen. »Gib mir mal das mobile Blaulicht.«

Jemsen steckte das Kabel in den Zigarettenanzünder und reichte ihm das Drehlicht. Andreas öffnete das Fenster und fixierte das Licht auf dem Dach. Sofort färbte sich der Himmel blau.

Andreas scherte aus und fuhr über den Standstreifen an der Autoschlange vorbei. Als er weiter über eine Busspur fuhr, geriet ein anderes Fahrzeug aufgrund des Neuschnees ins Rutschen und stellte sich quer zur Straße. Andreas wich ihm aus und schaffte es gerade noch, seinen alten BMW unter Kontrolle zu halten. Der Motor begann zu rauchen.

Als sie in die Bundesgasse einbogen, drang der Rauch aus den Ritzen der Motorhaube. Andreas erkannte die Gefahr und brachte den Wagen am Straßenrand zum Stehen. Alle drei stiegen hastig aus und entfernten sich von dem Auto, aus Angst, dass es jeden Moment in Flammen aufgehen könnte.

»Wir sind noch vierhundert Meter vom Ziel entfernt«, sagte Karine.

Bevor er sich mit den anderen auf den Weg machte, warf Andreas einen letzten wehmütigen Blick auf seinen BMW. Die ersten Flammen züngelten aus den Ritzen der Motorhaube.

Es fiel ihm schwer, mit Karines und Jemsens zügigem Tempo mitzuhalten. Sein Atem ging stoßweise und verriet seine Anstrengung. Schließlich erreichten sie eine der von der Armee eingerichteten Straßensperren, an der vorbeizukommen unmöglich war. Andreas schnaufte wie ein Walross. Dennoch ging er auf zwei mit Maschinengewehren bewaffnete Soldaten in Kampfanzügen zu und zeigte ihnen seinen Dienstausweis.

»Wir haben den Befehl, niemanden durchzulassen!«

»Wir müssen um jeden Preis den Fedpol-Direktor Beat Reinmann sprechen«, sagte Jemsen.

»Tut mir leid, aber Befehl ist Befehl!«

»Wo ist Ihr Vorgesetzter?«, fragte Karine.

Einer der beiden Soldaten winkte einen dritten heran.

»Wir nehmen ausschließlich Befehle von General Humel entgegen«, sagte dieser.

»Wer sind Sie?«, fragte Jemsen.

»Markus Vogel, Leiter der Spezialeinheit AAD-10. Wir sind für die Sicherheit des Bundeshauses verantwortlich.«

»Es gibt eine Bombe im Bundeshaus!«, verkündete Andreas.

»Eine Bombe?«, rief eine Stimme hinter ihnen.

Oberleutnant Vogel starrte den Mann in Militärkleidung an, zögerte kurz, erkannte ihn und salutierte. »Herr Korpskommandant!«

Aloïs Lanteret trat näher und erklärte: »Ich glaube, ich weiß, wie sie die Bombe dort reingeschafft haben.«

Alle starrten ihn an.

Lanteret fuhr fort: »Eben stand ich an einer anderen Straßensperre und sprach mit Humel, als ich gesehen habe, wie ein Lieferwagen vorbeifuhr.«

»Mit dem Logo ›Les Délices de Brent – Catering Robert Caruso‹?«, fragte Jemsen.

»Exakt. Ich habe die Fahrerin und ihren Begleiter erkannt. Es handelt sich um Simona Suter und einen weiteren Soldaten namens David Favre, die ich aus dem Militärdienst entlassen hatte. Ich dachte, sie seien tot –«

»Sie hatten einen Passierschein«, rechtfertigte sich Vogel. »Ausgestellt von General Humel.«

»Wo sind sie hin?«, fragte Andreas.

»Sie sind in die Tiefgarage des Bundeshauses gefahren.«

»Dann müssen wir dorthin. Sofort!«

»Ich werde Humel Bescheid geben«, sagte Vogel.

»Auf keinen Fall!«, rief Jemsen.

»Warum nicht?«, fragte Vogel misstrauisch.

Jemsen schaute ihn und dann Lanteret an.

»Ich habe vollstes Vertrauen zu Vogel«, sagte Lanteret.

Jemsen nickte. »Wir haben Grund zu der Annahme, dass Humel darin verwickelt ist.«

»Ich verstehe nicht, was –«, sagte Vogel.

»Das Ultimatum der Terroristen ist vermutlich nur ein Täuschungsmanöver, um unsere Aufmerksamkeit abzulenken«, sagte Jemsen.

»Aber ... wollen Sie etwa behaupten, dass es einer aus unseren Reihen ist, der das Bundeshaus in die Luft jagen will?«

»Wir wissen noch nicht genau, was Humel und seine Komplizen vorhaben. Wir haben jedoch Informationen über eine Operation namens ›Schwarze Blitze‹ gefunden. Sagt Ihnen das etwas?«

»Nein, absolut nichts«, antwortete Vogel.

»Wir glauben, dass nicht nur Humel, sondern auch Bundespräsident Hamon und ein Unternehmer namens Victor Beaumont darin involviert sind.«

»Wenn Ihre Informationen richtig sind, dann ist das Hochverrat!«, rief Vogel.

»Wissen Sie, wo Humel ist?«, fragte Andreas.

Vogel schüttelte den Kopf.

»Als ich vorhin mit ihm sprach«, sagte Lanteret, »konzentrierte ich mich auf den Lieferwagen, der gerade den Kontrollposten passierte. Als ich mich umdrehte, um Humel meine Verwunderung mitzuteilen, war er plötzlich verschwunden.«

Auf Jemsens Bitte hin rief Vogel Beat Reinmann an. Die beiden Männer wechselten ein paar Worte, dann verkündete Vogel: »Der Fedpol-Direktor und seine Männer treffen uns in der Tiefgarage.«

»Wir brauchen einen Entschärfer.«

Vogel rief einen seiner Männer herbei. »Das ist einer der besten!«

Andreas informierte den Soldaten rasch über das, was die Durchsuchung von Beaumonts Unternehmen ergeben hatte. Der Mann verzog das Gesicht, was die Umstehenden nicht gerade beruhigte.

Dann gab der Leiter des AAD-10 zweien seiner Männer ein Zeichen. »Los geht's!«

47

Einige Minuten zuvor hatte Fedpol-Direktor Beat Reinmann lautlos die Besuchergalerie über dem Nationalratssaal inspiziert. Alle zehn Meter stand ein Bundessicherheitspolizist mit einer Waffe am Gürtel und einer kugelsicheren Weste mit der Aufschrift »Polizei – Fedpol« auf dem Rücken.

Zuschauer gab es in der Galerie keine. Normalerweise waren die Sitzungen der Kammern öffentlich, doch aufgrund der außergewöhnlichen Umstände des Tages waren die Regelungen geändert worden. Lediglich ein paar wenige Journalisten mit Sonderakkreditierungen durften die Pressetribüne betreten.

Der große Saal ähnelte einem Theatersaal mit zwei Eingängen, zweihundert im Halbkreis angeordneten Sitzen für die Nationalräte und dahinter sechsundvierzig Sitzen für die Mitglieder des Ständerats unter einem Fries mit den Wappen der jeweiligen Kantone.

Die Bundesversammlung wurde von dem Vorsitzenden des Nationalrates geleitet, der auf einem erhöhten Sitz über dem Rednerpult thronte. Auf den beiden Seiten des Rednerpults befanden sich die Plätze der sieben Bundesräte.

Die Wand hinter dem Nationalratspräsidenten war mit einem riesigen Fresko geschmückt. Das Wandbild »Wiege der Eidgenossenschaft« des Schweizer Malers Charles Giron zeigte im Vordergrund die Rütliwiese und im Hintergrund das Bergmassiv Mythen. In den Nischen rechts und links des Freskos befanden sich die Statuen von Wilhelm Tell und der Stauffacherin, einer Sagenfigur und Gattin eines der drei Eidgenossen, dem sie angeblich die Idee eingeflüstert hatte, die drei Urkantone Uri, Schwyz und Unterwalden zu vereinen.

Reinmann blieb unter einem der Bögen der Galerie stehen und blickte in den Saal hinunter. Der Nationalratspräsident hatte gerade einen Rednerwechsel angekündigt. Ein SVP-Vertreter kehrte zu seinem Sitz zurück und machte Platz für einen

Sozialdemokraten. Nach zahlreichen Wortmeldungen und einer hitzigen Debatte würde er als Letzter vor der Mittagspause sprechen.

Die Aufmerksamkeit Reinmanns wurde auf das ungewöhnlich nervöse Verhalten von Serge Hamon gelenkt. Der Chef des Departements für Verteidigung, Bevölkerungsschutz und Sport saß an seinem Pult gegenüber den Parlamentariern und schaute immer wieder auf seine Uhr, während er die vor ihm liegenden Papiere hin und her schob. Er benahm sich, als würde er gerade einen wichtigen Termin verpassen. Reinmann führte diese Nervosität auf das Ablaufen des Ultimatums zurück.

Nach der Botschaft der Terroristen war es Fedpol nicht gelungen, Informationen über den drohenden Anschlag auf das Bundeshaus zu sammeln. Reinmann blieb jedoch zuversichtlich. Bei all den Sicherheitsvorkehrungen und der Überwachung durch die Armee konnte er sich nicht vorstellen, wie es den Terroristen gelingen sollte, das Symbol der Schweizer Demokratie und Neutralität anzugreifen. Vielleicht handelte es sich sogar um ein Täuschungsmanöver, um die Ressourcen aller Einsatzkräfte in Bern zu bündeln. Daher hatte jeder Kanton auf seinem Gebiet parallel Maßnahmen ergriffen, um die Sicherheit seiner öffentlichen Orte zu erhöhen.

Der Sozialdemokrat hatte sich an dem Rednerpult bereit gemacht. »Herr Präsident, meine Damen und meine Herren Bundesräte, liebe Kolleginnen und Kollegen. Im Namen der sozialdemokratischen Fraktion möchte ich Ihnen hier unser Erstaunen darüber kundtun, dass die SVP aufgrund der großen Uneinigkeit bezüglich des Armeebudgets eine Verschiebung der für heute Nachmittag angesetzten Abstimmung über den Bundeshaushalt fordert. Seit Jahren weigern sich der National- und der Ständerat systematisch, den Etat für die Verteidigung anzutasten, während in allen anderen Bereichen, insbesondere bei den Sozialausgaben, einschneidende Kürzungen vorgenommen wurden.«

Auf der rechten Seite des Saals war ein missbilligendes Gemurmel zu hören, daher rief der Nationalratspräsident die Versammlung zur Ordnung.

Als wieder Ruhe eingekehrt war, fuhr der Redner fort: »Die Haushaltsführung wurde vollumfänglich eingehalten. Der Bundesrat hat einen Haushaltsentwurf erstellt und diesen Ende August an die Bundesversammlung weitergeleitet. Die Finanzausschüsse beider Kammern haben diesen Entwurf geprüft und den Räten ihre Vorschläge unterbreitet. Im Laufe dieser Session sind grundlegende Differenzen zutage getreten, ohne dass es im Rahmen des üblichen Verfahrens zu einer Vermittlung oder einem Kompromiss gekommen wäre. Daraufhin hat die SVP das Parlament überzeugt, heute Nachmittag zu einer außerordentlichen Sitzung zusammenzukommen, um die Abstimmung über den Haushalt, über den offenbar bis auf das Militärbudget Einigkeit herrscht, nicht auf das nächste Jahr zu verschieben. Und nun macht die SVP plötzlich einen Rückzieher? Warum?«

Der Redner legte eine kurze Pause ein und erläuterte dann: »Weil sich seit dem Finanzdebakel des Departements für Verteidigung, Bevölkerungsschutz und Sport der Wind gedreht hat. In den Rechnungsbüchern ist ein Loch von über einer Milliarde Franken aufgetaucht! Selbst ein Teil der Rechten scheint heute von der Idee überzeugt zu sein, dass unser Land andere Prioritäten haben muss als seine Armee. Die Umfragen unter den Parlamentariern in den letzten Tagen haben wenig Raum für Zweifel in Bezug auf das Abstimmungsergebnis des heutigen Nachmittags gelassen … bis es zu der angeblich zwingend notwendigen Machtdemonstration am gestrigen Abend kam, von der meine Partei bezweifelt, dass dabei der Grundsatz der Verhältnismäßigkeit und die Grundfesten unserer Demokratie respektiert wurden.« Er schwieg einen Moment und starrte zur rechten Seite des Saals. »Als Sie heute Morgen aufwachten, haben Sie wohl insgeheim gehofft, dass angesichts der terroristischen Bedrohung der Einsatz unserer Truppen vor Ort einen Meinungsumschwung bei der Abstimmung heute Nachmittag bewirken würde.«

Aus den Reihen der SVP-Mitglieder ertönten Buhrufe.

»Doch als Sie sich vor Beginn der Sitzung in der Wandelhalle informell ausgetauscht haben, muss sich wohl rasch eine Ernüchterung eingestellt haben. Diese Sicherheitsmaßnahmen, die in unserem Land kurz vor den Feiertagen plötzlich eine kriegsähnliche Atmosphäre schaffen, haben wohl eher den Gedanken bestärkt, dass unser Volk Derartiges ablehnt und dass es zahlreiche andere Möglichkeiten gibt, eine terroristische Bedrohung zu bekämpfen. Wir sind nicht bereit, unsere Demokratie zu verscherbeln.«

Aus der Mitte des Saals und von der linken Seite kam starker Beifall.

»Wollen Sie mitansehen, wie unsere Kinder auf unseren Straßen unter dem Feuer der Islamisten sterben?«, rief ein Nationalrat, der aufgesprungen war, verärgert.

Ein Tumult erhob sich, und Pfiffe ertönten.

»Meine Damen und meine Herren, etwas mehr Zurückhaltung bitte!«, forderte der Nationalratspräsident.

Reinmann beobachtete erstaunt das Geschehen. Normalerweise wurden selbst die heikelsten Debatten in einem Klima der Gelassenheit und des Respekts geführt. Die aktuelle Situation war alles andere als normal.

Als scheinbar wieder etwas Ruhe eingekehrt war, erteilte der Nationalratspräsident erneut dem Parlamentarier das Wort, damit dieser seine Rede beenden konnte.

»Die SVP«, fuhr er fort, »musste heute Morgen erkennen, dass die Kluft noch größer geworden ist und die Mehrheit nicht auf der von ihr erhofften Seite steht. Die Sozialdemokratische Partei bittet Sie daher, diesen Eilantrag abzulehnen. Der Bundeshaushalt muss verabschiedet werden, und zwar mit der Abstimmung am heutigen Nachmittag!«

Der Sozialdemokrat kehrte zu seinem Platz zurück, und der Ratspräsident schlug vor, über die Frage der Verschiebung abstimmen zu lassen.

Hamon hatte sich immer tiefer in seinen Sessel gedrückt und wirkte weiterhin sehr unruhig. Das Parlament führte eine elektronische Abstimmung durch und lehnte den Antrag der SVP mit großer Mehrheit ab. Auf der rechten Seite standen mehrere Parlamentarier wütend auf und verließen den Saal.

»Gut«, verkündete der Nationalratspräsident über sein Mikrofon. »Die Sache ist entschieden.« Er schaute auf seine Uhr. »Normalerweise dauert die Sitzung am letzten Freitag der Session selten länger als bis elf Uhr, aber der heutige Tag stellt eine Ausnahme dar. Es ist bereits zwölf Uhr. Wir unterbrechen die Sitzung jetzt bis dreizehn Uhr dreißig. Ich möchte Sie daran erinnern, dass heute in der Galerie des Alpes das traditionelle Weihnachtsbuffet angeboten wird. Nutzen Sie die Gelegenheit und stärken Sie sich, denn das werden wir brauchen. Ich sage also: bis später.«

Im Saal erhob sich ein Stimmengewirr. Reinmann beobachtete gerade, wie die Parlamentarier aufstanden und auf die beiden Ausgänge zugingen, als er einen Anruf von Markus Vogel erhielt.

Er wechselte ein paar Worte mit dem Chef des AAD-10 und wandte sich dann an einen der Männer vom Bundessicherheitsdienst. »Nehmen Sie drei, vier Männer und folgen Sie mir.«

»Wohin gehen wir?«

»Es gibt etwas in der Tiefgarage des Bundeshauses, das wir überprüfen müssen.«

48

Oberleutnant Markus Vogel, Leiter des AAD-10, und drei seiner schwer bewaffneten Männer liefen die Zufahrt zur Tiefgarage unter dem Bundeshaus hinab. Jemsen, Karine und Aloïs Lanteret folgten ihnen auf dem Fuße. Andreas kam kaum hinterher. Das metallene Tor öffnete sich automatisch.

Als sie den Lieferwagen des Caterers Caruso in der Tiefgarage entdeckten, war die Fahrerkabine leer. Die Soldaten waren auf der Hut und platzierten sich um das Fahrzeug herum, bereit, beim geringsten Anzeichen einer Bedrohung zu reagieren. Der Entschärfer hatte sich den Hintertüren genähert und seinen Rucksack auf den Boden gestellt. Er spürte, wie ihm das Adrenalin durch die Adern schoss. Minutiös untersuchte er den Verriegelungsmechanismus, um sicherzugehen, dass man die Türen gefahrlos öffnen konnte. Dann schob er eine Endoskopkamera geschickt zwischen den beiden Türen hindurch und schaute sich die Aufnahmen live auf einem kleinen Bildschirm an, bevor er das optische Kabel mit der Kamera wieder herauszog.

Normalerweise würde er in einer solchen Situation einen ferngesteuerten Roboter einsetzen, um sich nicht selbst in den unmittelbaren Gefahrenbereich zu begeben, aber für solche Vorsichtsmaßnahmen blieb ihm hier keine Zeit. Überdies hatte die Bombe den Informationen nach, die Staatsanwalt Jemsen und Kommissar Auer von der Firma, die sie hergestellt hatte, erhalten hatten, vermutlich eine ähnliche Reichweite wie die Bombe, die 1995 in Oklahoma City explodiert war. Diese hatte aus Ammoniumnitratdünger, flüssigem Nitromethan, flüssigem Tovex-Sprenggel und ANFO, einer Mischung aus Ammoniumnitrat und Mineralöl, bestanden und in einem Umkreis von sechzehn Häuserblocks über dreihundert Gebäude zerstört oder beschädigt. Die Bilanz in Oklahoma City war mörderisch gewesen: hundertachtundsechzig Tote und über siebenhundert Verletzte.

Nach kurzem Zögern griff der Sprengmeister nach den Türgriffen an den Hintertüren und drückte sie vorsichtig. Sie waren nicht verriegelt. Ein leises Quietschen hallte in der Garage wider. Als er die Türen geöffnet hatte, beleuchtete das Neonlicht eine leere Ladefläche, auf der am anderen Ende die Umrisse einer Gestalt zu erkennen waren.

Der Entschärfer leuchtete mit seiner Taschenlampe in den Innenraum des Fahrzeugs. Andreas und Jemsen traten näher, um hineinschauen zu können.

Ein lebloser Körper mit olivgrüner Gesichtsfarbe, einem langen, dichten Bart und blutbefleckter Kleidung lag halb auf dem Rücken, halb auf der Seite. Die Innenverkleidung war mit Knochensplittern und Gehirnmasse besudelt. Die klaffende Wunde auf der Stirn zeugte von der tödlichen Einschussstelle.

Umringt von mehreren Fedpol-Polizisten trat Reinmann zu Andreas und Jemsen und warf einen Blick auf den Toten. »Das ist Mustafa Harimi«, sagte er, »der Imam aus Pully, den wir in Verdacht hatten, den Angriff auf den Konvoi organisiert zu haben. Meine Männer haben ihn überwacht, aber er hat sich mit der Hilfe von Komplizen absetzen können.«

»Vermutlich wurde er von diesen Komplizen auch ermordet«, ergänzte Andreas. »Dieser Mann war zweifellos nur ein Sündenbock ...«

»Wie das?«, fragte Reinmann.

»Der Terroranschlag ist nur ein Deckmantel für eine Operation ... von ganz anderer Tragweite.«

»Können Sie mir das erklären?«

»Dafür haben wir keine Zeit!«, mischte sich Vogel ein. »Das Wichtigste ist, die Bombe zu finden.«

»Haben Sie die beiden Söldner ausfindig machen können, die mit dem Lieferwagen gekommen sind?«

»Meine Männer haben sie soeben auf den Aufnahmen der Videoüberwachung identifiziert. Sie sind ins Restaurant Galerie des Alpes unterwegs und haben einen Transportwagen vor sich hergeschoben.«

»Womit war der Wagen beladen?«, fragte Jemsen.

»Mit einem großen Kühlschrank.«

»Und niemand hat dessen Inhalt überprüft?«

»Sie konnten eine von General Humel unterzeichnete Genehmigung vorzeigen.«

Jemsen seufzte. »Wo sind die Parlamentarier und die Bundesräte?«

»Sie machen gerade Mittagspause in der Galerie des Alpes beim traditionellen Weihnachtsbuffet, bevor die Sitzung im Anschluss fortgesetzt wird.«

»Wir dürfen keine Sekunde verlieren!«, rief Vogel.

Sie rannten zur Eingangshalle und liefen die Haupttreppe hinauf, deren Absatz von zwei Bärenstatuen flankiert wurde, die das Schweizerwappen in den Tatzen hielten. Auf dem Podest vor ihnen ragte das monumentale Denkmal »Die drei Eidgenossen« empor und erinnerte an den Bundeseid, den diese drei Männer 1291 auf der Rütliwiese geleistet hatten. Ihr Mut und ihre Entschlossenheit hallten durch die Jahrhunderte wider und zeugten von dem unbeugsamen Geist, der die Schweizer Nation geformt hatte.

Die kleine Gruppe stürmte nicht gerade unauffällig in den runden Saal der Galerie des Alpes, der dank der üppigen Weihnachtsdekoration sehr festlich wirkte. Mehrere reichhaltig bestückte Buffets waren hier aufgebaut worden. Mit Gläsern in der Hand erstarrten die Parlamentarier beim Anblick der mit Kampfanzügen bekleideten und mit Maschinengewehren bewaffneten Soldaten und unterbrachen ihre Gespräche. Eine bleierne Stille legte sich über den Saal.

Vogel verkündete: »Wir werden das Gebäude evakuieren!«

Sofort verbreitete sich ein Stimmengewirr unter den Gästen, das schnell einer spürbaren Anspannung wich.

Vogel musste seine Stimme deutlich erheben, um sich Gehör zu verschaffen. »Bewahren Sie Ruhe!«

Während die Soldaten des AAD-10 und die Polizisten des Bundessicherheitsdienstes die geordnete und sichere Evakuierung der Parlamentarier und Regierungsmitglieder organisierten, betraten Reinmann und die anderen einen kleinen Nebenraum, in dem sich das Personal befand. Der Fedpol-Direktor, Andreas und Karine hatten ihre Waffen gezogen. Jemsen, Vogel und Lanteret waren ihnen gefolgt. Alle blickten sich nach Simona Suter und David Favre um, doch die waren offensichtlich nicht mehr dort. Reinmann wies das Personal an, das Gebäude zu verlassen.

Der Entschärfer entdeckte den großen Kühlschrank, näherte sich ihm, stellte seinen Koffer ab und inspizierte das Schloss. »Er ist verschlossen«, sagte er.

Die Anspannung stand allen ins Gesicht geschrieben.

Der Entschärfer fügte hinzu: »Es gibt keine Möglichkeit, die Kamera einzuführen.«

»Kannst du es nicht aufbrechen?«, fragte Reinmann.

»Natürlich kann ich das. Aber ich möchte sichergehen, dass das Schloss nicht mit dem Zünder verbunden ist.« Er holte einen Akkubohrer aus seinem Koffer und bohrte damit vorsichtig ein Loch in die Kühlschrankwand, durch das er die Endoskopkamera einführen konnte. »Ein ganz schönes Ungeheuer«, sagte er, während er auf seinem Bildschirm die Aufnahmen des Mechanismus betrachtete.

Die Gesichter der Anwesenden drückten wachsende Besorgnis aus.

»Okay!«, sagte er schließlich. Er zog das optische Kabel mit der Kamera heraus und begann, das Schloss aufzubohren. Als er die Tür öffnete, schaute er direkt auf eine Zeitschaltuhr. »Wir haben noch zwölf Minuten und sechsundfünfzig Sekunden!«

Vogel trat näher und besah sich das Gewirr aus Drähten und die Sprengladungen. »Wirst du es schaffen?«

Der Entschärfer begutachtete kurz die Vorrichtung, hob einige Drähte an, achtete darauf, die Kreiselinstrumente nicht zu berühren, verzog das Gesicht und drehte sich zu Vogel um. »In so kurzer Zeit kann ich nichts ausrichten ... die haben ihren Job gut gemacht.«

»Wir müssen alle evakuieren!«, unterbrach sie Reinmann.

»Das ist aussichtslos ...«, antwortete der Entschärfer.

»Wie meinen Sie das?«

»Wir müssen den Kühlschrank hier rausholen und so weit wie möglich wegbringen, sonst …«

»Sonst was?«, hakte Vogel nach.

»Sonst wird hier auf mehreren hundert Quadratmetern alles dem Erdboden gleichgemacht.«

»Aber in so kurzer Zeit schaffen wir es niemals, die Bombe aus der Stadt zu bringen«, entfuhr es Reinmann mit belegter Stimme.

Der Entschärfer dachte einen Moment nach und sagte: »In die Aare! Das ist die einzige Lösung. Wir müssen sie ins Wasser werfen.«

»Und das verhindert die Explosion?«, fragte Lanteret besorgt.

»Nicht ganz. Es wird eine Druckwelle geben. Aber der Schaden sollte sich in Grenzen halten.«

»Okay, wir haben keine Sekunde zu verlieren!«, schrie Vogel.

Sie machten sich sofort ans Werk und schafften es mit präziser Koordination, den schweren Kühlschrank auf den Transportwagen zu heben. Sie rollten ihn hastig zu dem Lastenaufzug, der in die Tiefgarage führte. In der Enge des Fahrstuhlschachts herrschte fiebrige Anspannung. Allen war klar, wie knapp die Zeit war. Als sich die Aufzugstür öffnete, schoben sie den Wagen mit vereinten Kräften vor sich her. Auf dem Beton erzeugten die Räder ein gleichmäßiges und sehr lautes Quietschen, das den Rhythmus ihrer rasanten Fahrt durch die Tiefgarage begleitete. Jede Sekunde schien sich zu dehnen, jede Bewegung war von der Dringlichkeit der Situation bestimmt. Die Blicke, die sie austauschten, waren von ängstlicher Entschlossenheit geprägt.

»Uns bleiben noch sechs Minuten und vier Sekunden«, verkündete der Entschärfer.

Sie hatten den Kühlschrank geladen. Andreas sah, dass sich Karine der Fahrertür näherte. Er wollte sie gerade zurückhalten, aber Lanteret kam ihm zuvor, packte Karine an der Schulter und schob sie unsanft zur Seite. Dann stieg er ein, schlug die Fahrertür zu, verriegelte sie, startete den Motor und raste los.

49

Unter den versteinerten Blicken von Karine, Andreas, Jemsen, Reinmann, Vogel und dem Bombenentschärfer verließ der Lieferwagen die Tiefgarage des Bundeshauses. Sie hörten ein letztes Zischen der Reifen auf der Rampe und dann nichts mehr.

Beim Hinauffahren auf den Bundesplatz wurde Aloïs Lanteret von dem Tageslicht geblendet, das durch die weiße Umgebung noch verstärkt wurde. Es hatte nicht aufgehört zu schneien, und der Asphalt war unter einer Schneedecke verschwunden. Lanteret schaltete die Scheibenwischer ein und fuhr mit unverminderter Geschwindigkeit auf den Kontrollposten zu.

Mit einem Sturmgewehr vor der Brust und einer Hand am Anschlag hob ein junger Soldat die andere Hand, um ihn zum Anhalten zu bewegen. Angesichts der Bedrohung, die sich ihm in hoher Geschwindigkeit näherte, zögerte der Soldat und warf sich im letzten Augenblick zur Seite, um dem Fahrzeug auszuweichen. Die rot-weiße Absperrung zersplitterte, Sandsäcke wurden durch den Aufprall aufgerissen. Der Lieferwagen geriet ins Schleudern, doch Lanteret bekam ihn wieder unter Kontrolle. Im Rückspiegel sah er eine Staubwolke und dass der junge Soldat sich bereits wieder aufrappelte. Zwei weitere Soldaten waren zu ihm geeilt. Schüsse fielen. Lanteret hörte die Kugeln in der Karosserie einschlagen und betete, dass keine das Blech oder den Kühlschrank auf der Ladefläche durchschlug.

Als Lanteret scharf auf die Amthausgasse in Richtung Osten abbog, scherte das Fahrzeug im Schnee erneut aus und schleuderte hin und her. Er hatte große Mühe, es wieder in die Spur zu bekommen. Vor ihm blockierte eine Reihe von Fahrzeugen die Straße. Er trat auf die Bremse, der Lieferwagen rutschte weiter und prallte auf ein vor ihm stehendes Auto.

Instinktiv schaute Lanteret in den Rückspiegel. Noch war

kein Soldat in Sicht, aber sie würden bald kommen. Er hatte etwas Abstand gewonnen.

Der Fahrer des Autos, das er gerammt hatte, war ausgestiegen. Lanteret hatte keine Zeit zu verlieren, legte den Rückwärtsgang ein, fuhr zwei Meter rückwärts und riss das Lenkrad herum, um über den Bürgersteig weiterzufahren.

Mit Lichthupe und lautem Gehupe raste er bis zum Ende der Straße und zwang die verängstigten Fußgänger dazu, manchmal erst in letzter Sekunde zur Seite zu springen.

Er raste auf den Theaterplatz und bog unter Missachtung der Vorfahrt einer Straßenbahn nach rechts ab. Unter den verwirrten Blicken der Passanten wählte er eine Busspur und bremste schließlich vor der Kirchenfeldbrücke, die über die Aare führte, ab.

Schnell schätzte er die Situation ein. Die Fahrbahn der Brücke war vom Winterdienst geräumt worden, und die in den Asphalt eingelassenen Straßenbahnschienen waren zu erkennen. Auf der Brücke herrschte kaum Verkehr. Auf beiden Seiten der Fahrbahn befanden sich Leitplanken, ein Bürgersteig auf Straßenniveau, ein Metallzaun und über das Wasser gespannte Sicherheitsnetze, die Selbstmorde verhindern sollten. Vor der Brücke war ein kleines Schild mit der Notrufnummer der »Dargebotenen Hand« angebracht.

Lanteret entschied hastig, dass der Lieferwagen nur mit sehr hoher Geschwindigkeit all diese Hindernisse überwinden konnte, vorausgesetzt, er würde sie aus einem Winkel anfahren, der es dem Fahrer unmöglich machte, aus der Fahrerkabine zu entkommen. Er wusste, dass es keine andere Lösung gab.

Er zog das Foto, das seine Frau und seine beiden Töchter zeigte, aus dem Portemonnaie, betrachtete liebevoll die drei Gesichter, küsste das Bild dreimal und legte es vor sich auf das Armaturenbrett. Anschließend verstellte er den Rückspiegel und schaute sich sein Spiegelbild an. Doch was er sah, war lediglich ein alter Mann, der durch einen ein Jahr währenden Prozess und durch die Lynchjustiz der Medien zerstört worden war. Alles, was ihm blieb, war seine Soldatenseele, die ihm niemand nehmen konnte. Als würde er sich auf eine allerletzte Parade vorbereiten, zog er den Kragen seiner Uniform zurecht, richtete sich auf, straffte die Schultern und rang sich ein Lächeln ab. Das Leben hatte ihm am Ende einen würdevollen Abgang geschenkt.

Lanteret drückte wieder aufs Gas und raste auf die Brücke zu. Als er mit voller Geschwindigkeit die Brückenmitte erreicht hatte, blickte er noch einmal auf das Foto seiner Familie und schlug das Lenkrad hart nach links ein. Der Lieferwagen geriet auf der glatten Fahrbahn leicht ins Schleudern, raste über die Gegenfahrbahn, durchbrach die Leitplanke, anschließend den Zaun und stürzte in die Tiefe. Das große, horizontal gespannte Sicherheitsnetz gab unter dem Gewicht des Fahrzeugs schnell nach und bremste den Sturz aus etwa vierzig Metern in die Tiefe kaum ab.

Der Lieferwagen schlug mit dem Dach voran in die Aare ein. Das Blech verformte sich durch den Aufprall, das Autowrack trieb noch einen Moment mit der Strömung und ging schließlich unter. Nur wenige Sekunden nachdem es unter der Wasseroberfläche verschwunden war, explodierte die Bombe.

Wie ein eruptiver Geysir ließ die Explosion eine riesige Wasserfontäne in die Luft aufsteigen. Die Druckwelle wurde zwar teilweise durch das Wasser absorbiert, doch die Kirchenfeldbrücke begann zu wackeln.

50

Serge Hamon hatte es sich in seiner luxuriösen schwarzen Limousine bequem gemacht. Der Dienstwagen war von schlichter Eleganz, dennoch imposant, und er repräsentierte das Prestige und die Autorität der Position, die Hamon als Bundesrat und Bundespräsident innehatte. Am Steuer saß sein üblicher Chauffeur, ein zurückhaltender Mann. Das Radio war eingeschaltet. In einer Eilmeldung des Senders RTS wurde mitgeteilt, dass sich in Bern gerade eine heftige Explosion ereignet habe. Ein Lieferwagen sei mit einer Bombe an Bord in die Aare gestürzt. Durch die Wucht der Explosion sei die Kirchenfeldbrücke eingestürzt und habe mehrere Fahrzeuge mitgerissen. Das Matte-Viertel sei von den Wassermassen überschwemmt worden. Die Zahl der Opfer stehe noch nicht fest.

Am Ende der Vormittagssitzung hatte Hamon einen plötzlichen Fieberschub vorgetäuscht und sich unauffällig aus dem Bundeshaus geschlichen. Er musste zum Zeitpunkt der Explosion so weit weg wie möglich von Bern sein. Die Bombe durfte seinen Kollegen, den Parlamentariern und den Angestellten des Bundes vor Ort keine Chance lassen.

Als einziger Überlebender der sieben Bundesräte hätte Hamon offiziell das Kriegsrecht verhängt und bis zur Einsetzung einer neuen Übergangsregierung General Humel die Führung und die Sicherheit des Landes anvertraut. Von dem schrecklichen Ausmaß des Attentats erschüttert, hätte die gesamte Nation, ohne mit der Wimper zu zucken, eine massive Aufstockung des Militärbudgets gebilligt, denn in den Augen des Volkes hätte die Bedrohung von außen eine verstärkte Verteidigung und eine schlagkräftige Armee gerechtfertigt.

Die Operation »Schwarze Blitze« war sorgfältig inszeniert und jedes Detail minutiös geplant worden. Alles war darauf ausgelegt worden, dass das Attentat dem Islamischen Staat angelastet worden wäre. Martin Humel und Victor Beaumont hatten

Hamon von diesem wahnsinnigen Unterfangen überzeugt. Zu Beginn hatten sie Aloïs Lanteret aus dem Weg geräumt, einen integren Soldaten mit unerschütterlicher Loyalität gegenüber seinem Land und dessen Prinzipien, die die patriotische Pflicht zum höchsten Wert der Menschheit erhoben. In Lanterets Augen waren sie nichts anderes als Verräter! Und jetzt, da ihr Plan fehlgeschlagen war und die bevorstehenden Ermittlungen in Kürze ihre Beteiligung nachweisen würden, würde man sie von nun an ebenfalls mit diesem schändlichen Begriff bezeichnen: Verräter!

Hamon war bereit gewesen, für ihr Streben nach absoluter Macht unschuldige Leben zu opfern. Nie wieder würde er sich im Spiegel anschauen oder sich den Blicken seiner Mitbürger aussetzen können. Die Vorstellung, dass sein Name von den Medien verunglimpft und in den Dreck gezogen würde, war ihm unerträglich. Sich auf der Anklagebank des Bundesstrafgerichts oder der Militärjustiz wiederzufinden, weil er den Umsturz der verfassungsmäßigen Ordnung geplant und dabei den Tod vieler unschuldiger Opfer verursacht hatte, war keine Option. Und sein Leben hinter Gefängnismauern zu beenden noch viel weniger.

Nachdem Hamon Bern verlassen hatte, hatte er mehrfach vergeblich versucht, Martin Humel zu erreichen. Vermutlich hatte dieser sich mit dem Rest seiner Einheit in seinem Generalstabsquartier verkrochen. Victor Beaumont war von der Polizei festgenommen worden. Alles war vorbei.

Der Chauffeur war von der Autobahn abgefahren, um Hamon zu seinem Haus in Grandvaux zu fahren.

Die ganze Fahrt über hatte im Wageninneren ein bleiernes Schweigen geherrscht, kein einziges Wort war gesprochen worden, noch nicht einmal, als im Radio die Explosion einer Bombe gemeldet worden war. Der Fahrer hatte ihn im Rückspiegel beobachtet, und Hamon hatte geahnt, dass auch er es verstanden hatte.

Als Hamon durch den verschneiten Garten die Treppe hinaufging, kam ihm sein Hund entgegen. Instinktiv bückte er sich und streichelte das Tier liebevoll. Dann richtete er sich wieder auf, seufzte und ging auf den Eingang der Villa zu. Als er die Eingangshalle betrat und die Tür hinter sich schloss, kam ihm seine Frau entgegen. Erstaunt, ihn zu sehen, umarmte sie ihn.

»Was machst du denn hier, mein Schatz? Solltest du nicht bei deinen Kollegen im Bunker des Bundeshauses sein?«

Hamon antwortete nicht, sondern zog seine Jacke aus und hängte sie an die Garderobe.

»Sie haben gerade das vereitelte Attentat in den Nachrichten gebracht«, fuhr seine Frau fort. »Das ist schrecklich! Die Journalisten erwarten wohl eine Pressekonferenz, aber nach den ersten Untersuchungen handelt es sich offenbar nicht um einen terroristischen Anschlag –«

»Ich brauche etwas zu trinken«, unterbrach er sie. Er holte eine Flasche Whisky aus dem Sideboard, ließ sich in einen Sessel fallen und schenkte sich ein Glas ein.

»Serge?«, fragte seine Frau beunruhigt. »Was ist los? Warum bist du nach Hause gekommen?«

Er trank den Whisky auf ex und schenkte sich ein zweites Glas ein.

»Serge, antworte mir!«, insistierte seine Frau.

»Setz dich, ich werde es dir erklären ... sind die Kinder noch in der Schule?«

Sie nickte.

Hamon leerte auch das zweite Glas in einem Zug, erhob sich, öffnete eine Schublade beim Buffet, holte eine Pistole hervor, drehte sich zu seiner Frau um und schaute sie traurig an. »Es tut mir leid, mein Schatz.«

51

Seit über vierzig Jahren sorgte der Regierungsbunker bis in die Reihen der Parlamentarier für hitzige Debatten. Einige bezweifelten, dass er in einem modernen Krieg oder bei einem Terrorangriff von Nutzen sei, andere argumentierten, dass physische Schutzmaßnahmen gegen Cyberbedrohungen nichts ausrichten könnten. In einem Punkt waren sich jedoch alle einig: Im Fall einer echten Gefahr würden sie lieber nach Hause gehen, als sich in einem Schutzraum des Bundes zu verkriechen.

Die Regierung nahm den Bundesratsbunker beziehungsweise die Führungsanlage K20 sehr ernst. Die Schutzeinrichtung hatte unter Geheimhaltung gestanden, bis 2004 ein Journalist der »Weltwoche« zu einer Geldstrafe verdonnert worden war, weil er deren genauen Standort enthüllt hatte. Inzwischen brauchte es nur zwei Klicks auf Google Maps, um den Bunker zu lokalisieren. Militärische Geheimnisse waren auch nicht mehr das, was sie einmal waren.

Nach dem Fall der Berliner Mauer 1989 hatte man unter dem Westflügel des Bundeshauses einen neuen, noch kleineren Bunker gebaut. Dorthin brachte Reinmann Karine, Andreas und Jemsen. Hier trafen sie auf die Bundesräte, die der Sicherheitsdienst ebenfalls vorsorglich hier untergebracht hatte, bis die Gefahr gebannt war. Es waren sechs. Hamon, der siebte Bundesrat, fehlte. Schweigend schauten sie sich die von einem Hubschrauber aufgenommenen Luftaufnahmen an, auf denen man sehen konnte, wie Aloïs Lanteret den mit der Bombe beladenen Lieferwagen in die Aare gesteuert hatte. Die Unterwasserexplosion hatte die Kirchenfeldbrücke zum Einsturz gebracht, eine Überschwemmung ausgelöst und entlang des mäandernden Flusses erhebliche Schäden verursacht, doch das Opfer Lanterets hatte Tausende von Menschenleben gerettet.

»Kommandant Lanteret ist ein Held!«, entfuhr es der immer

noch unter Schock stehenden Vizepräsidentin des Bundesrates Sandra Rochat. Sie wandte sich zu Karine, Andreas und Jemsen um und fügte hinzu: »Und Ihnen haben wir offensichtlich ebenfalls unsere Leben zu verdanken.«

Angesichts der Umstände verbot sich jede Antwort, stattdessen begnügten sich die vier mit einem höflichen Lächeln. Sandra Rochat bat sie, am Tisch Platz zu nehmen, und übergab Reinmann das Wort, der bestätigte, dass inzwischen jedwede Bedrohung des Bundeshauses abgewendet sei.

»Momentan wird das gesamte Gebäude von Polizisten und Spürhunden gründlich durchsucht. Bis dahin empfehle ich Ihnen dringend, hierzubleiben, um das Krisenmanagement zu koordinieren.«

Sandra Rochat zögerte kurz und fragte Reinmann dann: »Ich bin nicht sicher, ob ich Sie richtig verstehe. Wenn die Bedrohung abgewendet ist, warum –?«

»Martin Humel und seine Männer sind weiterhin unauffindbar«, unterbrach sie Jemsen.

»Und wir wissen nicht, wozu sie fähig sind«, erklärte Reinmann.

Die dem Departement für auswärtige Angelegenheiten vorstehende Bundesrätin schaute ihn mit großen Augen erstaunt an. »Ist General Humel Ihrer Meinung nach etwa in dieses Attentat verwickelt?«

»Ja, wir haben allen Grund, das zu glauben«, antwortete Jemsen. »Genauso wie wir gute Gründe für die Annahme haben, dass es zu keinem Zeitpunkt eine terroristische Bedrohung gegeben hat. Zumindest nicht vonseiten des Islamischen Staates. Die geforderte Freilassung von Moussa Jassem al-Maliki war lediglich ein Täuschungsmanöver, um eine Verschwörung zu verschleiern, die drei Männer inszeniert haben: General Humel, ein Freiburger Unternehmer namens Victor Beaumont und … Bundespräsident Hamon.«

Die sechs Bundesräte schauten sich entgeistert an.

»Hamon?«, rief Sandra Rochat. »Das kann ich nicht glauben.«

»Und doch«, bestätigte Andreas, »haben wir Verbindungen zwischen diesen drei Männern entdeckt. Gemeinsam haben sie mit Hilfe von Söldnern eine Operation namens ›Schwarze Blitze‹ auf die Beine gestellt.

»Aber mit welchem Ziel?«

»Machthunger«, antwortete Jemsen. »Ihr Ziel war es, unter dem Deckmantel eines vorgetäuschten Terroranschlags Einfluss auf die Bundespolitik in puncto nationaler Verteidigung zu nehmen und die Rolle der Armee zu stärken. Hamon, Humel und Beaumont kennen sich seit ihrer Rekrutenschule in Dailly. Anschließend traten alle drei in den Kommandostab der Festung ein und knüpften enge und dauerhafte Beziehungen. Ihr ganzes Leben drehte sich um die Armee, und sie konnten sich eine Demilitarisierung der Schweiz oder auch nur eine Schwächung der Truppenstärke nicht vorstellen. Sie haben damit gerechnet, dass der Anschlag die Mehrheit des Volkes auf ihre Seite ziehen und die für heute Nachmittag angesetzte Abstimmung über die Verteidigungsausgaben vereiteln würde.«

»Das ist doch verrückt!«, rief Sandra Rochat aus. »Und wie wäre es dann weitergegangen, wenn ihnen das gelungen wäre? In unserem föderalen System hat ein Staatsstreich keinerlei Chancen auf Erfolg.«

»Ich würde diesen Begriff nicht wählen«, korrigierte Jemsen sie. »Zur Stunde sind dies alles reine Hypothesen. Diese drei Männer gieren sicherlich nach Macht, aber sie müssen auch von persönlichen Überzeugungen und der Aussicht auf finanziellen Gewinn getrieben worden sein. Hat Hamon nicht vor seiner Wahl in den Bundesrat die Idee vertreten, Armeetruppen an den Grenzen aufmarschieren zu lassen, um den massiven Flüchtlingszustrom einzudämmen? Das ist nur ein Beispiel von vielen. Wäre ihr Plan aufgegangen, dann hätte Hamon damit seinen Status als politischer Leader gefestigt. Zweifellos hätte er Humel dauerhaft zum Armeechef ernannt, und die Firma von Beaumont wäre zum Hauptlieferanten der Schweizer Armee avanciert.«

Sandra Rochat blickte nacheinander ihre fünf Kollegen an, die allesamt fassungslos über diese Enthüllungen waren. Dann wandte sie sich an den Fedpol-Direktor. »Wer befehligt denn nun nach dem Tod von Korpskommandant Lanteret und dem Verrat von General Humel eigentlich die Armee?«

»Die Interimsführung hat Markus Vogel, der Leiter der AAD-10, übernommen«, erwiderte Reinmann.

»Wer hat diese Entscheidung getroffen?«

»Sie geschah in Absprache zwischen den ranghöchsten Offizieren vor Ort, um die mobilisierten Truppen nicht in Ungewissheit zu belassen. Doch der Bundesrat wird schnell eine Entscheidung treffen müssen.«

»Wo ist General Humel?«, fragte Sandra Rochat.

»Er ist verschwunden, genau wie zwei seiner Komplizen, Simona Suter und David Favre, beides ehemalige, angeblich in der Ukraine gefallene Soldaten, die in Wirklichkeit aber gesund und munter sind. Sogenannte Geister-Söldner. Sie hatten die Bombe in das Bundeshaus geschmuggelt. Es gibt bereits Fahndungsaufrufe im ganzen Land sowie im Schengen-Raum. Bundesanwalt Widmer hat in Absprache mit dem Stabschef des Oberauditorats der Militärjustiz internationale Haftbefehle gegen sie erlassen.«

»Und dieser Victor Beaumont?«

»Die Freiburger Kantonspolizei hat ihn heute Morgen zusammen mit dem Finanzmanager seiner Firma verhaftet. Sie wurden in unsere Räumlichkeiten nach Bern überführt. Sie haben beide die Dienste eines Anwalts in Anspruch genommen und verweigern momentan jede Aussage.«

»Und Hamon?«, fragte ein anderer Bundesrat. »Er hat uns vor der Mittagspause überstürzt verlassen, unter dem Vorwand, er sei krank...«

»Das war, um sich vor der Explosion in Sicherheit zu bringen«, sagte Andreas ironisch lächelnd.

»Wir konnten seinen Fahrer vor einigen Minuten erreichen«, ergänzte Reinmann. »Er hat Hamon vor seiner Villa in Grandvaux abgesetzt.«

»Was gedenken Sie zu tun?«, fragte Sandra Rochat.
»Sofort nach Grandvaux zu fahren, um ihn zu verhaften. Die Waadtländer Kantonspolizei wurde bereits informiert und erwartet uns vor Ort. Doch da die Situation ein wenig ... sagen wir, speziell ... ist, möchten wir Ihre Zustimmung erbitten.«

Sandra Rochat schaute kurz zu ihren Kollegen am Tisch, die alle nickten. »Die haben Sie.«

52

Da Andreas' BMW den Geist aufgegeben hatte, fuhren sie in einem gepanzerten schwarzen Yukon Denali von Bern nach Grandvaux. Reinmann und drei weitere Mitglieder der Einsatzgruppe Tigris der Bundespolizei Fedpol waren mit von der Partie.

Der Fahrer parkte den Wagen unterhalb von Hamons prunkvoller Villa. Die Waadtländer Kantonspolizei beobachtete das Gelände aus Distanz und konnte den Einsatzkräften bestätigen, dass sich Hamon in seinem Haus befand. Inzwischen dämmerte es bereits, und der Garten rund um die Villa wurde von Lichterketten erleuchtet. Die Kinder hatten am Fuße einer riesigen Tanne einen Schneemann gebaut.

Die Elitepolizisten gingen als Erste die Treppe hinauf zum Eingang der Villa. Am Treppenabsatz entdeckten sie einen Dobermann, der mit blutbeflecktem Fell leblos im Schnee lag. Eine Kugel hatte den Hund getötet. Die Anspannung wuchs.

Andreas und Karine zückten ihre Dienstwaffen, als sie sich dem Eingang näherten. Durch die Glasscheibe sahen sie eine Gestalt, die in einem Sessel saß. Reinmann gab den Polizisten ein Zeichen. Andreas und Karine traten zur Seite, um sie durchzulassen. Ein mit einer Ramme ausgerüsteter Polizist traf die Tür über dem Schloss so gekonnt mit gezielter Wucht, dass der Rahmen brach und sie aufsprang.

Die drei Tigris-Männer stürmten mit Maschinenpistolen bewaffnet das Haus. Während sie sich durch den Flur vorwärtsbewegten, tastete der Strahl ihrer an den Waffenläufen befestigten Taclights die Wände ab. Aus dem Wohnzimmer war der Ton des Fernsehers zu hören. Zwei Polizisten näherten sich lautlos und postierten sich auf beiden Seiten der Tür. Der dritte Mann betrat den Raum, und die anderen beiden folgten ihm. Andreas und Karine traten mit entsicherten Waffen ebenfalls ein.

Die Polizisten nahmen Serge Hamon ins Visier. Er war aus

seinem Sessel aufgesprungen und hatte dabei sein Glas fallen lassen, das auf den Fliesen zerbrach. Er hielt sich eine Waffe an die Schläfe.

Im Fernsehen war gerade der Nachrichtensprecher zu hören: »Mittlerweile steht fest, dass die höchsten Kreise des Bundes in den gescheiterten Anschlag auf das Bundeshaus involviert sind. Die Abwesenheit von Bundespräsident Serge Hamon wirft Fragen auf ...«

In der Mitte des Wohnzimmers stand ein Tannenbaum, unter dem zahlreiche Weihnachtsgeschenke lagen. Auf dem niedrigen Beistelltisch vor Hamon stand eine fast leere Flasche Whisky. In einem Sessel zu seiner Rechten saß seine Frau. Ihr Kopf war zur Seite geneigt, die Tapete hinter ihr war mit Blutspritzern besudelt. Ein Loch auf ihrer Stirn markierte die Eintrittsstelle der Kugel.

Auf dem Sofa gegenüber schienen zwei Kinder aneinandergekuschelt zu schlafen. Vor ihnen standen zwei Gläser mit Sirup. Karine trat langsam auf sie zu, legte ihre Finger behutsam an den Hals eines der Mädchen und tastete nach der Halsschlagader. Dann blickte sie zu Andreas auf und schüttelte mit ernster Miene den Kopf.

»Pentobarbital«, murmelte Hamon, der unter dem Einfluss des Alkohols schwankte. »Sie haben nicht gelitten ...«

Auch wenn keine Tränen flossen, so verrieten seine geröteten Augen, dass er sich innerlich bereits leer geweint hatte.

Andreas steckte seine Pistole zurück ins Holster und sagte in ruhigem Ton: »Nehmen Sie Ihre Waffe runter. Es ist vorbei.«

»Nichts ist vorbei ...«, nuschelte Hamon. »Ich wollte sterben, sie begleiten, aber ich hatte nicht den Mut, abzudrücken ...«

»Nehmen Sie Ihre Waffe runter«, wiederholte Andreas ruhig. »Wir können reden ...«

»Es gibt nichts mehr zu reden«, entgegnete Hamon. »Mein Leben ist vorbei ...«

Entschlossen, den Dialog aufrechtzuerhalten, trat Andreas auf Hamon zu.

»Bleiben Sie stehen!«, schrie Hamon, während er den Finger

weiter am Abzug hielt und die Mündung seiner Waffe auf seine Schläfe richtete.

»Monsieur le Président, hören Sie mir zu. Trotz allem, was Sie getan haben mögen, lässt sich immer noch eine Lösung finden, um zu reparieren, was zu …«

Die Elitepolizisten richteten weiterhin ihre Maschinenpistolen auf Hamon. Reinmann, Karine und Jemsen hielten sich im Hintergrund. Hamon schwieg.

»Monsieur Hamon«, sagte Andreas, »ich behaupte nicht, Ihre ganze Geschichte zu kennen, aber wir alle sind Menschen, die Fehler machen. Und wir alle haben die Möglichkeit, etwas zu ändern, etwas wiedergutzumachen …«

Hamon blickte Andreas direkt in die Augen. »Nein! Alles ist hin … Nichts bringt meine Familie zurück. Ich wollte ihnen die Schmach ersparen, zuzuschauen, wie ihr Ehemann, ihr Vater der Presse zum Fraß hingeworfen und des Verrats beschuldigt wird.«

»Sprechen Sie von der Operation ›Schwarze Blitze‹?«

Hamon nickte.

»Serge«, sagte Andreas eindringlich, »wenn Sie Ihre Waffe niederlegen, sage ich den Leuten hinter mir, dass sie den Raum verlassen sollen, damit wir reden können.«

»Und was dann? Sie wollen mir eine Falle stellen. Wenn ich die Pistole runternehme, werden die drei dort auf mich losgehen, und ich werde den Rest meines Lebens im Gefängnis verbringen. Das kommt nicht in Frage. Niemals! Hören Sie? Niemals!«

»Ich höre Sie, Serge. Ich höre Sie …«

Hamon torkelte. »Serge … Serge … Serge …«, wiederholte er mit belegter Stimme. »Warum reden Sie mit mir wie mit einem Deppen? Glauben Sie, ich durchschaue Ihre Verhandlungstechniken nicht?«

»Da irren Sie sich gewaltig, Monsieur le Président«, erwiderte Andreas. »Ich habe Sie nie für einen Dummkopf gehalten. Doch Sie werden mich nicht von meiner Meinung abbringen, dass Sie der Sensibelste von den dreien sind. Und dass Humel und Beaumont das ausgenutzt haben.«

»Sensibel? Ich habe gerade meine Frau und meine Kinder umgebracht«, sagte Hamon plötzlich ernüchtert.

»Sensibel bedeutet nicht schwach. Warum wollten Sie diesen Anschlag ausführen?«

»Martin und Victor waren wie im Rausch ... Sie sprachen davon, einen Kriegsstaat zu errichten ... die Kontrolle über das Land zu übernehmen ... Zuerst dachte ich, dass sie scherzen ...«

»Erläutern Sie das ...«

»Wir konnten den Gedanken nicht ertragen, dass die Schweiz ihre Armee aufgibt. Sie ist fest in unserem Alltag, unserer Identität, unserer nationalen DNA verankert! Die Entmilitarisierung widerspricht allem, was wir als Nation sind. Diese Institution aufzugeben wäre, als würde man einen Teil unseres Erbes verleugnen, einen Teil dessen, was uns als Schweizer definiert!«

»Wer hatte die Idee mit der Bombe?«

»Die hatten wir gemeinsam. Victor war für die Logistik zuständig, Martin hat den Sprengstoff besorgt.«

»Wo ist Humel?«

Hamon holte tief Luft und antwortete: »Dort, wo alles begann ...« Ein merkwürdiges Lächeln umspielte seine Lippen. Er warf einen letzten Blick auf die drei Leichen seiner Frau und seiner Kinder, bevor er völlig unvermittelt seine Waffe auf Andreas richtete.

Eine Sekunde herrschte eisige Stille, die jedoch sofort von den ohrenbetäubenden Detonationen der Maschinenpistolensalven der Tigris-Polizisten durchbrochen wurde. In einer Rauchwolke und dem Geruch von Schießpulver sackte Hamons von Kugeln durchlöcherter Körper in Zeitlupe zusammen, als hätte man einer Marionette die Fäden durchgeschnitten.

53

»Dort, wo alles begann ...« Die letzten Worte Hamons hallten in Andreas' Kopf wider. Die ersten Lichtschimmer des Sonnenaufgangs beschienen die Berggipfel, während die Chablais-Ebene unten im Tal noch im Schatten lag. Unter dem Schock des gestrigen Anschlags erwachte die Schweiz nur mühsam aus dem Schlaf.

Karine, Andreas und Jemsen hatten gemeinsam mit Reinmann, den Männern der Tigris-Spezialeinheit und dem Waadtländer Äquivalent – der DARD-Spezialeinheit – die Nacht im Kommissariat der Kriminalpolizei Lausanne-Blécherette verbracht. Per Videoschaltung hatten sie mit AAD-10-Leiter Vogel, Bundesanwalt Widmer und Vizepräsidentin Rochat, die in Bern geblieben waren, die tröpfchenweise eingehenden Informationen der verschiedenen Ermittlungsbehörden analysiert und abgeglichen und den Einsatz gegen Humel und seine Männer geplant.

Eine Kolonne aus zehn schwarzen, gepanzerten Fahrzeugen bewegte sich über die fast leere Autobahn in Richtung ihres Ziels. Dorthin, wo alles begonnen hatte. In der Rekrutenschule von Dailly. Die in den Waadtländer Alpen gelegene Festung Dailly beherrschte den strategischen Zugang zwischen dem Wallis und dem Chablais. Sie war mit keiner anderen Festung zu vergleichen, denn das Artilleriewerk befand sich unter der Erde und war damit unsichtbar. Viele Schweizer, die sich nicht unbedingt für die Geschichte oder die militärischen Aktivitäten ihres Landes interessierten, wussten überhaupt nichts von seiner Existenz.

Mit seinen über zwanzig Kilometer langen, in den Fels gebohrten, unterirdischen Gängen war diese Festung eine der drei Säulen des berühmten nationalen Réduit-Plans gewesen, jenes alpinen Festungsbauprogramms, das während des Zweiten Weltkriegs den Widerstandswillen der Schweiz gegen das

Deutsche Reich symbolisiert hatte. Es war nach wie vor das größte unterirdische Artilleriewerk der Schweizer Armee und eines der größten in Europa. 2003 war es als Armeestützpunkt aufgegeben und aus der Geheimhaltung entlassen worden. Der unterirdische Teil in Savatan wurde noch heute von der Polizeiakademie genutzt.

Der gepanzerte Konvoi verließ die Autobahn in Bex. Andreas, Jemsen und Reinmann saßen auf der Rückbank des Yukon Denali, der die Kolonne anführte. Vorne neben dem Fahrer saß Raphaël Dubois, der Chef der Tigris-Spezialeinheit. Sie fuhren an Les Bains de Lavey vorbei, wo der Neujahrsempfang im Januar stattgefunden hatte und wo Hamon, Humel und Beaumont mit der Unterstützung von Robert Caruso und Julie Bossart Aloïs Lanteret eine Falle gestellt hatten. Caruso und Bossart waren nichts anderes als Sandkörner im gut geölten Getriebe der Verschwörung gewesen. Waren sie zu gierig geworden? Waren sie als Risiko wahrgenommen worden, als das Ultimatum näher rückte? Sie auszuschalten war auf jeden Fall ein Fehler gewesen beziehungsweise der falsche Schritt, der den Fall jedes Kriminellen beschleunigte.

Und die Fallhöhe war brutal hoch gewesen: das Scheitern des Anschlags, die Verhaftung Victor Beaumonts, der provozierte *Suicide by Cop* von Serge Hamon. Jetzt galt es nur noch, Martin Humel und seine Männer auszuschalten, doch die Beschaffenheit des Geländes erschwerte diese Aufgabe ungemein.

In Andreas' müdem Geist drehten sich die in der Nacht gesammelten Informationen mit denen der vergangenen Tage im Kreis. Er spürte das Bedürfnis, sie erneut zu teilen, als könne er sich damit selbst beruhigen.

»Wenn wir davon ausgehen, dass General Humel Schneewittchen ist und die ehemalige AAD-10-Angehörige Jade Morel alias Schlafmütz in Plan d'Areine umgekommen ist, hieße das, dass noch sechs Zwerge übrig sind.«

»Das klingt schlüssig«, antwortete Reinmann. »Gestern Morgen in Bern hat Lanteret in dem Lieferwagen David Favre und

Simona Suter identifiziert – zwei hochrangige Militärs. Favre war der Leiter des Armee-Aufklärungsdetachements 10, das dem Kommando der Spezialkräfte unterstand, die von Suter geleitet wurden.«

»Die wiederum Humels Kommando direkt unterstellt waren«, erinnerte Jemsen sie.

»Richtig«, bestätigte Fedpol-Direktor Reinmann. »Und bei dem Hinterhalt, bei dem angeblich die Karpatenfalken in der Ukraine getötet wurden, war auch Stefan Fischer, ein auf Cyberverteidigung spezialisierter Soldat, dabei. Da auch seine Leiche nie repatriiert wurde, können wir mit Recht davon ausgehen, dass er noch am Leben ist.«

»Der IT-Spezialist der Bande«, pflichtete ihm Andreas bei. »Derjenige, der sich in das Beleuchtungssystem des Bundeshauses und in die nationalen Fernsehsender gehackt hat.«

»Damit wären vier Zwerge identifiziert«, sagte Jemsen. »Bleiben noch drei ...«

»Zwei«, korrigierte ihn Reinmann, der auf das Display seines Smartphones starrte. »Man hat gerade den fünften identifiziert. Ramzan Zakayev. Er stand neben den drei Schweizer Söldnern ebenfalls auf der Liste der Opfer der Karpatenfalken. Die Männer, die den Imam von Pully überwacht haben, sind sich sicher, ihn als regelmäßigen Besucher der Moschee auf einem Foto erkannt zu haben. Zakayev war dort auch an dem Abend anwesend, als Mustafa Harimi entführt wurde. Um die Polizisten zu täuschen, die Harimi beschatteten, haben die Entführer einen Gläubigen als Geisel genommen und ihn gezwungen, die Kleidung des Imams anzulegen. Auch diese Geisel, die unversehrt in einem verlassenen Auto gefunden wurde, konnte Zakayev eindeutig als Anstifter identifizieren, der an jenem Abend die Befehle gegeben hat. Er hat gehört, wie er einen seiner Männer ›Pimpel‹ nannte. Besagter Pimpel habe die Geisel zum Auto geführt und den Fahrer, der eine Sturmmaske trug, mit ›Brummbär‹ angeredet.«

»Weiß man schon etwas mehr über diesen Zakayev?«, fragte Jemsen.

»Er ist ein Tschetschene«, antwortete Reinmann. »Bevor er aus der Armee seines Landes desertiert ist, um Söldner zu werden, war er Mitglied der Kadyrowzy, der paramilitärischen Einheit des tschetschenischen Führers Ramsan Kadyrow, der als ›Putins Bluthund‹ bekannt ist. Als Abbild ihres Präsidenten eilt diesen Soldaten der Nationalgarde der Ruf der Barbaren voraus, die in Tschetschenien zahlreiche Gräueltaten begehen. Ihre Aktionen sind von einer unglaublichen Brutalität gegenüber den eigenen Landsleuten geprägt und vor allem gegen Homosexuelle gerichtet, die sie foltern, entführen und hinrichten.«

»Charmant …«, murmelte Andreas.

Er musste dabei an seinen Ehepartner und in der Folge auch an Flavie denken. War Karine schon in der geschützten Wohnung angekommen und hatte sie geweckt? Die Tigris- und DARD-Chefs hatten vergangene Nacht einen Vorschlag geäußert. Andreas und Jemsen hatten ihn zunächst für gut befunden, aber jetzt begann Andreas, daran zu zweifeln.

Der Konvoi machte sich daran, die steile Straße zum Dorf Morcles emporzufahren. Die erste Serpentinenkurve trug die Nummer 29. Nach dem kleinen Weiler Eslex folgte eine Haarnadelkurve auf die nächste, und die Straße wurde immer spektakulärer.

»Ist es noch weit bis zu unserem Ziel?«, schimpfte Jemsen, dem langsam übel wurde, weil er in der Mitte der Rückbank saß und dort hin- und hergeworfen wurde.

»Es sind nur noch vierundzwanzig Kurven«, sagte Andreas grinsend.

»Ich hoffe, dass sich Schneewittchen und ihre Zwerge wirklich da oben verkriechen …«

»Wir haben keine andere Wahl, als in die Festung einzudringen und nachzusehen«, sagte Dubois und drehte sich zu ihm um.

»Gibt es etwas Neues vom AAD-10?«, fragte Andreas.

Reinmann schaute erneut auf sein Telefon und antwortete:

»Vogel und seine Männer werden in Kürze von Bern aus starten. Die Flugzeit des Helikopters beträgt voraussichtlich fünfunddreißig Minuten. Wie in der Nacht vereinbart, übernimmt die Tigris die Koordination des Einsatzes.

»Die DARD-Truppe ist ebenfalls unterwegs«, verkündete Dubois. »Sie werden in Savatan in die Festung eindringen und Dailly durch den Schacht der Standseilbahn, der die beiden Festungen verbindet, erreichen.«

»Ein sehr beeindruckender Zugang«, erklärte Andreas an Jemsen gewandt. »Ich hatte Gelegenheit, ihn zu testen. Mit einer Steigung von hundertzwei Prozent gilt die Standseilbahn als eine der steilsten der Welt.«

Ein über hundert Meter hoher Wasserfall mit dem niedlichen Namen »Belle Inconnue«, die hübsche Unbekannte, überragte die Kurve Nummer 10. Die zehn Fahrzeuge schraubten sich weiter den Berg hinauf, durchquerten den abgelegenen Weiler Morcles und erreichten schließlich das metallene Eingangstor des oberirdischen Teils der Festung. Die Kolonne kam zum Stehen. Auf Befehl von Dubois stiegen die schwer bewaffneten Männer aus den Yukon Denalis. Andreas, Jemsen und Reinmann taten es ihnen gleich. Eisige Luft drang in ihre Lungen. Sie zogen die Reißverschlüsse ihrer Jacken bis zum Kinn hoch und streiften Handschuhe über. Dann näherten sie sich vorsichtig dem Tor und dem Wachhäuschen. Auf dem Waffenübungsplatz von Dailly war keine Menschenseele zu sehen.

Einer der Tigris-Polizisten holte eine Drohne aus einem Metallkoffer und startete sie.

Dubois breitete auf der Motorhaube des ersten Fahrzeugs eine Generalstabskarte aus. »Hier liegt Savatan, und dort können Sie die Standseilbahn sehen, die die Kaserne mit dem Waffenübungsplatz Dailly verbindet, wo wir uns gerade befinden. Die gesamte Infrastruktur der T1, einer der beiden Fünfzehn-Zentimeter-Panzertürme der Festung, die als Waldhütte getarnt ist, liegt hier unter der Erde. Von Dailly aus können wir durch den Rossignol, den unterirdischen Stollen mit dem Namen

Nachtigall, zum etwa zweieinhalb Kilometer entfernten Panzerturm T2 gelangen, der geschickt als Fels getarnt ist. Unter den beiden Kanonen befindet sich jeweils ein fünfzig Meter langer Schacht mit einer Rotationsachse, die die Drehbewegung des Turms ermöglicht. Außerdem gibt es hier eine Art Paternoster, mit dem die Munition vom Magazin zur Kanone transportiert und leere Hülsen wieder eingesammelt werden konnten.«

»Und unter der Erde?«, fragte Jemsen. »Was genau findet man in diesen kilometerlangen Stollen?«

»Den Kommandoposten, aber auch Munitionslager, die Quartiere mit Küche und Speisesaal, Sanitäranlagen, Schlafsäle und eine Werkstatt für die Wartung der Kanone mit einem ziemlich langen Schacht, um die Kanone den Panzerturm hinunterzulassen und wieder hinauf in den Turm zu befördern.«

»Wenn sich Schneewittchen und die Zwerge hier verschanzt haben, dann entweder in den Quartieren der T1 oder der T2«, sagte Andreas.

Der Drohnenpilot hatte den Rundflug beendet. Um seinen Hals hing die Fernsteuerung mit einem Display, Joysticks und Bedientasten. »Seht euch das an!«, rief er und zeigte ihnen die von der Drohne aufgenommenen Filmaufnahmen.

»Zwei schwarze Ford Explorer«, stellte Andreas fest. »Kein Zweifel, das sind sie.«

Die beiden Autos waren zur Hälfte zwischen Bäumen verborgen.

»Wo genau stehen sie?«, fragte Reinmann.

»In der Nähe der T2, an einem Ort namens Les Planaux«, antwortete Dubois.

»Und wie kommt man dahin?«, fragte Jemsen.

Dubois zeigte auf zwei Punkte auf der Karte. »Entweder durch den Rossignol-Stollen, der sich hier befindet, oder durch den getarnten Eingang in der Felswand dort.«

»Sind das die einzigen beiden Möglichkeiten?«, fragte Reinmann besorgt.

Dubois, der die Pläne des Komplexes genau studiert hatte, zögerte und erklärte dann: »Es gibt auch noch einen Lüftungsschacht. Die Öffnung befindet sich etwas weiter oben in der Felswand. Dieser Schacht führt zu einem Raum, in dem sich das Belüftungssystem befindet, mit dem die Luft in den Stollen gereinigt wird.«

»Und welchen Zugang favorisieren Sie?«, fragte Jemsen.

»Wie ich bereits sagte, wird die DARD-Truppe bei Savatan in die Festung einsteigen, um nach Dailly zu gelangen. Von unserer Seite aus direkt beim Fort T1 einzusteigen, um zum Fort T2 zu gelangen, birgt ein nicht unerhebliches Risiko. Humel und seine Männer werden auf der Lauer liegen, vielleicht haben sie uns schon entdeckt. Und vermutlich haben sie alle Zugänge mit Sprengfallen versehen. Selbst wenn wir es schaffen, die Eingangstür zu sprengen, werden wir uns dahinter in einer Schleuse befinden. Es gibt dort einen Wachposten, in dessen Wand ein Loch in der Größe einer Orange eingelassen ist, durch das Granaten hereingerollt werden können. Dahinter liegt ein langer Korridor, an dessen Enden Wachtürme aus Beton stehen, die über Schießscharten für Maschinengewehre verfügen. Ich schätze, Sie können sich das Massaker ausmalen. Diese Festung ist nahezu uneinnehmbar.«

»Aber anscheinend sind es nur sieben«, erinnerte Andreas sie. »Sie werden sich niemals an allen Fronten gleichzeitig verteidigen können.«

»Sofern unsere Schlussfolgerungen richtig sind. Wir haben leider keine andere Wahl, als auf diese Hypothese zu bauen, und werden daher versuchen, an mehreren Stellen gleichzeitig einzudringen.«

»Sollten wir nicht versuchen, mit ihnen zu verhandeln?«, schlug Jemsen vor. »Wenn sie uns, wie Sie vermuten, bereits entdeckt haben und die Zugänge mit Sprengfallen versehen haben, sollten wir es auf die sanfte Tour versuchen. Sie können sich nicht für alle Ewigkeit unter der Erde verstecken, und das wissen sie auch.«

»Das ist sinnlos«, erwiderte Dubois. »Ich kenne General

Humel gut und kann Ihnen sagen, dass er lieber mit seinen Männern sterben würde, als sich zu ergeben.«

»Ich denke, es wäre besser, die Vize-Bundespräsidentin, Sandra Rochat, hinzuzuziehen, bevor wir eine Entscheidung treffen, die wir später bereuen könnten«, schloss Reinmann. »Wenn der Bundesrat grünes Licht gibt, werden wir eingreifen.«

54

Martin Humel trug immer noch seinen Kampfanzug mit den Rangabzeichen des Generals, aber er hatte den Aufnäher mit seinem richtigen Namen durch den von Schneewittchen ersetzt. Er stand hinter Stefan Fischer alias Seppl in der verglasten Kommandozentrale. Bislang hatte der IT-Spezialist alle seine Aufträge zur Zufriedenheit erfüllt, indem er sich in das Beleuchtungssystem des Bundeshauses gehackt, die Kontrolle über die nationalen Fernsehsender übernommen und Robi Caruso in Plan d'Areine geortet hatte. Nun zählte Humel darauf, dass er während des Angriffs der Ordnungskräfte quasi ihre Augen und Ohren sein würde.

Nach dem Scheitern der Operation »Schwarze Blitze« hatte Humel insgeheim gehofft, dass ihm mehr Zeit in Dailly bliebe, um seine Spuren und die seiner Truppe zu verwischen. Sie hatten den Großteil der Nacht damit zugebracht, alles zu zerstören, was beseitigt werden musste. Anschließend hatten sie an verschiedenen Stellen des Komplexes, in den unterirdischen Räumen und Gängen, Sprengsätze mit Zeitzündern angebracht, damit alles, was sie eventuell vergessen haben könnten, für immer unter den Trümmern verschwinden würde.

Humel hatte seinen Männern versprochen, dass sie bar auf die Hand bezahlt werden würden, und dieses Versprechen wollte er dank geheimer Kryptowährungsfonds, die Beaumont, für den Fall, dass ihr Unternehmen scheitern würde, auf die Seite geschafft hatte, auch halten. Um von diesem Geld zu profitieren, mussten sie ins Ausland fliehen, in ein Land, wo sie vor einem Auslieferungsverfahren sicher sein würden. Doch die Ermittler der Bundespolizei hatten ihre Spur bereits bis nach Dailly zurückverfolgt, und zwar viel schneller, als Humel gedacht hatte. Beaumont oder Hamon musste ausgepackt haben.

Humel konnte es seinen Freunden noch nicht einmal verübeln, da nichts über ihre jahrzehntelange Verbundenheit ging.

Doch tief in seinem Innern konnte er sich des Eindrucks nicht erwehren, dass er der Einzige von ihnen dreien war, der die wahre militärische Bedeutung von Ehre, Pflichterfüllung und Treue im Angesicht der Not kannte.

Auf dem Schlachtfeld muss ein Soldat immer mit dem Unvorhergesehenen rechnen und entsprechend handeln können. Genau das würde Humel jetzt tun. Und noch hatte er sogar einen Trumpf im Ärmel stecken.

Dank der an allen Ein- und Ausgängen der T2 installierten Kameras verfügte Fischer an seinen Bildschirmen über Liveaufnahmen. Am Eingang des Waffenübungsplatzes hatte eine Kamera bereits die Ankunft der Kolonne der Tigris-Fahrzeuge eingefangen.

Humel kannte die Taktiken der Spezialeinsatzkommandos und konnte sie voraussehen. Er wusste auch, dass die Möglichkeiten, die Festung anzugreifen, begrenzt waren. Sie würden sich auf die von der Armee zur Verfügung gestellten Pläne verlassen, ohne zu wissen, dass er einige strukturelle Veränderungen am Bunker vorgenommen hatte. Trotz der offensichtlich unterschiedlichen Kräfteverhältnisse besaß er immer noch einen Vorteil: den Überraschungseffekt.

Schneewittchen legte Seppl ermutigend eine Hand auf die Schulter und verließ die Kommandozentrale, um sich zu den anderen fünf Zwergen zu gesellen, die vor dem Wachposten auf seine Befehle warteten.

»Zug, Achtung!«, kommandierte er. »Wie ihr wisst, ist die Tigris auf dem Gelände eingetroffen und bereit, in die Festung einzudringen. Sämtliche Zugänge sind mit Sprengsätzen gesichert, dennoch müssen wir für alle Eventualitäten gerüstet sein. Wir dürfen keinesfalls den Fehler begehen, den Feind zu unterschätzen.«

»Wissen wir, wie viele es sind?«, fragte Chef.

»Vierzehn, ohne den Fedpol-Direktor und die beiden anderen Zivilisten, die sie begleiten. Seppl zufolge handelt es sich um den Staatsanwalt und den Kommissar, die mit den

Ermittlungen zum Tod von Julie Bossart und Robert Caruso betraut sind.«

»Was ist mit dem AAD-10?«

»Die sind gerade mit vier Hubschraubern von Bern aus gestartet, und wir werden ihnen einen herzlichen Empfang bereiten. Hatschi und Pimpel, ihr wisst, was zu tun ist, also legt los. Happy und Brummbär, nehmt eure Positionen am Haupteingang der T2 ein, denn da werden die Tigris-Männer versuchen hereinzukommen. Chef, du kommst mit mir in den Rossignol-Stollen, falls wir von Savatan aus böse überrascht werden sollten. Alle Handfunkgeräte wurden überprüft und sind funktionsfähig. Jeder stellt seins auf Kanal 6 ein.«

Schneewittchen und die fünf Zwerge justierten ihre Headsets, als Sepps Stimme durch die Geräte knarzte. »Ein Helikopter ist gerade von Blécherette in Richtung Dailly gestartet.«

»Vielleicht die DARD-Truppe«, antwortete Humel. »Das ist nicht so schlimm, wir haben genug Boden-Luft-Raketen, um auch ihn abzuschießen.« Er schaute auf seine Uhr. »Gut, ihr kennt alle eure Aufgabe – ich zähle auf euch. Sobald wir den Angriff neutralisiert haben, treffen wir uns in der Werkstatt. Und sobald wir das Go von ›Apfel‹ erhalten, starten wir die Sprengsatz-Timer.«

Der Bundesrat hatte grünes Licht für den Einsatz gegeben. Die Fahrzeuge der Tigris-Einheit mit Reinmann, Jemsen und Andreas an Bord hatten Les Planaux in der Nähe des T2-Zugangs erreicht. In Absprache mit dem Chef der DARD würden dessen Männer zu Fuß durch den Schacht der Standseilbahn vorrücken, um das Fort T1 in Dailly von Savatan aus zu erreichen, und mit dem Leiter des AAD-10, dessen Hubschrauber sich den Freiburger Voralpen näherten, sollte Tigris vorab versuchen, in den Berg einzudringen, um den Feind unter Druck zu setzen.

Vier Tigris-Polizisten seilten sich an einer Felswand ab, um das Lüftungsgitter zu erreichen, während sich weiter unten die anderen bereit machten, den Hauptzugang zum Fort T2 zu sprengen. Am Ende eines schwindelerregenden Abstiegs erreichte der erste, in der Luft hängende Mann den Lüftungsschacht. Hinter ihm in der Ferne tauchten gerade die ersten Sonnenstrahlen die fast tausend Meter tiefer gelegene Talsohle des Chablais in orangefarbenes Licht. Eisige Luft wehte über dem Abgrund. An der Felswand klebten überall Schneeflecken. Das Leben des Mannes hing an einem Faden: ein Kletterseil, das um den Stamm einer großen Tanne am Rande des Abgrunds gewickelt war.

Er klebte einen Sprengsatz gegen das Lüftungsgitter, kletterte ein paar Meter an der Wand hoch und löste eine Explosion aus, die in der schlafenden Natur widerhallte. Das verformte Gitter wirbelte kurz inmitten einer Wolke aus Staub und Gestein durch die Luft, bevor es die Felswand hinabstürzte.

Der Mann wartete noch ein paar Sekunden, kletterte dann wieder auf die Höhe der freigelegten Öffnung hinunter und schob seinen Körper in den Schacht. Das Rohr war zu eng, um auf allen vieren hindurchzukriechen, sodass er gezwungen war, es entlangzurobben. Seine drei Teamkollegen folgten ihm. Sie schalteten ihre Nachtsichtgeräte ein und arbeiteten sich mühsam durch die Dunkelheit vor.

Die restlichen Tigris-Männer hatten am Haupteingang des T2 Stellung bezogen, einer unauffällig als Fels getarnten Tür am Rande eines Wanderwegs.

»*Go!*«, befahl Dubois.

Der Sprengmeister trat von der Tür weg, und eine dumpfe Explosion pulverisierte das Schloss. Die Männer kamen näher, einer von ihnen öffnete die Tür, und sie betraten den unterirdischen Stollen. Vor ihnen befand sich ein kleiner betonierter Bunker mit einer Schießscharte als Wachposten. Sofort spritzte eine Maschinengewehrsalve durch den Tunnel und hallte zwischen den in den Fels gehauenen Wänden wider. Die Einschläge knatterten in der Dunkelheit, und die Tigris-Männer suchten sofort Deckung in den Ausbuchtungen auf beiden Seiten des Ganges. Einer von ihnen erwiderte das Feuer mit seiner Waffe, während ein anderer eine Rauchgranate in Richtung des Wachpostens warf. Dichter Nebel füllte den Tunnel. Nach einigen Sekunden der Stille wagte einer der Tigris-Polizisten einen Schritt in die Mitte des Tunnels. Sein Schuh verursachte ein leises Knirschen auf dem Betonboden. Sofort hörte er nur wenige Meter von ihm entfernt ein metallisches Geräusch und verstand sofort, was vor sich ging.

»Granate!«, brüllte er als Warnung an seine Teamkollegen. Alle drückten sich gegen die Wände. Die Explosion erhellte den Rauch, Geröllschutt flog durch den Tunnel, und ohrenbetäubender Lärm klingelte in den Ohren der Tigris-Männer, die sofort den Rückzug antraten. Zum Glück hatte ihre Schutzkleidung sie vor größeren Schäden bewahrt.

Nach dem Verlassen der Festung bei der T2 sagte einer von ihnen: »Hier kommen wir nicht durch.«

Dubois griff zu seinem Funkgerät. »Tigris an AAD-10, wo sind Sie?«

Es knisterte, dann kam die Antwort. »AAD-10 an Tigris, wir erreichen das Ziel in zehn Minuten.«

»Verstanden, AAD-10.« Dubois änderte die Frequenz und sprach weiter. »Tigris 1 an Tigris 2, bitte melden.«

Keine Antwort.

»Tigris 1 an Tigris 2 –«, wiederholte er, ohne den Satz beenden zu können.

In der Ferne erscholl eine Explosion. Sie schien von weiter oben aus Richtung der Felswand zu kommen.

»Scheiße! Tigris 1 an Tigris 2! Bitte kommen. Was passiert da?«

Immer noch keine Antwort.

»Um Himmels willen!«, schimpfte Dubois. »Tigris 2, bitte kommen, verdammt noch mal!«

Eine zweite, viel stärkere Explosion weiter unten aus Richtung Savatan ließ den Berg erbeben. Die Tigris-Männer sahen sich entsetzt an.

Dubois hatte verstanden, was da vor sich ging. »Tigris 1 an DARD! Tigris 1 an DARD, hören Sie mich?«

Es herrschte eine lange Stille, dann war ein Knistern zu hören und schließlich eine Antwort. »DARD an Tigris 1, wir hören Sie.«

Dubois erkannte die ungewohnt gestresste Stimme des Kollegen von der Waadtländer Polizei. »Tigris 1 an DARD. Wie ist die Lage auf Ihrer Seite?«

»DARD an Tigris 1, hier herrscht Chaos. Sie hatten den Rossignol-Stollen mit Sprengsätzen bestückt. Er ist komplett eingestürzt. Wir kommen hier nicht mehr durch. Wir müssen umkehren und zum Truppenübungsplatz Dailly hinabsteigen. Wir werden über die Straße zu euch stoßen, aber das kann etwas dauern.«

»Tigris 1 an DARD, verstanden. Und was ist mit Ihren Männern?«

»Einige leicht verletzt. Zum Glück keine Verluste. Wir konnten uns rechtzeitig in Sicherheit bringen. Haben Sie Nachricht von Tigris 2?«

»Negativ. Tigris 2 antwortet nicht. Ich befürchte, dass auch der Lüftungsschacht mit einer Sprengfalle versehen war. Ich schicke zwei meiner Männer zur Felswand, um nachzusehen, aber ich befürchte, dass ihnen die Beschaffenheit des Geländes die Aufgabe erschwert. Was den AAD-10 betrifft –«

Dubois wurde von einem seiner Männer unterbrochen, der ebenfalls ein Funkgerät in der Hand hielt.

»Neuigkeiten von Tigris 2?«, fragte er ihn.

»Nein«, erwiderte der Mann. »Das war der Einsatzleiter des Hubschraubers des Polizeikorps. Er ist an Bord des Colibri, der in Blécherette gestartet ist. Sie kommen kurz vor dem AAD-10 am Einsatzort an. Er fragt, wo er landen soll.«

»Das ist jetzt nicht der richtige Zeitpunkt …«

»Was antworte ich dem Piloten?«

»Er soll auf dem Waffenübungsplatz in Savatan landen und auf neue Befehle warten.«

Andreas und Jemsen sahen einander sehr besorgt an. Sie kannten die Passagiere dieses Hubschraubers. In der Nacht hatten die beiden Chefs von Tigris und DARD eine Idee gehabt. Zwei der Zwerge waren immer noch nicht identifiziert worden, und es gab nur zwei Personen, die imstande waren, sie wiederzuerkennen: Flavie Keller und Mikaël Achard. Die Verfahrensassistentin und der Journalist waren die Einzigen, die sie in Lausanne auf dem Riponne-Platz und im Palais de Rumine gesehen hatten.

Aus Sicherheitsgründen, die auf der Hand lagen, durften Flavie und Mikaël dem Angriff nicht beiwohnen. Am Ende konnte sich jedoch ihre Hilfe als wertvoll erweisen, wenn immer noch Verwirrung herrschte und einige der noch nicht gefassten Zielpersonen versuchen würden, sich unter die Angreifer zu mischen, um aus der Festung zu fliehen. Aufgrund des militärischen Backgrounds von Simona Suter und David Favre war es durchaus möglich, dass die Zwerge die gleichen Kampfanzüge trugen wie der AAD-10. Eine durchaus bekannte Taktik der Spezialeinheiten bestand darin, sich in der feindlichen Armee zu verstecken, wenn man alle Hoffnung auf eine Flucht aufgegeben hatte. Humel konnte das nicht ignorieren, zumal sich die Einsatzkräfte der Tigris, der DARD und vor allem des AAD-10 – mehr als vierzig Elitesoldaten – nicht unbedingt kannten.

Andreas und Jemsen hatten sich in der Nacht spontan mit diesem ihrer Meinung nach ziemlich vernünftigen Vorschlag einverstanden erklärt. Noch vor Morgengrauen war Karine losgefahren, um Flavie und Mikaël von der Schutzwohnung zum Hubschrauberlandeplatz zu bringen. Doch der Verlauf der Ereignisse hatte die Lage verändert.

Unter den Blicken von Reinmann und Jemsen trat Andreas an Dubois heran. »Weisen Sie den Helikopter an, umzukehren.«

Dubois sah ihn erstaunt an. »Warum sollte ich das tun?«

»Weil mir nicht wohl dabei ist.«

»Das ist kein triftiger Grund, die Pläne zu ändern.«

»Für mich schon. Mein Lebensgefährte ist in dem Hubschrauber. Und meine Freundin Karine und die Verfahrensassistentin des Staatsanwalts ebenfalls. Wenn ihnen irgendetwas zustößt ...«

Jemsen trat ebenfalls näher, legte Andreas beruhigend eine Hand auf die Schulter und wandte sich an Dubois. »Kommissar

Auer hat recht. Wir haben die Schlagkraft von General Humel und seinen Männern unterschätzt. Gott weiß, welche Überraschungen sie noch für uns bereithalten. Und ich bin sicher, dass Sie nicht den Tod von Zivilisten verantworten wollen.«

»Ich verstehe Ihre Argumente durchaus«, erwiderte Dubois, »aber ich befolge ausschließlich die Befehle meines Direktors.« Er drehte sich zu Reinmann um, der in diesem Kreuzfeuer, das er nicht hatte kommen sehen, plötzlich sehr verlegen wirkte.

Reinmann zögerte, schien nachzudenken und sagte schließlich: »Ich kann nicht in letzter Minute Pläne ändern, ohne die Meinung eines für die Operation Verantwortlichen vor Ort einzuholen. Ich werde den DARD-Chef und Markus Vogel kontaktieren.«

»Aber dafür haben Sie keine Zeit«, sagte Jemsen beharrlich. »Der Pilot des Colibri erwartet eine Antwort.«

»In diesem Fall«, sagte Reinmann bestimmt, »soll er seinen Anflug fortsetzen und in Savatan landen, wie es Dubois empfiehlt.«

Andreas kochte vor Wut. Er musste sich sehr bemühen, nicht die Beherrschung zu verlieren. Am Ende sah er ein, dass es keinen Sinn ergab, dem Fedpol-Direktor zu widersprechen. Er drehte sich zu Jemsen um und flüsterte diesem unauffällig ins Ohr: »Los, komm mit …«

55

Andreas und Jemsen entfernten sich auf einem schneebedeckten, mit Markierungsstäben gekennzeichneten Weg von den anderen. Sie kamen im Pulverschnee, der unter ihren Schritten knirschte, nur mühsam voran.

»Ich habe ein ungutes Gefühl«, stieß Jemsen aus.

»Ich auch«, pflichtete Andreas ihm bei. »Das alles hier verheißt nichts Gutes. Wir haben heute Nacht einen Fehler gemacht. Karine, Mikaël und Flavie haben hier nichts zu suchen.«

»Da stimme ich dir zu. Wo führst du mich hin?«

»Du wirst schon sehen.«

Der Weg schlängelte sich zwischen Bäumen und über Alpweiden entlang. Die weiße Kulisse glitzerte in den ersten Sonnenstrahlen. Andreas und Jemsen waren schon gut fünf Minuten unterwegs, als sie plötzlich ein metallisches Knirschen hörten. Instinktiv duckten sie sich, gingen hinter einer Schneewehe am Wegrand in Deckung und beobachteten unauffällig die Umgebung.

Einige Dutzend Meter entfernt sahen sie, umgeben von ein paar Tannen, eine Art großes Iglu.

»Was ist das?«, flüsterte Jemsen.

»Die T2«, antwortete Andreas. »Ein automatischer Geschützturm mit einer Fünfzehn-Zentimeter-Kanone. Ein Überbleibsel aus dem Kalten Krieg.«

»Wolltest du mir den zeigen?«

»Nein. Theoretisch ist es unmöglich, die Festung von hier aus zu betreten. Ich dachte an einen anderen Zugang, an den ich mich erinnert habe, als ich nach der Explosion der Granate den ganzen Rauch aus dem Tunnel aufsteigen sah. Es handelt sich um einen Lüftungsschacht mitten im Wald. Er ist auf keiner Stabskarte verzeichnet, weil er erst hinzugefügt wurde, als die Festung Dailly der Öffentlichkeit zugänglich gemacht wurde.

Der Oberst von Savatan hat ihn mir mal gezeigt, aber ich bin nicht sicher, ob ich ihn noch finde. Ich wollte sichergehen, bevor ich Reinmann und Dubois darüber informiere.

Plötzlich bebte vor ihnen der Schnee, das metallische Knirschen ertönte erneut, und dann tauchte langsam eine lange Röhre aus dem Pulverschnee auf. Das Iglu bebte ebenfalls und begann sich zu drehen. Der Schnee rutschte von seinem Dach ab und gab den Blick auf eine mit Tarnmatten bedeckte Eisenkuppel frei.

»Um Himmels willen!«, flüsterte Jemsen. »Was geht denn hier vor?«

»Keine Ahnung«, erwiderte Andreas. »Aber es gibt nur eine Methode, den Kanonenturm zu bedienen, und zwar von der Kommandozentrale aus, die sich dort tief unter der Erde befindet. Unter der T2 gibt es einen fünfzig Meter tiefen Schacht, eine Drehachse mit einem Paternoster, um die Munition nach oben zu befördern, und ein Schrägrohr, durch das das Kanonenrohr bis in eine Werkstatt heruntergelassen werden kann.«

»Glaubst du, sie machen die Kanone schussbereit?«

»Das bezweifele ich stark. Dieses Geschütz ist seit 1994 außer Dienst gestellt. Und sie war nie wirklich im Einsatz, außer für Demonstrationen und Übungen mit Platzpatronen.«

»Vielleicht haben Humel und seine Männer sie wieder funktionstüchtig gemacht.« Jemsen schoss ein schrecklicher Gedanke durch den Kopf. »Könnten sie damit einen Hubschrauber im Flug abschießen?«

»Das ist eher unwahrscheinlich«, antwortete Andreas. »Die T1 und die T2 wurden als Boden-Boden-Raketen mit einer großen Reichweite konzipiert, um Ziele im Rhonetal zu treffen und um so die Achse vom Großen Sankt Bernhard bis zum Simplonpass zu schützen. Durch das Drehelement könnten sie Raketen Richtung Martigny oder Richtung Chablais abfeuern, aber mit einer solchen Kanone einen Hubschrauber abzuschießen wäre in etwa so, als wolle man eine Fliege mit einer Pistole töten.«

Ein weiteres metallisches Knirschen ertönte. Langsam wurde

das riesige Kanonenrohr zurückgezogen und verschwand in dem eisernen Iglu.

»Was machen die da?«, flüsterte Jemsen.

»Sie lassen es durch den Schacht in die Werkstatt hinab, aber ich bezweifele, dass sie es reparieren wollen.«

Lange Sekunden geschah nichts. An der Stelle, an der sich das Kanonenrohr befunden hatte, klaffte nun eine Öffnung in der Eisenhülle, die jedoch zu schmal war, als dass sich dort ein Mensch hätte hineinzwängen können.

»Sehen wir uns das mal aus der Nähe an«, schlug Jemsen vor und erhob sich.

Andreas packte ihn fest an der Jacke, zog ihn in die Hocke hinunter und legte seinen Zeigefinger auf die Lippen. »Warte, da drinnen bewegt sich etwas.«

Jemsen lauschte und hörte ein dumpfes Klappern, erst ziemlich vage, dann immer deutlicher, wie das Geräusch von schweren Sohlen auf Metallsprossen. Einige Sekunden war es wieder still, dann ertönte ein gedämpftes Zischen, das im Geschützturm widerhallte.

Um die Stahlplatten, zwischen denen das Kanonenrohr raus- und reingefahren werden konnte, bemerkten Andreas und Jemsen ein intensiv orangefarbenes Leuchten, dann zwei besonders grelle Funkengarben und schließlich die mächtigen bläulichen Flammen der Schneidbrenner. Nachdem die Stahlplatten aufgeschnitten worden waren, kippten sie in den Schnee. Als sich der Rauch verzog, erschienen zwei in weiße, graue und blassgrüne Wintertarnanzüge gekleidete Gestalten, die ihre Schweißmasken hochklappten. Andreas und Jemsen erkannten Ramzan Zakayev und David Favre. Mit Maschinenpistolen bewaffnet beobachteten die beiden die Umgebung, bevor sie ins Innere des Panzerturms zurückkehrten.

Als sich Jemsen zu Andreas umdrehte, musste er feststellen, dass dieser seine Dienstwaffe gezückt hatte.

»Warum haben sie das gemacht?«, flüsterte Jemsen.

»Sie bereiten ihre Flucht vor«, antwortete Andreas. »Es sei denn ...«

Plötzlich kam ihm, was Jemsen eben gesagt hatte, wieder in den Sinn. In der Stille der Bergwelt hörte er nur ein weit entferntes Motorengeräusch.

»Ein Hubschrauber ...«, fuhr Andreas fort.

»Der AAD-10?«

»Oder der aus Blécherette mit Karine, Mikaël und Flavie an Bord. Los, mir nach.«

Andreas war aufgestanden und ging bereits auf die T2 zu, als Jemsen ihn zurückhielt. »Was hast du vor?«

»Lass uns nachsehen, was sich da unten verbirgt.«

Andreas zog eine kleine Automatikpistole aus einem Knöchelholster und reichte sie Jemsen. Dieser verzog das Gesicht.

»Du weißt nicht, wie man sie benutzt?«, fragte Andreas.

»Doch, natürlich«, antwortete Jemsen. »Ich habe während des Balkankriegs einige Einsätze im Kosovo absolviert. Das ist nicht das Problem, aber ...«

»Aber was?«

»Müssten wir nicht Reinmann Bescheid geben?«

Andreas holte sein Mobiltelefon hervor und zeigte Jemsen das Display. »Hier gibt es keinen Empfang.«

»Wie kann das denn sein?«

»Entweder gibt es hier in diesem Gebiet keine Antenne, oder Humel und seine Männer haben einen Störsender installiert. Wir haben keine Funkverbindung, und bis wir wieder unten bei Reinmann wären, könnte es schon zu spät sein.« Andreas ging weiter auf die T2 zu.

Jemsen hatte Mühe, ihm durch den hohen Schnee zu folgen, und holte ihn erst an der in den Geschützturm geschnittenen Öffnung ein. »Zu spät für was?«, fragte er.

»Reines Bauchgefühl.«

»Arbeitest du immer so intuitiv?«

»Das hat mir im Laufe meiner Karriere schon mehrfach geholfen.«

Jemsen riskierte einen Blick durch das Loch auf den Grund des Betonschachts, der steil hinunter in den Berg führte. Auf der linken Seite war eine Metallleiter angebracht, die hinab in die Dunkelheit führte. Auf der rechten Seite des Schachts war der Boden so glatt wie der einer Rutsche. In dem Schacht waren an den beiden Seitenwänden Schienen angebracht, um das Kanonenrohr in die fünfzig Meter tiefer gelegene Werkstatt gleiten zu lassen.

»Wir gehen runter«, sagte Andreas.

»Was ist, wenn hier auch Sprengfallen sind?«, fragte Jemsen.

56

Andreas hatte begonnen, die Leiter hinabzusteigen, und Jemsen folgte ihm. Auf halber Höhe hörten sie das Geräusch eines Elektromotors in der Ferne. Die dicken Schienen an den beiden Wänden entlang des Schachts bebten.

»Was ist das?«, fragte Jemsen besorgt.

»Sie schieben das Kanonenrohr wieder hoch!«

Jemsen erschauderte. »Dann müssen wir auch wieder hoch. Sonst werden wir zerquetscht.« Er war schon eine Sprosse nach oben geklettert, als Andreas ihn einholte.

»Nein, warte! Das ist nicht die Kanone…« Andreas schaute in den Schacht hinunter. Etwas Rechteckiges näherte sich und füllte fast den gesamten Schacht aus.

»Was ist das?«

»Ich weiß es nicht, aber es ist kleiner als die Kanone. Und so schnell, dass wir keine Zeit haben, wieder nach oben zu gelangen.«

»Was sollen wir denn machen?«

Andreas konnte ein vages Leuchten über und unter dem rechteckigen Gebilde erkennen, das auf sie zukam. »Drück dich gegen die Leiter. Unter diesem Ding ist etwas Platz. Es wird über uns hinwegfahren.«

»Bist du dir sicher?«

»Keineswegs.«

Je näher es kam, desto größer wurde das Gerät.

»Das passt nicht«, hauchte Jemsen.

»Doch, das passt.«

»Ich sage dir, das kann nicht gehen.«

Die hinauffahrende Metallkonstruktion war nur noch vier oder fünf Meter von ihnen entfernt.

»Du hast recht«, sagte Andreas. »Das passt nicht.« Reflexartig rollte er sich neben die Leiter und landete rücklings auf der steilen Wand des schrägen Schachts. Wie auf einer Rutsche glitt sein Körper mit den Füßen voran hinab. Er drückte sich gegen den Beton und ließ sich unter die dunkle Masse ziehen, die weiter nach oben fuhr.

Jemsen hörte weder einen Schrei noch ein Wimmern noch irgendein Geräusch außer dem des Motors, der das Gerät an die Oberfläche fuhr. Ohne nachzudenken, ahmte Jemsen Andreas nach und rollte sich ebenfalls zur Seite. Als der Metallwagen über seinen Kopf hinwegrollte, erkannte er gerade noch die spindelförmigen Teile, die aus einem großen Stahlwürfel herausragten. Das Fahrwerk glitt weniger als fünf Zentimeter an seinen Augen vorbei, und sein Körper rutschte immer schneller den steilen Schacht hinab.

Ein paar Meter weiter unten spürte Jemsen, dass das Gefälle stufenweise etwas abflachte und er langsamer hinabrutschte. Seine Füße stießen hart in die Nieren von Andreas, dessen Rutschpartie am Ende des Schachts gebremst worden war. Andreas unterdrückte einen Schmerzensschrei und seufzte auf.

»Geht's?«, fragte Jemsen.

»Es ging mir schon besser. Hast du gesehen, was das war?«

»Ja«, antwortete Jemsen. »Sie ersetzen die Kanone durch eine Batterie von Boden-Luft-Raketen. Ich habe so etwas Ähnliches schon im Kosovo gesehen, als die Serben sich auf die Luftangriffe der KFOR vorbereiteten. Denkst du das Gleiche wie ich?«

Andreas stockte das Blut in den Adern. »Mein Gott ... die Hubschrauber!«

Zu ihrer Linken war die Leiter durch Betonstufen ersetzt worden. Sie zogen sich auf die Treppe hoch und stiegen die letzten Meter hinab bis in einen schwach von Neonleuchten erhellten, großen, gewölbten Raum. Die große Fünfzehn-Zentimeter-Kanone war auf den Schienen so weit wie möglich nach hinten geschoben worden. An der Seite stand ein kleiner Kran mit einer Seilwinde, mit dessen Hilfe Humels Männer den Wagen mit den Raketen vor die Kanone platziert hatten. An der Decke befanden sich Lüftungsschächte. In der Werkstatt war keine Menschenseele zu sehen.

»Wo sind sie?«, flüsterte Jemsen.

»Sicher in der Kommandozentrale, in einem anderen Raum ein Stückchen weiter.«

Andreas nahm seine Waffe wieder in die Hand, und Jemsen tat es ihm nach. Sie gingen ein paar Schritte in den Raum hinein, als plötzlich das Licht ausging und die Werkstatt in völlige Dunkelheit tauchte. Einige Sekunden verharrten sie auf der Stelle, dann wurde das weißliche Licht der Neonröhren durch eine blinkende, rote Lampe ersetzt. Es war wie in einem U-Boot, das in Alarmbereitschaft war, nur dass es hier kein akustisches Warnsignal gab.

»Glaubst du, dass sie uns entdeckt haben?«, flüsterte Jemsen.

»Ich weiß es nicht, aber das fühlt sich nicht gut an...«

Vorsichtig bewegten sie sich auf eine Panzertür zu. Als Andreas sie öffnen wollte, hielt Jemsen ihn davon ab.

»Was ist denn?«

»Schau mal.« Jemsen deutete rechts neben die Tür auf eine Kiste mit einem Sprengsatz und einer Zeitschaltuhr.

Andreas erkannte die Komponenten, die denen ähnelten, die sie am Vortag in Bern gesehen hatten, als der Entschärfer Carusos Kühlschrank geöffnet hatte. »Der Timer ist nicht mit dem Schließmechanismus der Tür verbunden«, stellte er fest.

»Nein, aber diese Arschlöcher haben offensichtlich beschlossen, hier alles in die Luft zu sprengen.«

»Kollektiver Selbstmord?«

»Eher unwahrscheinlich. Warum sollten sie sonst einen Angriff auf die Hubschrauber planen?«

»Weil sie Soldaten sind und Soldaten bis zum letzten Blutstropfen kämpfen.«

»Oder sie haben eine Fluchtmöglichkeit vorgesehen. Dieser Berg hier ist ein echter Gruyère.«

»Ein Gruyère hat keine Löcher«, sagte Andreas lächelnd.

Er öffnete die gepanzerte Tür und überprüfte, ob sich niemand in dem Gang befand. Als er sicher war, dass die Luft rein war, gab er Jemsen ein Zeichen, ihm zu folgen. Sie gingen den

Tunnel entlang bis zu einer weiteren Stahltür. Andreas öffnete sie so leise wie möglich.

Sie betraten einen lang gestreckten Raum mit der gleichen rot blinkenden Beleuchtung von eben. Links der Tür befand sich ein weiterer Sprengsatz mit Zeitschaltuhr. Auf einem metallenen Gestell stand in der Mitte des Raumes ein Fließband, auf dem alte Fünfzehn-Zentimeter-Munitionshülsen lagen. Etwas weiter entfernt waren veraltete Geschosse gleicher Größe gestapelt, die mittels des motorisierten Fließbandes zum unteren Ende des Munitionsaufzuges transportiert werden konnten, der um die fünfzig Meter lange, senkrecht stehende Rotationsachse der T2 gebaut worden war. Die Anlage war vor über dreißig Jahren stillgelegt worden.

Andreas und Jemsen bewegten sich Schritt für Schritt vorwärts und gingen dann hinter dem Fließband in Deckung. In der Hocke bewegten sie sich langsam vorwärts, bis sie etwas weiter vorne auf der rechten Seite eine verglaste Kommandozentrale mit einem Steuerpult sahen. Im Innern befand sich eine hochmoderne Computeranlage, die im krassen Gegensatz zum Rest der Einrichtung stand. Die unterirdische Festung Dailly war in früherer Zeit das Juwel der Schweizer Verteidigung gewesen. Inzwischen war sie nur noch ein Museum, in dem die Zeit vor der Erfindung der Elektronik stehen geblieben war. Schneewittchen und die sieben Zwerge hatten sie offensichtlich modernisiert, damit sie den Anforderungen der modernen Kriegsführung gerecht wurde. Hinter einer Armada von Computern und Bildschirmen saß ein Mann in Militärkleidung, der unter dem aufmerksamen Blick eines weiteren Mannes, der mit verschränkten Armen hinter ihm stand, eine Tastatur bediente. Andreas und Jemsen erkannten in ihnen sofort Stefan Fischer, den ehemaligen Spezialisten für Cyberverteidigung, und General Martin Humel.

Aus den alten, in die Wände des Raums eingelassenen Lautsprechern ertönte plötzlich eine metallisch scheppernde Stimme.

»Staatsanwalt Jemsen, Kommissar Auer, willkommen in

meiner Höhle. Haben Sie ernsthaft geglaubt, dass Ihr schäbiger Einbruchsversuch bei all den Kameras, die wir installiert haben, unentdeckt bleiben würde? Ihre Naivität rührt mich. Sie haben es nur deshalb lebendig bis hierher geschafft, weil ich das so entschieden habe. Sie werden also in der ersten Reihe sitzen, um den Höhepunkt des Spektakels mitzuerleben …«

57

Vorsichtig erhoben sich Andreas und Jemsen, blieben aber hinter dem Fließband in Deckung. Schritt für Schritt bewegten sie sich im Krebsgang und richteten dabei ihre Waffen auf die Kommandozentrale.

Als sie die Zielpersonen erreicht hatten, ertönte Humels Stimme wieder aus den Lautsprechern. »Das ist Panzerglas. Schießen erübrigt sich hier.«

Aus Trotz drückte Andreas dennoch den Abzug. Die Explosion des Schusses, verstärkt durch die Beschaffenheit der Umgebung, hallte in dem großen Raum wider. Jemsen hatte das Gefühl, seine Trommelfelle würden platzen. Auf Kopfhöhe mit Humel befand sich nun ein Spinnennetz im Glas, das dessen Gesicht verdeckte. Das Projektil hatte das kugelsichere Glas nicht durchschlagen.

»Sie haben recht, Monsieur le Commissaire«, fuhr die Stimme fort, »immer überprüfen, was der Feind sagt. Ist Ihre Neugier nun befriedigt?«

»Erst wenn ich weiß, wie Ihr Plan weitergeht«, erwiderte Andreas. »Wie gedenken Sie von hier wegzukommen?«

»Das geht Sie nichts an«, antwortete Humel. »Ich fürchte, das werden Sie ohnehin nicht mehr erleben.«

»In diesem Fall, wenn Sie vorhaben, uns zu eliminieren, warum haben Sie uns dann gestattet, lebend bis hierher zu gelangen?«

»Damit Sie es sehen können, Kommissar …«

»Was sehen?«

Zu ihrer Rechten öffnete sich langsam die Panzertür, durch die sie gekommen waren. Instinktiv richtete Jemsen seine Waffe auf die beiden Neuankömmlinge in Tarnkleidung, die Sturmgewehre im Anschlag hatten. Andreas und Jemsen wichen ein paar Schritte in den hinteren Teil des Raums zurück, wo sich eine Öffnung in der Wand befand.

»Das ist eine Sackgasse«, erklärte Humel. »Nur ein Nebenraum, in dem die Schätze aus der guten alten Zeit aufbewahrt werden. An Ihrer Stelle würde ich lieber auf den Bildschirm vor Ihnen schauen.«

Über dem Fließband leuchtete ein Bildschirm auf. Das Bild war in zwei Hälften geteilt. Links eine klare Wiedergabe des wolkenlosen Himmels über den Waadtländer Alpen, die eine Kamera von der T2 aus aufnahm. Rechts ein Radarbild, auf dem vier kleine Punkte zu sehen waren, die sich im Norden gruppierten, und ein weiterer einzelner Punkt im Westen. Jemsen erkannte, dass es sich um die Hubschrauber des AAD-10 und um den der Waadtländer Kantonspolizei handeln musste.

»Okay, ein Bildschirm. Und um was zu sehen?«, fragte Andreas trocken. Er hatte Humels Absichten durchschaut, wollte sie aber aus seinem Mund hören.

»Um die Feuersbrunst zu sehen, die in wenigen Minuten auf ihre Freunde niedergehen wird. Sie werden es hier live mitverfolgen können.«

»Mörder!«, murmelte Jemsen.

»Sie enttäuschen mich sehr, Herr Staatsanwalt«, sagte Humel. »Ich hätte von einem Juristen etwas mehr Zurückhaltung erwartet, bevor er sein Urteil fällt. Wir sind Soldaten, keine Mörder.«

Auf dem Radarbild erschienen vier rote Rauten und überlagerten die schwarzen Punkte, die die Hubschrauber darstellten. Fischer hatte die Raketen auf ihre Ziele gerichtet.

»Soldaten würden niemals einen Polizeihubschrauber abschießen!«, sagte Andreas wütend.

»Es sei denn, er greift uns an«, antwortete Humel. »In diesem Fall verteidigen wir uns nur.«

»Dieser hier greift Sie nicht an«, widersprach Jemsen. »Außer dem Piloten sind nur eine Sicherheitspolizistin, eine Verfahrensassistentin und ein Journalist an Bord.«

»Und woher weiß ich das?«, fragte Humel ironisch.

»Weil wir es Ihnen gerade gesagt haben«, entgegnete Andreas zornig.

»Dem Klang Ihrer Stimme entnehme ich, dass Ihnen diese Passagiere etwas bedeuten. Oder täusche ich mich da?«

Andreas schwieg.

Jemsen blickte erneut auf den Bildschirm und fragte: »Warum nur auf drei Hubschrauber des AAD-10 zielen? Warum nicht auch auf den vierten?«

In der Kommandozentrale herrschte lähmendes Schweigen, das Humel nach einigen Sekunden brach.

»In jedem Krieg gibt es zivile Opfer. Man nennt das Kollateralschaden. Ich fürchte, Monsieur le Procureur, dass Ihre Verfahrensassistentin dazu zählt. Genauso wie Ihre Kollegin und Ihr Mann, Monsieur le Commissaire. Ich wollte, dass Sie das sehen, bevor sich dieser Ort hier über Ihnen wie ein Grab schließt. Was den vierten Hubschrauber betrifft, so lasse ich Sie den Grund erraten. Sie haben sich in einen Krieg eingemischt, den Sie nicht verstehen. Nun müssen Sie die Konsequenzen dafür tragen.«

»Der vierte Hubschrauber ist Ihre Hintertür, nicht wahr?«, mischte sich Andreas ein. »Wie wollen Sie die Menschen an Bord eliminieren?«

»Wer redet denn davon, sie zu eliminieren?«, rief Humel. »Glauben Sie wirklich, dass wir die Operation ›Schwarze Blitze‹ nur mit einem knappen Dutzend Soldaten bewerkstelligt haben? Dann irren Sie sich aber gewaltig, meine Herren. Das, was Sie entdeckt haben, ist nur die Spitze des Eisbergs. Es gibt viele Sympathisanten, die unsere Sache teilen, genau wie der Pilot und die Besatzung des vierten Hubschraubers. Wir sind eine Hydra. Sie haben Victor und Serge verhaftet, aber jedes Mal, wenn Sie einen Kopf abhacken, werden zwei neue nachwachsen.«

»Hamon ist tot«, korrigierte ihn Andreas.

»Was ändert das?«, fragte Humel. »Unser Kampf ist noch lange nicht vorbei. Allerdings werden Sie nicht mehr hier sein, um unserem Triumph beizuwohnen.«

»Sie halten sich für einen Helden?«, traute sich Jemsen zu fragen.

»Die Geschichte ist voll von Helden, die erst als solche erkannt werden, wenn sie sich geopfert haben.«

»Und auch von Psychopathen«, sagte Andreas.

Humel lachte. »Meine Herren, Ihre Provokationen perlen an mir ab wie Wassertropfen an den Flügeln einer Fliege. Damit überlasse ich Sie Ihren Illusionen. Und Ihrem Kummer. Nutzen Sie die wenigen Minuten, um Ihre Toten zu beweinen. Sobald die erste Rakete den Lausanner Helikopter getroffen hat, bleibt Ihnen nicht mehr viel Zeit für Ihre Trauer. Monsieur le Procureur, Monsieur le Commissaire, ich sage Ihnen nicht auf Wiedersehen, sondern adieu!«

Plötzlich knallte eine Salve durch den Raum, und Funken sprühten um Andreas und Jemsen herum, die sich sofort hinter eine Wand im Hinterraum flüchteten. Sie merkten, dass die Soldaten nicht auf sie gezielt hatten, sondern lediglich um sich geschossen hatten, um sie zum Rückzug zu zwingen. Andreas riskierte einen Blick um die Ecke. Er beobachtete, wie Humel die Kommandozentrale verließ, und hörte, dass er dabei Befehle rief.

»Hatschi und Pimpel, sagt Brummbär, Chef und Happy Bescheid, dass sie sich sofort in die Werkstatt zurückziehen sollen. Sobald die Raketen gezündet werden, hauen wir hier ab.« Anschließend wandte Humel sich an den IT-Spezialisten und ergänzte: »Seppl, stell die Sprengsätze auf acht Minuten ein und dann komm nach. Vergiss nicht, hinter dir abzuschließen.«

Andreas sah, wie Humel, Zakyev und Favre den Kommandoraum verließen. Fischer war alleine in der Kommandozentrale zurückgeblieben, aber von seinem Standort aus konnte Andreas ihn nicht sehen. Auf dem Radarschirm erschien unter jedem der Hubschrauber eine Uhr, die einen Countdown anzeigte. Fünf Minuten für den von Blécherette, sechs Minuten für die der AAD-10. Sechzig Sekunden nach dem Abschuss der letzten Raketen würden die Sprengsätze Dailly in Schutt und Asche legen. Man würde tagelang unter den Trümmern nach den Leichen von Humel und seinen Männern suchen, bevor man feststellen würde, dass sie sich in Luft aufgelöst hatten.

Andreas überprüfte, ob seine Waffe entsichert war, und sprang aus seinem Versteck. Jemsen versuchte vergeblich, ihn zurückzuhalten. Sie hatten nun keine Deckung mehr. Im selben Moment verließ Fischer die Kommandozentrale, das Sturmgewehr mit der Griffsicherung nach unten an seine Hüfte gedrückt. Er eröffnete das Feuer, ohne auf Andreas und Jemsen zu zielen, jedoch in der Absicht, sie zum Rückzug zu zwingen. Humels Befehl hatte gelautet, sie nicht zu töten. Nicht auf diese Weise, nicht sofort.

Normalerweise reichte so eine Salve aus, um einen Angreifer zurückzudrängen. Fischer musste festgestellt haben, dass sein Gegner trotz des Kugelhagels weiter auf ihn zukam. Es dauerte eine Sekunde, bis er sich entschloss, Humel nicht zu gehorchen, sondern den Lauf seiner Waffe auf Andreas zu richten.

Doch diese Sekunde des Zögerns wurde ihm zum Verhängnis. Andreas schoss als Erster. Die Kugel traf Fischer an der Schulter. Das Gesicht des Soldaten spiegelte dessen Überraschung wider, der versuchte, sich trotz der Schmerzen zusammenzureißen. Bevor er seine Waffe neu ausrichten konnte, hatte Andreas sein Magazin leer geschossen.

Rauchschwaden schwebten durch das rot blinkende Licht, der Geruch von Schießpulver breitete sich im ganzen Raum aus.

Jemsen trat zu Andreas. »Okay«, flüsterte er, »besser, man hat dich zum Freund als zum Feind.«

Sie eilten zur Ausgangstür, wo Jemsen neben dem Sprengsatz innehielt. Der Countdown lief: 07:40, 07:39, 07:38 …

»Mit unseren einfachen Handfeuerwaffen werden wir es niemals mit den sechs anderen aufnehmen können«, sagte Jemsen.

»Hast du eine andere Idee?«, fragte Andreas.

»Wir könnten versuchen, vom Kontrollpult aus den Abschuss der Raketen zu stoppen.«

Sie drehten um und betraten die Kommandozentrale. Auf den verschiedenen Bildschirmen waren Codezeilen zu sehen. Auf dem Radar, der den Lausanner Polizeihubschrauber verfolgte, betrug der Countdown inzwischen keine drei Minuten mehr.

»Kennst du dich damit aus?«, fragte Andreas besorgt.

»Nein«, antwortete Jemsen. »Wir bräuchten einen Informatiker.«

»Den einzigen, der uns zur Verfügung stand, habe ich gerade eliminiert. Und wir haben kein Netz, keinen Kontakt zur Außenwelt. Unmöglich, jemanden zu warnen. Was sollen wir machen?«

»Wir müssen die Batterie aus der Entfernung zerstören.«

»Und wie?«

»Mit den Sprengsätzen aus der Werkstatt. Aber die sind so geschaltet, dass sie erst nach dem Abschuss der Raketen explodieren.«

Andreas blickte auf einen anderen Bildschirm: 06:49, 06:48, 06:47 …

»Denkst du, was ich denke?«

Die beiden Männer schauten sich schweigend an.

»Glaubst du, dass das ausreicht?«, fragte Andreas.

Jemsen lächelte traurig, die Erinnerungen an den Kosovo kamen ihm in den Sinn.

»Wenn es mir gelingt, den Countdown so umzuprogrammieren, dass die Munition in der Werkstatt vor dem Abschuss der Raketen explodiert, sollte es funktionieren. Die Druckwelle der Explosion wird durch den schrägen Schacht nach oben steigen und müsste die Batterie zerstören.«

Fischer hatte das Abschussprogramm verschlüsselt, aber versäumt, dies auch mit dem Programm zu machen, über das die Sprengsätze gesteuert wurden. Auf dem Bildschirm erschien neben dem weiterlaufenden Countdown eine Karte der Stollen und Räume der Festung, die mit vielen grünen Punkten übersät war.

»Was ist das?«, fragte Andreas beunruhigt.

»Das sind die Sprengsätze, die sie angebracht haben.«

»Aber die sind ja überall …«

»Ja, und ich habe noch eine schlechte Nachricht. Sie sind alle miteinander verbunden. Unmöglich, nur eine einzige umzuprogrammieren und die anderen zu deaktivieren. Man kann nur den Countdown ändern, und der bleibt dann für alle Sprengsätze gleich. Man muss lediglich hier in diesem Fenster die gewünschte Zeit eintragen.«

Andreas und Jemsen blickten auf den Radar. In weniger als zwei Minuten würde die erste Rakete den Lausanner Hubschrauber abschießen. Das Leben von Karine, Flavie und Mikaël lag in ihren Händen. Sie schauten sich an und wussten, dass sie beide die Vorstellung nicht ertragen konnten, ihre Liebsten zu verlieren. Aber sie wussten auch, dass die Entscheidung, die sie treffen würden, ein anderes Opfer mit sich bringen würde: Sie würden ihr eigenes Leben opfern.

Sie sahen sich lange an, als suchten sie nach einer Alternative, die es nicht gab. Das hatten sie beide sofort begriffen.

»Hast du gut gelebt?«, fragte Jemsen schließlich.

»Ich kann mich nicht beschweren.« Andreas lächelte traurig. »Obwohl ich nach dem Sieg über den verdammten Krebs tatsächlich dachte, mir damit das Recht gesichert zu haben, noch ein Weilchen auf dieser Erde zu bleiben. Und du?«

Jemsen seufzte. »Geht mir auch so. Vor ein paar Jahren hätte ich anstelle meines Bruders sterben sollen. Und heute fordert der Tod seine Schuld ein, was vermutlich nur gerecht ist ... Bereust du etwas?«

»Das klingt vielleicht ein bisschen kitschig ... aber ich bereue nur, dass ich keine Zeit hatte, mich von Mikaël, Karine und allen, die ich liebe, zu verabschieden. Und du?«

»Geht mir mit Flavie genauso. Und mit ein paar anderen, die ich ohne Erklärung hinter mir lassen werde wie Tanja oder Dan Garcia. Und außerdem werde ich nie erfahren, ob aus meiner Geschichte mit Selina etwas geworden wäre ...«

Sie tauschten einen letzten Blick aus, in dem Entschlossenheit und Komplizenschaft mitschwangen, und lächelten sich an, als wollten sie sich gegenseitig Mut machen. Andreas beugte sich über die Tastatur und stellte den Countdown zwanzig Sekunden vor. Dann zogen sie sich in einen kleinen, lichtlosen Raum neben der Kommandozentrale zurück, zogen die Tür hinter sich zu und tauchten ihn damit in völlige Dunkelheit. Sie ließen sich im Schneidersitz in der Raummitte nieder und warteten schweigend.

Wenige Sekunden später schoss ein greller Blitz durch den großen Raum, auf den unmittelbar eine heftige Explosion und eine Feuersbrunst folgten. Die Erde begann zu grollen und zu beben, als sei das Ende der Welt gekommen. Die Wände brachen nacheinander zusammen, die Decken stürzten ein und verschütteten alles in einem Höllenlärm. Die roten Lampen flackerten noch kurz im Rauch und gingen dann eine nach der anderen aus. Die Stollen von Dailly waren in komplette Dunkelheit getaucht.

In der Werkstatt blieb Humels Männern keine Zeit zu begreifen, was mit ihnen geschah. Sie wollten durch den schrägen Schacht, der zur T2 führte, an die Oberfläche klettern, als der Feuerball sie auf der Stelle verkohlte. Die durch die Explosion aufgewirbelten Trümmer zerquetschten ihre Körper und begruben sie unter dem Schutt. Dann breitete sich die Druckwelle der Explosion weiter durch den Schacht aus, um auf ihrem Weg alles zu verbrennen und die T2 und die Boden-Luft-Raketenbatterie zu pulverisieren.

Epilog

Der Eurocopter EC 120 Colibri flog der über Dailly aufgehenden Sonne entgegen, als riesige Feuergarben aus dem Berg schossen. Mit ein paar Sekunden Verzögerung drang der Lärm der Explosion bis in die Kabine vor, zunächst ein lauter Knall, wie ihn Militärflugzeuge beim Durchbrechen der Schallmauer verursachen, kurz danach ein dumpfes und weit entferntes Grollen. Die Insassen hatten das Gefühl, dass der ganze Berg bebte.

»Was zum Teufel geschieht da?«, rief Mikaël.

Karine und Flavie starrten auf das Geschehen. Der Pilot flog eine Schleife über Dailly. Dicke schwarze Rauchsäulen stiegen aus dem Berg auf wie Dampf, der einem Kessel, dessen Schrauben explodiert waren, entweichen konnte. Der Rauch quoll aus einem Loch in der Felswand, aus mehreren Stellen des verschneiten Waldes, von einem Weg unterhalb der Alphütte Planaux und von etwas weiter oben aus dem, was Mikaël als die Überreste des Geschützturms der T2 identifizierte, aus dem gleichzeitig riesige Flammen schlugen.

Der Polizeihubschrauber kreiste erneut über das Gebiet und bekam kurz darauf Gesellschaft von drei Super Pumas der Armee, die in Richtung der Alphütte in Sinkflug gingen.

»Wir folgen ihnen!«, wies Karine den Piloten an.

»Der Befehl lautet anders. Ich muss in Savatan landen.«

»Der Befehl ist hinfällig«, sagte Karine. »Ich ändere ihn. Landen Sie bitte!«

Der Pilot seufzte. »Ich hoffe, Sie wissen, was Sie tun.«

»Ich übernehme die Verantwortung dafür.«

Die drei Armeehubschrauber und der Colibri der Polizei waren gelandet. Etwa dreißig Männer des AAD-10 waren zu der Tigris-Einsatzgruppe gestoßen, von der sich vier Mitglieder immer noch nicht gemeldet hatten. Alle hatten sich um Vogel und Reinmann gruppiert und warteten spürbar angespannt auf Befehle. Aus dem Hauptzugang der T2 stieg immer noch Rauch auf.

Karine, Flavie und Mikaël näherten sich der Gruppe und suchten mit den Blicken nach Andreas und Jemsen, die weder an der Seite des AAD-10-Chefs Vogel noch neben dem Fedpol-Direktor Reinmann oder zwischen den Kräften der beiden Spezialeinheiten standen.

Reinmann beendete einen Funkspruch. »Die DARD ist endlich in Savatan eingetroffen«, verkündete er, »und wird in ein paar Minuten vor Ort sein. Gibt es Neuigkeiten zu dem vierten Hubschrauber?«

Vogel verwendete sein eigenes Funkgerät. »Falke 1 an Falke 4, bitte kommen.«

Es knisterte, dann folgte Stille.

»Falke 1 an Falke 4«, versuchte Vogel es erneut. »Warum ist Ihr Sender deaktiviert? Bitte kommen.«

Erneute Stille.

Nach einem weiteren Versuch verkündete Vogel mit ernster Miene: »Wir haben den Kontakt verloren.«

Reinmann wandte sich an einen der Tigris-Männer und befahl: »Lassen Sie die Drohne aufsteigen!«

Der vierte Hubschrauber des AAD-10 war auf einer Lichtung gut hundert Meter unterhalb der T2 gelandet. Sein Rotor drehte sich im Leerlauf, und die Pulverschneewolken senkten sich langsam zurück auf den Boden. Der Pilot und sein Co-Pilot hielten sich bereit, wieder abzuheben. Zehn mit Maschinengewehren bewaffnete Soldaten hatten sich ein wenig verteilt und bildeten einen Kreis um den Super Puma.

Der Pilot holte ein Walkie-Talkie hervor. »Apfel an Schneewittchen. Apfel an Schneewittchen ...«

Keine Antwort.

»Glaubst du, dass sie bei der Explosion umgekommen sind?«, fragte der Co-Pilot.

»Ich fürchte, ja ...«

»Was sollen wir machen?«

»Wir geben ihnen noch zwei Minuten. Wenn sie dann nicht da sind, verschwinden wir von hier ...«

Die Sekunden verstrichen, dann tauchte am Rande der Lichtung eine Gestalt zwischen zwei Bäumen auf. Drei Soldaten richteten ihre Waffen auf sie, ließen sie aber wieder sinken, als sie die Gestalt erkannten. Der Mann wirkte betrunken, er taumelte und bewegte sich mühsam durch den hohen Schnee voran. Plötzlich streckte er die Arme nach vorne, als wolle er Hilfe erbitten, und fiel kopfüber in den Pulverschnee.

»Los, holt ihn!«, schrie ein vierter Soldat.

Die ersten drei Männer gehorchten und trugen den beinah bewusstlosen Mann zum Hubschrauber. Seine Militärkleidung war zerrissen und an vielen Stellen verbrannt. Er hatte keine Haare mehr, an der Haut seiner Hände, seines Gesichts und seines Schädels waren Verbrennungen dritten Grades zu sehen. Sein Körper war nur noch eine einzige große Wunde. Die Soldaten halfen ihm in den Super Puma hinein und legten ihn auf eine Trage.

Der Pilot drehte sich um und blickte durch die offene Cockpittür auf den Verwundeten. »Was ist mit den anderen?«, fragte er.

Mühsam stammelte der Mann: »Alle ... tot ...«

»In dem Fall heben wir jetzt ab. Halten Sie durch, wir bringen Sie an einen sicheren Ort, um Sie ärztlich versorgen zu lassen. Willkommen an Bord, General Humel.«

Karine, Flavie und Mikaël hatten sich um das Tigris-Mitglied geschart, das die Drohne steuerte, und verfolgten mit ihm die Aufnahmen auf dem Bildschirm. Die Drohne flog über dem Weg, der Planaux mit dem Panzerturm T2 verband. Im Schnee waren Fußspuren zu erkennen.

»Glauben Sie, dass die von ihnen sind?«, fragte Karine.

»Auf jeden Fall habe ich sie vorhin in diese Richtung verschwinden sehen«, antwortete der Drohnenpilot.

»Was wollten sie dort machen?«

»Keine Ahnung, sie haben nichts gesagt. Aber als sie weggingen, wirkten sie verärgert.«

»Aus welchem Grund?«

»Eine Meinungsverschiedenheit zwischen Ihrem Kollegen und Fedpol-Direktor Reinmann. Kommissar Auer wollte, dass Ihr Hubschrauber umdreht und nach Blécherette zurückfliegt, aber Reinmann hat entschieden, am ursprünglichen Plan festzuhalten. Daraufhin wurde Kommissar Auer wütend und ist mit Staatsanwalt Jemsen diesen Weg entlanggegangen. Seitdem wurden sie nicht mehr gesehen.«

Je weiter die Drohne flog, desto größer wurde die Befürchtung von Karine, Flavie und Mikaël. Nach einigen hundert Metern verließen die Fußspuren den Wanderweg und führten in eine schneebedeckte Weide hinein, bis sie in dem sternförmigen Bereich verschwanden, der von der Explosion der T2 rußgeschwärzt war. Die ganze Umgebung war mit Trümmern übersät, und aus der Mitte stieg immer noch Rauch auf.

Ein Detail hatte den Drohnenpiloten neugierig werden lassen. Er zoomte ein großes, völlig zerstörtes metallenes Objekt näher heran. Eine Art deformierter Stahlkäfig mit verbogenen Rohren. Daneben lag ein Stück eines in zwei Teile zerbrochenen Zylinders im Schnee. Als der Drohnenpilot noch näher heranzoomte, waren auf der Rückseite des Zylinders Flügel zu erkennen.

»Was ist das für ein Ding?«, fragte Flavie besorgt.

»Okay«, rief eine Stimme hinter ihnen, »da sind wir ja wohl noch mal knapp davongekommen …«

Die drei drehten sich um. Vogel schaute über ihre Schultern hinweg ebenfalls auf den Bildschirm.

»Eine Batterie von Boden-Luft-Raketen«, erklärte Vogel. »Humel hatte ganz offensichtlich alles geplant. Er hätte nicht gezögert, unsere Hubschrauber, einschließlich des Ihren, abzuschießen. Zum Glück hat diese unterirdische Explosion alles zerstört, bevor er die erste Rakete abfeuern konnte.«

»Wer hat diese Explosion ausgelöst?«, fragte Mikaël.

Noch während er den Satz beendete, wusste er, dass er keine

Antwort erhalten würde. Die brauchte es auch nicht – er hatte es auch so verstanden. Die Frage hatte die Antwort impliziert. Er kannte Andreas und wusste, wozu sein Mann fähig war. Und er hatte gespürt, dass Jemsen die gleiche Bereitschaft innewohnte, sich zu opfern. Die brutale und grausame Wahrheit zeichnete sich vor seinem inneren Auge ab. Er schaute abwechselnd Karine und Flavie an und hoffte einen Moment lang, dass sie ihm widersprechen und ihn beruhigen würden. Doch er sah nur ihre Tränen. Auch ihnen war alles klar geworden.

Danksagung

Unser aufrichtiger und ganz besonderer Dank gilt all unseren wertvollen Korrekturleserinnen und -lesern.

Ein herzliches Dankeschön an Marie-Madeleine Bonvin für ihr mehrfaches und sorgfältiges Korrekturlesen und für ihr Lektorat.

Vielen Dank an Isabelle Exhenry Cuany für ihre aufmerksame Lektüre des Manuskripts.

Wir bedanken uns auch bei Mélaine Dufour und Benjamin Amiguet, die mit ihren wertvollen Beiträgen unseren Text verbessert haben.

Ein großes Dankeschön an Nicole Busenhart, BR-Journalistin bei der Nachrichtenagentur Keystone-SDA, die die in unserem Text enthaltenen Pressemitteilungen professionell überarbeitet hat.

Ebenfalls bedanken möchten wir uns bei Pascal Bruchez, dem Präsidenten der Interessengemeinschaft des Artilleriewerks Dailly, der uns freundlicherweise durch das Labyrinth der Festung geführt und unseren Besuch mit einem köstlichen Fondue im Herzen des Artilleriewerks abgerundet hat.

Bei dieser Gelegenheit möchten wir uns auch bei unseren Verlegern des Istya/Slatkine & Cie Verlages und des Emons Verlages herzlich bedanken, die es uns ermöglichen, dass unser Roman gleichzeitig auf Deutsch und auf Französisch erscheinen kann.

Zu guter Letzt möchten wir natürlich Sie, liebe Leserinnen und Leser, nicht unerwähnt lassen. Wir möchten uns bei Ihnen für Ihre Treue bedanken, mit der Sie die Ermittlungen von Kommissar Andreas Auer und Staatsanwalt Norbert Jemsen verfolgen, die beide in diesem Roman vereint sind. Sie sind der Grund, warum wir diese Geschichten weiterhin schreiben und mit Ihnen teilen werden.

Marc Voltenauer
DAS LICHT IN DIR IST DUNKELHEIT
Übersetzt von Franziska Weyer
Klappenbroschur, 448 Seiten
ISBN 978-3-7408-1153-2

Ein abgeschiedenes Bergdorf in den Alpen. Die beschauliche Welt gerät aus den Fugen, als in der Kirche ein Toter gefunden wird, grausam zugerichtet und drapiert wie Jesus am Kreuz. Kommissar Andreas Auer von der Kriminalpolizei Lausanne ahnt, dass dies erst der Auftakt zu einer blutigen Serie ist. Und er soll recht behalten. In der Enge der Dorfgemeinschaft geschieht ein weiterer verstörender Mord. Es beginnt ein atemloser Wettlauf gegen die Zeit – und gegen einen kaltblütigen Täter, der sich als Instrument Gottes betrachtet.

www.emons-verlag.de

Marc Voltenauer
WER HAT HEIDI GETÖTET?
Übersetzt von Franziska Weyer
Klappenbroschur, 416 Seiten
ISBN 978-3-7408-1536-3

Das beschauliche Bergdorf Gryon wird von einer Serie verstörender Ereignisse erschüttert. Ein Auftragskiller, der kurz zuvor einen Mord an einem Politiker begangen hat, zieht in ein Luxus-Chalet in der Nachbarschaft. Die Kuh eines Dorfbauern wird regelrecht hingerichtet. Eine Frau aus der Region verschwindet, kurz darauf wird eine weitere tot aufgefunden. Und mittendrin Kommissar Andreas Auer, der versucht, die Fäden zu entwirren – und dabei riskiert, alles zu verlieren.

www.emons-verlag.de

Marc Voltenauer
DIE NACHT DES BLUTADLERS
Übersetzt von Franziska Weyer
Klappenbroschur, 480 Seiten
ISBN 978-3-7408-2032-9

Ein erschütterndes Familiengeheimnis bringt Andreas Auers Welt ins Wanken. Auf den Spuren seiner Vergangenheit reist er von Gryon nach Gotland, wo er aufgewachsen ist, und landet in einem Alptraum: Bei seinen Recherchen stößt er auf den ungeklärten Fall einer sechsköpfigen Familie, die in den siebziger Jahren brutal ermordet wurde. Die Inszenierung der Tat deutet auf ein altes Wikingerritual hin. Andreas setzt alles daran herauszufinden, wer die bestialischen Morde begangen hat – bevor der Täter zurückkehrt, um sein Werk zu vollenden. Denn ein Kind der Familie hat überlebt.

www.emons-verlag.de

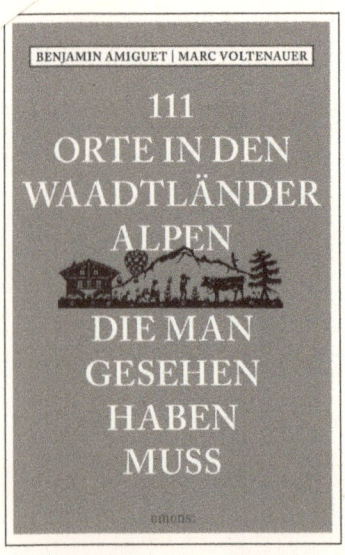

Benjamin Amiguet, Marc Voltenauer
111 ORTE IN DEN WAADTLÄNDER ALPEN, DIE MAN GESEHEN HABEN MUSS
Übersetzt von Franziska Weyer
Broschur, 240 Seiten
ISBN 978-3-7408-1466-3

Entdecken Sie 111 faszinierende, oft überraschende, aber immer inspirierende Orte und erleben Sie unvergessliche Begegnungen in den Waadtländer Alpen. Hier spiegelt sich die ganze Schweiz wider. Zwischen den Ufern des Genfersees und dem Gipfel des Diablerets-Gletschers laden jahrhundertealte Weinberge, grüne Täler, bezaubernde Almen und dramatische Berge zum Entdecken ein. Die Vielfalt der Landschaft, der Reichtum der lebendigen Traditionen und die Liebe der Bewohner zu ihrer Region machen sie zu einem beliebten Reiseziel. Ob Sie in der Region leben oder zum ersten Mal zu Besuch sind, lassen Sie sich verführen von den außergewöhnlichen Orten und den oft überraschenden Geschichten …

www.emons-verlag.de